RITA SCHÄFER
Fremdbestimmt

„meiner Mutter, meinem Vater, Pari- Sophie, Marc-Lauren, Peter und all denjenigen, die nie aufgeben in ihrem Leben nach Freiheit und Selbstbestimmung zu streben."

Die Freiheit des Menschen liegt nicht darin, dass er tun kann, was er will, sondern, dass er nicht tun muss, was er nicht will.

„Jean-Jacques-Rousseau"

Buch

In der Autobiographie „Fremdbestimmt" schildert die iranstämmige Deutsche, Rita Schäfer ihre durch die islamische Revolution und den ersten Golfkrieg fremdbestimmte Kindheit und Jugend im Iran, welche die gebürtige Iranerin dazu veranlassen nach Deutschland zu flüchten.

In ihrem Buch fokussiert die Autorin, die Fluchtursachen und die Doppelmoral einer Migrationsgeneration durch ihr eigenes Erlebtes im Iran und den Neuanfang in Deutschland, der im Denken und Fühlen immer noch nicht abgeschlossen ist.

Das kleine Mädchen Dana wächst wohlbehütet in einer sechsköpfigen Familie im Iran auf. Unbekümmert kommt sie seit ihrer Geburt in den Genuss von Privilegien und lebt in einer weitgehend von der Außenwelt abgeschnitten Welt auf einer Militärbasis westlich von Teheran. Ihr Vater arbeitet für die Luftwaffe und hat eine führende Position. Doch als das Schah-Regime im Zuge der islamischen Revolution fällt und ihre bis dahin heile Welt zusammenbricht, durchlebt sie Gefühle tiefer Verunsicherung. Die liberale Kultur weicht einer zunehmenden Unterdrückung, die sich in allen Lebensbereichen zeigt.

Dieser Kulturschock erreicht mit dem im Jahr 1980 beginnenden Golf-Krieg einen traurigen Höhepunkt. Ihr gerade neunjähriges Leben besteht von nun an nur noch aus Todesangst und Ungewissheit. Die täglichen Luftangriffe der irakischen Armee hinterlassen tiefe Spuren und lassen das Mädchen bis zur Depression am Leben verzweifeln.

Sie entschließt sich zu einem Aufbruch in ein neues Leben nach Deutschland.

Dana versucht mit den Erfahrungen beider Welten ein Lebensgefühl zu erschaffen, das man glücklich nennen könnte.
Doch das erweist sich als sehr schwierig. Ein Prozess, der nie endet.

Rita Schäfer

Fremdbestimmt

Die Suche nach einer Heimat

Es handelt sich um eine wahre Biographie. Einige Namen der Figuren wurden jedoch aus persönlichen Gründen im Buch geändert.

PROLOG

Es ist wieder mal einer von den Abenden, die ich so sehr liebe. Die kleine Familie alle beisammen in der Küche. Meine Tochter, die schon längst überfällig ist, spielt mit ihrer kleinen rosa Küche aus Holz und serviert uns ab und an einen ihrer leckeren Kuchen, die sie gerade gebacken hat. Um sie nicht zu enttäuschen, machen mein Mann und ich abwechselnd mit und beteuern, wie lecker ihr imaginärer Kuchen schmeckt.

Ihr kleiner Bruder klammert sich fest an ihre Küche und wartet auf eine winzige Gelegenheit, um an das Gemüse heran zu kommen. Alle fünf Sekunden zankend drehen sie sich zu uns um und beschweren sich darüber, dass der andere ihn nicht das machen lässt, was er möchte. Ständig raufend, aber doch unzertrennlich. Diese kleinen schönen Momente sind es, die meinem ruhigen Leben Sinn und Freude verleihen. Etwas in meinem Leben muss ich richtig gemacht haben, dass mein Leben so erfüllt zu sein scheint. Meinen beiden Zwergen zuzugucken macht mich unendlich glücklich.

„Nein du bist auch nicht integriert. Du bist anders in der Denke." Die gute Stimmung des bis dahin harmonischen Abends fängt an, langsam zu verblassen. Sollte es wieder so ein Abend mit klischeehaften Gesprächen werden. „Hier Mama für dich. Und wie schmeckt's?" Wie so unzählige Male versuche ich zu verstehen, was mein Mann mir eigentlich sagen will. Zuvor behauptete er, dass das Scheitern der Integration an dem schlechten Deutsch vieler Migranten liege, die die deutschen Werte aus Mangel an sprachlichem Verständnis gar nicht verinnerlicht haben könnten, was mich- der Aussage nach – wohl auch betrifft. „Das heißt, ich kann kein Deutsch und wir verständigen uns in einer anderen Sprache?" frage ich. - „Eins für dich, eins für Papa"- „Nein, Du kannst sehr gut Deutsch" antwortet er, während er anstatt mir in die Augen zu schauen, in eine völlig andere Richtung schaut. „Aha, du meintest aber vor ein paar Minuten, dass die gescheiterte Integration eine Folge des sprachlichen Mangels an Deutsch sei und nicht an der Individualität der Menschen liege. Wenn ich keine integrierte Mitbürgerin bin, dann müsste ich sprachliche Probleme haben, und die habe ich weiß Gott nicht."

„Süße, sollen wir jetzt ins Bett gehen?" sagt mein Mann zu unserer Tochter. Es ist schon nach acht Uhr". „Nein ich möchte nicht ins Bett" antwortet diese trotzig. „Weißt du? Integration heißt, einen Beitrag leisten, etwas hinzufügen. Du bist halt Hausfrau, du hast keinen Beruf, den du derzeit ausübst" antwortet er, indem er mir bewusst in die Augen schaut und gleichzeitig seinen Kopf hebt. „Ach so, mein Beruf als zweifache Mutter und Hausfrau, der nicht einmal bezahlt wird, zählt nicht. Nur wer arbeitet und Steuern zahlt ist integriert. Sehr interessant, deine Ausführungen am heutigen Abend"

Und ich füge hinzu: „Dann verstehe ich nicht, dass der Türke, der über vier Jahrzehnte bei Ford am Fließband gearbeitet hat, eine Familie gegründet, vier Kinder gezeugt, großgezogen und es zu etwas gebracht, nebenbei ein Haus abbezahlt hat, und noch keinen richtigen Satz Deutsch sprechen kann, aber einen großen Freundeskreis von ein paar hundert Menschen hat und in seinem sozialen Umfeld mehr Kompetenz und Macht ausstrahlt als unser Ex-Bundespräsident Wulf, der wegen 320 €

nicht nur seinen Posten, sondern auch seine Familie verloren hatte, immer noch nicht in diesem Land integriert ist".

Mein Mann verdreht die Augen, steht mitten im Gespräch auf und verlässt die Küche mit unserer Tochter im Schlepptau. Beim Herausgehen murmelt er noch „die Kleine muss jetzt wirklich ins Bett, kannst Du unseren Sohn übernehmen?". Ich bleibe mit unserem Filius in der Küche zurück und versinke in meinen Gedanken. Warum ständig diese Diskussionen? Wir sind verheiratet, da ist es doch egal, welche Sprache man spricht. Warum endet neuerdings fast jede Diskussion mit der Integrationsfrage?

Der Auslöser unseres Meinungsaustausches waren die jüngsten Berichterstattungen rund um die Flüchtlingspolitik. Eine Flüchtlingspolitik die das Land, zu spalten droht, für die keine Lösungen in Aussicht sind und die ein einziges Land, sei es auch noch so leistungsstark, überfordert.

Seit dem massiven Anschwellen des Zustroms der Flüchtlinge über das Mittelmeer und die Balkanroute im Sommer des Jahres 2015, diskutierten mein Mann und ich fast täglich über die neuen Entwicklungen im Lande. Die humanitäre Hilfe Frau Merkels schienen uns beiden eine richtige Entscheidung gewesen zu sein, doch wir waren sehr skeptisch, ob das alles gut gehen würde. Kurz nach dem die Griechenlandkrise überstanden schien, hatte Europa mit einer noch größeren Herausforderung zu kämpfen. Der Flüchtlingskrise.

Die Bilder der müden Menschen in den Flüchtlingstrecks, insbesondere von Frauen und Kindern, gingen uns unter die Haut. Der Syrienkrieg und die daraus resultierenden Konsequenzen spalteten Europa und verunsicherten die Menschen.

Kein anderes Thema wurde plötzlich in den sozialen Netzwerken so heiß diskutiert wie das Thema Flüchtlinge. Dabei ging es seit Jahren so. Auffällig wurde es nicht als die Anzahl der im Mittelmeer ums Leben gekommenen Flüchtlinge rasant anstieg, sondern als die Flüchtlinge in Scharen aus Griechenland und Italien nach Deutschland aufbrachen. Was vorher weit weg schien, stand plötzlich vor der Haustür.

Obwohl mein Mann und ich ursprünglich hinter der Flüchtlingspolitik von Frau Merkel gestanden haben, mussten wir feststellen, dass wir mit dem weiteren Verlauf der Krise in vielerlei Hinsicht geteilter Meinung waren. Meinen Mann bewegte die Frage, ob Deutschland alleine die Krise stemmen konnte, nachdem das Land mit seiner liberalen Asylpolitik zwischenzeitlich in Europa isoliert war. Und ob das grenzenlose Europa sich die Massenzuwanderung der Flüchtlinge in Zeiten von Terror und islamistischem Extremismus, leisten könne. „Deutschland kann die Probleme der Welt nicht im Alleingang lösen", pflegte er zu sagen.

Mir persönlich ging es um das Humane, das sich an dem individuellen Schutzbedürfnis des einzelnen orientierte, und nicht um das Objektive in der großen, politischen Sache. Im gemütlichen, sicheren Deutschland sitzend, ist es schwer, sich vorzustellen, wie es ist, Todesangst zu haben und sein Zuhause, sein Hab und Gut, seine Heimat verlassen zu müssen.

Dabei verfüge ich auf diesem Gebiet schließlich über gewisse Erfahrungen, denke ich mir still, um mich dann unserem Sohn zu widmen.

AUFBRUCH INS UNGEWISSE

Obwohl es erst einmal als ein kurzer Besuch in Europa geplant war, war Maman an dem Tag vor Aufregung außer sich. Von einer Minute auf die andere änderte ihr Gesicht die Farbe. Sie war merkwürdig ruhig und hatte die letzten Tage vor dem Abreisedatum nicht viele Worte gesprochen. Mit Sorgfalt versuchte sie in den letzte Stunden vor der Abfahrt, mein Gepäck fertig zu machen. In meinem Koffer war alles, was ich zum Anziehen brauchte, und in meinem Handgepäck das, was am zeitaufwendigsten war, Sachen die mein Bruder Dariush bestellt hatte: Persische Spezialitäten, die in Europa eine Seltenheit waren. Leckereien, von denen Jeder, der ins Ausland reiste, reichlich mitnahm. Beim Einpacken war sie so genau und akribisch, dass alles haargenau passte. Sie packte den Koffer mit Liebe und Aufmerksamkeit. Ihr zu zuschauen machte mich einerseits sehr stolz, anderseits sehr melancholisch. Es hatte den eigenartigen Beigeschmack, es gäbe nur das eine Mal, dass ich reise.

Maman war sehr gut vorbereitet. Ab und an hob sie kurz den Kopf und erklärte mir in welcher Dose, was war. Erstaunlich war ihre Konzentration bei der Arbeit. Als mein Vater mit dem Vorschlag kam, war sie sich nicht schlüssig, aber jetzt schien es mir, dass sie voller Entschlossenheit war. Es war das erste Mal in meinem Leben, dass ich allein verreiste.

Auf Empfehlung eines Freundes und Ex-Kollegen hatte Baba erfahren, dass Jugendliche unter sechzehn Jahren ohne Visum vom Teheraner Flughafen abreisen und in Deutschland einreisen dürfen. So hatte er mir, in Windeseile eine Woche vor meinem Geburtstag, ein Hin- und Rückflug-Ticket gekauft. Es war auch nicht ganz ohne Risiko, denn die Informationen könnten falsch sein oder Sonderregelungen, die sich schlagartig ändern konnten, so dass man mich abschieben und mich direkt mit dem nächsten Flugzeug nach Teheran zurückschicken könnte. Eine Abschiebung konnte sehr fatale Folgen bis zur Verhaftung hin haben. Dies alles zu wissen und trotzdem den Schritt zu wagen, passte nicht so ganz zu ihrem sonst überlegten und fürsorglichen Wesen als Maman.

Voller Bewunderung über ihre mutige Entscheidung akzeptierte ich jeden Wunsch und nahm jeden Rat von ihr an. Die Tatsache, dass ich ohne eine offizielle Aufenthaltsgenehmigung nach Deutschland reiste, neben anderen Sorgen, machte sie sehr unruhig. Aber so diszipliniert sie war, bewahrte sie auch die Ruhe und versuchte ihre Ängste zu vertuschen.

Als es fünf Uhr schlug, weckte sie meinen Vater, Dalir und Darja, um sich langsam auf die Fahrt zum Flughafen vorzubereiten. So richtig freuen konnte ich mich nicht. Alles war so ungewiss. Mein Abschied fast unspektakulär. Keiner wusste, ob ich heute wieder nach Hause kommen oder in Frankfurt landen würde! Quasi ein Versuch, der zu probieren es wert war, aber zum ernst nehmen, doch etwas verdächtig erschien.

Als wir ins Auto stiegen, schaute ich kurz noch einmal auf die Fassade des Hauses. Stein für Stein speicherte ich die Bilder in meinem Gedächtnis ab. Wer weiß, ob sie noch so in der Form da stehen würden, wenn ich zurück käme! Als mein Vater das Auto startete, setzte ich mich als Letzte in das Fahrzeug, dicht ans Fenster. Die Straßen waren noch frei. Teheran war im tiefen

Schlaf, als die Dämmerung einsetzte und das Strahlen der Sterne langsam verblasste. Mit Augen voller Tränen schaute ich mir alles an. Trotz vieler Angriffe, und hässlicher Plakate, strahlte Teheran an jenem Morgen. Ich kurbelte die Scheibe herunter, um etwas Benzin und Gazoil einzuatmen. Diesen Geruch liebte ich so. Da drin steckte mein ganzes Leben. Die guten Erinnerungen, die bereits jetzt so fern zu sein schienen. Tief einatmend, zog ich so viel Luft in meine Lungen ein, wie ich konnte. Und genoss die Stille um mich herum. Seit langem hatte ich Teheran nicht so harmonisch erlebt. Die ganze Fahrt war im Auto so leise, dass ich beinahe vergessen hatte, dass sich noch andere Insassen im Auto befanden. Es sah aus, als würde Teheran trauern. Ein Trauerzug mit einem lebendigen Toten. Ein Toter, der zu Grabe getragen wurde. Die Ruhe und die Dunkelheit, der sanfte Wind, der die Bäume zum Verneigen brachte. Es war der perfekte Abschied.

So oft habe ich mir gewünscht, meine Heimat, die Stadt, die ich am meisten in meinem Leben liebte, so harmonisch zu erleben. Wie oft habe ich mir gewünscht, durch die noch für mich schönen Straßen von Teheran ungestört und nicht beängstigt zu spazieren. Der letzte Wunsch sollte dem Toten doch noch erfüllt werden. Freud und Leid kämpften wie zwei wilde Raubtiere miteinander in meiner Brust. Einen Moment dachte ich, warum bin ich nicht tot? Gott, wo bist du? Kannst du mich hören? Warum ich? Warum wir Perser?

Die warmen Tränen über meinen Wangen, waren die einzigen Trostspender und wahrscheinlich die letzten Gefährten, die mir Verständnis entgegenbrachten. Ich wusste dass alle anderen im Auto ruhig vor sich hin weinten, denn niemand versuchte mit dem Anderen zu sprechen, wie gesagt, genau wie ein Trauerzug. In wenigen Stunden gäbe es mich nicht mehr. Ich gehe in eine andere Welt. Eine Welt, die vielversprechender klang, aber um das heraus zu finden, musste man aufgeben. Teheran samt meiner Familie aufzugeben, war ein großer Preis. Aber der einzige Weg, um von den Toten aufzuwachen.

Nach einer guten Stunde Fahrt waren wir am Flughafen. Der Ausstieg aus dem Auto fiel mir besonders schwer. Schwermütig nahm ich mein Handgepäck aus dem Kofferraum. In meinem Kopf spielte sich so vieles ab. Maman ging neben mir Richtung Eingang Abflughalle und versuchte mich aufzumuntern. „Schatz, freue dich doch auf das Wiedersehen mit Dariush. In weniger als ein paar Stunden bist du bei ihm. Sehr beneidenswert." Lächelnd versuchte ich Ihren netten Worten etwas Positives abzugewinnen.

Angekommen im Flughafengebäude hatten uns der für Teheran typische Lärm und das Gedränge wieder fest im Griff. Schnell suchten wir meinen Abflugschalter. Das Gelände wurde von vielen Polizisten überwacht. Schon bei der Gepäckabgabe durfte keiner mehr mit. Eine riesengroße Glasscheibe trennte die Begleiter von ihren Abreisenden. Und wie immer alles voller Leben. Große Menschenmengen überall. Maman bestand darauf, mich bis zum Schalter zu begleiten und bat Baba ein paar Worte mit den Wächtern hinter der Glasscheibe zu sprechen und für sie um Erlaubnis zu bitten.

Mit ein paar leise gewechselten Worten gelang es ihm mühelos, sie mit mir durchzuschleusen. Baba war an dem Tag sehr taff und war von der Entscheidung sehr überzeugt. Er sagte nur „Pass auf dich auf und ruf uns an, sobald du in Frankfurt angekommen bist. Mach dir bitte wegen uns keine Sorgen, wir warten hier noch eine Stunde bis zum Take off, sollten mit der Ausreise Probleme auftauchen, bin ich für dich erreichbar". Er drückte mich sehr fest an sich und versteckte sehr geschickt seine Tränen.

Meine Schwester Darja, mit der ich mich bis dahin in einem kleinen Geschwisterstreit befand, weinte die ganze Zeit. Der Abschied von ihr war sehr verhalten und kurz, von vielen Schluchzen getrübt. Vielleicht war sie ja doch erleichtert, mich endlich loszuwerden, oder aber auch vom schlechten Gewissen gequält. Aber ihre Tränen verrieten mir, wie sehr sie sich einsam fühlte. Irgendwo hatte ich Mitgefühl. Ich ließ sie mitten im Krieg im Stich. Ich ließ meine ganze Familie zurück. Wie egoistisch und selbstgefällig, dachte ich mir, als die Abreise immer näher rückte. Das einzig Wertvolle in meinem Leben blieb im Iran. Selbst wenn es eine Entscheidung meiner Eltern war, glücklich war ich nicht. Mein Bruder Dalir war sehr bedrückt und hat sich bereits vor der Gepäckabgabe von mir verabschiedet. Alles sehr kurz und knapp, beklemmend und traurig.

Kaum standen wir am Schalter, begrüßte uns ein sehr kleiner, sympathischer älterer Herr. An unseren traurigen Gesichtern war ihm schnell klar, dass ich alleine reiste. Ein gesprächiger, offener Mensch, der schnell seine Hilfe anbot. Er war auf Mamans unruhige Ausstrahlung aufmerksam geworden und sprach sie an. Zu Hause wurde mir beigebracht, dass ich keinem Fremden vertrauen sollte, aber diesmal war es Maman die ihre eigenen Regeln brach und eine Ausnahme machte. Herr Mazaheri übernahm für die Dauer des Fluges meine Patenschaft und versprach meiner Mutter ihr Vertrauen nicht zu missbrauchen und bis hin zur Übergabe an meinen Bruder, auf mich Acht zu geben wie auf seine eigene Tochter. Ich war froh, einen persönlichen Flugbetreuer zu haben, der mir bei Schwierigkeiten helfen konnte.

Auch nach 28 Jahren bin ich diesem Mann immer noch sehr dankbar, denn er war nicht nur ein sehr lieber und verantwortungsbewusster Mensch, sondern auch eine sehr wertvolle Informationsquelle. Die Reise mit dem „Tod" dachte ich, hat sehr gut angefangen. Begleitet von einem durchaus nicht nur sehr netten, sondern auch einem intelligenten Ersatz-Papa. Wir hatten Glück und bekamen auch nebeneinanderliegende Sitzplatz - Nummern. Herr Mazaheri gab mir ein Gefühl der Sicherheit.

Obwohl er sogar kleiner war als ich, wirkte er auf mich sehr souverän. Da, wo ich kaum ein Wort rauskriegte, sprang er für mich ein. Auf das Flughafenpersonal machte er einen sehr seriösen, und was Reisen anging, routinierten Eindruck. Später stellte sich heraus, dass er die Route mehrmals im Jahr zurücklegte. Auffallend war sein Lächeln, in dem Verständnis und Mitgefühl verschmolzen. Er sah sehr gepflegt aus. Pech schwarze Haare umrahmten sein freundliches, von vielen Falten gezeichnetes Gesicht. Sein Alter schätzte ich auf Anfang 60. Obwohl er während des Fluges erwähnte, dass er einen zwei- bis dreimonatigen Aufenthalt bei seinem Sohn plante, hatte er merkwürdig kleines Gepäck bei sich. Sprachlich wählte er sehr positive und gepflegte Ausdrücke. So gelang es ihm manchmal, mich von meinem schmerzvollen Abschied, der trotz der vielen schockierenden Erlebnissen, mit das bedrückendste Ereignis in meinem bisherigen Leben war, abzulenken.

Nachdem ich meinen Koffer am Schalter zum Laden aufgegeben hatte, sah mich Maman wie versteinert an. Ihr Blick verriet mir, dass sie sich von mir trennen wollte. Sie konnte weder lachen noch weinen. Ihr Gesicht war kreidebleich und eingefroren, die Müdigkeit der letzten Tage war ihr ins Gesicht geschrieben.

Ihre Selbstlosigkeit und kämpferische Art bewunderte ich in den letzten Stunden meines Aufenthaltes in Teheran, sie beeindruckte mich unbeschreiblich. Beim Abschied schaute sie wie durch eine Milchglasscheibe und bekam kein Wort mehr raus. Als sie dann anfing zu weinen, wusste ich, wie viel ihr das Ganze, diese rasante Entscheidung, Kraft gekostet hatte. Ihre Tränen brachten mich endgültig um, obwohl ihre wunderschönen Augen mich anlächelten. Die Fassung zu behalten, war für mich so unerträglich, dass ich auch meinen Tränen freien Lauf ließ. In meinem Kopf spielten sich die schlimmsten Szenarien ab. Verlustängste, Verzweiflung, Unklarheit und die unbestimmte Zukunft beschäftigten mich.

Der Spruch „Freud und Leid liegen dicht beieinander" sollte mich für den Rest meines Lebens begleiten. Trotz vieler Versprechungen, bei Problemen in Aachen, sofort nach Hause zurückzukehren, ahnte ich, dass diese Reise kein Zurück hatte. Und wie Maman mich anschaute, verriet sie mir, dass sie froh wäre, wenn ich es bei Dariush schaffen würde und nicht mehr nach Hause zurück käme. Als ich noch in ihrem Arm war und sie mir ins Ohr Mut und Ausdauer zuflüsterte, füllte ich meine Lungen mit ihrem Duft, den ich seit meiner Geburt kannte, und der nach Geborgenheit und Zuhause roch. Nach Vorne gehend, schaute ich solange wie möglich Richtung Maman, die noch am Schalter stand, und mir mit einer Hand zuwinkte, während sie mit der anderen ihre Tränen weg wischte. Sind das die letzten Bilder von meiner Maman, die ich mit mir mitnahm? Haben wir jemals wieder die Chance zusammen zu kommen? Werde ich sie jemals wieder in meine Arme schließen können?

Herr Mazaheri wartete geduldig auf mich. Sein Blick verriet mir, dass er das sehr gut verstehen konnte. Den ganzen Weg zu der Passkontrolle redete er, aber ich hörte kein Wort. Versteinert und geistig abwesend folgte ich ihm. Angekommen am Ende einer langen Schlange, schaute ich nervös, von rechts nach links pendelnd nach vorne, und insgeheim wünschte ich, dass ich nicht dran kam. Ein Blick auf die lange Schlange verriet mir, dass ich mit Abstand der jüngste Reisende an Bord war. Je kürzer die Schlange wurde, desto nervöser wurde ich. Plötzlich spürte ich einen großen Druck in meiner Brust. Von Angst geflutet, hatte ich das Gefühl, dass ich bald ohnmächtig wurde.

Die letzten Sekunden vor der Visumkontrolle waren für mich eine einzige Hölle. Als ich endlich an die Reihe kam, schaute sich der Kontrolleur meine Papiere von vorne bis hinten an und fragte nach einer halben Ewigkeit, „ Schwester, wo ist ihr Visum aufgestempelt?", „Ist nicht erforderlich, da ich noch zwei Tage bis zu meinem sechzehnten Geburtstag habe", erwiderte ich mit einer extrem leisen Stimme. Mit seinen dunkelbraunen Augen warf er mir einen kurzen, aber sehr scharfen Blick zu. Er erhob sich von seinem Stuhl und fügte hinzu „Schwester, bitte bleiben Sie hier, in ein paar Minuten bin ich wieder da". Mir stieg das Blut in den Kopf. Mit dieser Reaktion hatte ich gerechnet. Das konnte ja nicht gut gehen. Herr Mazaheri textete mich von der Seite zu, aber hören tat ich nichts. Viel zu tief war ich in meinen eigenen Gedanken und wollte selbst von Herrn Mazaheri nicht abgelenkt werden. Ich glaube, ich bereitete mich für ein persönliches Verhör vor. Während mein Adrenalinspiegel weiter anstieg, ich hin und her ging und die Mosaiken auf dem Boden zählte, malte ich mir aus, wie zwei Polizisten auftauchen und mich mitnehmen würden.

Die Minuten vergingen. Mit einer so langen Wartezeit hatte ich nicht gerechnet. Es kam mir wie ein ganzes Leben vor. Anderseits wurden das Gemurmel und die Beschwerden der Passagiere lauter und lauter. Die Situation war für mich unerträglich peinlich. Selbst als Toter machte ich anderen Ärger. Ich war längst auf das Schlimmste vorbereitet. Innerlich hatte ich mich schon auf das Ende der Reise eingestellt. Wie peinlich, jetzt musste ich den ganzen Weg zurück. Naja, so schlimm war es auch nicht, dachte ich mir. Zumindest die Familie ist wieder vereint. Das Gehirn abgeschaltet, sank mein Kopf immer tiefer.

Meine Augen blickten auf den Boden, und ich fragte mich, wie viele Menschen wohl seit der Revolution hier gestanden haben mochten? Wo überall sind die Perser verstreut? Welches Schicksal haben sie gehabt und welche Bestimmung haben sie jetzt?

Aus meinen wirren Gedanken weckte mich plötzlich eine sehr laute Stimme. Ohne den Kopf zu heben, schweifte mein Blick auf eine Hand, die meinen dunkel braunen Pass hielt. Der ausgestreckte Arm des Zöllners richtete sich auf mich „Schwester bitte, die Leute warten hier - Gute Reise". Hypnotisiert schaute ich in die Augen des Zöllners, die mich immer noch sehr ernst anschauten. Herr Mazaheri zog mich schon an meinem

Mantel. „Dana Khanoom, bitte lassen Sie uns jetzt gehen, worauf warten Sie denn noch?" Ungläubig schaute ich Herrn Mazaheri in die Augen. Fast bewusstlos folgte ich ihm. Er war sehr froh. „Meine Tochter, es hat geklappt, heute wirst du deinen Bruder sehen". Dann sprach er mir mit einem sehr netten breiten Lächeln weiteren Mut zu: „Wenn es hier geklappt hat, dann wird es auch in Frankfurt keine Probleme geben, sei sicher, meine Tochter!"

Unfassbar, ich konnte es fast nicht glauben, dass es wirklich so etwas gab. Also doch, ich sehe zwar meine Familie für eine lange Zeit nicht, aber heute noch meinen Bruder. Tränen stiegen mir wieder in die Augen. Seit dem Krieg wusste ich nicht mehr, was Glück bedeutete. Sollte ich es als eine Chance für einen Neubeginn sehen, oder als ein Fluch? Nein, ich war ja praktisch tot. Ich ließ alles hinter mir. Mein fast sechzehnjähriges Leben im Iran war nur noch eine Geschichte. Die schlaflosen Nächte, die Trauer um die verlorenen Freunde, die begleitende Angst, und die Schule, die ich fast in einem knappen Jahr beendet hätte.

War es richtig, Iran zu verlassen? Ein Neubeginn, neue Umgebung, neue Menschen, neue Freunde, neue Sprache. Seltsam, dass alle sich über den Flug freuten außer mir. All die Jahre der Depressionen und Unterdrückung waren vorbei? Was wäre, wenn sehr schwere Herausforderungen auf mich zukämen, denen ich nicht gewachsen war! Inzwischen redete Herr Mazaheri nicht mehr. Selbst er war von meiner Situation etwas mitgenommen. „Du wärst lieber zu Hause geblieben, habe ich Recht?" Ich nickte mit dem Kopf. „Gott verfluche diese Kriminellen, die dieses Unheil über unser Land gebracht haben, dass unsere Jugend dem Vaterland den

Rücken kehren muss." Herr Mazaheri klang sehr patriotisch. Vaterland? fragte ich mich sehr leise. „Ich glaube nicht, dass dies mittlerweile noch das Land meines Vaters ist" antwortete ich.

Eingestiegen in den kleinen Transferbus, schaute ich immer noch schüchtern zu Boden. Der Airbus, der mit der iranischen Flagge bemalt war, sollte mich in die neue Heimat bringen. Mein Leiden hat mit den Flugzeugen angefangen, und soll auch durch ein Flugzeug aufhören. Schwermütig und mit zitternden Knien stieg ich über die Treppe ins Flugzeug. Meine Müdigkeit war kaum noch zu übersehen. Ich war mit den Nerven am Ende. So benebelt, dass ich die nette Begrüßung der Flugbegleiterinnen nicht registriert hatte. Versteinert konnte ich kein Wort hören. Wie in einem dunklen, langen Tunnel.

Direkt hinter der Eingangstür links am Fenster, waren unsere Sitzplätze. Angespannt warf ich mich in meinen Sitz. Während alle Passagiere, einer nach dem anderen Platz nahmen, schaute ich unruhig Richtung Ausgang, und malte mir aus, wie jederzeit zwei uniformierte Männer herein kommen und mich mitnehmen würden. Obwohl es keinen Grund mehr zur Sorge gab, konnte ich meine Augen nicht von der Tür abwenden. Einige schauten mich sehr verärgert an, und erinnerten sich an mich, vor der Passkontrolle. Als die Einstiegstür sich endlich schloss, wusste ich, dass ich mitfliegen und mich in ein paar Minuten schon in der Luft Richtung Frankfurt befinden würde. Und so geschah es auch.

Inzwischen strahlte die Sonne über Teheran. Beim Start genoss ich noch einmal den Anblick der Stadt, und kämpfte mit meinen Gefühlen, die mich fest im Griff hatten. Als das Flugzeug abhob, wurde mein Körper schwerelos. Meine Gedanken waren die eines nach Norden fliegenden Vogels, der nichts weiter hörte und sah. Ich hatte nur den Augenblick vor Augen, in dem ich meinen Bruder in die Arme schließen konnte. Herr Mazaheri ahnte, was sich in meinem Kopf abspielte und er nutzte die Gelegenheit, mir ein paar wertvolle Informationen über Deutschland und die deutsche Kultur zu geben. Sein Sohn studierte in Karlsruhe und er besuchte ihn mehrmals im Jahr. Daher kannte er sich sehr gut in Deutschland aus und prophezeite mir, dass ich bald nicht mehr nach Teheran zurück wolle. Deutschland sei das schönste und grünste Land in Europa, das im Bereich Bildung viel anbieten könne.

Da er wusste, wie ich besonders wegen des untypischen Problems mit meinem nicht vorhandenen Visum aufgeregt war, versuchte er, mich fast den ganzen Flug über zu beruhigen.

Nach dem Mittagessen im Flugzeug fiel er dann aber doch in einen tiefen Schlaf. Auch ich schloss die Augen zum ersten Mal nach über 24 Stunden. Dabei spulte sich vor meinen Augen wie im Film mein bisheriges Leben ab.

Kindheit

Als Nesthäkchen hatte ich es immer sehr leicht gehabt. Und obwohl ich noch nicht zur Vorschule gehen durfte, stand ich pünktlich um fünf Uhr morgens auf, um wie viele andere Tage zuvor meiner Mutter wieder die berühmte Frage zu stellen: „Darf ich heute in die Schule?" Und wie an allen anderen Tagen bereitete sie das Mittagessen für meine Geschwister in der Küche vor und antwortete dann ernst und gestresst mit einem deutlichen „Nein", um dann wiederum mitfühlende Worte als Trost folgen zu lassen: „Morgen darfst du zur Schule gehen".

Mit hängendem Kopf, meinem roten Koffer in der Hand und in meinem Lieblingspyjama mit rosa Blümchen darauf, hatte ich mich wieder Richtung Bett begeben, um erneut auf Morgen zu warten. Bevor ich wieder ins Bett ging, hatte ich einen Blick in mein rotes Köfferchen geworfen, um mich zu vergewissern, dass noch alles da war: ein pinkfarbener Plastikbecher, ein rotes Handtuch, eine pinke Zahnbürste, bunte Stifte und ein Heft. Alles ließ ich direkt neben meinem Bett stehen. Dabei konnte ich die Augen nicht schließen, da bei uns um diese Zeit das totale Chaos ausgebrochen war: Meine drei älteren Geschwister bereiteten sich auf die Schule vor. Und wie gewohnt verließen meine Brüder zuerst die Wohnung.

Wir wohnten in Payegah Yekom Shekari, einem riesigen abgeschirmten Bereich am Militärflughafen. Das bedeutete wörtlich übersetzt „die erste Station der Jäger". Er war speziell für das gesamte Personal der Luftwaffe, sprich Piloten, Ausbilder, Stabsoffiziere, Oberste errichtet worden. Der Kontakt nach außen war zwar vorhanden, aber sehr kontrolliert. Ein riesiges Wohngebiet mit allen erdenklichen Annehmlichkeiten, die wie selbstverständlich dazu gehörten. Alles vom Feinsten. Es war tatsächlich wie im Paradies, es fehlte uns an nichts, überall schöne grüne Blumeninseln und schöne gepflegte Straßen. Vor den Wohnkomplexen war für uns Kinder genug Platz zum Spielen und kein Verkehrsteilnehmer durfte über 30 Kilometer pro Stunde fahren.

Für die Jugendlichen gab es Fußballplätze und Volleyballhallen, dazu mehrere gebührenfreie Tennisplätze und für die Wasserfreunde Schwimmhallen. Uns standen sogar eigene Konzert- und Partyhallen zur Verfügung, die wir auch umsonst nutzen konnten. Abends waren alle Straßen beleuchtet und jeder kannte den Anderen - ein Ort, wie kein anderer in Teheran. Am Ein- und Ausgang wurden die Leute kontrolliert und sorgfältig untersucht.

Wir wohnten in einem riesigen Wohnkomplex mit vielen jungen Familien mit Kindern, aber kaum Alleinstehenden. Daher kannten wir uns alle, waren unter uns und wuchsen abgeschirmt von der Außenwelt auf. Unsere Väter waren ebenfalls alle miteinander bekannt, waren Kameraden und Kollegen. Unsere Mütter waren oft die besten Freundinnen. Wer in Payegah Yekom wohnte, gehörte zur Elite. Alles war umsonst, selbst fürs Wohnen bezahlten wir keine Miete. Es waren die goldenen Zeiten der Armee im Iran. In der Armee zu arbeiten und die Privilegien zu nutzen, war für Viele ein Segen. Um dieses Glück, dass nicht jeder haben konnte, wurden wir alle beneidet. Sportliche Aktivitäten jeglicher Art wurden Dank der vielen Tennis- und Fußballplätze sowie der Schwimmbäder bei den Jugendlichen gefördert.

Meine beiden ältere Brüder Dariush und Dalir bereiteten sich auf die Mittlere Reife vor und mussten außerhalb von Payegah Yekom zur Schule gehen. Dariush war acht und Dalir gerade sieben Jahre früher als ich zur Welt gekommen. Maman kochte ihnen jeden Morgen eine Mahlzeit vor, damit sie über Mittag gutes warmes Essen von zu Hause hatten. Meine Schwester Darja besuchte noch die Grundschule. Vier Jahre trennten uns von einander.

Wie gewöhnlich bereitete Maman erst die Jungs für die Schule vor, dann war meine Schwester an der Reihe. Jeden Morgen kämmte Maman ihre schönen pechschwarzen Haare, teilte sie in der Mitte und flocht an jeder Seite einen Zopf. Gott weiß, wie sehr ich sie darum beneidete, dass sie zur Schule gehen durfte und dabei so süß aussah. Sie ging zur Iraj-Mokhaberi-Grundschule, der einzigen in Payegah Yekom, die ich später auch besuchte. Alle Schüler dieser Schule hatten eine Schuluniform zu tragen. Für die Mädchen waren eine rote Bluse, ein blauer Trägerrock aus Jeansstoff vorne mit einem mit rotem Faden gesticktem Flugzeug und darunter eine weiße Strumpfhose mit schwarzen Lackschuhen, Pflicht. Im ganzen Iran gab es Schuluniformen, jede Schule war an der eigenen Uniform zu erkennen. Mit einem Schulrucksack verließ meine Schwester jeden Morgen die Wohnung. Zu diesem Zeitpunkt war mein Vater schon längst aus dem Haus.

Er war Ausbilder in der Luftwaffe und als Verantwortlicher und Vorbild musste er als einer der Ersten vor Ort sein. Auch er trug eine Uniform, die ich besonders mochte: Ein grüner Militäroverall und eine Schirmmütze, die vorne mit einem metallenen Adler in Form einer Krone geschmückt war. Es hatte etwas von Autorität, Ordnung und Disziplin. Da er sich so früh von uns verabschieden musste, blieb keine Zeit, um mit uns gemeinsam zu frühstücken. Was ich allerdings sehr traurig fand.

Gegen halb acht am Morgen waren Maman und ich alleine. So war ich die einzige aus der sechsköpfigen Familie, die Maman beim Frühstücken, Gesellschaft leisten konnte. Maman gab sich sehr viel Mühe und war eine gewissenhafte Hausfrau, von fünf Uhr morgens bis halb Acht hatte sie in einem unglaublichen Tempo meine Geschwister für die Schule fertig gemacht. Das machte sie gerne, jeden Morgen, neun Monate lang fast ohne Unterbrechung, ganz ohne Hilfe. Direkt nach dem Frühstück hatte sie Zeit für andere Dinge.

Meistens kaufte sie im kleinen Einkaufszentrum frisches Gemüse, Fleisch und andere Lebensmittel des täglichen Bedarfs ein. Vorbildlich, konzentriert und sehr genau erledigte Maman ihre Aufgaben als Mutter und Hausfrau in einer Stille, in der wir kaum ein Wort miteinander reden mussten. Alles was sie anpackte, tat sie mit viel Leidenschaft und Liebe und einer bemerkenswerten Akribie. Sie hatte einen Hang zum Perfektionismus. Sie war auch eine der schönsten Frauen, die ich je in meinem Leben gesehen habe. Wie sie es neben einem Sechs-Personen Haushalt trotzdem schaffte, so gut und gepflegt auszusehen, war für mich und viele Leute, insbesondere aus der Nachbarschaft, ein Rätsel. Auffallend war ihre Figur, die nie verriet, dass Maman bereits vierfache Mutter war. Und dies mit einem Alter von 25 Jahren.

Ich bewunderte ihre grenzenlose Liebe zur Familie, und ihre vorbildliche Disziplin. Alles was sie machte, geschah mit besonderer Sorgfalt und Liebe zum Detail.

Ihre Sauberkeit und ihr Ordnungssinn waren unglaublich. Am Anfang des Frühlings, vier Wochen vor dem iranischen Jahreswechsel, gab es jedes Jahr den großen Neujahresputz. Sie schaffte ihn ganz ohne Hilfe von außen, nur bei der Reinigung sämtlicher Perserteppiche halfen ihr Nachbarinnen und Freundinnen.

Immer kochte sie Marmelade, je nachdem, welche Früchte gerade angeboten wurden. Sie war eine hervorragende Köchin, die unabhängig von der Gästeanzahl und ohne sich irritieren zu lassen, nicht ein, sondern gleich mehrere Gerichte auf den Tisch zauberte. Und alles sah dabei makellos sauber aus. Sie war nie einem Beruf nachgegangen, aber die Hausarbeit nahm sie manchmal sogar bis tief in die Nacht hinein in Anspruch. Und immer hatte Sie alles fest im Griff. Das war für mich weniger Talent und Gabe, sondern Ausdauer und Disziplin.

Mit fünf Jahren verstand ich noch nicht so viel vom Leben und unserer hervorgehobenen Stellung. Heute weiß ich, wie viel Geld in uns investiert wurde, und dass man dafür besondere Loyalität von uns verlangte. An diesem paradiesischen Ort sollte ich die schönste Zeit in meinem Geburtsland Iran erleben. Ein Ort voller Glück und Harmonie.

Während Maman mit der Hausarbeit beschäftigt war, spielte ich tagsüber zu Hause mit meinen Puppen und Spielzeugen, die Baba jedes Jahr von seinen Auslandsreisen mitbrachte. Die Puppen hatte ich besonders gern. Mit ihren goldenen Haaren und den blauen Augen gewannen sie schon beim ersten Anblick mein Herz. Meine Lieblingspuppe war eine schöne, kleine kurzhaarige Skifahrerin, die einen Skioverall, genau in derselben Farbe wie ihre blauen Augen, trug. Während ich mich den gesamten Vormittag mit meinen Puppen beschäftigte, freute ich mich mittags über die Ankunft meiner Schwester und meines Vaters, um gemeinsam mit Maman und mir pünktlich zum Mittag zwischen zwölf und ein Uhr zu essen.

Mein Vater konnte sich aufgrund der kurzen Wege den Luxus leisten und mittags nach Hause fahren. Nach dem Essen vervollständigte er seine Mittagspause mit einem kleinen Mittagschläfchen. Nachmittags, nach dem die Jungen auch zurück nach Hause gekommen waren, konnte ich mit meinen Geschwistern etwas unternehmen.

Die meiste Zeit war ich mit Darja unterwegs. Sie traf sich nach der Schule mit ihren Freundinnen und erledigte Schulaufgaben. Oft schaute ich Ihnen danach beim Spielen zu und manchmal durfte ich sogar mitspielen. Ich hatte auch gelegentlich das Glück, meinen ältesten Bruder Dariush zu begleiten, der zum Tennis-, Fußball- oder Volleyballspielen mit seinen Freunden verabredet war. Das machte besonderen Spaß, denn häufig kaufte er mir unterwegs Leckereien, die ich sehr gerne verputzte. Es waren in der Tat wunderschöne und sorglose Zeiten, in denen wir von den Unannehmlichkeiten der Außenwelt fast nichts mitbekommen hatten und in jeder Hinsicht bevorzugt behandelt wurden.

Im September 1976 kam endlich der langersehnte Tag, an dem Maman mich zur Vorschule anmeldete. Ich kann mich noch sehr gut daran erinnern, dass ich vor Freude außer mir war. Der kleine rote Koffer kam endlich zum Einsatz! Auch den Moment des Abschieds von meiner Maman werde ich nie in meinem Leben vergessen. Sie gab mich bei einer sehr netten Dame ab. Sie hatte ein breites Lächeln, nahm mich an die Hand und ging mit mir in einen von der Sonne beschienen, sehr bunten Raum, wo all die Kinder rundum auf den Bänken saßen. Das Vorschuljahr hatte schon angefangen, als meine Eltern mich dort angemeldet hatten. Angeblich war ich jünger als die Anderen, und da ich zehn Tage zu jung war, hätte ich eigentlich ein Jahr warten müssen. Meine Eltern wollten das nicht. Insbesondere Maman kämpfte wie eine Löwin, um mich doch noch anzumelden. Sie hatte keine Lust mehr jeden Morgen meine wiederholte Frage beantworten zu müssen. Sie stellte mich vor: „Das ist Dana und heute ist ihr erster Tag". – „Guten Morgen, Dana," riefen die Kinder. Ich wollte die schön warme Hand der Dame nicht los lassen, aber es war schon spät und man hatte mir bereits meinen Platz zugewiesen. Ich durfte mich neben ein Mädchen namens Mahtab setzen.

ZWISCHEN KINDHEIT UND REVOLUTION

Noch zählte ich nicht zu den Klassenbesten, aber ich war eine gute Schülerin mit guten Noten. Wissbegierig war ich und ich lernte sehr selbstständig, ohne Druck zu benötigen. Dariush half mir so oft er Zeit hatte. Sechs Tage in der Woche gingen wir zur Schule. Der Freitag war Feiertag und der einzige freie Tag in der Woche. Freitags waren wir entweder bei Freunden oder Verwandten zum Essen eingeladen oder wir luden selbst Gäste ein zum gemeinsamen Mittagessen.

Offiziere mit sehr hohem Rang hatten sogar Haushälterinnen und Kindermädchen. Offensichtlich pflegte der Schah seine Armee so sorgfältig, dass kein Wunsch offen blieb. Selbst im zarten Alter von fünf Jahren hatte ich schon bemerkt, in welch einem schönen Land wir lebten. Im Frühling duftete es überall nach Amaryllis und Veilchen, überall sprossen Inseln aus duftenden Rosen in allen Farben. Die Straßen waren sauber und gepflegt. Hohe, wunderschöne Bäume in allen Arten und Farben.

Der Schah war sehr darauf bedacht, sein Land den westlichen Ländern anzupassen und es stolz präsentieren zu können. Er hatte die Hauptstadt Teheran zu einer der schönsten Städte Asiens gemacht. Insbesondere Staatsbesuchern aus den westlichen Ländern wollte der Schah sein Land von der schönsten Seite zeigen. Er war europäisch orientiert und versuchte sehr demokratisch und liberal zu handeln, obwohl er die Macht nicht aus der Hand geben wollte. Er hatte sozusagen einen Hang zum europäischen Lebensstil. In seiner Politik war er sehr amerikafreundlich, obwohl er kein bedingungsloser Befehlsempfänger war.

Ich wäre vielleicht heute einer der glücklichsten Menschen der Welt, wie viele andere Exil-Iraner, wenn der Schah damals mehr auf sein Volk eingegangen wäre. Vieles hätte er besser machen können. Mit großer Wahrscheinlichkeit wäre es ihm gelungen, die langersehnte Demokratie im Iran zu behalten. Aber er war trotz vieler Kritik an seinem Führungsstil nicht bereit, die weltliche, persönliche Macht abzugeben und fortan nur noch symbolisch als persischer Schah im Iran zu leben. Doch solche Gedanken waren mir damals noch fremd. Ich sah nur, wie schön und leicht das Leben im Iran war, zumindest für mich.

Immer wenn wir mit Maman außerhalb von Payegah Yekom Einkaufen gingen, sah ich wie schön Teheran war: bunte Geschäfte, freundliche Menschen, ausgesprochen modisch gekleidete junge Frauen und Männer. Teheran erschien mir harmonisch, trotz seiner unbeschreiblich energischen und hektischen Ausstrahlung. Mächtig, dynamisch, frei und vor allem Chic. Frauen waren mit Männern gleichberechtigt. Viele Frauen hatten es bis in Führungspositionen geschafft. Mein Vater erzählte so oft, dass die besten Piloten in der Luftwaffe Frauen seien. Und auch viele Ausbilder waren Frauen. In Politik, Justiz, Kunst, Pädagogik und Medizin hatten wir gleichermaßen weibliche Führungskräfte. Das alles machte mich sehr stolz auf mein Land und gab mir gleichzeitig die Hoffnung, dass ich auch eines Tages zu den Frauen gehören würde, die eine große Karriere in der Medizin oder in der Luftwaffe machen würden.

Der islamischen Religion angehörig, wurden dem iranischen Volk von der Regierung sehr viele Freiheiten eingeräumt. Neben vielen Palästen ließ Schah Reza Pahlavi auch viele Moscheen errichten. Dennoch war es Frauen nicht erlaubt, in der Öffentlichkeit im Hijab zu arbeiten. Sie hatten an den öffentlichen Arbeitsplätzen ohne Kopftuch und Tschador zu erscheinen, aber privat konnte jeder seine Religion so leben wie er wollte.

Gerade solche Verbote ließen die Damen und Herren schicker aussehen. Es war immer angenehm, die Leute auf der Straße zu beobachten: Lauter gut angezogene Damen und Herren in schönen Kostümen und Anzügen auf dem Weg zur Arbeit, bunte Kleidung, die gleich gute Stimmung machten und die schönen Straßen von Teheran noch farbenfroher und sehenswürdiger. Die Herren hielten meistens eine Aktentasche in der Hand, die Damen modische Handtaschen.

Die lackierten Fingernägel und die frisierten Köpfe ließen darauf schließen, wie sehr die meisten Teheraner auf ihr Erscheinungsbild Wert legten. Teheran war damals ein Freiheits- und Schönheitssymbol für viele Perser, das den jungen Leuten neben seinen Attraktionen auch beruflich viel anbot. So kamen aus vielen Städten Irans junge, meist verheiratete Paare, um in Teheran beruflich Fuß zu fassen. Die Dynamik und Vielfältigkeit Teherans machte das Leben dort so interessant. Obwohl es überall dichtgedrängt von Menschen war, machte das Einkaufen in den Einkaufspassagen besonders viel Spaß.

Des Öfteren beobachtete ich einfach nur Passanten und kleine Mädchen wie mich, die auch mit den Eltern einkaufen gingen. Ich liebte den Einkaufbummel in Teheran, nicht nur, weil ich wusste, dass ich neue Kleider oder Schuhe bekam, sondern wegen der vielen Eindrücke, die mich sehr beglückten. Alles war anders als in Payegah Yekom, alles war realer und echter, obwohl Maman immer darauf bestand, dass sie mich immer an der Hand fest hielt. Sie hatte wohl Angst, dass ich in den Geschäften oder auf den Straßen in der großen Menschenmenge verloren gehen könnte. Da ich immer sehr selbstständig sein wollte, habe ich dieses Händchenhalten immer sehr gehasst. Protestieren half aber nichts, gegen Maman kam ich nicht an. Selbst als Kind schätzte ich das einzigartige Freiheitsgefühl in einer Großstadt.

Was Teheran weiterhin sehr anziehend und eigenartig machte, war die Vielfalt der verschiedenen Kulturen, Nationen und Religionen. Im Iran waren fast alle Nationalitäten und Religionen vertreten. Für jede Glaubensrichtung gab es Einrichtungen, wo die Menschen beten konnten, Gleichgesinnte trafen und sich austauschen konnten. Gerade solche Freiheiten machten den Iran und insbesondere Teheran zu einem sehr lebenswerten Ort.

Viele internationale Schulen befanden sich in Teheran. Es gab englisch-, deutsch- und französischsprachige Schulen, aber auch mehrere Spezialschulen mit anderen fremdländischen Sprachen. Es war keine Seltenheit, dass Eltern ihre Kinder auf solche Schulen schickten, damit sie zwei- oder mehrsprachig aufwuchsen. Sie wurden auch von Persern benutzt, die eine Partnerin oder einen Partner aus dem Westen geheiratet hatten, und wollten, dass ihre Kinder in beiden Sprachen aufwuchsen. Mich hatte schon immer Englisch fasziniert, da ich später sehr gerne wie viele Iraner in den USA oder in England studieren wollte.

Wenn wir im Winter fast jeden Freitag nach Dizin im Elburs-Gebirge zum Skilaufen fuhren, begegneten wir auch sehr vielen Touristen aus Europa, meistens Deutschen. Sie waren von unseren Skipisten begeistert. Einige von ihnen behaupteten sogar, dass sie fast jeden Winter in den Iran reisten, nur um Skiurlaub zu machen. Sie waren von der großen Schönheit und Vielfalt fasziniert, denn im Iran findet man alle vier Jahreszeiten im ganzen Jahr. Im Sommer liegt im Hochgebirge noch Schnee und im Winter konnte man im Süden des Landes noch Badeurlaub machen, wenn man es denn wollte. Iran war der Inbegriff von landschaftlicher Schönheit und Vergnügen für viele Iraner und Europäer. Sie brachten gerne ihr Geld in den Iran, um im Winter Skiurlaub und im Sommer Badeurlaub am Kaspischen Meer zu machen.

In den Sommerferien, die drei Monate von Juli bis Ende September andauerten, flüchteten wir vor dem heißen, überfüllten Teheran Richtung Norden nach Bandar Anzali, einer Hafenstadt direkt am Kaspischen Meer und dem Geburtsort Mamans. Meine Großmutter hatte dort ein Anwesen, auf dem wir jedes Jahr fast die gesamten Ferien verbrachten. Dieser Aufenthalt war immer wieder etwas Besonders. Neben dem Luxus, jeden Tag an den Strand fahren zu können und bis abends spielen zu dürfen, ergab sich die Gelegenheit, den Rest der Verwandtschaft zu treffen, darunter viele Kinder in meinem Alter.

Insbesondere freute ich mich auf Hojjat, der in meinem Alter war. Er war der süßeste Junge, den ich kannte. Ich war noch zu klein, um verliebt zu sein, aber ich wusste, dass ich ihn sehr mochte. Er war der älteste Sohn der Großcousine meines Vaters und ein sehr beliebter Junge. Alle in der Familie liebten ihn. Ich mochte seine Anmut und seinen Anstand. Er war viel zu lieb, und wenn er mit mir spielte, ließ er mich immer gewinnen. Wir bauten fast den ganzen Tag am Strand Sandschlösser. Streit gab es zwischen uns kaum. Zur Pause nahm uns mein Vater mit, um uns eine Runde in Essig eingelegte dicke Bohnen, ein persischer Snack, zu spendieren. Neben seinem guten Wesen, schaute er auch verdammt gut aus. Mit seinen großen rehbraunen Augen und seinen vollen schönen Lippen, war er einer der begehrtesten Jungen in der Verwandtschaft.

Er ließ sich auch sehr oft von mir einschüchtern, denn vermutlich wusste er nicht, wie er sich gegenüber einem Mädchen aus der Großstadt verhalten soll. Und es gefiel mir, dass er sich mir gegenüber sehr schüchtern und zurückhaltend gab. Aber ich wusste auch, dass ich ihn mehr mochte, als er mich. Seine Gesellschaft genoss ich sehr, und ließ ihn wissen, dass ich sehr gerne mit ihm unterwegs war. Er war in seiner Klasse der Klassensprecher und dies imponierte mir besonders. Denn das bedeutete, dass er nicht nur ein guter Schüler, sondern auch viel besser als der Rest der Klasse war.

Baba wusste, dass ich für Hojjat schwärmte. Er gefiel ihm auch sehr, er erwähnte immer wieder, dass Hojjat ein außergewöhnlich gutaussehender und sehr intelligenter Junge sei. Und unterwegs zum Strand bestand er darauf, ihn von zu Hause abzuholen, damit wir mehr Zeit miteinander verbringen konnten. Jeder Tag in Bandar Pahlavi war ein Fest für uns: Tagsüber am Strand und im Meer, abends ein Spaziergang am Hafen oder auf Essenseinladung bei Verwandten.

Zu seinen Lebzeiten war mein Großvater ein wohlhabender und mächtiger Mann. Sein Einfluss reichte bis

Rasht, einer Großstadt in der Nähe von Bandar Anzali. Er hatte reich geerbt und machte sich als Vorstand der Schilat Handels- und Produktionsgesellschaft, der Firma die den weltbekannten Kaspischen Kaviar fängt und vertreibt, einen Namen. Er besaß viele Häuser und Grundstücke. Alle aus dem Ort kannten uns und wenn wir in Bandar Pahlavi (der frühere Name von Bandar Anzali) waren, gab es besonders für uns Kinder alles umsonst.

Ich fühlte mich wohl in Bandar Pahlavi. Der Meeresgeruch lud gleich nach dem Frühstück zum Baden ein. Es war inzwischen ein Urlaubsritual geworden, nach dem Frühstück sofort die Sachen ins Auto einzupacken und Richtung Strand zu fahren. Der Strand des Kaspischen Meeres war unser bevorzugter Aufenthaltsort. Wir sprangen ins Wasser, machten Bootsfahrten und ich baute eifrig mit Hojjat an unseren Sandschlössern, die immer mehr an Höhe gewannen.

Meine Geschwister spielten derweil mit den anderen Kindern Fußball oder Volleyball. Noch häufiger gingen wir alle baden, um uns gleich danach in dem von der Sonne aufgeheizten Sand bis auf den Kopf einzugraben. Diesen Teil unseres Strandbesuches liebte ich besonders. Dalir und Baba waren jeden Tag bereit, sich von uns eingraben zu lassen. Drei bis fünf Kinder stürzten sich dann auf sie, und wir eiferten um die Wette, wer denn nun schneller im Sand verbuddelt wird. Es entstanden viele schöne und lustige Fotos. Das Kaspische Meer war ein Ort des Vergnügens mit schönen Hotels und Strandhütten.

Spät nachmittags, wenn die Sonne langsam unterging und wir die Kälte des Wassers beim letzten Plantschen spürten, war es Zeit nach Hause zu fahren, um uns für das große gemeinsame Abendessen, das auch häufiger wieder am Strand mit Verwandten und Freunden stattfand, umzuziehen. Und wir zogen an den Strand zu den kleinen Strandhütten, vor denen die Jungs schon ein großes Feuer gemacht hatten und nun die entgräteten Fische, aber am liebsten einen dicken Sternhausen, ein im Kaspischen Meer vorkommender grätenloser Fisch, der besonders schmackhaft ist, aufs Feuer geworfen hatten, während wir einen großen Kreis um die Räucherstelle bildeten und die Musiker unter uns ihre Instrumente für einen gemütlichen Musikabend vorbereiteten. Ich saß bei Baba und ärgerte mich gleich am nächsten Morgen beim Aufstehen, dass ich zu früh eingeschlafen war und die Vorstellung verpasst hatte.

Kaum waren wir zurück aus den Sommerferien, bereiteten wir uns ganz motiviert wieder auf die Schule vor. Neue Uniformen und Schulbücher für das neue Jahr mussten gekauft oder bestellt werden.

Meine Sandkastenfreundinnen wohnten alle in unmittelbarer Nähe. Eine meiner Busenfreundinnen war Farahnaz. Wir gingen in dieselbe Klasse. Wir verbrachten eine unglaublich schöne und unbeschwerte Zeit miteinander.

Farahnaz und ich hingen die ganze Zeit und überall zusammen. Sie war ein sehr temperamentvolles Mädchen, das sich in keiner Situation den Spaß am Leben und am Spielen nehmen ließ. Die Freundschaft mit ihr war großartig. Unser Lieblingsspiel war das Hinkelkästchen. Kaum von der Schule zurückgekommen, hatten wir etwas zu Mittag gegessen und standen früh am Nachmittag auf der Straße vor dem Haus. Wir malten mit Kreide auf der Straße die Vorlage der Kästchen und fingen sofort an. Mit der Zeit kamen dann die

Anderen um sich uns anzuschließen. Farahnaz hatte die Gabe, jeden in ihren Bann zu ziehen. Was ich bei ihr am süßesten fand, waren ihre immer durchgeschwitzten Hände und ihre süßen Grübchen, die beim Lachen auf ihren Backen entstanden. Sie hatte weder Allüren noch Attitüden. Sie war sie selbst und zeigte, dass sie mich sehr gerne hatte und deshalb des Öfteren bei mir zu Hause war. Wenn ihre Mutter sie abholen kam, und meistens wusste sie, dass ihre Tochter sich bei mir befand, versteckte Farahnaz sich und protestierte dagegen, mit zu gehen, was der Mutter gar nicht gefiel.

Es gab auch andere Freundinnen und Schulkameradinnen, aber Farahnaz ist mir bis zum heutigen Tag nicht nur in guter Erinnerung, sondern sie ist mir auch als eine treue Freundin geblieben.

DIE REVOLUTION, DER ANFANG VON ENDE

Am 16. Januar 1979 verließ der Schah samt seiner Familie den Iran über den Flughafen Mehrabad. Die Bilder dieses Tages gingen um die Welt. Wir saßen alle wie gebannt vor dem Fernseher, ich wie gewöhnlich neben Baba. Keiner redete und der Fernseher war lauter als sonst eingestellt. Er zeigte ein Flugzeug, vermutlich den Privatjet von Schah Pahlavi, und ihn selbst mit erhobenem Haupt, aber mit tief betrübtem und eingefallenem Gesicht. Hinter ihm waren seine Frau Farah Diba und die Kinder Reza, Alireza, Farahnaz und die kleine Leila, die fast in meinem Alter war.

Wie immer waren alle schick und sehr modisch angezogen, aber alle gleichermaßen bedrückt. Sie stiegen ins Flugzeug. Wir waren still, wie versteinert. Der Kommentator hörte nicht auf, nebenbei zu reden. Genervt von den überflüssigen Kommentaren, machte Baba den Fernseher leise und war sogar, was sehr unüblich war, selber dafür aufgestanden, während er sonst seine Kinder vorschickte.

Minuten lang befanden sich die Pahlavis im stehenden Flugzeug und nichts passierte. Nach einer sehr langen Pause, in der wir kein Wort miteinander gesprochen hatten, setzte der Flieger sich langsam in Bewegung. Zaghaft trauten wir uns wieder, uns in die Gesichter zu schauen. Wir hatten noch nicht wirklich begriffen, was wir gesehen hatten. Das Flugzeug rollte gemächlich auf die Startbahn. Die Kamera folgte ihm und dokumentierte jede Sekunde des Abschieds. Selbst als das Flugzeug abhob und langsam am Horizont verschwand, musste alles noch live gesendet werden.

„Er ist weg", sagte mein Vater nur, und mit diesem Satz verschwand im wahrsten Sinne des Wortes der Schah aus unserem Leben.

Obwohl es schien, dass der Sturz des Schah wie über Nacht geschah, war es doch die Folge eines langen Prozesses. Bereits lange Zeit vor dem überstürzten Verlassen des Iran gab es viel Unruhe im ganzen Land. In der Zeit, als ich auf die Grundschule kam, merkte ich, dass es ein Leben außerhalb von Payegah Yekom gab, welches zunehmend unruhiger wurde. Auf dem Wege nach Hause direkt nach der Schule besorgte ich immer Tageszeitungen für Baba. Häufig las ich ihm abends, soweit ich die Worte lesen konnte, aus der Zeitung vor. Sie berichtete sehr oft über die Studentenbewegungen und Demonstrationen gegen das Schah-Regime. Viele Male verstand ich nichts von dem, was ich ihm vorgelesen hatte. Weil er mich nicht beunruhigen wollte, hat er mir vieles verschwiegen.

Trotzdem ahnte ich schon früh, dass sich bald in der Außenwelt etwas ändern würde. Die Tageszeitung hat fast ohne Zensur alle Geschehnisse veröffentlicht. Massendemonstrationen, Panik und immer wieder Gewalt herrschten auf den Straßen von Teheran. Ich sah Bilder von blutüberströmten, niedergeschlagenen jungen Menschen. Jedes Mal, wenn ich Baba um Erklärung bat, wechselte er das Thema und bat mich, meine Schulaufgaben zu erledigen. Langsam, aber sicher erwachte in mir ein großes Interesse für diese in Aufruhr befindliche Außenwelt.

Wenn wir nun Freitag an den Wochenenden unter Freunden waren, bildeten sich nach dem Mittagessen zwei Gruppen. Im Gegensatz zu früheren Zeiten, als Frauen neben ihren Männern saßen und über ihre Geschenke und Mitbringsel ihrer Männer aus dem Ausland sprachen und angaben oder über die Entwicklung ihrer Kinder in der Schule berichteten, haben sie sich nun in die Küche zurück gezogen, um die Männer bei ihren politischen Diskussionen nicht zu stören. Zu meiner eigenen Überraschung saß ich nach der Gruppenaufteilung immer noch in der Männerrunde, direkt bei Baba.

Baba war meistens ruhig und paffte mit langen Zügen und nachdenklichem Blick an seine Pfeife, die er mit Amphora-Tabak rappelvoll füllte. Ich liebte diesen Geruch und konnte ihn an seiner Seite besonders gut riechen. Ich ahnte, dass etwas ihm nicht gefiel. Manchmal redeten mehrere Männer gleichzeitig. Von Zeit zu Zeit verließ ich den Raum aus lauter Neugier, um zu erfahren, was die Frauen unter sich gemacht hatten. Einmal war die Diskussion im Wohnzimmer so laut, dass ich dachte, die Herren würden gleich anfangen, sich zu prügeln.

Mit der Zeit habe ich dann verstanden, dass die Außenwelt nicht mehr die alte war. Es gab Probleme. Probleme, die ich nicht auf Anhieb verstand, aber verstehen wollte. Gewisse Menschen, meistens aber junge Studenten, die man während der zahlreichen Demonstrationen und Bewegungen ablichtete und die man dann in den Zeitungen widerfand, wollten das Schah-Regime nicht mehr. Soweit so gut, aber warum nur? Mit sieben Jahren war es mir nicht gestattet, politische Fragen zu stellen, aber selbst für mein zartes Alter müsste es Wege geben, um hinter diese Fragen zu kommen.

Jedes Mal, wenn unsere Gäste gegangen waren, hatte ich Baba nach Details gefragt, und manchmal, wenn ich Glück hatte und Baba es für richtig hielt, bekam ich sogar eine Antwort. Mir war auch aufgefallen, dass Baba nun anfing zu beten. Sollte er es vorher schon gemacht haben, hatte ich es früher nicht mitbekommen. Er wurde mit der Zeit ruhiger und frommer. Ich mochte kein Urteil über ihn fällen, denn uns gegenüber war er wie früher ein guter Baba.

Seine Zeitungen, soweit ich sie in die Finger bekam und etwas über die einfacheren Worte hinaus verstand, las ich heimlich. Es wurden mehr und mehr Tote und Verletzte in den Medien gezeigt. Man schrieb über Verrat und SAVAK, worunter ich mir nichts vorstellen konnte. Durch viele Wohnzimmergespräche Babas mit seinen Freunden habe ich erfahren, dass SAVAK der Geheimdienst des Schah-Regimes war. Er nahm Regierungsgegner fest, meist junge Studenten. Angeblich unter Folter sollten sie zum Reden gebracht werden. Ob das wirklich so geschah, konnte keiner bestätigen.

Anscheinend hatten sich bereits mehrere Gruppierungen gegen das Schah-Regime gebildet, mit der festen Absicht, es zu stürzen. Im Volk verlor der Schah immer mehr an Anerkennung und Vertrauen. Wahrscheinlich gab es noch andere schlechte Taten, die man ihm vorwarf. Nur am Rande hatte ich gehört, dass man ihn des Verrats, korrupter Ölgeschäfte und der Veruntreuung des daraus erwirtschafteten Geldes beschuldigte.

Viele Zeitungen und Zeitschriften stellten ihn durch lustige Karikaturen bloß und verunglimpften gleichzeitig seine Frau und seine Kinder. Man sprach auch davon, dass er mehrere Geliebte im In- und Ausland hatte. Er ruiniere das Land durch seine verschwenderischen Ausgaben, hier wieder einmal für den Bau eines neuen Palastes, den Kauf eines neuen Flugzeuges für seinen Sohn und dort für Geschenke für seine Schwestern, Freunde und seine Handlanger. Vielen Menschen im Iran ging es schlecht, wie ich erfahren musste. Obwohl viele dieser armen Menschen sogar unter Blechdächern leben mussten, hatte Schah Reza nichts Besseres zu tun, als seine Macht in der Innen- und Außenpolitik zu sichern. Es waren Berichte, die entweder als Gerücht durch die Welt gingen, oder aber auch offen durch die regierungskritischen Medien verbreitet wurden. Ich begriff plötzlich, dass Änderungen bevorstanden, große Veränderungen.

Der Schah wurde über Nacht zu einem Despoten geworden, aber das Leben in Payegah Yekom blieb vorerst normal und nichts schien sich in meinem unmittelbaren Umfeld geändert zu haben. Außerhalb der Mauern war jedoch nichts mehr wie früher. So wurde uns zumindest jeden Tag von meinen Brüdern mit großen, von Angst erfüllten Augen berichtet. Sie erzählten, wie ihnen auf dem Weg von der Schule nach Hause Demonstranten begegnet waren. Chaotische Zustände auf den Straßen. Taxis und Busse, die nicht mehr fuhren. Feuer, Armee und Waffen.

Die Massen riefen Parolen wie „Tod dem Diktator, Tod dem Schah". Und die Polizisten und die Garde des Schahs versuchten mit Knüppeln und Tränengas die Massen aufzulösen. Meine Brüder berichteten, wie erneut viele junge Leute festgenommen wurden. Ein großes Durcheinander schien sich über dem Iran, insbesondere Teheran, auszubreiten. Besonders Mutter hatte große Angst, dass ihre Söhne für Demonstranten gehalten und verhaftet werden könnten. Angesichts der oft verbreiteten Gerüchte, dass die verhafteten Studenten verschwinden würden, konnte man sich vorstellen, wie hart es für die Eltern war und wie sehr sie sich bemühten, ihre Kinder aufzuklären und möglichst von den Unruhen fern zu halten.

Nach dem Sturz des Schahs war das Land angeblich ohne Führer und Regierung. Wir wussten nicht, wie wir die ganzen Vorkommnisse einschätzen sollten. Für mich war der Alltag auch zu diesem Zeitpunkt noch immer gleich angenehm. Das reichte mir, um mit meinem jungen Leben zufrieden zu sein. Ich fühlte mich in Payegah Yekom in Sicherheit, und darüber war ich sehr froh. Die Außenwelt war nun in den Händen der Revolutionäre. Jeden Tag berichteten die Medien über die Revolution. Der Schah, zwischenzeitlich ins Exil geflohen, bekam weiterhin negative Schlagzeilen.

Nachdem ich so viel Schlechtes über ihn erfahren musste, war zumindest ich sehr froh über das Scheitern des Schahs. Insgeheim wollte ich ein besseres Leben für die Außenwelt und die armen Menschen in ihren Blechhüttenvierteln, von deren Existenz nun ständig in den Tageszeitungen berichtet wurde. Der Begriff „Revolution" wurde von mir positiv aufgenommen. Das wäre cool, wenn die Armen sich auch des Angenehmen im Leben erfreuen könnten. Für mich war nach dem Sturz des Schahs das Schlimmste überstanden. Wir brauchen keinen Schah, es lebe die Freiheit und Wohlstand für alle.

Der Name Khomeini war in letzter Zeit im Zusammenhang mit dem politischen Umbruch sehr oft gefallen.

Der Gegenspieler des Schahs, der behauptete religiös zu sein, hatte über viele Jahre aus dem fernen Paris versucht, die Macht über den Iran zu bekommen. Er war vor vielen Jahren vom Schah aufgrund vieler verbotener Aktivitäten ins Exil geschickt worden, hatte von dort aus aber nie aufgegeben, gegen den Schah und seine Regierung zu intrigieren. Er hatte sogar ein Buch geschrieben, das zwar im Iran verboten worden war, aber vielen Revolutionären ein Begriff war. Viele junge Studenten waren von ihm beeinflusst. Insbesondere die armen Leute waren es, die Khomeinis Lehren wie Schwämme aufnahmen und ihn unterstützten. Bemerkenswert für mich war die Art, wie er sich anzog. Bis zum heutigen Tage hat mich nichts an dieser Person weiter interessiert als die oberflächlichen Informationen, die ich als Siebenjährige bekam.

Aus Solidarität und Loyalität gegenüber Khomeini stiegen die Iraner nun jeden Abend gemeinsam auf die Dächer und riefen mit sehr kräftiger Stimme „Allah o Akbar" („Gott ist groß"). Selbst ich fand das spannend und die versammelte Menge überwältigte mich. Die gesamte Nachbarschaft machte sich nach dem Abendessen auf den Weg die Treppen hinauf, um auf das Dach zu kommen. So waren wir auf den Dächern vereint, die Nachbarn und all diejenigen, die genauso wie wir den Regimewechsel gebilligt, gar gewollt oder auch stillschweigend akzeptiert hatten.

Diese allabendlichen Zusammenkünfte gaben uns ein Gefühl der Stärke und Zusammengehörigkeit. Manche behaupteten sogar, dass Ayatollah Khomeini so mächtig sei, dass er deshalb den Titel „Prophet" verdienen würde. Manche glaubten gar, dass sein Profil jede Nacht im Mond zu sehen sei und werteten das als ein göttliches

Zeichen. Ich bin heute froh, dass ich selbst damals nicht auf diese Lüge oder besser gesagt Kinderfantasie hereingefallen war. Denn je mehr ich auf dem Bild des Mondes nach dem Profil Khomeinis suchte, umso mehr glaubte ich an die Übertreibungen der Teheraner. Die Begeisterung für den religiösen Führer berührte mich nicht, ich genoss die Kühle des Daches und den Blick über das schöne Gelände des Militärflughafens mit der gedämpften Beleuchtung der Flugzeuge. Manchmal, wenn wir nachmittags auf das Dach gingen, konnte ich sogar das Elburs-Gebirge bewundern, wo die Bergspitzen noch mit Schnee in der Sonne strahlten und wunderschön aussahen.

Der Iran war für etwa zwei Wochen führerlos. Chaos war überall zu spüren. Fernseh- und Radiosendungen wurden schließlich auf eine unbestimmte Zeit eingestellt. Alles stand Kopf. Die ersten vorerst kaum bemerkbaren Änderungen am Arbeitsplatz meines Vaters gaben uns vorerst keinen Grund beunruhigt zu sein. Payegah Yekom schien noch ruhig und unversehrt die Revolution überstanden zu haben. Doch so ruhig und sicher alles schien, das Leben außerhalb der Luftwaffenbasis, war ein einziges drunter und drüber. Teheran befand sich in einer seiner historisch schwierigsten Phasen.

Am 1. Februar 1979 versammelte sich eine große Menschenmenge am Teheraner Flughafen, um jubelnd und tanzend einen einzigen Mann zu empfangen - Ruhollah Musavi Khomeini. Viele Teilnehmer hatten Plakate mit seinem Konterfei in der Hand. Er war als Ayatollah Khomeini bekannt. Die Bilder zeigten ihn mit einem weißen Bart, einem schwarzen Gewand und einem Turban auf dem Kopf. Mit seinem gestreckten Arm und einer nach unten zeigenden Handfläche, wirkte er so, wie wir den Papst bei seinen öffentlichen Auftritten erlebt hatten.

Die Menschenmenge war riesig, viele Menschen schrien „Lang lebe Ayatollah Khomeini" und „Du bist meine Seele, Khomeini, du bist ein Ikonoklast, mein Khomeini". Es waren vorwiegend junge Leute, die Frauen meistens dunkel gekleidet und mit Tschador oder Kopftüchern, die Männer trugen in der Mehrzahl einen Bart. Beim Anblick der in den Zeitungen veröffentlichten Bilder wurden mir die religiösen Gründe des Machtwechsels klar.

Die Stimmung beim Empfang war unglaublich. Sie zog alle mit. Selbst ich wäre gern dabei gewesen und beschwerte mich, warum wir von diesen großen Ereignissen und den Massenbewegungen immer erst aus den durch Medien erfahren mussten und selbst nie daran teilnehmen durften. Die neue Mode fand ich auch in Ordnung. So ein Kopftuch sah cool aus. Erst seit kurzem hatte ich immer die Frauenzeitschriften von meiner Mutter durchgeblättert. Darin waren Frauen abgebildet, die ein kleines, hinten am Unterkopf geknotetes Kopftuch getragen hatten, aus dem ein paar Strähnen rausguckten. Manche Frauen hatten sogar ihre schönen langen Haare damit gebändigt. Es sah sehr modisch und schick aus. Ob ich auch einmal so etwas tragen konnte, dachte ich mir. Ich konnte damals noch nicht ahnen, dass dieses Kopftuch, neben vielen anderen Gründen, mich aus meinem Land vertreiben würde.

Nach dem Machtwechsel hat sich zunächst kaum etwas geändert. Wir lebten unser Leben weiter. Wir Kinder gingen normal zur Schule, und die neue Mode für Frauen hatte auf sich warten lassen.

Langsam jedoch, erreichte die Revolution die Schulen. Jeden Morgen mussten die Klassen auf dem Schulhof antreten. Wir standen alle in Reih und Glied und mit lang nach vorn gestrecktem Arm mussten wir einen Abstand von etwa 20-30 cm zum Vordermann halten. Die Größten mussten nach hinten, die Kleineren rückten nach vorne. Die Klassensprecherin war für die Ordnung der Klassen und die Anwesenheit der Schülerinnen zuständig. Ich zählte immer zu den Größten und musste nach hinten.

Als alle Klassen ihre Aufstellung gefunden hatten und am Schulhof die absolute Stille herrschte, wurde die Nationalhymne per Kassettenrekorder und Lautsprecher eingespielt. Wir alle sangen die Nationalhymne mit. Nach dem Machtwechsel wurde sie jedoch ziemlich unspektakulär durch eine neue ersetzt.

Mit acht Jahren konnte ich mir nichts unter Machtwechsel vorstellen. Ich dachte, alles bleibt beim Alten, nur die Mode und die Schuluniformen würden schicker und moderner. Die Menschen, die bisher in Blechvierteln gelebt hatten, würden nun endlich ein richtiges Dach über dem Kopf bekommen. Die Armen bekämen das, was ihnen zustünde, und ich würde mein schönes Leben weiterhin mit meinen Freundinnen und Freunden in Payegah Yekom weiterleben.

Doch es kam alles anders als erwartet. Mit unglaublich rasanter Geschwindigkeit wurden die Spuren des Schah-Regimes beseitigt. Die neue Regierung hatte all seinen Besitz samt Palästen beschlagnahmt. Seine Statuen und Plakate wurden abgerissen und vernichtet, seine Anhänger verfolgt und inhaftiert.

Ich erinnere mich an immer mehr Medienberichte, dass viele Minister und direkte Berater des Schahs verhaftet worden waren, um vor Gericht zur Rechenschaft gezogen zu werden. Direkt oder indirekt vom Schah abhängig, hatte es viele Menschen gegeben, die in den Jahren des Regimes im Ausland und dort besonders in den USA und England genügend Mittel für eine zweite Existenz beiseite geschafft hatten. Diese mussten nach dem Sturz des Schahs samt Familien und engen Verwandten das Land verlassen. Einige Fluchtunterfangen waren abenteuerlich. Jeder, der blieb oder nicht fliehen konnte, wurde im Iran festgenommen.

Für mich war die Lage sehr verworren und unverständlich. Was hatten all die Menschen mit dem Schah zu tun? Die Mitschuld war für mich fragwürdig. Es waren bereits vor Khomeinis Zeit viele unterschiedliche Oppositionsbewegungen entstanden, die nun um die Macht rangen. Ich wusste nicht, wer zu welcher Seite gehörte. So sah und hörte ich die Nachrichten, ohne mir ein eigenes Urteil bilden zu können.

Aufmerksam und mit zunehmender Traurigkeit nahm ich das Verschwinden vieler Künstler und Sänger aus den Radio- und Fernsehprogrammen wahr. Früher war das ganze Abendprogramm mit Musik, Spiel, Theater und Shows gefüllt und auf fast allen Kanälen unterhielten und begeisterten namhafte Showmaster die Zuschauer. Nun waren die Studios und Bühnen leer.

Das Fernsehen übertrug nicht mehr viele Programme und auf einmal wurden bis auf einige religiöse, alle Sender eingestellt. Wir hatten kein Fernsehen mehr. Alles, was mit der Monarchie und dem Westen in Verbindung gebracht wurde, verschwand über Nacht aus den Medien. Obwohl die allgemeine Hochstimmung anhielt und das Volk sich eine bessere Gesellschaft und ein besseres Leben nach dem Schah erhoffte, erahnte ich eine riesenschwarze Wolke über unserer Zukunft.

Innerlich war ich von etwas beunruhigt, dass ich nicht benennen konnte und ich begann, sensibel auf meine Umgebung zu reagieren. Froh darüber, dass die Gewalt draußen uns nicht zu nahe kam, verfolgte ich jede Schlagzeile aus den Zeitungen meines Vaters. Mit den Zeitungsmeldungen hatte sich auch Baba geändert: Er trug neuerdings einen Ziegenbart. Langsam kam er mit neuen Nachrichten von der Arbeit nach Hause. Er berichtete, dass einige ranghohe Luftwaffenoffiziere von heute auf morgen suspendiert worden waren. Manche seiner Kollegen waren sogar schon festgenommen worden. Und diejenigen, die ahnten, dass sie als nächste dran sein könnten, hatten schnellstens über Nacht mit oder ohne Familie das Land verlassen. Manche hatten nicht einmal die Zeit, ihre Möbel, Hab und Gut mitzunehmen, sondern konnten nur das Notwendigste zusammenpacken. In der Schule verschwanden auch von Zeit zu Zeit einige Mitschülerinnen. Ohne dass man etwas über die Gründe erfuhr, kamen sie einfach nicht mehr zum Unterricht.

In Payegah Yekom kannten wir viele Freunde und Bekannte mit ausländischen Wurzeln oder einer anderen Glaubenszugehörigkeit. Mit dem Machtwechsel im Iran merkten diese schnell, dass Ihre Anwesenheit dort nicht mehr erwünscht und geduldet wurde. Auch sie verließen Hals über Kopf das Land.

Um uns herum wurde es ruhig. Ahnungslos hatten wir weitere Änderungen hingenommen und waren dennoch nicht der Revolution abgeneigt. Wie viele Menschen waren wir der Meinung, dass es legitim sei, sich vom

Machtmonopol Schah Rezas zu befreien und persönliche Freiheit und Rechte anzustreben. Dazu gehörte es, dass man die Beziehungen zum Westen abschnitt und unabhängig wurde. Denn der Schah war ja sehr westlich orientiert, hieß es. Nachdem er nach einem Putsch durch seinen Premierminister Mossadeq ins Exil gehen musste, es ihm aber mit Hilfe der USA wieder gelungen war, die Macht zurück zu erlangen, war das Verhältnis zu den Vereinigten Staaten noch stärker geworden.

Um den Amerikanern seine Dankbarkeit zu zeigen, hatte er die westliche Kultur im Iran sehr gefördert, und den Nationalisten Mossadeq mit einem Handstreich von der politischen Bühne verdrängt. Fortan entschied er als einziger Machthaber allein über die Wirtschaft, die Politik und das ganze Volk.

In unserem Wohnzimmer genau wie in vielen anderen gingen die Diskussionen weiter, die politische Spannung stieg. Unsere Erwartungen an die neuen Führer stiegen, denn Ayatollah Khomeini hatte dem iranischen Volk ja ein Leben voller Sorglosigkeit versprochen. In einem Land, wo Öl und Honig fließen, braucht niemand zu hungern und im Winter zu frieren. Ich war begeistert von seinen Ideen, wenn ich auch noch nicht wusste, wozu Öl eigentlich gut ist und welche Macht in der Welt es mit sich bringen kann. So richtig habe ich die Vorgänge erst sehr viel später verstanden.

Als am 1. April 1979 der Iran zur Islamischen Republik erklärt wurde, wussten wir alle, dass der Schah diesmal endgültig seine Macht verloren hatte, obwohl er nie offiziell abgedankt hatte.

Es waren Tatsachen geschaffen worden: Wichtige Handlanger und Vertraute des Schahs und Drahtzieher des SAVAK wurden hingerichtet. Als Beweis für den Vollzug der Pflicht wurden unzählige blutrünstige Fotos der Opfer gezeigt. Dann stürmten einige Anhänger der Opposition Tudeh die amerikanische Botschaft und brachten 50 amerikanische Geiseln in ihre Gewalt. Sie forderten die Auslieferung des Schahs, der sich damals zur Behandlung seines Lymphdrüsenkrebses in Amerika aufhielt. Eine solche Machtprobe mit einer waffenstrotzenden Großmacht konnte einem wirklich Angst machen.

Die Geschwindigkeit der Ereignisse schien immer mehr zuzunehmen und Innen- und Außenpolitik gerieten außer Kontrolle. Von allen Seiten geriet das Land zunehmend unter Druck. Der Iran war nun über Nacht ohne offizielle Regierung, aber mit einer Symbolfigur, schien alles eingefroren und gleichzeitig hoch explosiv.

DER KRIEG

Der Verlust des von mir so geliebten Hojjats aus Bandar Anzali hat mich erschüttert. An seiner Beerdigung durfte ich nicht einmal teilnehmen. Zu jung und naiv, um mich mit dem Thema Tod auseinander zu setzen. Der liebe, gutaussehende Hojjat war bei einem Autounfall ums Leben gekommen. Die Wahl zum Klassensprecher als Klassenbester war ihm indirekt zum Verhängnis geworden.

Als er seine Schulkameraden bei einem Ausflug über die Schnellstraße von einer Seite zu der anderen Seite bringen wollte, war er von einem heranrasenden Auto erfasst worden. Man erzählte, dass der Aufprall so heftig gewesen sei, dass er auf einen Baum geschleudert und dann auf den Boden gefallen sei. Er hatte keine Chance den Unfall zu überleben und war auf der Stelle tot. Diese Nachricht war für mich sehr hart. Für mich war es fast unvorstellbar, dass Hojjat nicht mehr da sein sollte. Er war mit ein Grund, warum ich sehr gerne zum Strand nach Bandar Anzali gefahren war.

Großmama meinte, dass seiner Mutter in tiefster Trauer wäre und nicht mal in der Lage sei, die einfachsten Dinge im Alltag zu bewältigen. Ich konnte mir das sehr gut vorstellen. In meinen kindlichen Gedanken dachte ich, Hojjat war etwas Besonderes und der liebe Gott hat ihn zu sich geholt, damit er im Paradies hausen und ein besseres Leben führen kann.

Das war wahrscheinlich der einzige Trost, der mich beruhigte, obwohl ich wusste, dass ich ihn sehr vermissen würde. Die Nachricht über Hojjats Tod brachte uns die Großmama während ihres letzten Aufenthaltes bei uns in Teheran. Selbst sehr gezeichnet und schwach von einer sich hinziehenden Krankheit, schilderte sie uns wie sehr die Familie in Bandar Anzali unter diesem Verlust leiden würde. Zu dem Zeitpunkt konnten wir uns nicht vorstellen, dass wir in naher Zukunft auf viele weitere Verluste vorbereitet sein müssten. Großmama war einer diese Verluste. Wenige Wochen nach Hojjat verstarb sie auch.

Ihr Tod hat unserer Familie schwer zugesetzt. Besonders Maman und ich litten sehr darunter. Maman war untröstlich. Als erstes Kind in der Familie stand sie meiner Großmama besonders nah. Sie war diejenige, die ihr in allen Lebenslagen zur Seite gestanden hatte. Nach dem Tod meines Großvaters hatte sie Großmama des Öfteren nach Teheran geholt und bis zu mehrere Wochen gepflegt. So waren die letzten Jahre besonders belastend für sie.

Ein paar Wochen bevor Großmama verstarb, war sie für eine ärztliche Behandlung nach Teheran gekommen. Obwohl sie von ihrer langen Krankheit sehr gezeichnet war, strahlte ihr Gesicht. Maman ging mit ihr fast jeden Tag zum Arzt. Hätte ich gewusst, wie ernst es war, wäre ich vielleicht viel lieber zu ihr gewesen, oder hätte sogar darauf bestanden, sie dort in Teheran bei uns zu behalten. Auch das machte Maman sehr traurig, sie hätte ihre Mutter auch bis zuletzt lieber bei sich gehabt. Sie war mit 49 Jahren zu jung, um zu sterben, und das brach Maman fast das Herz. Trotz des großen Vermögens hatte sie kein schönes Leben gehabt. Den Tod meines Großvaters kaum verkraftet, musste sie nun um ihr eigenes Leben kämpfen.

Eines Tages informierte einer der Brüder von Maman uns telefonisch, dass sich der Gesundheitszustand von

Großmama deutlich verschlechtert habe und man mit dem Schlimmsten rechnen müsse. Maman machte sich so schnell wie es nur irgend ging auf den Weg und nahm Darja und mich mit. Unterwegs nach Bandar Anzali wussten wir nicht, dass Großmama in der Zwischenzeit bereits gestorben war. Die lange fünfstündige Fahrt war für Darja und mich unbeschreiblich traurig. Die Jungs waren zu Hause in Teheran geblieben. Maman redete während der ganzen Fahrt kein Wort. Selbst auf unsere Anregungen ging sie nicht ein. Tief in ihren Gedanken war sie für uns überhaupt nicht erreichbar.

Die dicken Wassertropfen an der Frontscheibe unterstrichen noch die melancholische Stimmung im Auto. Diese Fahrt war anders als die sonst so schönen sonnigen Fahrten nach Bandar Anzali, wo wir oft auf der Strecke anhielten, um in Chaloos oder in anderen kleinen Orten eine Kleinigkeit zu essen und die Natur zu genießen. Auf dieser Fahrt hatten wir es eilig. Kaum anhaltend raste Baba Richtung Norden. Aus Rücksicht auf Maman fragte ich nicht einmal nach einer Toilettenpause.

Als wir endlich durch Regen und Sturm ankamen und im großen Vorgarten Großmamas standen, wusste Maman was passiert war. Sie war zu spät. Wir hörten ein dumpfes Weinen im Haus. Ein paar für mich unbekannte Frauen, komplett in Schwarz, erledigten etwas im Garten. Kaum hatten wir die Situation erfassen können, setzte sich meine Mutter auf die Terrasse und fing an laut zu schreien und zu weinen. Sie schlug mit der Faust auf sich ein. Zur Hilfe kommend stürmten mein Onkel, die Großtanten und ein paar andere Leute aus der Verwandtschaft auf Sie zu. Baba und mein Onkel redeten auf sie ein und versuchten sie zu beruhigen.

Darja und ich waren schockiert. Mir war sogar nicht einmal möglich zu schlucken. Auf Wunsch meines Vaters kam Soghra, die gute Seele unter den Verwandten und schlug vor, uns für ein paar Stunden mit zu sich zu nehmen. Müde von der Fahrt und schockiert, kriegte ich kein Wort heraus. Baba willigte ein.

Arme Maman, dachte ich die ganze Zeit über. Erst Hojjat, dann die liebe Großmama. Kaum den einen Verlust verarbeitet, musste bereits der nächste bewältigt werden.

Zwei Tage lang haben wir Maman nicht gesehen. Sie war mit der Beerdigung und der Trauerfeier sehr beschäftigt. Sie war der Haupthebel bei allen Vorbereitungen und Unternehmungen rund um die Vorbereitung der Beerdigung. Seit meiner Geburt kannte ich Bandar Anzali, doch noch nie war die Reise so traurig und bedrückend gewesen wie zu diesem Zeitpunkt. Um dem Unterricht nicht fern zu bleiben und keine traumatisierenden Bilder mehr mitzukriegen, reisten wir noch vor der Beerdigung Großmamas nach Hause. Auf der Fahrt nach Hause, waren wir somit nur noch zu dritt.

Während der Fahrt schließ ich ab und an die Augen zu, und ließ ich die jüngsten Geschehnisse auf mich wirken. So rasch, wie das Unglück über mein Leben herfiel, konnte ich nicht in Ruhe trauern und das Fehlen von Hojjat und Großmaman verarbeiten. Das alles fiel ausgerechnet mit der neuen Situation im Iran zusammen. War es Ironie des Schicksals oder Fügung, dass so viele Verluste gleichzeitig auf uns einprasselten.

Bereits nachdem mein Großvater von uns gegangen war, hatte sich das neue Regime den größten Teil seines Besitzes unter den Nagel gerissen. Viele Menschen, die zu den Zeiten des Schahs an Reichtümer gekommen waren, waren nach der Revolution enteignet worden. Die neuen Machthaber erklärten sie als „nicht ehrlich erwirtschaftetes Eigentum", das dem Volk zurückgegeben werden musste. Obwohl mein Großvater jahrelang verantwortungsbewusst und loyal für sein Unternehmen gearbeitet hatte, konnte meine Großmutter die Enteignung der Grundstücke und Häuser nicht verhindern.

Man ließ Großmama das Anwesen in Bandar Pahlavi, das mittlerweile Bandar Anzali hieß. Nach und nach wurden fast alle Städte- und Straßennamen, die insbesondere nach westlichen Persönlichkeiten benannt worden waren, umgewidmet.

Seit der Revolution litt Großmaman häufig unter Einsamkeit, denn all ihre Kinder waren inzwischen verheiratet und ausgezogen. Wer kann schon den ganzen Tag glücklich in einem großen Haus allein leben?

Im Hof ihres Hauses wuchs ein großer Maulbeerbaum, an dem schon viele Jahrhunderte vorbeigezogen waren. An diesen Baum hatten meine Großeltern mit einem dicken Fischerseil ein Schaukelbrett befestigt. Solange ich zurückdenken kann, erinnere ich mich an diese Schaukel. Bei jedem Besuch bin ich unverzüglich zu diesem Baum geeilt, um noch vor der immer sehr förmlichen Begrüßung eine Runde zu schaukeln. Sie brachte mich mit jedem Schwung höher in den Himmel. Meine Großmutter nahm mir diese Verletzung des offiziellen Zeremoniells nicht übel, da sie es doch als Kind häufig selbst versucht hatte. Sie folgte einer alten Familientradition, in der Jung bis Alt, Familie und Freunde jeder einmal auf dieser Schaukel gesessen hatten und sich von dem alten schönen Maulbeerbaum tragen und vom Wind umspielen ließen.

Ohne Großmutter und mit dem geänderten Namen von der Hafenstadt Bandar Pahlavi schien es mir, als ginge mit ihr alles Schöne und Lebenswerte in diesem Ort verloren. Ich schaukelte nie wieder auf der Schaukel unter dem schönen Baum zwischen Garten und Himmel. Es war so, als ob meine ganze Bestimmung nach einem gut durchdachten Drehbuch nun zu einem eigenartigen Film wurde. Die Choreografie war überwältigend.

Wie selbstverständlich war ich immer davon ausgegangen, dass ich bis zu meiner Pubertät Kind bleiben und meine Kindheit genießen durfte. Aber dies war mir wie so vielen anderen meiner Generation nicht gegönnt. Die Veränderungen brachen zu schnell über mich herein: die Verwerfungen nach der Revolution, die Einführung der Islamischen Republik und obendrein auch noch der Tod meiner Großmutter und meiner Kindesliebe.

Selbst in Touristenorten wie Bandar Pahlavi zogen nun neue Sitten ein. Mädchen ab neun Jahren durften nicht mehr ohne Kopfbedeckung und lange Mäntel, die ihren ganzen Körper bedecken, in die Öffentlichkeit gehen. Am Meeresstrand mussten Frauen und Männer getrennt baden. Und das war nur der Anfang. Innerhalb kurzer Zeit war alles verboten, was uns vorher wichtig war. Den Kopfbedeckungszwang empfand ich nicht einmal als sehr schlimm, aber das, was nach und nach in unsere Gesetzgebung eingeführt wurde und „Scharia" hieß, löste bei allen Frauen in meiner Umgebung eine tiefe Beklemmung aus. Jeder Mensch, der sich mit dem Koran und dem Islam beschäftigt, weiß, was mit der Scharia verbunden ist: Die Rechte der Frauen reduzieren sich in allen Lebensbereichen auf ein unerträgliches Minimum.

Die Verbreitung und die Auswirkungen des religiösen Eifers hatte ich während unseres Aufenthaltes in Payegah Yekom gar nicht bemerkt. Wir waren von all den politischen Vorgängen abgeschirmt worden. Sobald wir aber unser Zuhause in Richtung Teheran-Innenstadt verlassen hatten, bemerkten wir starke Veränderungen, die immer noch im Gange waren.

Als wir mit dem Auto zu unseren Freunden unterwegs waren, hatten wir auf den Straßen verbrannte Überreste von Barrikaden und riesige Plakate mit den Bildern der Ayatollahs Khomeini und Khamenei gesehen. Ich verstand, dass ich so schnell wie möglich „die Religion" begreifen musste, denn ich hatte nie den Koran gelesen oder gar gebetet. Selbst die „neue Mode" mit dem Kopftuch konnte mich nun nicht mehr begeistern. Zu schnell waren die Umbrüche für mein achtjähriges noch sehr kindliches Mädchenherz.

Hinzu kamen die Veränderungen in der Familie. Ich war mir sicher, dass wir nach dem Tod meiner Großmutter nie wieder nach Bandar Pahlavi fahren würden, denn ich wusste, wie es meiner Mutter zumute war. Sie konnte das leere Haus nicht ertragen und hätte uns mit ihrer Traurigkeit angesteckt. Und wir konnten uns nicht einmal mehr am Strand vergnügen und wie früher unbegrenzt das Bad im Kaspischen Meer genießen.

Heute wäre ich froh, wenn es bei diesen kleinen Einschränkungen geblieben wäre, denn die bevorstehenden Ereignisse übertrafen mein Vorstellungsvermögen und brachten mich an die Grenze meiner Kräfte.

Es war der erste Herbsttag an einem Montag. Maman war gerade seit ein paar Tagen zurück von der Beerdigung. Der Schmerz und die Müdigkeit saßen ihr noch in den Knochen. Die Uhr schlug zwölf. Meine Eltern, meine Schwester und ich saßen am Tisch und aßen zu Mittag. Wie gewohnt hatte ich mir vorgenommen, direkt nach dem Essen meine Freundin Jinus aufzusuchen, um mit ihr zu spielen. Meine Brüder waren unterwegs, auf dem Weg von der Schule nach Hause. Über uns lärmten die Düsenjäger, an die wir gewohnt waren. Es gab viele Tage, an denen sie zum Manöver rausflogen und Ihre Übungen in unserer unmittelbaren Nähe absolvierten.

Am Tisch redete wie üblich keiner. Vermutlich war jeder tief in seinen Gedanken, was er nach dem Mittagessen machen wollte, als plötzlich ein dumpfes Flugzeuggeräusch die Stille durchbrach. Der Schall des Fliegers näherte sich mit einer immensen Geschwindigkeit. Die Gläser auf dem Tisch fingen an zu beben. Der Jet flog so tief, dass meine Mutter, verwundert und mit einem scheuen Lächeln, ihren Kopf an die Schulter meines Vaters lehnte und sagte: „Reza, was ist das? Er fliegt so tief!". Darauf erwiderte mein Vater beruhigend: „Keine Angst, ein paar Jungs machen Manöver, es passiert nichts."

Er hatte das letzte Wort des Satzes noch nicht einmal ausgesprochen, als eine gewaltige Explosion erfolgte. Es knallte so laut, dass einige Fensterscheiben zerbarsten und das ganze Haus wie bei einem Erdbeben hin und her wackelte, alles schepperte und klapperte herum. Die Gesichter verwackelt und verschwommen, konnte ich fast nichts mehr klar erkennen. Sekunden später die nächste Detonation. Schreiend versuchte ich von meinem Platz aufstehen, aber es war nicht möglich. Etwas Schweres drückte mich nach unten. Ich hörte Schreie, und das Beben meines eigenen Körpers. Als das Hallen der Detonation aufhörte, sprang mein Vater wie vom Blitz getroffen auf, seinen Teller hat er dabei umgeschmissen. Der Tisch sah verwüstet aus. Die Wasserkanne war umgekippt. Darja schaute mit ihren großen Augen fassungslos in den Raum. Maman schrie und lief meinem Vater hinterher. Unkontrolliert schweiften meine Gedanken Richtung Hiroshima. War das eine Atombombe? Kommt jetzt graue Asche hinterher?

Das Einordnen der Geschehnisse, die sich unmittelbar danach ereigneten, war für mich unmöglich. Baba stand plötzlich in seinem grünen Fliegeroverall im Wohnzimmer. Sein Gesicht sprach Bände. Verzweiflung, Ärger, Angst und Ratlosigkeit vermischt miteinander. Maman lief von einer Ecke in die Andere und sah kreidebleich aus. „Reza, was passiert hier? Antworte mir endlich" schrie sie nur noch, ihre Augen weit offen, glasig und leblos. Mein Vater schrie: „Wir werden angegriffen, nimm die Kinder und lauf die Treppen runter. Darja, pass auf Dana auf. Geht alle auf die Straße!"

Er war so schnell, dass ich ihn kaum einholen konnte. In dem Moment habe ich zum ersten Mal in meinem Leben die Sirenen heulen gehört. Sie waren laut und hatten einen sehr bedrohlichen Klang. Mein Vater rannte die Treppen runter, klopfte und klingelte an jeder Tür und forderte die Nachbarn auf, ihre Wohnungen zu verlassen, denn Häuser konnten zu tödlichen Fallen werden. „Rauskommen, wir haben Krieg, raus, raus!" Ich lief ihm hinter her: „Baba geh nicht weg. Bitte, lass uns hier nicht allein, bleib hier", schrie ich, und flehte ihn buchstäblich an, zu bleiben. Als ich ihn schließlich an seinem Bein packte, griff er ganz fest nach meiner Schulter. „Dana, ich muss los. Ich muss zum Dienst. Du musst jetzt ganz stark sein." Ich klebte an jedem seiner Worte. „Sei tapfer. Ich weiß, dass du das kannst." Bevor ich die Gelegenheit hatte, ihm zu sagen, dass ich kein tapferes Mädchen sein wollte, setzte er sich in sein Auto und fuhr weg zu seiner Einheit, denn im Notfall mussten alle Offiziere und Soldaten auf der Stelle zum Dienst antreten.

Als er wegfuhr, sah ich als Erstes Maman im Treppenhaus, die blind vor lauter Panik und Aufregung nach meinen Brüdern schrie. Das war das zweite Mal in diesem Jahr, dass ich Maman schreiend und auf sich einschlagend erlebte. Es war schlimm, sie in diesem Zustand zu erleben, war sie doch sonst so unerschütterlich, stark und sehr ruhig. Verständlicherweise habe ich versucht, sie zu beruhigen, aber wie lässt man sich in so einer Situation von einer Neunjährigen, die selbst keine Ahnung hat, beruhigen?

Inzwischen hatte sich eine große Menschenmasse, meist aus Frauen und Kindern, vor den Wohnhausblöcken gesammelt. Die Luftschutzsirenen heulten weiter. Sie warnten uns vor einer Gefahr. Was konnten wir tun? Wo sollten wir hin? Ich hörte die Menschen, manche schrien, während Andere ruhig und orientierungslos da gestanden haben und versuchten, die Vorkommnisse zu verstehen. Bemerkenswert war, dass viele in der Eile und Angst ihre Häuser ohne Schuhe verlassen hatten. Einige hatten ein kleines Radio in der Hand und hörten in kurzen Abständen die neuesten Nachrichten. Aber über den Angriff, dessen Augenzeugen wir gerade geworden waren, wurde nichts berichtet.

Darja versuchte meiner weinenden Mutter, die inzwischen sogar aus Angst um das Leben meiner Brüder zitterte, Trost zu spenden: „Weine nicht, Maman jan, sie kommen beide heil nach Hause zurück." Zwischen ihnen versuchte ich, Halt zu finden und zu verstehen, was uns als Nächstes erwarten würde. Eins war klar, der Fliegerhorst mit den Kampfjets war eines der Hauptziele der Angreifer. Und zu allem Überfluss fiel zwischenzeitlich auch noch der Strom aus.

Der Angriff war anscheinend beendet. Kein Knallen mehr, keine klirrenden, rasselnden, schrillen Töne, aber das leise Weinen von Maman. Frau Salehi versuchte, Maman zu beruhigen. Sie sprach extrem leise zu ihr. Maman saß immer noch auf dem Boden im Treppenhaus. Hilflos und verwirrt. Die feindlichen Flugzeuge waren verschwunden. Wir blieben verängstigt und ratlos zurück. Von dem Begriff „Krieg" war ich noch weit entfernt, aber seit den jüngsten Ereignissen war ich im Stande zu beschreiben, wie ein feindlicher Luftangriff sich anfühlte. Das wurde zum Überfall meines Lebens.

Auch in den folgenden Stunden war nicht viel darüber zu erfahren, was wirklich passiert war. Man erzählte sich, dass zwei Jagdbomber vom Typ Tupolew den Fliegerhorst angegriffen hätten, um dessen Flugzeuge zu zerstören. Es waren vermutlich Iraker. Führten wir einen Krieg mit dem Irak? Aber warum, dachte ich mir.

Die Mutmaßungen und Diskussionen nahmen kein Ende. Viele Menschen diskutierten aufgeregt, was nun zu tun sei. Einige Familien wollten Payegah Yekom unverzüglich verlassen. Andere sahen darin keinen Sinn, denn schließlich würden auch andere Orte in Teheran keinen besseren Schutz bieten. Das Radio verkündete nach einiger Zeit, dass mit hoher Wahrscheinlichkeit die Iraker noch einmal Teheran angreifen würden. Insbesondere die Basis Payegah Yekom samt Flughafen war gefährdet, denn sie war, wie jeder wusste, ein wichtiges militärisches Ziel. Die Menschenmenge wurde noch panischer. Einige Leutnants fuhren vom Dienst zu ihrer Familien zurück, um sie in Sicherheit zu bringen. Keiner wollte noch in Payegah Yekom sein, wenn ein zweiter Angriff erfolgen sollte. Auch Herr Salehi kam zurück. Er war aufgeregt und verängstigt. Trotz seines groß gewachsenen, athletischen Körpers, war er außer Atem. Mit einem sehr trockenen Hals und zitternder Stimme sagte er: „Wir sind hier auf keinen Fall mehr sicher, sie kommen wieder. Wir müssen alle weg."

Inzwischen war es früher Abend und es begann langsam zu dämmern. Meiner Erinnerung nach waren die Telefonleitungen ebenfalls tot. Wir hatten keinen Strom und kein Telefon. Unsere vollzählig versammelten Nachbarn, die Salehis, zu denen Maman ein sehr gutes Verhältnis hatte, wollten zumindest für die nächsten Tage Payegah Yekom verlassen und boten meiner inzwischen etwas ruhigeren Mutter an, mich und Darja mitzunehmen. Maman stimmte zu, wollte aber selbst um keinen Preis Payegah Yekom ohne die beide Jungen verlassen.

Maman tat mir leid. Was für ein schlimmes Jahr, dieses 1980! Erst verlor sie ihre geliebte Mutter, und heute bangte sie um ihren Mann und um ihre Jungen, und jetzt musste sie sich auch noch von den Mädchen trennen. Ich war wie umnebelt, saß in der Ecke und schaute regungslos zu, was um mich herum passierte. Alle Entscheidungen fanden ohne mich statt. Maman nahm das Angebot der Nachbarn an. Dabei wollte ich doch bei ihr bleiben, ahnte aber, dass es für sie eine große Erleichterung wäre, uns Schwestern in Sicherheit zu wissen. Sie war mit ihren Nerven am Ende und ich hatte Angst, ihr zu widersprechen.

Vor Maman hatte ich schon immer großen Respekt. Ich duzte sie nicht einmal. Für Europäer hörte sich das Siezen sehr ungewöhnlich an, aber in orientalischen Ländern ist dies immer noch Tradition. Unsere Mutter-Tochter-Beziehung ließ aus meiner Sicht Wünsche offen. Ich verlangte viel mehr Aufmerksamkeit als sie mir gewähren konnte. Sie vernachlässigte mich nicht bewusst, aber der Haushalt und meine Geschwister beschäftigten sie mehr als ich es tat.

Inzwischen saß ich im Auto der hilfsbereiten Nachbarn, die zwei Töchter in Darjas Alter hatten und einen viel kleineren Jungen. Die Nachbarin kannte ich bisher schon immer als sehr zuvorkommend, aber manchmal nervte sie mit ihrer Neugierde. Ich wusste nicht, wo wir hinfuhren, ahnte aber nichts Gutes. Trotz äußerer Ruhe konnte ich seltsamerweise auf keinen meiner Gedanken eine Antwort finden. Wer hätte das gedacht: Mein Gehirn setzte aus. Was mache ich am kommenden Samstag? Fahren wir zurück nach Hause? Ich muss doch zur Schule! Ich habe keine Kleidung dabei! Das waren so viele Sorgen, dass sie mir jede Lust am Nachdenken verdarben.

Wir verließen Payegah Yekom, und ließen eine Geisterstadt zurück. Kein Mensch war auf der Straße, kein Auto unterwegs, alles leer und dunkel. Zu der Bedrückung kam die Unsicherheit, was aus meinen Freundinnen geworden war, ob sie sich in Gefahr befanden, und was mit meinen Brüdern passiert war.

Gleich außerhalb von Payegah Yekom kamen wir in ein Meer von Autos. Ich hörte nur Hupen. Alles fuhr durcheinander, alles wollte nur weg in eine Richtung, die heute Abend nicht bombardiert werden würde. Aber wer wusste schon, wo das war, man sicher sein konnte. Die Leute fuhren wie von Sinnen, der Lärm war schlimm und den Menschen war die Angst ins Gesicht geschrieben. Keiner von uns redete im Auto, alle waren schweigsam. An diesem Abend dachte wohl jeder an die ungewisse Zukunft. Was kommt als Nächstes? Das Bild von meinem Vater kam mir vor Augen, wie er in Windeseile die Treppen herunter lief und mich schreien hörte. „Warum weinst du denn?", sagte er. „Weißt du denn nicht, was die in Vietnam durchgemacht haben?" Vietnam war selbst mir im zarten Alter von neun Jahren ein Begriff. Heute bin ich froh, dass es doch nicht so schlimm gekommen ist wie in Vietnam, zumindest nicht in Teheran. Dennoch gab es Städte, die von den Feinden in diesem Krieg dem Erdboden gleichgemacht worden waren.

Um Mitternacht erreichten wir schließlich das Elternhaus unserer Nachbarn. Sobald ich aus dem Auto stieg, nahm mich Darja an die Hand und übernahm die Stelle der Mutter. Sie streichelte mir über die Schultern und wollte mir damit zeigen, dass sie verstand, was ich heute alles ertragen hatte.

Als wir im Haus der unbekannten Gastgeber ankamen, stießen wir auf eine unglaublich große Menschenmenge, die uns mit offenen Armen empfing. Als eine nette alte Frau mich in ihre Arme schloss, fing ich an zu weinen. Ich schluchzte und niemand konnte mich beruhigen. Viele Hände, die über mein braunes, lockiges Haar streichelten, aber all das Mitgefühl konnte meine

Ängste und die innere Leere nicht beseitigen. Ich konnte meine Tränen nicht stoppen. Man brachte mich und Darja in ein ruhiges Zimmer, damit wir für ein paar Augenblicke allein sein konnten. Die Sorge um die Mutter, beide Brüder und meinen Vater hatte mich beinahe umgebracht. Ich wusste nicht, wo sie jetzt waren und ob meine Brüder überhaupt noch lebten. Meine wunderbare Familie war auseinander gerissen.

Dieser Tag war der Auftakt eines unbeständigen Lebens zwischen Angst, Zweifel, Demütigung und Melancholie. Wenn man mir damals gesagt hätte, was noch alles in den nächsten sieben Jahren in meinem Land passieren würde, wäre mir wohl das Herz gebrochen, denn keine Neunjährige kann die Ereignisse so schnell verstehen und erst recht nicht rasch verarbeiten.

Um diese Zeit lag ich normalerweise in meinem schönen Bett und malte mir aus, was ich am nächsten Tag alles tun würde. Selbst im Schlaf hatte ich die Sicherheit, dass es meiner Familie gut geht, und wir zusammenbleiben, egal was passiert. An jenem Tag wusste ich nicht einmal, ob meine Brüder heil nach Hause gekommen waren, in welchem Zustand sich meine Mutter befand und wo mein Vater im Einsatz war.

Ich wollte am liebsten laut schreien und um mich schlagen, aber das konnte ich auch nicht, da ich hier nicht zu Hause war. Wir hatten in dem Haus Aufnahme gefunden und als Gast musste ich Ruhe bewahren. Darja weinte inzwischen sehr leise neben mir und lehnte ihre Stirn gegen meine. Sie legte ihren Arm um meine Schulter und ich fühlte eine Wärme wie seit Stunden nicht mehr. Frau Salehi brachte uns ein paar Decken und Kissen, damit wir schlafen konnten. Darja war so lieb und richtete das Bettzeug auf dem Boden ein. Sie legte sich hin.

Seit dem wir im Zimmer waren, hatten wir kaum ein Wort miteinander gewechselt. Ich glaube, sie würde realisieren, was in den letzten Stunden passiert war. „Dana, leg dich hin, du wirst krank, wenn du so weiter machst. Du brauchst Schlaf, mein Schatz", sagte sie leise. „Ich kann nicht, ich will wach sein, wenn sie kommen. Ich habe Angst", antwortete ich überzeugt.

Leise ging ich zum Fenster. Es war ein klarer Himmel mit vielen leuchtenden Sternen. Meine Stirn drückte ich fest an die Scheibe, meinen Blick Richtung Sterne. Ich beneidete sie. Ich fing an zu zählen: 1,2,3…

Als die Sonne wieder aufging, saß ich immer noch am Fenster. Die längste Nacht meines Lebens, in der ich kein Auge zugedrückt hatte und mit meinen Gedanken zwischen der Vergangenheit und einer ungewissen Zukunft hin und her gependelt war. Gewöhnlich freute ich mich jeden Freitag auf ein ausgiebiges Frühstück mit der Familie. Donnerstage und Freitage waren mir die liebsten Wochentage. Die ganze Familie zusammen. Wochenendausflüge mit den Freunden. Schöne Fernsehprogramme. Sindbad, Pinoccio, alte Filme mit der wunderschönen Sophia Loren. Und heute? Wie ein Haufen Elend an einem fremden Fenster sitzend, nicht wissend was in einer Stunde passiert, und nicht wissend, wo die Eltern und Brüder waren.

Ich schaute auf die dunklen gegenüberliegenden Häuser, und weinte still vor mich hin, und trauerte in Ruhe dem nach, was mir über Nacht gestohlen worden war. Noch heute kann ich mich an jene Nacht sehr gut erinnern. Stundenlang muss ich an jenem Fenster gesessen haben. Starr, wie eingefroren. Die schönen Momente waren nur noch Geschichten, von denen ich noch lange träumen und erzählen würde.

Es war schon ganz hell, als Darja, noch liegend auf einer hauchdünnen Matratze, ganz leise und abgeschwächt nach mir rief. „Schätzchen, warst du die ganze Nacht wach?" „Ja", antwortete ich und versuchte nicht mehr zu weinen. „Sei unbesorgt Dana, es wird alles gut. Maman und Baba sind am Leben und die Jungs sind bestimmt jetzt bei denen". Vertieft in meinen Gedanken, wollte ich nicht auf Darjas Worte eingehen. Es wird wahrscheinlich bis zum Ende meiner Tage beim Trost bleiben. Seit einer halben Ewigkeit kriege ich das schon zu hören, dachte ich mir. Es wird alles gut. Von allen Weisheiten, die die Perser in jeder Lebenssituation parat hatten, war dies, das Erste was einem sofort einfiel. „Es wird alles gut". „Nein", wollte ich schreien, „Es wird nicht gut, es wird alles nur noch schlimmer". Doch diese Antwort ersparte ich meiner Schwester. Stattdessen erwiderte ich: „Ich bewundere deine Zuversicht und Stärke".

Als wir zum Frühstück an die eingedeckte Sofreh - eine Decke, die als Tischersatz diente - gebeten wurden, bat ich Darja gemeinsam mit mir zu gehen. Ich wollte nicht alleine zum Sofreh. Zum ersten Mal in unserem Leben agierte sie für mich nicht nur als die große Schwester, sondern auch als Mutter. Und sie tat es erstaunlich gut. Sie wirkte gefasst und machte einen erstaunlich ruhigen Eindruck. Sie schien auf alles vorbereitet, obwohl sie gerade erst 13 Jahre alt war. Sie nahm mich an die Hand und gemeinsam betraten wir ein Zimmer, das voller Menschen war. Dort waren wohl mindestens 15 bis 20 Personen, von denen ich nicht wusste, wer wessen

Schwester, Onkel, Neffe, Nichte, Bruder oder Tante war. Die einzigen, die ich wiedererkennen konnte, waren unsere Nachbarn, die uns mit freundlichem Lächeln begrüßten.

Als Kind war ich besonders schüchtern und introvertiert. Außer im Kreise meiner Familie hatte ich mich nirgends wohlgefühlt. An jenem Morgen konnte ich den Kopf gar nicht heben. Denn gestern hatte fast jeder in diesem Raum gemerkt, wie ich laut geheult hatte. Plötzlich kam ein seltsames Schamgefühl in mir hoch. Und die Rücksichtnahme der einzelnen Anwesenden im Raum gegenüber meiner Person – „Dana jan, willst du das? Dana jan, willst du dies? Dana jan, versuch, etwas zu essen" – hat mich noch mehr eingeschüchtert.

Bei mir im Kopf spielte sich etwas ganz anderes ab: Ob die Leute hier einen Telefonanschluss besaßen, den ich benutzen konnte, um nach Hause zu telefonieren und Neues zu erfahren?! Aber ich musste Haltung bewahren, denn anrufen wollten all die anderen auch. Beruhigend war die Nachricht aus dem Radio, dass es gestern zu keinen weiteren Angriffen in Teheran gekommen war. Trotzdem war ich nicht erleichtert, denn von dem Rest der Familie hatten wir nichts Neues gehört. In Gedanken war ich nur bei Maman.

Nach dem Frühstück hat man uns erlaubt, unten vor dem Haus zu spielen. Bei so einer großen Gesellschaft war es nicht sehr schwierig, Kinder in meinem Alter zum Spielen zu finden. Aber entgegen meiner sonstigen Gewohnheit wollte ich nicht spielen, sondern nach Hause telefonieren oder – noch besser – einfach nur nach Hause fahren.

Erstaunlicherweise tat die Familie unserer Nachbarn so, als wäre nichts passiert. Fröhliche Gesichter am Sofreh, die offensichtlich andere Themen hatten, als das Thema Krieg. Ein kunterbunter Sofreh mit reichlich Brot, Käse und sogar Butter für alle. Der Samavar war schon am Kochen. Der Duft des schwarzen Tees und des Barbari Brotes erfüllte den ganzen Raum. Es machte einem so richtig Appetit. Eine Frühstückstafel, wie ich sie immer so gerne hatte. „Dana jan, etwas Tee? Das wird dir gut tun. Das Brot ist frisch, gerade vom Bäcker um die Ecke geholt. Probier mal", sagte die Mutter von Frau Salehi. „Oder möchtest du lieber frische Milch?" Es wurde mir langsam peinlich, was sie sich für eine Mühe wegen uns gemacht hatten. Ich erlebte es live wie es bei Salehis zuging, wenn sie über das ganze Wochenende in Naziabad, einem Armenviertel im Süden Teherans, zusammenfanden, um miteinander zu sein.

Die Großmutter Salehi trug traditionell ein Kopftuch, obwohl sie sich im Kreise ihrer Töchter, Söhne und Schwiegertöchter und -Schwiegersöhne befand. Für ein paar Minuten hatten sie alle es geschafft, das Lächeln in mein Gesicht zurück zu holen. Sie erzählten über alles Mögliche, außer Politik, Schah, Khomeini und Krieg. Genau das Gegenteil zu unseren Runden, wo jeder bei jeder Gelegenheit auf eine politische Diskussion aus war. Zu dem Zeitpunkt befand ich mich nun in jener Gesellschaft, für die der Schah sich nicht interessiert hatte. Das waren die Menschen, die nicht wussten, wie ein schönes Leben aussieht. Das waren also die Menschen, die angeblich ein bequemes Leben eingebüßt hatten.

Sie leben auf engstem Raum alle beisammen im ärmsten Stadtteil der Stadt und erfreuen sich ihres Daseins.

Das anfängliche Schamgefühl bei mir stieg stetig. Ich schämte mich regelrecht. Das verwöhnte Püppchen und Nesthäkchen von Papa, die nichts anders als westliche Puppen und amerikanische Jeans gewohnt war. Von oben bis unten in europäischer und amerikanischer Mode gestylt, sitzt hier am Sofreh einer armen Familie und hat ausnahmsweise dieselben Sachen an, die sie auch gestern an hatte. Ich hob den Kopf nicht mehr und beschloss beim nächsten „Dana jan" überhaupt nicht mehr zu reagieren.

Salehis kamen sehr oft zu uns, um immer die neuen Anschaffungen im Haus und die moderne Bekleidung, die mein Vater uns von seinen Auslandsreisen mitbrachte zu bewundern. Manchmal saßen Mardjan und Mojgan mit offenem Mund vor uns und kriegten vor lauter Bewunderung kein Wort mehr raus. Alles, was wir im Schrank hatten, waren Lee, Levi's, Adidas und sonstige berühmte Marken, die man ausschließlich im Ausland bekommen konnte. Meine Mutter benutzte nichts außer Nivea und Lancôme, was von Frau Salehi sehr bewundert wurde. Manchmal aus Mitleid schenke Maman Frau Salehi auch eine große Packung Nivea Creme, worauf Frau Salehi sich sehr freute und bedankte.

Es war der Anfang der Wende unseres Lebens als wir an jenem Tag an ihrem Sofreh in Naziabad saßen. Ich frühstückte mit der Unterschicht, die sich von den Veränderungen nichts anmerken ließ. Die normal ihr Morgens-, Mittags- und Abendgebet durchführte. Gleich, ob die Iraker mit Bomben kamen oder der Schah durch Khomeini ersetzt wurde. Sie aßen, sie beteten, sie lebten so weiter wie bisher. Sie strahlten eine Ruhe aus, die ich seit langem in Niemandem in meinem unmittelbaren Umfeld gespürt hatte.

Hier war weder die Revolution noch der Krieg angekommen. Und würde mit höchster Wahrscheinlichkeit nie ankommen. Hier war nichts mehr vom Schah zu sehen. Kein Esstisch, stylische Garnituren, keine Betten, keine teuren Wohnaccessoires. Stattdessen Sofreh, Poshties (große Sitzkissen aus persischem Teppich, um sich auf dem Boden sitzend daran anzulehnen). Einfacher und langweiliger ging es nicht mehr. Verzweifelt versuchte ich im großen Wohnzimmer einen Fernseher zu finden, vergebens. Hier rechnete keiner mehr mit Verlust, hier war alles ohnehin schon ein einziger Verzicht. Trotzdem: Sie lachten und erzählten sich Witze. Ich wurde immer kleiner und fand meine Anwesenheit in diesem Haus sehr unangebracht, aber warum? Sie hatten kein Problem, sie waren komplett, alles war rund. Ich hatte ein Problem. Ich war die Fremde. Ich war von meiner Familie getrennt. Wenn es sie überhaupt noch gab.

Das Radio berichtete über den Angriff des Irak und sprach von einem Krieg. Zeitweise war es so laut am Sofreh, dass ich laut „Ruhe" rufen wollte. Anscheinend interessierte es hier niemanden, dass Ayatollah Khomeini sich zum Krieg bekannt hatte und auch mit Gegenangriffen und Fatwa drohte. Mir kamen die Bilder aus den Geschichtsbüchern und den Medien in den Kopf, am meisten sah ich Bilder über den Vietnamkrieg.

Ich war wie gelähmt und dachte nur an meine Familie, am meisten an meine Eltern. Ich hatte ununterbrochen das Gesicht meines Vaters vor Augen. Musste er auch in den Krieg? Würde ich ihn jemals wieder sehen? Was würde meine Mutter ohne ihn machen? Nach dem

Frühstück, das bei mir wirklich zum ersten Mal sehr kurz gehalten war, ging ich wieder in das Zimmer, in dem ich mich die ganze Nacht aufgehalten hatte. Ich mochte mich nicht, ich mochte diesen Ort und dieses Haus nicht. Alles war für mich fremd, die Menschen, die Gegend. Starr wie ein Stein schaute ich zum Fenster heraus, obwohl ich nichts sehen konnte. Um mich herum war eine Leere, die mich mehr und mehr aufsog, dagegen konnte und wollte ich mich nicht wehren.

Ein lautes „Dana" erschütterte mich auf einmal. Die Nachbarin kam zu mir und fragte: „Wo bist du Dana, ich suche dich seit einer Ewigkeit, was machst du denn hier? Wieso bist du nicht mit den Kindern draußen spielen gegangen?" In dem Moment kamen mir wieder die Tränen. Was sollte ich ihr denn sagen? Ich kann nicht mehr und habe Angst? Wieso sagt mir keiner, was gestern wirklich geschehen ist, und warum ich das tun muss, was ihr von mir verlangt.

Während mir die Fragen durch den Kopf gingen, schaute ich zu der Nachbarin mit meinen leeren Blicken herüber und meine Tränen flossen die Wangen hinunter. So ein Elend habe ich mir nicht einmal im Traum erdenken können. Vor allem diese Frau mochte ich nicht. Sie galt in der Nachbarschaft als sehr taff und ihre unendlich große Neugier ging allen, besonders aber meinem Vater und mir auf die Nerven. Überall, wo etwas los war, wollte sie mit von der Partie sein. Vor allem unser Leben erregte ihre Aufmerksamkeit. Sie steckte des Öfteren ihre Nase in unsere Angelegenheiten und insgeheim wusste ich, dass sie uns unser schönes Leben missgönnte, zumal ihr Mann Untergebener meines Vaters war. Ich hasste ihre Besuche. Meine Mutter wollte ich immer fragen, warum sie sie bei uns in die Wohnung hinein lässt? Aber wer hört schon auf ein neunjähriges Kind! Als meine Mutter für die Vorbereitung und die Beerdigung meiner Großmutter mehrere Wochen in Bandar Anzali war, hatte die Nachbarin uns Kindern geholfen, im Alltag zurechtzukommen. Ich weiß, dass sie auch in unseren Sachen geschnüffelt hatte. Und wenn sie richtig arbeitete und bei uns sauber machte, nörgelte sie ständig herum. Auch wenn sie bei sich zu Hause sauber machte, beschwerte sie sich fortwährend, sodass man sie schon auf der Straße hören konnte. Sie kochte, putzte, kaufte ein und alle in der Nachbarschaft bekamen ihre Aktionen und Kommentare mit. Ich hasste ihre indiskrete Art. Sie war neugierig und wusste über viele Nachbarn Bescheid und preiste ihre Geheimnisse an. Und ich mochte es überhaupt nicht, dass sie immer den Sheriff spielen wollte, und dass wir ausgerechnet auf die Hilfe von so einer Person angewiesen waren – und das schon zum zweiten Mal in diesem Jahr. Aber heute weiß ich, dass ich ihr viel verdanke, denn das, was sie für uns getan hat, tat nicht jeder.

In jenem Moment als sie mir mit ihrem bösen Blick näherkam und mich aufforderte, mit ihr zu sprechen, sah ich die Gelegenheit gekommen, ihr in meiner Trauer und Wut endlich die Meinung zu sagen: „Ich möchte nicht mit dir reden, ich möchte nach Hause telefonieren". „Was? Nach Hause telefonieren? Es gibt hier kein Telefon". Antwortete sie sehr aggressiv – „Dann lass mich in Ruhe – Geh raus und lass mich in Ruhe", schrie ich sie an.

Es war offensichtlich, dass ich mit den Nerven am Ende war. Sie hatte leider nicht mal die Güte, mich kurz in die Arme zu nehmen, um mich zu beruhigen, nachdem sie gesehen hatte, dass ich vor Weinen kaum reden konnte. – „Das werde ich deiner Mutter sagen", erwiderte sie nur und ging endlich zur Tür hinaus. Ich fand es nicht nötig, ihr zu antworten, denn das würde ihren Aufenthalt im Raum nur noch verlängern, und das wollte ich auf keinen Fall. Als sie die Tür hinter sich zuknallte, hatte ich noch gehört, dass meine Schwester zu mir wollte und sie ihr sehr trotzig antwortete: „Ach, sie hat keine Lust, lass sie." Das Wochenende war bis dahin wirklich das Schlimmste, was ich je erlebt hatte. Aber es sollte leider nicht das letzte schlimme Wochenende gewesen sein.

Das Wiedersehen mit meinen Eltern und den beiden Brüdern war ein sehr bewegter Moment. Ein Wiedersehen geprägt von viel Umarmungen und Tränen. Die bis dahin größte Trennung von meinen Eltern und Brüdern lag hinter uns. Kaum angekommen stellte ich meinem Vater so viele Fragen über den Krieg und die Ereignisse, dass er kaum die Gelegenheit fand, uns über unseren Aufenthalt zu befragen. Er hat mir in seiner wie immer sehr ruhigen und gefassten Art alles beantwortet. Er war meine direkte Bezugsperson in der Familie. Mit der Zeit hatte sich bei uns eine sehr enge Vater-Tochter-Beziehung aufgebaut. So wenig meine Mutter für mich Zeit hatte, so oft – wann immer es einzurichten war - verbrachte er Zeit mit uns.

Er war in jeder Hinsicht ein Strahlemann; verärgert oder traurig erlebte ich ihn selten. Immer wenn er nachmittags müde nach Hause kam, standen die Jungs und die Mädels vor den Blöcken und spielten entweder Volleyball oder Fußball. Aufgrund der fröhlichen Aufschreie der Jungs wussten meine Mutter und ich, dass mein Vater nach Hause gekommen war. Es waren Rufe wie „Ach Herr Imani, bitte nur eine Runde Volleyball, es dauert nur 15 Minuten, bitte spielen Sie mit uns". Wenn mein Vater innerhalb von drei Minuten nicht zu Hause war, wussten wir, dass er unten Volleyball oder Fußball spielte – und das nach so einem langen anstrengenden Arbeitstag. Es war herrlich, ihnen zu zuschauen. Meistens entschuldigte ich mich bei meiner Mutter und lief die Treppen herunter, um keine Sekunde des Spieles zu verpassen. Und ich klatschte jedes Mal vor Begeisterung, wenn mein Vater Punkte machte. Für gewöhnlich spielten meine Brüder im gegnerischen Team. Diese Momente waren für mich die Höhepunkte des Tages, denn meinen Vater liebte ich grenzenlos. Er war für mich vermutlich wie für jedes kleine Mädchen der größte und stärkste Vater und Mensch auf der ganzen Welt. Meine Mutter war für unsere Erziehung, Ordnung und Disziplin verantwortlich, mein Vater hingegen für die Herzensangelegenheiten.

Er fing an: „Schatz, es ist richtig, wir haben Krieg. Die Gründe kann ich dir aber nicht nennen". Vermutlich wusste er sie zu dem Zeitpunkt selber nicht.

„Und ich möchte, dass du stark bist", fügte er hinzu. „Sie haben uns Bedenkzeit über Krieg oder Kapitulation gegeben, aber Ayatollah Khomeini hat schon zur Fatwa aufgerufen und wir werden kämpfen bis zum letzten Blutstropfen." Sein Gesicht war todernst. Eigenartig, dass ich in jenem Moment keine Angst spürte. Wie kam es, dass ich bis vor ein paar Stunden ununterbrochen weinte, und selbst nach so einem ernsten Gespräch die Ruhe selbst war?

Er fuhr fort: „Ich kann dir auch nicht sagen, wie lange der Krieg dauern wird. Es kann einen Tag, aber auch mehrere Jahre dauern. Ab jetzt liegt unser Leben komplett in den Händen Gottes, wir haben Krieg, und vor uns liegen sehr harte Zeiten".

„Es ist mir egal, Baba", sagte ich in jenem Moment, „denn ich habe dich." Die Zeit, die uns erwartete, sollte mich eines Besseren belehren. Im Krieg kann alles passieren, da hatte mein Vater recht. Der unbeständige Alltag hatte uns sehr schnell fest im Griff und die Schonfrist durch die Fatwa Ayatollah Khomeinis war schnell vorbei.

Mit neun Jahren konnte ich noch nicht wissen, welche Konsequenzen ein Krieg mit sich bringen würde. Wenn ich heute über die schweren Zeiten nachdenke, die nicht nur meine, sondern alle Eltern im Iran und auch im Irak durchgemacht haben, wird mir immer noch übel. So tief sitzen noch die Angst und die Trauer.

Wie schützt man Leib und Seele seiner Kinder vor den Schrecken des Krieges? Kann man sich auf alles Nötige vorbereiten? Was wird in einem Jahr, in einem Monat, oder in einem Tag, einer Stunde, einer Minute oder gar in einer Sekunde sein? Woher nimmt man dann noch die Stärke, der kleinen Tochter, die eben erst Lesen und Schreiben gelernt hat, zu erklären, was passieren könnte. Im Nachhinein kenne ich die geschichtlichen Hintergründe. Damals hatte ich nur eine winzige Ahnung von den Zusammenhängen.

Aus den merkwürdigen Gesprächen meiner Eltern hörte ich heraus, dass unser Zuhause nicht mehr sicher war. Payegah Yekom mit dem Fliegerhorst war eine Hauptzielscheibe der Iraker.

Es beunruhigte uns, dass wir nicht wussten, was mit den Freunden und anderen Nachbarn war. Es war auf der anderen Seite fast schon wieder ermutigend, dass diejenigen, die dort waren, auch keinen Überblick über die Ereignisse in Payegah Yekom und in Teheran hatten. Wir merkten langsam aber sicher, dass sich bald noch mehr ändern würde. Um unser Haus wurde es still. Was ist nur aus dem einst so wunderschönen Payegah Yekom geworden, dem einstigen Symbol von Wohlstand, Kultur, Fröhlichkeit und Gemeinschaft. Nur noch ein Schatten seiner selbst!

Wo man vor nicht allzu langer Zeit unter der Woche keine freien Parkplätze gefunden hatte, sah man weit und breit keine Autos mehr, keine Menschenseele auf der Straße, kein Lebewesen, als wäre der Boden aufgegangen und alle Einwohner Payegah Yekoms verschluckt worden.

Maman erzählte uns, dass sie sich am ersten Angriffstag, als sie allein auf meine Brüder und meinen Vater wartete, wie das einzige Lebewesen im ganzen Ort vorgekommen war. Da musste ich an Scarlett O'Hara in „Vom Winde verweht" denken. Den Roman hatte ich kurz vorher zu Ende gelesen hatte. Ich hatte das Buch, dessen Handlung vor und während dem amerikanischem Bürgerkrieg spielt, verschlungen. Auch hier waren die Menschen plötzlich in die Wirren des Krieges hinein gezogen worden. Ganz allein Gefahrensituationen ausgesetzt zu sein heißt, jede Sicherheit verloren zu haben.

Anfangs hatte ich meinen Schock vom ersten Angriffstag unterschätzt. Wir mussten uns schnell auf die neue Situation einstellen. Gleich nach der Rückkehr mussten wir die Wohnung komplett abdunkeln. Im Radio wurden nun sehr oft Luftschutzhinweise und Verhaltensregeln für die Zivilisten bei Angriffen ausgegeben. Alle

Fensterscheiben waren mit schwarzen Plastikvorhängen bedeckt, damit wir zumindest das Licht anschalten konnten. Selbst ein kleiner Lichtschein nach draußen konnte für alle sehr brenzlig werden.

Obwohl während der Bombardierungen die Stromversorgung und damit auch das Licht abgestellt wurden, mussten wir dafür sorgen, dass Payegah Yekom nicht lokalisiert werden konnte. Nichtsdestotrotz wollten wir unseren Beitrag leisten, um uns hinterher keine Vorwürfe machen zu müssen. Die Verdunkelungsmaßnahmen hatten uns einen ganzen Tag gekostet. Im ganzen Haus war kein Tageslicht mehr, auch am helllichten Tag mussten wir nun das Licht anschalten, damit wir dort noch wohnen konnten.

Tagsüber konnte ich noch einigermaßen meine Angst überspielen, aber sobald es dunkel wurde und der Strom abgestellt war, wandelte ich mich zu einem anderen Menschen: Ich wurde der Schatten meines Vaters. Mich an seiner Hand festhaltend, folgte ich ihm überall hin. Wenn er auf die Toilette gehen wollte, sagte er zu mir: „Schatz, warte hier hinter der Tür! Und habe keine Angst, es dauert nicht lange".

Meine Eltern merkten, dass die neue veränderte Wohnsituation Folgen für mich hatte. Der Schock saß sehr tief in mir. Das Appartement, das wir bewohnten, hasste ich von nun an. Es war nicht mehr mein Zuhause. Die Erinnerung an den Tag des Angriffs setzte mir zu. Wie eine Schnur, die man mir um den Hals gelegt hatte und die immer fester angezogen wurde. Aber wo sollten wir denn hin? Wir hatten nur Payegah Yekom.

Die Nachricht, dass die Iraj-Mokhaberi-Schule bis auf Weiteres geschlossen bleiben würde, war ein weiterer

Schlag. Aber warum sollte sie auch weiter betrieben werden, wenn doch alle Menschen in Payegah Yekom auf der Flucht waren?

Ein normales Leben war in Payegah Yekom nicht mehr möglich. Ich war nicht einmal in der Lage alleine bis vor die Haustür zu gehen. Ohne Schule und Freunde hatten wir keine Lebensqualität mehr. Langsam wurde auch meinen Eltern klar, dass wir unser Zuhause auf eine unbestimmte Zeit aufgeben müssten. Wir mussten eine andere Bleibe finden. Über Nacht kam die Entscheidung. Wir sollten uns auf wenige Sachen, die wir mitnehmen durften, begrenzen, sagte uns Maman.

Anders als wir Schwestern wollten meine Brüder, Dariush und Dalir, Payegah Yekom nicht verlassen. Sie hatten sich allerdings lange vor der Aussprache mit meinen Eltern gedrückt. Es ist ein Luxus, ein eigenes Wahlrecht zu haben. Ich beneidete sie. Nicht weil sie wahrscheinlich zu Hause bleiben durften, sondern eher, weil ich glaubte, dass sie ganz gelassen, ohne den Druck meiner Eltern, über ihre Bleibe entscheiden durften.

Ich vergesse nie den Augenblick, als Maman an die Tür ihres Schlafzimmers klopfte und herein gebeten wurde. Dariush hatte sein Bett direkt gegenüber der Tür. Er lag auf seinem Bett, starrte zur Decke, die Arme unterm Kopf verschränkt und die Beine übereinander. Als die Tür sich hinter meiner Mutter schloss, sagte ich zu Darja, dass es nun eine Auseinandersetzung geben würde, da die beiden nicht mitkommen wollten. Das würde Papa gar nicht gefallen. Und genau so kam es auch. Sie wollten lieber wie einige ihrer Freunde in Payegah bleiben.

„Das darf doch nicht wahr sein", entfuhr es meinem Vater, „das kann ich nicht verantworten". Wie erklärt man zwei Halbwüchsigen, dass sie bis auf Weiteres so oder so nicht mit den Freunden Tennis, Volleyball oder Fußball spielen konnten? Die beiden waren nicht zu überzeugen. Zwei ganz coole, pubertäre Jungs, mit denen man es auch unter normalen Umständen nicht leicht hatte, hatten beschlossen, einfach zu Hause zu bleiben.

Für uns war klar, dass Baba jetzt hereingehen und es lauter werden würde, denn die Zeit drängte. Nach zehn Minuten öffnete sich die Tür wieder, und er erschien mit zusammengezogenen Augenbrauen und einer sehr ernsthaften Miene. Einen kurzen Blick konnte ich ins Zimmer der beiden Brüder werfen und diesmal saß Dariush auf der Kante seines Bettes und sprach leise zu Dalir. Ich weiß bis heute noch nicht, wie mein Vater die beiden überzeugt hatte.

Innerhalb wenigen Stunden saßen wir alle im Auto. Meine Mutter hatte zwei große Koffer mit dem Nötigsten gepackt. Dariush war sehr sauer, verzog während der Fahrt aber keine Miene. Unser Geschwisterverhältnis war sehr gut. Gleich nach meinem Vater, war er derjenige, der mir Wärme und Liebe gab. Aber an dem Tag war er nicht ansprechbar. Seine Uneinsichtigkeit passte nicht zu seiner sonst so ausgeprägten Vernunft. Er glänzte immer durch Weisheit und Ehrgeiz, aber am Tag unserer Flucht hatte er es trotz aller Warnungen in Kauf genommen, sein und unser Leben in Gefahr zu bringen.

Wie dem auch sei, ich war erleichtert, dass wir vereint blieben und gemeinsam von Payegah Yekom wegfuhren. Wie schrecklich, früher wollte ich nicht eine Sekunde fort von diesem schönen Ort, der mir alles bedeutete. Als wir durch die leeren Straßen von Payegah Yekom fuhren, dachte ich mir, ob ich diesen Ort, der früher für mich wunderschön war, je wiedersehen würde. Im Unterbewusstsein ahnte ich, dass die schönsten Jahre bereits hinter uns lagen, denn das Drama hatte schon seinen Lauf genommen. Nun war ich froh, als wir so schnell wie möglich den Ausgang passieren konnten.

Erst während der Fahrt wurde uns Kindern gesagt, dass wir zu meiner Tante fuhren. Wir muteten ihr unseren Aufenthalt zu, obwohl sie vor nicht allzu langer Zeit mit ihrer Familienerweiterung begonnen hatte. Überraschenderweise hatte sie akzeptiert, uns aufzunehmen, obwohl sie eine zweijährige Tochter hatte und das zweite Kind erst vor Kurzem auf die Welt gekommen war. Sie hatte gemeinsam mit ihrem Mann eine über zwei Etagen gehende Stadtvilla in Teheran auf der Behboodi-Straße gekauft. Die unterste Etage hatten sie vermietet. Es war ein schönes Haus und wir waren froh, dass wir dort Unterschlupf fanden.

Raus aus Payegah Yekom und rein in die verdreckten und von Autoabgasen erstickten Teheraner Straßen – Chaos und Staus hatten uns fest im Griff. Wir kamen von einer Geisterstadt plötzlich in ein wildes Durcheinander. Unaufhörlich fuhren Autos, Busse, Motorräder und LKWs kreuz und quer. Jede kleinste Lücke wurde genutzt. Regeln schienen nicht zu existieren.

Bis zu meinem letzten Tage im Iran vermisste ich so etwas Banales wie Markierungen auf den Fahrbahnen und natürlich ein bisschen mehr Fahrstil und Niveau im Straßenverkehr. Von allen Seiten kamen Autos, unerwartet und manchmal rasend schnell. Und wer meint, in Paris Autofahren zu können, hat in Teheran gerade einmal die Lizenz zum Autoanwerfen erworben.

Mein Vater mittendrin war jedoch die Ruhe selbst. Ich bewunderte ihn dafür. Nicht nur, dass er fast 48 Stunden Dienst hinter sich hatte, er musste uns zu meiner Tante bringen und nur wenige Stunden später ganz früh im Morgengrauen die Strecke wieder zur Arbeit und abends wieder zu uns zurück fahren. Auf den Teheraner Straßen war es so laut, dass wir im Auto kaum unser eigenes Wort verstehen konnten. Voller Neugier war ich ganz ruhig, um zu horchen, was meine Eltern vorne im Auto beredeten, während meine Geschwister ab und zu ganz kurz etwas sagten, das ich nicht verstand. Konzentriert schaute ich aus dem Auto und wollte jeden Augenblick draußen festhalten und in mich aufsaugen. Ich kam mir vor wie gerade vom Mond angereist. Von dem einstmals behüteten Payegah Yekom in den Großstadtdschungel.

Zwischen den Autos huschten Menschen von einer Straßenseite zur anderen. Manche hatten ein Kind auf dem Arm, mit dem sie sich durch den mörderischen Verkehr durch schlugen. Viele Frauen trugen ein Kopftuch, manche sogar einen Tschador. Meine Eltern redeten kaum. Mein Vater konzentrierte sich auf den Verkehr. Meine Mutter blickte aus dem Fenster und sagte nur selten etwas zu meinem Vater, dass ich jedoch nicht verstand. Für mich war das ganze Bild auf den Straßen einmalig und ich ahnte schon, warum die Autos es so eilig hatten. Keiner wusste, wann und wo der nächste Angriff erfolgen könnte. In einem solchen Fall wäre es fatal gewesen, irgendwo auf der Straße zu sein. Jeder wollte einfach nur schnell an sein Ziel kommen, zu seiner Familie oder wohin auch immer.

Als wir ausstiegen, waren wir alle kaputt und von der langen Fahrt und den vielen Staus genervt. Ich klingelte schnell und als die Tür aufging, eilte ich die Treppen hoch, wo mich meine Tante und ihr Mann sehr herzlich begrüßten. Bevor Ihre Tochter Shiva zur Welt kam, war ich der Liebling meiner Tante gewesen. Nach der Geburt ihrer Töchter ließ ihre Aufmerksamkeit mir gegenüber naturgemäß etwas nach, aber sie hatten mich nach wie vor sehr gern. Dann kamen mein Vater und der Rest der Familie hoch und auch sie wurden herzlich willkommen geheißen. Obwohl wir uns fast jedes zweite Wochenende sahen, waren die Begrüßung und die Umarmungen diesmal viel herzlicher. Wir alle wussten, dass uns nun schlimme Zeiten erwarteten.

Tante Firoozeh hatte schon etwas für das Abendessen vorbereitet. Es war bereits dunkel und der Zeiger der Uhr sprang bald auf acht. Meine Tante war eine noch junge Frau mit sehr vielen Talenten und schon sehr ausgeprägten Kochkünsten, die sie uns auch an jenem Abend vorführte. Aber sie hatte schwache Nerven, wie wir leidvoll noch am selben Abend miterleben sollten.

Etwa später nach dem Essen führten Papa und mein Onkel eine heiße Diskussion über die Revolution und den Kriegsanfang, als im Radio die Warnung gemeldet wurde, dass ein weiterer Angriff unmittelbar bevorstand. In normalen Zeiten eher ungewöhnlich, war es nun dringend notwendig, das Radio selbst bei Gesprächen anzulassen, damit man immer auf dem neuesten Stand war und die Ankündigung eines bevorstehenden Fliegeralarms nicht verpasste. In jeder Situation musste man immer auf dem Laufenden sein.

Etwa gegen zehn Uhr gingen die Sirenen los. Das auf- und absteigende dumpfe Geräusch brachte meinen ganzen Körper zum Zittern. Auf einer Liste der unangenehmsten und verhasstesten Dinge steht das Sirenengeheul noch heute auf dem ersten Platz. Es war noch schlimmer als die Detonationen der Bombardierungen. Sirenen waren im Krieg lebensnotwendig, aber ich assoziiere mit ihnen viele tief eingebrannte tragische Erinnerungen, die ich lieber so schnell wie möglich vergessen würde.

Das Schlimmste bei den Angriffen war das Erlöschen der Lichter. Gleichzeitig mit der Warnung gingen alle Lampen aus. Das war dazu gedacht, dass feindliche Flugzeuge die Ziele nicht erkennen konnten und die Bomben fehlschlugen. Es erschwerte jedoch auch für uns die Orientierung ungemein.

Im Ernstfall mussten wir den Keller des Hauses aufsuchen, der hilfsweise als Luftschutzbunker dienen musste. Der Keller meines Onkels war ausreichend mit Wasser, Lebensmitteln und überlebensnotwendigen Werkzeugen ausgestattet, damit wir im Falle der Fälle dort einige Tage aushalten konnten. Baba war der Meinung, dass sich während der Angriffe keiner in der Wohnung aufhalten sollte. Jeder musste in den Keller – ohne Wenn und Aber.

Beim ersten Sirenenton sprangen alle aufgeregt auf und suchten verzweifelt im Dunkeln nach etwas Licht für den Weg durch den kleinen Innenhof zu dem eine sehr schmale Treppe aus Metall führte, über die man endlich in den Keller gelangte. Nur mit wenigen Taschenlampen ausgerüstet, stolperten wir vorwärts.

Plötzlich hörten wir die Tante ganz laut schreien. Sie wollte uns mit unverständlichen Worten sagen, dass sie viel zu viel Angst und keine Kraft hätte, in den Keller zu gehen. Ihr Mann und mein Vater redeten aufgeregt auf sie ein. Ihr Anblick entsetzte mich, ich hatte sie noch nie in so einem elenden Zustand erlebt. Sie war sonst eine ausgesprochen starke und robuste Frau, die ihren Alltag mit sehr viel Souveränität und Ausdauer meisterte. Sie scheute sich nicht, trotz ihres Familienzuwachses zu arbeiten. Als Berufstätige war sie auch immer eine gute Ehefrau und Mutter. Ihr Haus war immer sauber und ordentlich. Wir respektierten sie sehr, denn sie war eine unglaublich couragierte Frau, die sich in jeder Lebenssituation zu helfen wusste.

Dass sie nicht ihre Angst überwinden konnte, um gemeinsam mit uns in den Keller zu gehen, fanden wir erschütternd. Wir versuchten, ihr zu helfen, aber wie? Schnell wurde uns allen bewusst, dass wir an den weiteren Abenden nicht auf sie warten konnten, ohne uns selbst in Gefahr zu bringen. Saddam Husseins Jets waren äußerst schnell, und kaum waren die Lichter ausgeschaltet, hörte man die Flugzeuge schon von Ferne näherkommen bis sie uns mit unerträglichem Lärm überflogen.

Baba befahl uns allen bis auf seinem Schwager, unverzüglich in den Keller zu gehen. Zum ersten Mal mischten sich die Sirenen, das Erlöschen der Lichter, die Schreie meiner Tante und meine eigene Angst. Ich war wie gelähmt, aber schreien konnte ich auch nicht, mein Körper fühlte sich wie ein Stein an. Als meine Geschwister sich schon längst im Innenhof befanden, suchte ich meinen Vater, ohne ihn wollte ich nicht in den Keller.

Plötzlich packte er mich an meine Schulter und schrie mich an: „Was machst du denn noch hier? Ich habe gesagt in den Keller!". Mein stilles Weinen wurde laut:

„Ohne dich gehe ich nirgendwo hin". Ich glaubte, er wollte mir eine Ohrfeige verpassen, aber das tat er nicht. Vielleicht weil er und mein Onkel vollkommen überfordert waren, sagte und tat er nichts. Er bemerkte, wie ich am ganzen Körper zitterte und ließ mich für einen kurzen Moment mich hinsetzen.

Bei jedem Knall schreckte ich auf, eine Fluchtreaktion, die mich noch lange Zeit begleiten sollte, dabei war ich so zusammengezuckt, dass ich meinen Kopf zwischen die Knie gezogen hatte und mit beiden Händen die Ohren festhielt, die Zehen dabei fest auf die des anderen Fußes drückte. Inzwischen schaffte es meine Tante aufzustehen. Die Explosionen kamen immer näher. Ihr Mann führte sie bei Taschenlampenlicht durch die Dunkelheit zum Keller, während sie noch weinte und schrie. Mein Vater nahm mich an die Hand und wir folgten ihnen.

Als wir im Keller ankamen, saßen dort schon meine Geschwister und Maman. Nicht im Traum hätte ich geglaubt, jemals solche Szenen erleben zu müssen. Machtlos und in Angststarre neben meiner geliebten Familie wartete ich auf den Tod, einen Tod, den ich noch nicht akzeptieren wollte und konnte. Viele Zivilisten hatten bereits in diesem Krieg, der gerade erst begonnen hatte, ihr Leben verloren.

Ich hatte Angst vor dem Tod und die Vorstellung so leicht und sinnlos sterben zu können oder einen geliebten Menschen zu verlieren, machte mich in ihrer Ungerechtigkeit wahnsinnig. Noch in derselben Nacht begriff ich, dass ich kein Kind mehr sein durfte. Und es war kein Spiel oder eine Generalprobe. Es war die brutale Realität und ab sofort ein großer dominierender Bestandteil meines Alltags. Damit sollte ich von nun an leben.

Mit jeder Bombe, die den Boden traf, sprangen wir hoch. Meine Mutter rief zu Gott und betete. Meine Geschwister und mein Vater schwiegen, sie schauten sich in die Augen und vermutlich verabschiedeten sie sich im Stillen voneinander. Alles war dumpf um mich herum, selbst das Schreien meiner Tante hörte ich nicht mehr. Wieder saß ich zusammengekrümmt da, meine Augen geschlossen und rechnete jeden Augenblick mit dem Tod. Nur die Explosionen brachten etwas Bewegung in unsere Starre. Nach jedem Knall zuckten wir alle zusammen, und ich war verwundert, dass ich inmitten von diesem schrecklichen Bombardement noch lebte. Um mich herum war es totenstill, als hätte man mich in einem Kerker eingesperrt und der Henker würde mich jederzeit abholen.

Ein zweiter Sirenenton brachte die Entwarnung. Er war das Zeichen, dass die irakischen Jets abgezogen waren. Für eine Weile konnten wir uns kaum bewegen, wir waren erschöpft. Keiner sagte etwas. Meine Tante weinte noch. Maman atmete ganz tief. Darja hielt meine Hand. Verzweifelt fing ich wieder an zu weinen. Niemand versuchte mich zu beruhigen. Erst langsam rauften sich die anderen zusammen. Einer nach dem anderen standen wir auf und gingen die Treppen hinauf und mir war bewusst, dass wieder ein kleiner Teil von mir in diesem Keller abgestorben war.

Trotzdem überwog die Erleichterung, dass keinem von uns etwas Schlimmes zugestoßen war. Noch konnte ich nicht wissen, wie sehr das Erlebte mein Leben geändert – mich geändert hatte. Als wir wieder oben im Haus waren, verkroch sich jeder in eine Ecke. Niemand redete, ich denke, wir alle waren geschockt. All unsere Kraft war verschwunden und wir hätten es zumindest an jenem Abend nicht mehr geschafft noch einmal einen Luftalarm durchzustehen.

Oh Gott, was für Zeiten sind das. Vor ein paar Tagen war noch alles in Ordnung, heute weiß ich nicht mehr, ob ich die Nacht überstehe, und morgen wieder aufwache, dachte ich. Erstaunlicherweise weinte keiner von uns. War das der Schock? Oder die Gewissheit, dass wir bald doch alle dran glauben müssten? Ich weiß nicht mehr, wie ich in dem, was von der Nacht übrig blieb, geschlafen habe, aber ich weiß, dass ich nicht mehr dieselbe war.

AUF DER SUCHE NACH NORMALITÄT

Inzwischen erfolgten die Angriffe zwei bis drei Mal am Tag, meist mittags und abends, manchmal aber auch in der Nacht. Mein Zustand verbesserte sich, ich weinte nicht mehr, aber mein Verhalten hatte sich drastisch geändert. Ich wurde sehr ruhig und still. Der Kontakt zu meinen Freundinnen war abgebrochen und ich lebte in einer gänzlich anderen Umgebung.

Alles war so trostlos, dass ich meine Neugierde verlor und auch nicht über die Zukunft sprechen wollte, die lag ja eh im Dunkeln. Tapfer nahm ich mir vor, die Situation zu akzeptieren. Meine einzige Pflicht war es nun, schnell erwachsen zu werden, damit ich unsere Situation wirklich begreifen konnte. Alles Gehörte und Gesehene saugte ich in mich auf, konnte aber noch kein Urteil fällen, weil ich trotz der vielen Erfahrungen, die ich meinen Altersgenossinnen anderswo auf der Welt voraus hatte, im Inneren doch noch ein Kind geblieben war. Als ob man sich da eine Wertung über Gott und die Welt erlauben konnte. Aber wenigstens konnten wir uns weiterbilden. Da wir in der fremden Umgebung keinen Schulunterricht hatten, beschlossen Darja und ich vorerst, uns gegenseitig das Lernprogramm beizubringen und wir begannen ein Selbststudium.

In den Pausen spielten wir mit meinen kleinen Cousinen, während meine Tante, mein Onkel und mein Vater so normal wie möglich zur Arbeit gingen. Mutter kümmerte sich wie immer um den Einkauf und um das Kochen. Beneidenswerterweise durften meine Brüder ganz normal zur Schule gehen, da der Stadtteil, in dem sich die Schule befand, bisher von Angriffen verschont geblieben war. Eine Zeit lang ging es mit dem Selbststudium gut voran. Je mehr Zeit verstrich, desto mehr mussten Darja und ich uns jedoch eingestehen, dass wir nicht so recht mit dem Selbststudium vorankamen. Ohne Unterstützung von Lehrern waren die Fortschritte geringer und nach einiger Zeit mussten wir den gut gemeinten Ansatz, uns selbst zu unterrichten, schließlich aufgeben.

So suchte Mutter mit großen Anstrengungen auch eine geeignete Schule für Darja und mich. Denn mit jedem Tag verloren wir viel Zeit. Für sie war es wichtig, dass wir Mädchen möglichst viel lernten und noch vor der Heirat eine gute Ausbildung erhielten. Als früh verheiratete Frau ohne erlernten Beruf konnte sie nicht zum finanziellen Unterhalt der sechsköpfigen Familie beitragen. Vater wollte das seinerzeit so. Er war der Meinung, dass sie es nicht nötig hätte, mit vier Kindern hätte man ohnehin genügend zu tun. Er war zufrieden mit ihrer Hausarbeit, die er genauso hoch schätzte wie die Arbeit außer Haus. Meiner Mutter war es allerdings auch wichtig, dass wir später in einer modernen Ehe auch unsere Männer durch eine Berufstätigkeit unterstützen konnten.

Da das Schuljahr schon längst angefangen hatte, war es wirklich schwer, in der unmittelbaren Nähe eine Grundschule für mich und eine Mittelschule für Darja zu finden. Viele Schulen waren kriegsbedingt geschlossen, bereits übervoll oder schlicht zu weit weg. Inzwischen vergingen Wochen und die Langeweile wurde immer stärker. Jeden Tag fast nichts zu tun, außer auf den Tod oder ein weiteres Unglück zu warten. Unsere Eltern versuchten, uns eine neue Normalität zu schaffen. Das war allerdings unmöglich, denn beide konnten nicht die jüngsten einschneidenden Geschehnisse rückgängig machen. Wie sollten sie auch, waren sie doch selbst noch zu jung, um den Schock und die Umwälzungen mit Gleichmut zu ertragen. Bis heute haben sie die Schrecken dieser Tage und Monate immer noch nicht verarbeitet.

Die Anzahl der Angriffe durch die irakische Armee stieg kontinuierlich. Immer wieder berichteten die Medien von zahlreichen toten Zivilisten. Dabei dachten wir nach jedem Angriff, dass die Bomber in der Nacht ihr Ziel verfehlt hätten. Es hätte uns auch treffen können.

Meine Welt wurde mit jedem Angriff dunkler. Ich merkte, dass ich keine normale Kindheit mehr hatte und ein Zuhause fehlte mir auch. Aus einem fröhlichen, unbeschwerten Kind wurde allmählich ein stiller, in sich gekehrter und verängstigter Teenager, der so abgeklärt war, dass er keine Fragen mehr stellte. Fragen stellen machte ja eh keinen Sinn, wenn die Antworten ausbleiben oder nicht dem entsprechen, was man sich insgeheim erhofft.

Meine Eltern merkten, dass ich nicht mehr dieselbe war. Ich war inzwischen nur noch ein Schatten meiner selbst. Ich aß fast nichts, spielte nicht, redete nicht und lernen konnte ich auch nicht. Wenn mein Vater von seinen immer länger werdenden Diensten überhaupt nach Hause kam, klebte ich an ihm wie ein Känguru-Baby an seiner Mutter. Ich folgte ihm überall hin und dabei versuchte ich seine Hand zu nehmen. Für ihn war es unmöglich, wenigstens ein paar Minuten Ruhe zu finden. Wie schon nach den ersten Angriffen in Payegah Yekom folgte ich ihm bis auf die Toilette überall hin. Er verstand meine Angst, konnte mir aber nicht beibringen, damit umzugehen.

Neben meinen persönlichen Problemen mit der Angst und der Tatenlosigkeit gestaltete sich auch das Zusammenleben mit Tante Firoozeh und ihrer Familie von Tag zu Tag schwieriger. So gerne sie uns auch hatten, wollten sie doch nach langer Zeit endlich wieder unter sich sein. Tante Firoozehs Kleinfamilie war nicht auf die Beherbergung einer Großfamilie ausgerichtet und mit der Zeit wurde uns allen klar, dass wir nicht mehr allzu lang bleiben konnten.

Inzwischen hatte Onkel Vahid, der Bruder meines Vaters, meinem Vater vorgeschlagen, zu ihm zu ziehen. So wollte er sich seiner Schwester gegenüber solidarisch erweisen und auch seinen Teil beisteuern und der Schwester nicht die ganz Last der Familiensolidarität tragen lassen. Wir sind dann nach einigen Überlegungen erneut umgezogen. Wie die Nomaden.

Onkel Vahid und seine Frau Fatemeh lebten in einem Stadtteil in der Mitte Teherans, der seine besten Zeiten schon hinter sich hatte. Man brauchte die Leute nur anzugucken und zu zuhören, dann merkte man sofort, dass die Bewohner des Viertels von der Revolution total begeistert waren. Selbst mir war bewusst, dass jetzt nicht mehr mit einer Besserung der politischen Verhältnisse zu rechnen war.

Es gab immer mehr Einschränkungen, alles wurde schwieriger. Am Anfang war ich über den Umzug zu Onkel Vahid noch froh, denn ich mochte ihn sehr gerne. Sein Witz und die Heiterkeit, die er fast immer an den Tag legte, begeisterten mich. Außerdem war ich froh, meinen Cousin Alireza wieder zu treffen, denn wir waren in der Vergangenheit die besten Spielfreunde gewesen. Alireza war zwei Jahre jünger als ich. Wenn er wollte, war er ein angenehmer Kamerad – zumindest wenn er Lust dazu hatte. Er war ein wilder Junge, der immer wieder versuchte, mich durch den Kakao zu ziehen. Seine Welt fand ich faszinierend und seine Streiche und Unternehmungen lenkten mich wenigstens etwas ab. Tante Fatemeh, die wir Fati riefen, kam aus sehr bescheidenen Familienverhältnissen und war immer sehr verständnisvoll und ausgesprochen nett. Sie war für persische Begriffe häuslich und eine perfekte Hausfrau. Ihre Gastfreundlichkeit war in der Familie legendär. Cousine Ozra war noch so klein, dass sie von dem ganzen Dilemma in Teheran nichts mitbekam. Das Zusammenleben mit Onkel Vahid und seiner Familie war viel lockerer als mit Tante Firoozeh.

Wenn die Iraker im Teheraner Himmel erschienen und ihre Bomben abwarfen, war das Warten auf das Unheil leichter, denn es gab nun niemanden mehr, der in Panik ausbrach, laut schrie und uns mit seiner Verzweiflung ansteckte. Mein Onkel hielt alle Luftschutzvorschriften streng ein, versicherte uns aber, dass dieses Gebiet wohl nicht zu den Zielgebieten der Iraker gehörte, so bräuchten wir keine Bedenken zu haben.

Der Umzug in ein neues Viertel eröffnete Maman auch die Möglichkeit, nach neuen Schulen in der Nähe zu suchen. In der Tat wurde sie fündig. Meine neue Schule war nicht so sauber und überhaupt nicht so modern, wie ich es von meiner alten gewöhnt war. Auch sonst lief alles genauso wie ich es auf Grund meiner bisherigen Erfahrungen mit dem neuen Stadtviertel vermutet hatte. Alles war hier sehr religiös und die Mädchen hatten sich im Gegensatz zu mir sehr leicht an die neue islamische Kleider- und Schulordnung angepasst.

Einige waren äußerst gehorsam und zu allem Überfluss auch noch missionarisch veranlagt. Jetzt wurde es für mich zum ersten Mal bedeutend, dass mittlerweile die Kopftuchpflicht eingeführt worden war. Da ich nun neun Jahre alt war, musste ich mich den streng islamischen Regeln fügen und wie alle Mädchen Haare und Körper vor den Blicken Fremder verstecken. Dabei musste ich fortan eine Reihe von Regeln beachten: Die Kopftücher und Mäntel, die inzwischen die farbenfrohen Schuluniformen ersetzt hatten, sollten möglichst dunkel sein und viel Stoff zur Körperbedeckung haben. Herausschauen durften nur noch die Hände und das Gesicht. Hand- und Fußknöchel waren vor den Blicken anderer zu verstecken.

Der religiöse Eifer fiel mir sofort auf und ich fühlte mich ausgeschlossen, da mir die Grundlagen der Religionsausübung fehlten, denn meine Eltern hatten mich bis zum Krieg sehr liberal erzogen. Sie wollten nicht, dass Glaube und Religion unseren Verstand beeinflussten, dass wir vielmehr unsere Meinung frei von religiöser Beschränkung oder gar Verblendung zu jedem Thema bilden konnten.

Im Schulstoff war die Klasse schon viel weiter als ich. Bei den Schülern war der Krieg noch nicht richtig angekommen, keiner hatte solch schreckliche Stunden durchgemacht wie ich und so war die Einstellung der Mädchen völlig anders, als ich es bisher gewöhnt war. Ich nahm mir von Anfang an vor, mich nicht um das Klassenklima zu kümmern und mich nur auf das Notwendigste zu konzentrieren: den über die Monate versäumten Stoff nachzuholen.

Doch das war nicht so einfach. Schon der erste Tag war die schiere Hölle. Mir war schnell klar, dass ich mit den neuen Mitschülerinnen Probleme bekommen würde. Die Direktorin brachte mich am ersten Tag persönlich in die Klasse. Die Klassenlehrerin erzählte meine Geschichte und erwähnte am Rande, dass mein Aufenthalt wohl nur von kurzer Dauer sein würde. Denn – Inschallah – wir würden den Krieg bald siegreich gewinnen. Von nun an war ich nicht nur als Liebling der Klassenlehrerin, sondern auch von der Frau Direktorin abgestempelt. Mit diesem „Extrabonus" versehen, merkte ich schnell, dass ich nicht willkommen war und bald schlug mir Hass und Neid entgegen.

Für die Mitschülerinnen war ich die kleine Prinzessin aus Payegah Yekom und bestimmt die Tochter eines reichen Offiziers, die eigentlich nichts anderes kann, als mit ihren teuren Puppen von morgens bis abends in ihrem Palast zu spielen. Ich musste feststellen, dass Payegah Yekom keinen guten Ruf genoss. Viele Menschen aus der Außenwelt wussten, wie sehr der Schah seine Soldaten und die Luftwaffe bevorzugt hatte, dass wir viele Privilegien genossen hatten, dass Auslandsreisen und sogar kostenlose Privatstunden in Sport und Musik ganz normal und selbstverständlich für uns gewesen waren.

Jeder Tag in dieser Schule wurde für mich zu einer Nagelprobe. Den ganzen Tag über war ich allein. Keine der Schülerinnen mochte mit mir befreundet sein, schlimmer noch, ich wurde sehr oft gehänselt. Und mit niemandem konnte ich über meine Schwierigkeiten reden.

Jeden Tag sehnte ich mich zurück nach dem alten Payegah Yekom. Ich hoffte, so schnell wie möglich wieder nach Hause zurückkehren zu können, obwohl inzwischen der Kontakt zu den Nachbarn und Freunden aus Payegah Yekom komplett abgebrochen war. Vermutlich hatten sie dieselben Problem wie wir und mussten von einer Ecke Teherans in die andere ziehen.

Die Zustände in der Schule waren katastrophal: verschmutzte Klassen und Bänke, total verunreinigte Toiletten. Die Mädchen sahen in Ihren Kopftüchern und Mänteln, die meistens bis unter die Knie reichten, sehr blass und dreckig aus. Wenn ich es irgendwie vermeiden konnte, ging ich nicht in der Schule auf die Toilette. Alles schien mir grau in grau.

Das Allerschlimmste war aber der strenge Körpergeruch der Mädchen, einfach unerträglich, und ich überlegte mir, wie ich das aushalten sollte. Der neuen Mode hatte ich am Anfang noch Unvoreingenommen gegenüber gestanden, aber wie konnte sie Spaß machen, wenn man in ihr so stank. Auch Darja berichtete über die Unordnung und den schlechten Zustand an ihrer Schule. Mit unseren Eltern konnten wir bald auch nicht mehr drüber sprechen, denn sie waren überfordert und baten uns immer wieder inständig um Geduld und Bescheidenheit.

Wenn ich das schon hörte! Bescheidenheit wurde gerade im Islam als eine der großen Tugenden betrachtet und angepriesen. Mit diesen Argumenten wurde aus dem schönen farbigen Teheran, wo einst frisch frisierte und geschminkte Frauen in ihren bunten Kostümen und Männer in Anzug und Krawatte zum Arbeitsplatz gingen, eine Stadt aus Frauen in langen dunklen Tschadors und langbärtigen Männern in bis zum letzten Knopf geschlossenen Hemden, die mit einer Gebetskette in der Hand und gesenktem Kopf schnell über die Straßen gingen.

Aus dem bunten, fröhlichen Teheran wurde eine traurige, graue und verschmutzte Stadt. Als hätte man über die Stadt Asche gestreut. Ich versuchte des Öfteren verzweifelt, in den Straßen von Teheran Farben zu finden, aber es war vergebens. Iran war im Krieg, und nach dem Islam wäre es gerade jetzt eine Sünde, nach Schönheit zu verlangen. Schwarz war das neue bunt. Und es war die Farbe der Trauer, und da wir laufend trauerten, hatten wir pausenlos Anlass, Schwarz zu tragen.

Diese Trauer manifestierte sich auch in meiner Seele. Langsam wollte ich keine anderen Farben mehr sehen, denn ich trauerte wirklich: Ich trauerte um meine Kindheit, um die Freundinnen, die ich nicht mehr sehen konnte. Ich trauerte sogar um die Zukunft. Wenn es jetzt so hoffnungslos aussah, wie sollte es erst in ein paar Jahren werden? Meine Schwester und ich redeten nicht mehr über den Alltag. Wir waren damals verstörte Teenager, die verzweifelt versuchten, einen Funken Fröhlichkeit und Spaß in ihre Leben zu bringen. Das war in diesen Zeiten jedoch in weiter Ferne.

Inzwischen wussten meine Eltern, dass der Krieg keine Blitzaktion war, wie es uns anfangs von Ayatollah Khomeini versprochen worden war. Mein Vater musste jeden Tag die ganze lange Strecke zu seinem Arbeitsplatz zurücklegen und abends zu uns zurück fahren. Eine Fahrt im Teheraner Straßenverkehr kam schon unter normalen Umständen einem Selbstmord nahe, zudem eine Fahrt bis zu mehreren Stunden dauern konnte.

Er beschwerte sich nicht darüber, dass seine Arbeit sich ebenfalls zunehmend schwierig gestaltete, da nicht nur Krieg war, sondern der Druck seitens seines Arbeitgebers mit den neuen Reformen immens gestiegen war. Er war durch und durch Soldat, der seine Untergeordneten mit Disziplin und Ordnung ausbildete. Doch dies war in zunehmendem Maße schwierig. Es gab zunehmend Leute an seinem Arbeitsplatz, die ihn nun nach Strich und Faden kontrollierten. Außerdem wurde ihm, dem leidenschaftlicher Pfeifenraucher, im Ramadan das Pfeifchen verboten. Er war sehr bedrückt und traurig. Das konnte ich richtig nachvollziehen. Dazu musste er eine sechsköpfige Familie versorgen und konnte sich nicht zur Wehr setzen. Ihm drohte die Suspendierung, und das wäre unvorstellbar schlecht.

Zum ersten Mal in meinem Leben kam ich mir wie ein Fremder in meinem eigenen Land vor. Wir waren heimatlos. Egal wo wir hingingen, nichts mehr war so wie es früher war, so unbeschwert und einfach. Eine Ausreise ins Ausland war auch nicht mehr ohne Weiteres möglich. Früher schickten viele Familien ihre Kinder zum Studieren in die USA und nach Europa. Perser waren im Ausland überall herzlich willkommen gewesen. Nun wurden alle Grenzen für Iraner gesperrt.

Der Kurs des US-Dollars und alle anderen Wechselkurse in ausländische Währungen stiegen bis ins Unermessliche. Leute, die bis dato auf ihren Konten oder im Ausland Dollar oder DM angespart hatten, wurden über Nacht reich. Korruption und Inflation zerfraß das ganze Land. Liebe, Freundschaften und vor allem Partys feiern waren offiziell verboten. Wer öffentlich Gefühle zeigte, fiel sofort in Ungnade. Uns wurde schnell klar gemacht, dass wir am falschen Ort waren.

Vor allem meine Geschwister waren sehr enttäuscht, denn früher konnten sie ihren Hobbys und Interessen nachgehen und Partys feiern so oft wie sie wollten. Dies war jetzt nicht mehr möglich, zumal der Kontakt zu den engsten Freunden zwischenzeitlich völlig abgebrochen war. All das zwang meinen Vater, erneut über die Zukunft der Familie nachzudenken. Dies machte uns

Mädchen Mut, mit ihm über unsere Schulsituation zu sprechen.

Eines Abends als er nach Hause kam, beschlossen Darja und ich, unserem Vater über die unerträglichen Zustände in unseren Schulen zu berichten, über den Dreck, den Zwang und über die Ungerechtigkeiten, die wir von den Mitschülerinnen ertragen mussten.

Während des Gespräches brachen wir in Tränen aus und baten ihn, uns endlich von diesem Elend zu befreien. Vater beschloss, uns mit aller Konsequenz nach Payegah Yekom zurückzubringen, obwohl es ihm sehr schwer fiel unser Flehen zu akzeptieren. Er hatte erfahren, dass einige Familien doch wieder nach Hause zurück gekehrt waren. Vermutlich hatten sie auch woanders dieselben Erfahrungen gemacht.

Sollte uns etwas passieren, dann passiert es wenigstens unter unserem eigenen Dach. Von anderen betroffenen Kollegen hatte er ferner erfahren, dass die Iraj-Mokhaberi-Schule jetzt wieder geöffnet sei. Wenn andere es gewagt hatten, zurückzukehren, wieso sollte es uns schwer fallen? Wir konnten also wieder zurück nach Hause.

Nach Rücksprache mit meiner erfreuten Mutter wurde die Heimfahrt an den Ort, den wir trotz aller Gefahren noch sehr liebten, beschlossen. Mutter vermisste unsere Wohnung und die gewohnte Umgebung, auch wenn sich dort anscheinend vieles verändert hatte.

Als ich mich am nächsten Tag in Begleitung meiner Mutter an der Schule, die ich inzwischen gelernt hatte zu hassen, abmeldete, war die Lehrerin erleichtert. Sie war froh, dass ich endlich nach Hause konnte. Sie hatte gemerkt, dass ich mich dort nicht wohl gefühlt hatte. Sie verabschiedete mich sehr lieb.

Nachdem auch dies erledigt war, packten wir unsere paar Habseligkeiten und die Schulsachen zusammen und fuhren zurück nach Payegah Yekom. Zum ersten Mal nach Kriegsausbruch war ich glücklich. Ich hatte vergessen, was es heißt, wieder Glück zu empfinden. Es ging endlich wieder nach Hause.

Bei der Rückkehr mit dem Auto nach Payegah Yekom, konnte ich kaum meinen Augen trauen. Der Ort war nicht mehr wieder zu erkennen: Überall hingen Plakate an den Wänden und Straßenlaternen, Schmutz und Dreck überall. Bärtige uniformierte Soldaten, die sogenannten Sittenwächter, waren schon am Eingang mit ihren geschulterten G3-Gewehren zu sehen, die Mienen ernst und versteinert.

Nachdem mein Vater sich als Offizier ausgewiesen hatte, schauten die Wächter in das Auto und musterten uns mit ihren aggressiven Blicken. Ich fühlte mich sehr bedrängt. Noch nie habe ich solche stechende Augen gesehen. Selbst mein mutiger Vater hatte aus Angst, sie unnötig zu provozieren, einen fast kriecherischen Umgang zu pflegen begonnen, um nicht noch länger dort aufgehalten zu werden, sondern mit seiner Familie so schnell wie möglich zu unserem alten Haus zurückkehren zu können.

Mittlerweile waren die Sittenwächter überall zu finden. Sie waren, wie der Name verrät, für Ordnung und Einhaltung der islamischen Sitten zuständig. Wenn Frauen keinen ordnungsgemäßen Hijab trugen, wurden sie angehalten und ermahnt. Mein Vater wies uns sofort darauf hin, dass er sich nicht wünschte, dass wir negativ auffielen und dass er es sehr willkommen heißen würde, wenn wir draußen in der Schule oder auf der Straße auf jeden Fall die Sitten und Vorschriften des Islams beachten würden. Für mich war das kein Problem. Ich war bereit, jeder Bitte meines Vaters zu folgen, um die Familie und vor allem ihn nicht in Verlegenheit zu bringen.

Während der Fahrt durch die Straßen Payegah Yekoms nach Hause sprach Keiner. Still schauten wir uns um. Aus dem Ort war eine Totenstadt geworden. Kein Mensch war auf den Straßen, wo einst junge Teenager miteinander auf den Straßen gelacht haben und spazieren gegangen waren, die Jungs auf dem Fußballplatz Fußball gespielt hatten und von den Mädels angefeuert worden waren, zu sehen. Es war nun ein Platz des Grauens. Mit wem konnte ich jetzt noch spielen und lachen? Wer ging noch mit mir zur Schule? Und wer ist überhaupt noch da? So war mir schon gleich während der ersten Durchfahrt klar, dass ich fast alle meine Freundinnen für eine lange Zeit nicht mehr wiedersehen würde. Das machte mich sehr traurig. Darja und meiner Mutter erging es bestimmt ähnlich.

In der Wohnung war alles so geblieben, wie wir es verlassen hatten. Ich freute mich an dem Stück Vergangenheit aus einem anderen schöneren Leben. Egal, ob wir hier ein höheres Risiko hatten, hier würde ich nie wieder weggehen. Wir hatten nun einmal Krieg und nirgends in Teheran war man wirklich sicher. Das hatte ich nun akzeptiert.

Aus verständlicher Verlustangst wurden meine Eltern strenger mit uns. Vor allem wir Mädchen durften uns nicht mehr auf der Straße aufhalten. Wir mussten sofort nach der Schule nach Hause zurück, ohne Diskussion. Auch wenn meine Eltern in der Erziehung liberal und demokratisch waren, befahlen sie uns, die Situation sehr ernst zu nehmen und alles zu vermeiden, was uns in Gefahr bringen könnte.

In der Schule wurden uns immer mehr islamische Sitten beigebracht. Arabisch lernen war nun wichtiger als das bisher gängige Englisch. In jeder Pause und bei jeder Gelegenheit wurde in der Schule der Koran gelesen. Die Mädchen, die sehr professionell vorlasen, besuchten privat eine Koranschule. Langsam fing ich an, den Koran und den Islam zu mögen. Ich wurde fromm und betete nun fünf Mal am Tag. Ließ mein Kopftuch, das laut Anderen mir sehr gut stand, nicht vom Kopf herunter. Mit der Zeit fand ich im Islam mit meiner ruhigen, dunklen Seele ein Zuhause. Und freundete mich mit dem Tod an. Tiefer Glaube war der einzige Weg, um die Todesangst zu überwinden.

Immer mehr interessierte ich mich für Religion. Und bekam Bestnoten. Die Geschichte und die Schicksale der Propheten konnte ich vor- und rückwärts erzählen. Zu meinem Erstaunen fanden es alle gut. Wichtige Soorehs aus dem Koran auswendig zu lernen, war nun ein großes Hobby von mir. Zugegeben die Vertrautheit mit dem Islam brachte mir Ruhe und Selbstbewusstsein, aber keinesfalls Glück und Zuversicht.

Meine Familienmitglieder fanden es gut, dass ich langsam zu meiner Mitte fand und eine gewisse innere Stärke erlangte. Dank meiner hohen Anpassungsfähigkeit wurde ich zum Liebling aller Lehrerinnen. Meine Konzentration widmete ich nur noch der Schule und dem Koran. Fleißig und aufmerksam lernte ich und träumte von einem Leben ohne Angst und mit Beständigkeit.

Wenn nicht jetzt, dann wenigstens im nächsten Leben. Dariush und Papa beteten genauso wie ich regelmäßig.

Das Leben mit dem Krieg, der Inflation und dem Boykott im Iran konnte man mit dieser Lebenseinstellung einfach besser ertragen.

Nach und nach erfuhren wir, wer immer noch oder schon wieder in Payegah Yekom wohnte. Meine Schwester hatte manch enge Freundin wieder gefunden. Unser Wohnblock war – Gott sei Dank – nach einiger Zeit wieder komplett. Es war erfreulich, dass wir doch nicht so alleine waren, wie wir zunächst dachten. Was früher ganz normal und selbstverständlich war, wurde auf einmal ein Grund zum Feiern.

Unsere Lebensqualität war so weit gesunken, dass wir uns über die kleinsten normalen Dinge aus unserer Vergangenheit freuten, einer Vergangenheit, die nicht mehr existierte. Zu ihr gehörten auch meine Freundinnen Farahnaz und Jinus, die mit ihren Familien geflohen waren und nicht mehr zurückkehrten. Es war anfangs unerträglich, nicht zu wissen, ob sie noch am Leben waren! Merkwürdigerweise wusste kein Nachbar über sie und ihren Verbleib Bescheid. Ich bete jeden Abend, dass es ihnen gut geht und sie alle gesund sind.

Nach und nach wurden Lebensmittel und Dinge des täglichen Bedarfs knapp. Die Inflation im Iran hatte einen neuen Rekord erreicht. Mein Vater kaufte alles in doppelter und dreifacher Menge, weil die Entwertung des Geldes rasante Geschwindigkeit angenommen hatte und damit wir im Falle einer weiteren Intensivierung des Krieges genügend Nahrungsmittel hatten.

Der Krieg einerseits und die Änderungen durch die neue Islamische Republik anderseits machten das Leben langsam aber sicher schwerer. Der Iran war zum ersten Mal nach so vielen Jahren in wirtschaftliche Not geraten. Wir wurden von den westlichen Staaten boykottiert. In dem Land, das auf der Liste der ölreichsten Staaten weltweit auf Platz fünf stand, wurde selbst das Öl knapp. Es mangelte an allem. Auf einmal wurden Grundnahrungsmittel wie Reis, Fleisch und Eier rationiert und das Heizöl gleich mit.

In einem Land, das praktisch auf Öl gebaut war, musste man für den Kraftstoff, der immer häufiger knapp war, Coupons holen. Manchmal halfen auch die Coupons nicht mehr weiter, es war einfach kein Sprit verfügbar, sodass man das Auto oft stehen lassen musste. Die Anzahl der Coupons bestimmte sich nach Familienanzahl und Zeitraum der Nutzung. Reichten die Coupons nicht, blieb nur noch der Schwarzmarkt. Dort waren Fleisch, Reis, Öl und sogar Sprit massenhaft im Angebot, allerdings zu sehr viel höheren Preisen. Viele Menschen zahlten diese utopischen Preise, um wenigstens einen Moment besser leben zu können, obwohl oder gerade weil sie wussten, dass die Situation sich bald noch weiter verschlechtern würde.

Wir Kinder wechselten uns in den vielen Warteschlangen vor Lebensmittelgeschäften und Tankstellen ab. Einige Male ließen wir unsere Kannen und Gefäße über Nacht mit einem Vermerk in der Schlange stehen, kehrten dann nach Hause zurück, nur um uns etwas hinzulegen und für den nächsten Tag vorzubereiten. Es war kaum zu glauben, in welche Situation wir hinein geraten waren. Vor einem Jahr hatten wir noch alles im

Überfluss. Nun hatte sich alles, aber wirklich alles, geändert.

Wir erkannten unser Land nicht mehr wieder. Der Krieg war der Anfang vom Ende. Der nicht enden wollende Wechsel aus Angriffen und Mangel am Nötigsten zum Leben zermürbte mich. Ich kommunizierte immer weniger und zitterte wieder bei jedem Angriff. Manchmal konnte ich mich nicht mehr kontrollieren und schrie genauso wie meine Tante voller unbändiger Panik.

Erstaunlicherweise waren meine Schulnoten trotzdem noch sehr gut. Tagsüber war ich eine der besten Schülerinnen, in der Nacht war ich nicht wieder zu erkennen: Schlafstörungen und Schwermutsanfälle suchten mich heim und ließen meine Seele nicht los. Mein Verhalten und die seltsame äußere Ruhe beunruhigten meine Eltern. Sie begriffen mit der Zeit, dass ich psychisch in einer Sackgasse gelandet war. Heute würde man von „Depressionen" sprechen, für mich war es einfach nur schlimmer als der Tod. Mit jedem Angriff war es mir, als würde ein Stück in mir absterben. Wenn wir nicht gerade angegriffen wurden, zeigte ich nach außen eine ruhige Person, die sich mit allem abgefunden hatte.

Als Teheran jede Nacht bombardiert wurde, erkrankte auch mein Vater. Er litt schon seit ein paar Jahren unter Nierensteinen, die immer wieder mühsam unter großen Qualen zerstoßen werden mussten. Nun waren die Schmerzen wieder da. Ich erinnere mich an die besonders dunkle Nacht, in der der ganze Hausblock aus Angst vor den Irakern wie leer gefegt war. Uns wurde ein großer Angriff mit mehreren Flugzeuggeschwadern angekündigt. Man munkelte, Teheran solle in jener Nacht dem Erdboden gleich gemacht werden. Mein

Vater hatte schon den ganzen Tag Schmerzen und lag im Bett. Die Nachbarschaft war wie ausgestorben, niemand war mehr zu erreichen. Obwohl ich gerade in den Monaten davor sehr viel erlebt hatte, spürte ich noch nie in meinem Leben so viel Angst. Je später es wurde, desto unerträglicher wurden meine Angstzustände.

Wir wollten fliehen, irgendwo zu den Verwandten, aber mit meinem Vater in diesem erbärmlichen Zustand war es kaum möglich. Er stöhnte inzwischen vor Schmerz. Die Nierensteine waren so groß, dass sie kaum zerstoßen werden konnten. Einen Arzt konnten wir nicht erreichen, geschweige denn meinen Vater zu Einem bringen. Als es draußen komplett dunkel geworden war, hatte ich mich an sein Bett gesetzt und angefangen zu weinen. Das Mitgefühl über seine Schmerzen und die Lebensangst waren zu viel. Während des Angriffs erlitt ich einen Nervenzusammenbruch. Warum treffen die nicht endlich uns und erlösen mich von dieser Höllenangst.

Als die Sirenen losgingen, habe ich nur noch gehofft, dass es schnell gehen würde. Ich lag am Bett meiner Eltern und drückte meinen Kopf in die Matratze, während ich ganz fest die Hand meines Vaters hielt. Mit jedem Knall hörte ich das Rasen meines Herzens. Ich habe die ganze Nacht durch geheult, selbst als der Angriff vorbei war. Hatte ich bisher noch gedacht, dass ich vielleicht den Krieg überstehen würde und die Zeit alle Wunden heilen würde, gab ich in jener Nacht die Hoffnung auf: Ich konnte nie wieder dieselbe Dana sein. Die Angriffe hatten weitere Spuren in mir hinterlassen, ein entscheidendes Stück mehr als vorher.

Die Iraker haben viele Orte getroffen. Payegah Yekom war - Gott sei Dank - wieder einmal davon gekommen.

Anscheinend war Payegah Yekom nicht mehr ein vorrangiges Angriffsziel. Wir erfuhren, dass mehr und mehr Zivilisten von den Bomben Saddam Husseins getroffen wurden. Erschreckend waren die Einzelschicksale, die einem das Herz brachen. Einmal war eine Bombe in ein Wohnhaus gefallen, wo kleine Kinder Geburtstag gefeiert hatten. Ein anderes Mal wurde eine Frau in ihrem Nachthemd auf der Straße beobachtet, die orientierungslos durch die Straße lief und nach ihren Söhnen suchte. Eine Bombe war direkt neben ihrem Haus eingeschlagen, alle ihre Familienmitglieder kamen ums Leben. Die Trauer um Landsleute wie diese hat uns noch mehr mitgenommen. Der Krieg traf uns mitten ins Herz. Mit jeder schlechten Nachricht wurden wir noch mehr eingeschüchtert und abgeschwächt.

Die ständigen Bombardierungen zerstörten Teherans verbliebene Schönheit und Glanz. Während die Frontlinien im Süden und Westen im Stellungskrieg so festgefahren waren, dass die Soldaten vor Ort direkt Mann gegen Mann gegeneinander kämpften, wurde Teheran von den Bomben der feindlichen Luftwaffe durchsiebt.

Mitten in diesen Kriegswirren trieben die neuen Machthaber unbeirrt ihre politischen Säuberungen voran. Inzwischen bekam mein Vater ernsthafte Probleme am Arbeitsplatz. Viele seiner Kameraden und Kollegen waren bereits suspendiert worden, einige sogar verhaftet. Man versuchte, in jeder Abteilung eine neue Islam- und Scharia treue Mannschaft zu bilden. Vater betete mittlerweile fünf Mal am Tag und trug einen Bart. Trotzdem versuchte man, auch ihm etwas anzuhängen. Obwohl er sehr bestrebt war, seine Sorgen von uns fern zu halten, konnte man seine Bedrückung und Melancholie in letzter Zeit nicht übersehen. Mich erwarteten große Veränderungen– wieder einmal. In meinem Inneren ahnte ich, dass ich wahrscheinlich nicht sofort, aber vielleicht in absehbarer Zeit Payegah Yekom erneut verlassen müsste. Was mir allerdings nicht mehr schwer fiel.

Mein Vater hatte die Gunst der Stunde genutzt und in einem Teheraner Neubaugebiet ein Grundstück erworben, um dort ein Haus zu errichten. Wir wollten diesen Ort verlassen, der nur noch mühsam den Namen Zuhause trug. Viele Nachbarn sahen das inzwischen ähnlich. Ein Exodus der ehemaligen Nachbarn und Kollegen hatte eingesetzt. All unsere Freunde, besonders die von meinen Brüdern, waren inzwischen weggezogen.

Meine Depressionen peinigten mich weiterhin, ich hatte keinen Boden mehr unter den Füßen und leben tat ich nur für den Augenblick. Ich lebte in den Tag hinein, wie vermutlich die anderen auch, denn jeden Morgen beim Verlassen unseres Heims, wussten wir nicht, ob wir uns je wieder sehen würden. Glücklicherweise taten wir das. Und das Wiedersehen war meist das Highlight des Tages, das uns stets glücklich machte und in herzlichen Umarmungen gipfelte. Dass man sich abends wieder vollständig vereint fand, war eben keine Selbstverständlichkeit mehr in den Zeiten des Krieges.

Mit dem neuen Bauprojekt hofften wir, dass nun frischer Wind in unserem Leben wehte, und wir uns endlich mit anderen, konstruktiven Dingen beschäftigen könnten. Das Haus sollte größer sein als unsere Wohnung in Payegah Yekom. Ein großes Schlafzimmer mit wunderschönem Garten und einer großen geräumigen Küche für meine Mutter.

Um sich von Payegah Yekom lösen zu können, hatte Baba unmittelbar mit den Bauarbeiten auf unserem Grundstück angefangen, und das mitten im Krieg. Ich bewunderte ihn. Wo nahm er nur den Mut her als allein verdienender Familienvater in Zeiten tiefer Inflation und Bedrängnis ein Haus zu bauen. Meine Eltern bewunderte ich um so viel Stärke, aber unser Leben war alles andere als beneidenswert. Für mich war klar, dass ich das Gefühl der Zufriedenheit und Geborgenheit in diesem Iran nie wieder erlangen würde.

Ich besuchte mittlerweile die vierte Klasse der Iraj-Mokhaberi-Schule in Payegah Yekom. Das Bild der Schule hatte sich inzwischen so gewandelt, dass sie nun einer Moschee glich. Nach der Ankunft wurden wir in die Klassenräume aufgeteilt, und wir mussten auf dem Boden Platz nehmen, ganz dicht nebeneinander, in Kopftücher und Mäntel gehüllt, waren wir kaum von hinten und von der Seite zu erkennen. Tschador und Gebetszeug waren immer dabei, damit wir alle gemeinsam beten konnten. Dies taten wir besonders an den Tagen, an denen wir nachmittags in der Schule waren.

Da die Schuldirektion die Geschlechter voneinander getrennt hatte, wechselten die Schichten von Woche zu Woche. So gingen die Mädchen eine Woche morgens und die Woche darauf gegen Mittag zur Schule. Durch die Geschlechtertrennung konnte die Schule mehr Schülerinnen aufnehmen als früher. So liefen nun bei uns einige Mädchen herum, die alles andere als gut erzogen schienen: aggressiv und sehr gewaltbereit einerseits, sehr religiös und fanatisch anderseits. Sie hatte ich vorher nie in der Schule gesehen. Verzweifelt versuchte ich ein paar bekannte Gesichter aus der Zeit vor dem Krieg zu erkennen. Leider war die Suche völlig zwecklos.

Farahnaz, meine gute Freundin war wie vom Erdboden verschluckt. Keiner konnte mir sagen, wo sie mit ihrer Familie hingezogen war. Bei so vielen Änderungen, die sich in letzter Zeit in Payegah Yekom getan hatten, war es sehr wichtig, Freunde aus der Vergangenheit zu haben. Die neuen Gesichter in der Schule mochte ich nicht und versuchte zu ihnen einen gesunden Abstand zu halten.

Gleich nach dem Gebet hörten wir den Lehrerinnen und Schülerinnen der fünften Klasse zu, wie sie gegen das Regime des Schahs Parolen skandierten und Geschichten von den Heldentaten der Soldaten an der Front erzählten. Keine Schülerin durfte fehlen. Dieser Teil war unabdingbare Pflicht. Manchmal wurden wir auf den kalten Fußböden der Schulhalle stundenlang aufgehalten und mussten Sätze rufen wie: „Tod den USA, es lebe Khomeini". An die einzelnen Parolen kann ich mich nicht mehr erinnern, so unwichtig und leer waren sie. Ich weiß aber, dass es nur um Religion ging, oder besser gesagt um Gehirnwäsche. Meine Mitschülerinnen waren meistens neu und genauso ahnungslos wie ich.

Mit einer Schulkameradin verstand ich mich gut. Sie hieß Neda und war genauso alt wie ich. Sie hatte vor Kurzem eine kleine Schwester bekommen, und als die große Schwester war sie nun sehr stolz. Ich schätzte und mochte sie sehr, denn anders als die Mitschülerinnen war Neda ausgesprochen ruhig und besonnen. Ihr fein geschnittenes schönes Gesicht wurde von braunen Reh-Augen vervollkommnet. Obwohl sie einen braunen

Teint hatte, konnte man in ihrem Gesicht eine gewisse Blässe erkennen.

In den Klassenräumen durften wir das Kopftuch ablegen, doch selbst dann tat Neda es nicht. Ich hatte sie nie ohne Kopftuch erlebt. Einmal während der rituellen Waschung vor dem Mittagsgebet, als Neda sich den Kopfscheitel und das Gesicht neben mir mit Wasser begießen wollte, habe ich bemerkt, dass sie keine Haare auf dem Kopf hatte. Ich war sehr perplex. Ein neunjähriges Mädchen ohne Haare auf dem Kopf.

Mit zunehmendem Kriegsgeschehen und rasanten Änderungen in meiner Umgebung hatte ich gelernt, Neues ungefragt hinzunehmen. Gegen meine Erwartungen fand ich ihren Kahlkopf nicht abstoßend, sondern vielmehr sehr bequem. Und da sich ohnehin niemand für die Frisur unter ihrem Kopftuch interessierte, sollte es doch egal sein, was sie unter dem Stück Stoff trug. So ersparte ich ihr und mir die weiteren Fragen.

Neda und ich wurden beste Freundinnen. Wir erzählten uns Vieles und nach und nach hatte sie den Platz meiner Freundin Farahnaz eingenommen.

Neda und ich verbachten auch außerhalb der Schule viel Zeit miteinander. Wir besuchten uns gegenseitig zu Hause. Manchmal saßen wir Stunden lang auf dem Treppchen vor unserer Eingangstür und diskutierten über Gott, Religion und sogar das neue Regime im Iran. Sie war unglaublich intelligent. Kurz bevor wir uns näher kennenlernten, fehlte sie für ein paar Wochen. Sie sagte mir nichts von ihrem plötzlichen Untertauchen.

Anfangs dachte ich, es handle sich vielleicht um eine Grippe, aber dann, als es plötzlich länger als zwei Wochen waren, wurde ich skeptisch. Mir schwante langsam, dass etwas mit ihr nicht in Ordnung war. Mich wunderte es sogar, dass keine Lehrerin nach ihr gefragt hatte. Auf die Frage von einigen Klassenkameradinnen, wo Neda bliebe, musste ich mit gesenktem Kopf antworten, dass selbst ich nicht wusste, wo sie wäre, und was ihr fehlte.

Eines Tages als ich mit ein paar Mitschülerinnen zusammen saß, erzählte eine Mitschülerin von einer seltsamen Krankheit, die Leukämie hieß. Die lange Abwesenheit von Neda hätte etwas mit dieser Krankheit zutun, sie wusste auf jeden Fall, dass Neda Leukämie hatte. Sie besuchte das Krankenhaus, um sich einer seltsamen Therapie zu unterziehen. Zum Schluss erwähnte sie auch, dass die Krankheit nicht heilbar wäre.

Diese Nachricht traf mich sehr. Die schöne, liebe Neda. Kaum zu glauben, dass so ein junges, intelligentes und schönes Mädchen so eine unheilbare Krankheit hatte. Das erschreckend Komische an der Nachricht war, dass ich es mit dem „Unheilbar" nicht so sehr ernst nehmen konnte. Ich hielt es lange Zeit für ein Gerücht und einen schlechten Scherz, wie viele Lügen und verbreiteten Gerüchte, die ich so gewohnt war. Seit der Revolution rieten mir meine Eltern nicht allzu schnell auf die Nachrichten und Gerüchte in meiner Umgebung einzugehen. Zurückhaltung, Geduld und Bescheidenheit hatten sie mir angeraten.

Als Neda wieder zur Schule kam, hatte sie massiv an Gewicht verloren und sah noch zerbrechlicher aus. Doch trauen konnte ich mich nicht, sie zu fragen was wirklich los war!

Ihre Stimme klingt immer noch so sanft in meinen Ohren. Obwohl sie sehr zerbrechlich war, brachte sie Licht und Wärme in mein Leben hinein. Mit ihren wunderschönen Augen und ihrer zarter Stimme hatte sie schon jetzt einen Platz in meinem Leben gefunden. Wir versprachen uns, für den Rest unseres Lebens beste Freundinnen zu bleiben.

Da ich Neda so liebte und sie mir inzwischen sehr wichtig war, begann ich, selber über die angeblich hoffnungslose Krankheit zu recherchieren. So kam ich darüber mit meinem Vater ins Gespräch. Nedas Vater arbeitete glücklicherweise in der Einheit von Baba, so hoffte ich über ihn und Nedas Vater Informationen zur Krankheit Leukämie zu bekommen. Ich schilderte Baba, dass ich mich des Öfteren mit Neda Bamdad traf. Ich erzählte ihm, wie oft sie in letzter Zeit in der Schule gefehlt hatte. Ich berichtete, wie oft sie beim Sport oder körperlichen Aktivitäten in Atemnot geriet. Und zu guter Letzt, wie sehr ich sie mochte und wusste, dass sie etwas Ernstes, Leukämie genannt, hatte. Babas Mine verdüsterte sich und er war sehr betroffen, als er hörte, dass Neda mittlerweile meine beste Freundin geworden war. „Dieses nette Mädchen, das ist die Neda?". Ich nickte und erzählte ihm von ihrer Krankheit und wollte sofort mehr wissen.

An seiner Schwermutigkeit merkte ich sofort, dass er wieder einmal in Erklärungsnot kam. Er griff mich sehr zart an der Schulter und streichelte über meine lockigen schwarzen Haare. „Weißt Du, Schatz", fing er an. „Neda ist krank und macht sehr oft eine Chemotherapie". Ich sah ihm an, wie nahe ihm das Ganze ging. Er fuhr fort: „Nedas Vater leidet sehr unter der Krankheit seiner Tochter. Ich möchte dich bitten, ihr nichts über unser heutiges Gespräch zu erzählen. Versuche, ihr eine gute Freundin zu sein, und bete, dass es ihr bald wieder besser geht".

Wenn man so jung ist, sieht man alles durch eine rosarote Brille. Ich fragte nicht weiter, was denn nun Chemotherapie bedeutet. In meinem naiven Optimismus dachte ich, Kranksein bedeutet noch lange nicht etwas wirklich sehr Schlimmes zu haben. Meiner Neda passiert nichts, sie ist göttlich und sie wird wieder gesund.

Unsere Freundschaft war einzigartig. Mit vielen meiner Mitschülerinnen und Freundinnen stritt ich mich fast ständig über Kleinigkeiten, mit Neda war die Freundschaft herzlich und innig. Sie war das Reinste, was ich bis jetzt kennen gelernt hatte. So sollte es auch bleiben, deshalb verriet ich ihr nichts von dem Gespräch mit meinem Vater.

Als ich endlich die fünfte Klasse der Iraj-Mokhaberi-Schule abgeschlossen hatte, stand unser Haus fertig zum Einzug bereit. Ein neues Kapitel ging für uns auf, und ich war so aufgeregt wie noch nie. Wir Kinder freuten uns über das neue Haus mit eigenem großen Garten und einem riesigen Wohnzimmer, das eins von den fünf Zimmern im Haus war. Mutter freute sich über ihre schöne neue Küche, die sehr viel Platz zum Kochen bot.

Vor allem freute ich mich, von der Finsternis Payegah Yekoms endlich weg zu kommen. Seitdem das neue Regime und der Krieg dort so deutliche Spuren hinterlassen hatten, war es wirklich kein Traumort mehr. Man musste einfach wegziehen. Glücklicherweise hatte die Luftwaffe ihren Mitarbeitern Grundstücke zu günstigen Preisen verkauft, damit sie bauen konnten. Wie einige seiner Kollegen hatte auch mein Vater das Angebot angenommen. Vieles hat er beim Bauen selbst gemacht. An den Wochenenden waren wir sehr oft dort, um zu sehen, wie gut die Bauarbeiten voran kamen. Wenn wir Extrawünsche hatten, richteten wir diese an Baba, damit er rechtzeitig Änderungen vornehmen konnte.

In jenen grauen Zeiten war dieses Ereignis ein Lichtblick in meinem schwarzen Leben. Ich dachte, mit dem Einzug ins neue Haus wird sich alles zum Besseren ändern und wir würden dort draußen weniger vom Krieg betroffen sein. Wir wären keine Zielscheiben mehr und das Zittern um das eigene Leben würde endlich aufhören. Diese Vorstellung gab mir neuen Lebensmut und ließ mich endlich Licht am Ende des Tunnels sehen. Auch meine Familie freute sich, nun endlich etwas Ruhe zu finden.

Als es endlich so weit war, konnte ich kaum noch den Einzug in das Haus abwarten. Innerlich hatte ich mich schon längst von Payegah Yekom verabschiedet. Viel konnte ich nicht beim Umzug helfen. Ab und an lief ich die Treppen mit meinen Spielzeugen runter und übergab die Sachen den kräftigeren Jungs, die alle zum mithelfen da waren.

Der Umzug verlief ruhig und problemlos. Die ersten Monate waren wir mit der Einrichtung und der Zimmeraufteilung beschäftigt, was uns ganz gut von den Alltagsproblemen des Krieges ablenkte. Auch die ersten Begrüßungen und Vorstellungsrunden mit den neuen Nachbarn, die vor allem meinen Vater aus der Bauphase kannten, brachten wir schnell hinter uns.

Beruhigend war, dass einige der alten Nachbarn aus Payegah Yekom auch in Reichweite eingezogen waren, so dass wir uns wenigsten mit alten Bekannten treffen konnten.

Während wir uns in der neuen Umgebung eingewöhnten, erreichte der Krieg, von dem wir uns weit weg dachten, langsam seinen Höhepunkt. Wie schon seit Kriegsausbruch gingen fast jede Nacht die Sirenen los. Mein Vater hatte gleich einen Luftschutzkeller unter dem Haus gebaut, und wir hatten ihn für unsere kurzen Aufenthalte während der Bombardierungen gemütlich eingerichtet. Aber auch Überlebenswichtiges, wie Nahrungsmittel und eine kleine Hausapotheke, gehörten zur Ausstattung.

Der erste Abend in unserem Haus, an dem die Iraker Teheran attackierten, war wieder so ein Abend, den ich nie vergessen werde. Die Vorstellung eines ruhigen Heims war schon nach den ersten Minuten des Angriffs verblasst. Lärm und Unruhe verbreitete sich in der Nachbarschaft in Windeseile. Alle Nachbarn befanden sich auf der Straße. Die Männer zählten aufgeregt die Jets im Himmel: „Da ist noch einer. Sieh doch, das sind nicht zwei sondern fünf". Das Gemurmel und der Krach machten mich noch nervöser. Obwohl die ganze Nachbarschaft etwas mit Armee und Luftwaffe zu tun hatte, gab es einige Leute, die sich total unbedarft anstellten, als ob sie noch nie in diesem Land gelebt hätten.

Während meine Mutter verzweifelt nach einem Feuerzeug suchte, um ein paar Kerzen anzuzünden, lief ich schon fast automatisch in Richtung Keller. Der Strom war wieder rechtzeitig abgestellt worden. Die Aufregung stieg bei mir wie immer langsam an. Nach unten schauend, konzentriert, lief ich in Richtung Keller. Als Erste kam ich in dem dunklen Vorraum an. Der Mond schien hinein und ich konnte ohne viel Mühe die Umrisse des Raumes erkennen. Plötzlich merkte ich, dass ich alleine in dem Keller saß. Das gefiel mir überhaupt nicht. Ich fing an, nach meinen Eltern und Geschwistern zu rufen. Aber keiner kam. Für eine Sekunde dachte ich, hier würde nun alles enden.

Beim ersten Bombeneinschlag liefen mir wieder kalte Schauer über den Rücken und mir kamen Bilder von zerfetztem Fleisch, Blut, Geschrei von Frauen und Kindern in den Sinn. Wie viele sind diesmal gestorben, wo schlägt die nächste Bombe ein? Keiner meiner Sinne funktionierte mehr richtig, in jenem Moment konnte ich nichts mehr sehen, riechen, schmecken, wie ein Stück regungsloses Fleisch saß ich da, allein im Angesicht des Todes.

Meinen Vater hörte ich kaum, als er nach mir rief: „Dana, Dana wo bist du?" Ich konnte nicht antworten. Es war alles unerträglich. Und der ganze Schrecken stand vor meinen Augen: In einem Keller zu sterben, im Dunkeln, mein Körper liegt noch Tage unter Schutt und Asche. Nein, er würde selbst zu Asche werden. Oh Gott, was für einen Fluch hast du über uns gebracht? Was ist das für ein Leben? Haben wir das verdient? Warum nur, warum?

Die Stimme meines Vaters kam näher: „Wo bist du denn?" „Lass mich", schrie ich. „Ihr seid alle blöd". Etwas Besseres fiel mir nicht ein. Er ging nicht darauf ein und berichtete: „Ich war mit ein paar Nachbarn auf der Straße. Die Flugzeuge, das hättest du dir ansehen müssen". Als ob das ein Spiel wäre! Ich hätte ihn zum Teufel jagen können. Aber er tat alles, um mich zu beruhigen: „Meine Tochter, hier ist es nicht so schlimm, wie du denkst. Dies ist nicht Payegah Yekom".

Ich hätte ihn umbringen können. Dabei wollte er mich für das Kommende stärken. Ich hingegen fühlte nur eins: Mit einer Höllenangst zu leben ist schlimmer als zu sterben. Und Ihm war klar, dass alle Anstrengungen, eine Normalität aufrecht zu erhalten, vergeblich sein würden. Ob man ein Haus baut, die beste Schulausbildung hat, ein gefülltes Bankkonto – all das kann innerhalb von Sekundenbruchteilen zerstört sein.

Besonders jetzt, wo die Iraker mit propagandistischen Hetzreden wieder ankündigten, Teheran dem Erdboden gleich machen zu wollen. Mit Entsetzen erfuhren wir, dass Saddam Hussein chemische Waffen im Krieg einsetzte und die Absicht hatte, sogar Raketen nach Teheran zu schicken. Zielsichere Raketen, die im Umkreis von hundert Metern bis tief in den Boden hinein alles in Schutt und Asche legen konnten.

Diese Nachrichten beherrschten unseren Alltag, der Krieg beherrschte die Menschen im Iran. Tagsüber hatten uns die Nachrichten im Griff, und abends die Iraker. Dass die Inflationsrate mittlerweile einen neuen Rekordstand erreicht hatte, nahm niemand mehr für wichtig. Jeder wünschte sich, dass der Krieg endlich aufhörte. Dabei war er noch lange nicht vorbei, denn die Angriffe wurden immer heftiger und länger.

Der Irak wurde mit modernen Waffen aus aller Welt versorgt, und der Iran kämpfte noch mit veralteten Waffen aus der Zeit des Schahs. Inzwischen hatten Teile der Armee von Saddam Hussein die südlichen Teile des Irans erobert. Er besetzte Khorramshahr, eine der schönsten iranischen Städte. Augenzeugen berichteten, dass die Stadt bis zur Unkenntlichkeit zerstört wäre. Die Erdölstadt Abadan genauso. Man erzählte sich, irakische Soldaten hätten ein Dorf im Süden überfallen, alle Männer getötet und die Frauen vergewaltigt. Aus der Klatschpresse erreichten uns kunterbunte Nachrichten in einer Geschwindigkeit, wie man es sich gar nicht vorstellen kann. Für viele, auch für mich selbst, war der Krieg verloren. Ich hatte keine Hoffnung mehr, jemals 18 Jahre alt zu werden. Bis dahin sind wir alle tot, dachte ich.

Zur Abwechslung und neben den kurzen Besuchen in Payegah Yekom, schickte uns mein Vater nach Bandar Anzali zu meiner Tante, um ein paar Wochen Kraft zu tanken. Es war mitten in den Schulferien. Meine hübsche Tante Ziba hatte einen Sohn, und war wieder schwanger. Meinen Cousin mochte ich besonders gern und freute mich, ihn wieder zu sehen.

Da der Norden des Iran nicht die Zielscheibe der Iraker war, waren wir froh, uns ein paar Wochen jenseits des Nervenkriegs von Teheran erholen zu können. Obwohl ich nach dem Tod meiner Großmutter nie wieder nach Bandar Anzali fahren wollte, hatte ich mich diesmal auf das Wiedersehen mit meiner Tante und ihre Familie sehr gefreut.

Meine Eltern hofften, dass Darja und ich uns ein paar Tage erholen konnten. Meine Tante und ihr Mann gaben sich sehr viel Mühe, damit wir dort eine schöne Zeit verbringen konnten. Sie hatten gemerkt, dass es uns in letzter Zeit sehr schlecht ging. Besonders Beneidenswert fanden sie unser Leben nicht. Vor allem meine Tante Ziba hatte viel Mitgefühl mit meiner Mutter. „Wie machst du das mit vier heranwachsenden Kindern in so einer Situation?" fragte sie meine Mutter geradeaus. In ihrer Stimme schwang Respekt und ihre Bewunderung meiner Mutter gegenüber mit. Meine Mutter antwortete nicht.

Tante Ziba war zehn Jahre jünger als meine Mutter. Sie hatte das Glück als das jüngste Kind der Familie zur Welt gekommen zu sein. Meine Großeltern haben ihr Einiges an Freiheit eingeräumt, so dass sie vor ihrer Hochzeit mit ihrem Mann einige Jahre lang eine normale Beziehung führen konnte und schon ein paar Jahre verlobt war, bis sie schließlich heiratete.

Die beiden hatten viele Freunde, die sie uns der Reihe nach vorstellten. Ihr Mann war ein leidenschaftlicher Musiker. Er beherrschte mehrere Musikinstrumente virtuos. Vor der Revolution war er sogar öffentlich und bei vielen privaten Partys aufgetreten. Da der Krieg glücklicherweise bei der Bevölkerung in Anzali noch nicht angekommen war, konnten sie sich privat noch vieles erlauben. So feierten sie heimlich mit den Freunden viele Partys und versuchten so, den stressigen Alltag verglimmen zu lassen.

Bei unserer Ankunft in Bandar Anzali hatten sie uns fernab der Bomben der Iraker jeden Abend ein anderes Unterhaltungsprogramm organisiert, damit wir mal wieder richtig Spaß hatten. Jeden Abend waren wir bei einer von Tante Zibas Freundinnen zu Gast. Sie waren alle nett und hatten großes Verständnis für unsere Situation. Interessanter Weise fragten sie nicht sehr viel über den Krieg.

Meine Mutter sagte, sie wollten uns wohl nicht mit ihren Fragen aufregen, zumal sie ohnehin alles durch die Medien erfahren würden. Ich war der Meinung, dass sie versuchten, den Krieg zu verdrängen. Für mich war das unverständlich, wie sie feierten und dem Krieg gegenüber so desinteressiert auftraten. Da meine Tante sehr reiche und einflussreiche Leute kannte, dachte ich, wahrscheinlich liegt es daran, dass die Leute dies gar nicht nötig hatten, sich mit den Problemen des Landes auseinander zu setzen. Aber dass sie so taten, als wäre alles im Lande in Ordnung, fand ich doch sehr seltsam. Hinzu kam, wie oft sie angaben, dass sie Orte am Strand kannten, wo die Frauen ungestört und ohne Hijab im Meer baden konnten. Ich konnte mir gut vorstellen, dass Viele von ihnen sich die neuen modischen Badeanzüge, die ihnen ihre Familienangehörigen aus dem Ausland zukommen ließen, gerne gegenseitig vorführten. Die Leute kannten wir nicht von früher. Ich fand das gut für Tante Ziba, denn bei so viel Spaß brauchte sie sich über Langeweile nicht zu beklagen.

Während ich noch die ganze Zeit mit meinen Gedanken in Teheran war und mich trotz viel Glitzer und Glamour bei meiner Tante, schon auf den Heimweg freute, holte ich mir die Zusage von meiner Mutter, gleich nach der Rückkehr von Bandar Anzali, die Freunde in Payegah Yekom besuchen zu dürfen. Ich freute mich besonders auf Neda. Mal sehen, ob wir was miteinander unternehmen konnten. Der Aufenthalt bei meiner Tante und deren Familie war sehr erholsam. Wir hatten wider Erwarten in Bandar Anzali ein paar schöne Tage verlebt.

Als wir wieder in Teheran waren, hatte meine Mutter ein Treffen mit ihrer Freundin Frau Salehi in Payegah Yekom organisiert, damit wir uns alle wieder Mal sehen würden. Mein Vater hat mich und meine Schwester in Begleitung meiner Mutter zu seinem Dienstbeginn mitgenommen, und wollte uns nach dem Dienstschluss wieder mit nach Hause nehmen. Gleich nach der Ankunft dachte ich mir, gehe ich bei Neda vorbei, sie wird überrascht sein, aber sie wird sich bestimmt sehr freuen und gleich viele Fragen über unser neues Heim und über unsere neue Umgebung stellen.

Als wir bei der Freundin meiner Mutter saßen, entschuldigte ich mich für paar Stunden bei meiner Mutter und habe ihr zugesichert pünktlich zur Abfahrt wieder dort zu sein. Schließlich wollte ich so viel Zeit wie möglich mit Neda verbringen. Kaum stand ich unten vor dem Haus, bin ich Hengameh begegnet. Sie war eine Schulkameradin von Farahnaz und mir. Unser Verhältnis war nicht sehr gut. Wir gingen mit einander sehr distanziert um. Man konnte sagen, dass wir uns nicht sehr mochten, aber durch die alte Schule, in gewisser Weise miteinander verbunden waren.

Hengameh stellte mir sofort Fragen. Sie fragte mich über unser neues Heim, und wo ich demnächst zur Schule gehen würde. Als ich ihr signalisierte, dass ich für die Konversation kaum Zeit hatte, und gerne zu Neda gehen wollte, bestand sie darauf, mich zu sich nach Hause mitzunehmen. Ihre Mutter würde sich sehr über meinen Besuch freuen, sagte sie. Ich fand das alles sehr merkwürdig. Ihre Mutter hat mich sehr selten gesehen, und so gute Freundinnen waren Hangameh und ich auch nicht, dass ich sie jetzt unbedingt zu Hause besuchen musste. Um ihren Stolz nicht zu verletzen, stimmte ich zu. Dabei erwähnte ich, dass meine Zeit sehr knapp sei und sie bitte Verständnis haben solle. Sie nickte mir zu und sagte, für ein Hallo sollte es wohl reichen.

Als wir oben bei Hengameh saßen, und die Begrüßung mit ihrer Mutter und die typischen Fragen zu Ende waren, entschuldigte sich Hengameh für ein paar Minuten und ging in ihr Zimmer. Sie sagte mir, dass sie mir gerne etwas zeigen würde.

Nach etwa 15 Sekunden kam sie mit einem weißen Din-A4-Blatt in der Hand zurück. Zuerst dachte ich, diese

Angeberin, sie will mir bestimmt ihr tolles Zeugnis zeigen, wie gut sie war. Merkwürdiger Weise war ihr Gesicht sehr traurig, sie hatte die Vorderseite des Blattes zu sich gedreht. Als sie das Blatt wendete, konnte ich Nedas Gesicht auf dem Papier erkennen. Darüber stand: „Unser lieber Lichtblick Neda". Mir wurde auf einmal übel, das ganze Zimmer fing an, sich zu drehen, ich konnte nichts mehr sehen.

Hengameh versuchte mich an meiner Schulter zu packen. „Dana, warte doch, beruhige dich". Gerade sie musste mir die Nachricht durch ein Flugblatt überbringen, gerade Hengameh, von der ich nichts hielt. Das Flugblatt war für die Trauerzeremonie gedacht. Im Iran ist es üblich, dass man für die Bekanntgabe des Todes eines Familienmitglieds Flugblätter verteilte, damit die Freunde, Bekannten und die Verwandten informiert waren, wann die Trauerfeier stattfinden würde.

Inzwischen hörte ich mein eigenes Schluchzen, die Tür fiel hinter mir zu. Ich rannte heulend aus der Wohnung, so schnell wie ich nur konnte. Es ging so schnell, dass ich mich im nach hinein gar nicht an den Weg erinnern konnte. Als ich in der Tür von Familie Salehi stand, heulte ich so laut, dass meine Mutter und ihre Freundin zur Tür herbei eilten, um zu sehen, was passiert war.

Ich ließ mich sofort in die Arme meiner Mutter fallen. Sie war geschockt. „Kind was ist los? Warum weinst du denn?" Sie versuchte nachzuvollziehen, was das Papier in meiner Hand bedeutete. Ich brachte kein einziges Wort hervor. Verzweifelt zeigte ich ihr schließlich das Blatt, und sagte: „Neda, Neda ist tot". Sie sagte nichts, obwohl ich meinen Kopf fest in ihre Brust drückte, konnte ich vermuten, wie traurig sie war, sie streichelte über mein Haar, das inzwischen kein Kopftuch mehr bedeckte. Frau Salehi und ihre jüngste Tochter, Marjan, standen neben meiner Mutter und schauten mich sehr traurig und mitleidvoll an. Frau Salehi sagte plötzlich: „ Ist die verstorbene Neda, deine Freundin gewesen?" Ohne zu antworten, nickte ich ihr zu. „Ja". „Das arme Mädchen. Ich habe darüber gehört. Da ist eine Trauerfeier für sie organisiert. Wir haben auch davon erfahren. Ihr Vater ist ein Kollege von Salehi, er trauert sehr, und ihm muss es wohl sehr schlecht gehen".

Etwas anderes war auch nicht zu erwarten, dachte ich mir. Meine Mutter fragte mich:"Wo hast du es erfahren und warum hast du dieses Papier in der Hand?" „Von Hengameh". Ich redete noch sehr undeutlich, da ich aus dem Schluchzen gar nicht heraus kam. „Hengameh?" Nach einer kurzen Pause fügte sie hinzu, „Die kleine dunkelhäutige von nebenan?", ich nickte mit dem Kopf. „Wie geschmacklos und widerlich, sie hatte dir nichts anderes zu sagen, als dir diese Trauerfeieranzeige in die Hand zu drücken? Diese kleine Ratte, sie weiß ganz genau, wie sehr du mit Neda befreundet warst. Diese Eifersüchteleien, schrecklich".

Mir ging es aber nicht um Hengameh, sondern um meine liebe Neda. Ich würde sie nie wieder sehen. Die Vorstellung, sie für immer verloren zu haben, würgte mich. Wie konnte ich ohne sie noch leben. Ich hatte alle meine Freunde verloren. Erst Hojjat, dann Neda. Farahnaz war auch spurlos verschwunden. Warum verliere ich Menschen, die ich liebe, und mit denen ich gerne zusammen bin? Warum passiert es ständig mir? Inzwischen saß ich bei den Salehis im Wohnzimmer. Frau Salehi machte mir einen schwarzen Tee. „Trink das, Schatz, das macht deinen trockenen Hals wieder geschmeidig". Als ich mit dem Teetrinken fertig war, was immer wieder durch meine Tränen unterbrochen worden war, fühlte ich mich wie ein Stein, schwer. Frau Salehi sagte zu mir: „Liebes, leg dich hin und versuch zu schlafen, du bist geschafft, Schlafen hilft".

Ich legte meinen Kopf auf den Schoß meiner Mutter und versuchte ein zu schlafen. Ich hörte noch, dass meine Mutter über die Trauerfeier von Neda redete. „Die Trauerfeier ist doch vorbei und für ihren 40. Tag, weiß ich nicht, ob wir wieder hierhin können". Im Iran ist es üblich, dass man den 7. und den 40. Tag nach dem Tod eines Menschen gemeinsam trauert. Die Familie des Verstorbenen lädt zu der Trauerfeier. Die Trauerfeier findet nicht direkt nach der Beerdigung statt.

Maman sprach das letzte Wort noch nicht aus und ich überlegte mir gerade, ob ich gleich zu Nedas Eltern gehen sollte, um ihnen mein Beileid und mein Bedauern zum Ausdruck zu bringen, da fiel ich in einen tiefen Schlaf.

Im Schlaf träumte ich von Neda. Wie wir noch miteinander spielten und laut lachten. Ich sah sie auf einem Fahrrad. Sie fuhr so schnell, dass ich sie kaum noch einholen konnte. Vor uns lag eine lange Straße. Am Ende der Straße ein strahlend weißes Licht. Neda war weit voraus und je mehr ich mir Mühe gab, genau so schnell wie sie zu sein, umso mehr entfernte Neda sich von mir. Ich konnte noch erkennen, dass sie sich für einen kurzen Moment umdrehte und mir zu winkte. Sie sah wunderschön aus, so rein und strahlend im Gesicht. „Bleib noch da, ich hole dich ab, wenn ich zurück fahre". Sie lachte und verschwand im Licht.

Als ich aufwachte, konnte ich kaum meine Augen öffnen. Sie waren von den Tränen sehr angeschwollen. Meine Mutter sah mich sehr traurig an. Ich glaube, da hat sie angefangen, sich um ihr kleines Mädchen Sorgen zu machen. Nedas Tod, so schrecklich wie es sich anhört, hat uns ein Stück näher gebracht. Ich konnte die Sorgen in ihren Augen lesen. Denselben Ausdruck hatte ich schon bemerkt, als meine Großmutter starb. Liebevoll, aber auch mit leidend, mit vollem Verständnis. „Ich gehe noch zu Nedas Eltern um sie zu besuchen und ihnen Trost zu spenden" sagte ich mit einer zitternden Stimme. „O.K., sei aber vorsichtig, und denke, dass du für die Abfahrt rechtzeitig wieder hier bist" erwiderte meine Mutter.

Es war so komisch, ausgerechnet an jenem Tag hatte ich vollständig schwarze Kleidung an. Ein schwarzes Kopftuch und ein schwarzes langarmiges T-Shirt in Kombination mit einer dunklen Jeanshose.

Unterwegs war ich alleine. Zum ersten Mal in meinem Leben, ging ich alleine die Straße herunter. In jede Ecke, in die ich blickte, sah ich noch einst fröhliche Kinder, Freundinnen, Freunde. Vor allem sah ich Neda, Farahnaz, Jinus. Sie waren alle weg. Payegah Yekom war von Einsamkeit heimgesucht worden. In meiner Brust fühlte ich eine große Beklemmung. Den Kopf nach unten hängend, versuchte ich, nicht die Umgebung zu erkunden, sondern nur noch meine Schritte zu zählen. Es tat so weh die Straßen so leer zu sehen. Die Schmerzen waren so tief, dass mir unbewusst die Tränen runter liefen. Plötzlich war ich nicht mehr traurig, dass ich alleine ging, im Gegenteil, das empfand ich als eine große Befreiung. Ich war traurig. Also warum Stärke zeigen? Ich wollte nicht mehr stark sein, ich wollte weinen, und sogar, wenn es noch ging, um mich schlagen. Wenn ich alles doch so akzeptieren musste, wie es kam, dann wollte ich wenigstens die Wahl haben, wie ich mich verhalten sollte.

Als ich bei den Bamdads ankam, beobachtete ich noch die Tür von Nedas Wohnung. Ich hörte schon von unten ein stumpfes Gemurmel. Ein Paar in schwarz angezogene Leute standen vor der Haustür. Ich denke, das waren Besucher. Das Gemurmel wurde lauter. Langsam wurden es deutliche Worte. Eine zitternde Stimme schrie" Maman jan, komm nach Hause, es wird dir kalt". „Komm hoch, Neda jan, meine süße kleine Tochter". Ich wusste sofort, das war Nedas Mutter.

Plötzlich fing ich an zu zittern. Ich wollte hoch, aber ich konnte nicht. Ich hatte keine Kraft. Was sollte ich bloß tun? Ich fing an, laut zu weinen. Verzweifelt versuchte ich, meine Gedanken beisammen zu halten, aber das ging nicht. Die Menschenmenge vor der Haustür verschwand wieder ins Haus. Nedas Mutter hatte die Kontrolle verloren. Sie schrie und vermutlich fing sie an, um sich zu schlagen.

Als die Leute von der Haustür weg waren, habe ich das rote Fahrrad von Neda direkt vor deren Haustür erkannt. Mir wurde übel als ich das Fahrrad sah. Heute sollten wir zusammen Fahrrad fahren, aber jetzt? Die Schreie von Frau Bamdad verschwanden, ich wusste nicht mehr, was da los war. Meine Knie fingen an zu zittern, meine Hände waren vom Schwitzen ganz feucht. So entschlossen wie Anfangs war ich nicht mehr herauf zu gehen. Zumal der Zustand Nedas Mutter sehr schlecht zu sein schien. Für eine Sekunde dachte ich an Mamans Worte: „Schatz, überschätze dich nicht, das würdest du nicht verkraften. Du bist zu jung, um alleine zu den Bamdads zu gehen." Sie hatte recht. Wenn Nedas Eltern mich sehen würden, wären sie noch trauriger. Das weckte noch mehr Erinnerungen. Müde und völlig aufgewühlt von dem, was geschehen war, setzte ich mich kurz auf den Bürgersteig, wo wir uns meistens nach den Fahrradtouren hin gesetzt hatten und uns Stunden lang über die Schule, Gott, Religion und sogar Politik unterhalten hatten.

Plötzlich hatte ich mich entschlossen, nicht nach oben zu gehen. Die Stärke fehlte mir und ich wollte nicht mehr stark sein. Die arme Frau Bamdad litt schon so genug. Sie würde sich sogar über meinen Besuch wahrscheinlich noch trauriger fühlen. Ich wäre kein Trost für die Familie. Noch tief in meinen Gedanken, merkte ich, dass ich inzwischen aufgestanden war.

Mit großen Schritten machte ich mich auf den Weg zu Salehis, wo meine Mutter auf mich wartete. Auf dem Rückweg habe ich nur noch geweint. Aus Angst, dass die Erinnerungen an Neda wieder wach würden, habe ich meinen Kopf nur noch nach unten gesenkt. Diese Wege waren wir so oft miteinander rauf und runter gefahren, dass ich sogar blind nach Hause gefunden hätte. Ich wusste instinktiv, das war der letzte Besuch in Payegah Yekom.

Payegah Yekom war für mich tot. Genauso wie Neda und die vielen schönen Zeiten, die ich dort mit meinen Freundinnen verbracht hatte. Mir war alles genommen. Ich stand vor einem völligen Neuanfang. Es war nicht mehr meine Heimat.

Obwohl meine Mutter mich zu Beginn der Mittleren Reife in einer renommierten Schule angemeldet hatte, zeigte ich keinen Ehrgeiz, in der neuen Einrichtung mit guten Noten zu glänzen.

Täglich wurden unsere Taschen am Eingang der Schule von den Tschador-Trägerinnen durchsucht. Sie suchten nach Schminkzeug oder unzulässiger Literatur, Musikkassetten, Bildern von Musikern oder Filmstars aus dem Westen. Alles was an den Westen erinnerte und das westliche Leben in Europa symbolisierte, war verboten.

Wir stellten uns in Zweierreihen auf und wir warteten geduldig, bis wir dran waren, manchmal fast eine Stunde lang. Mädchen, die mit verbotenen Gegenständen erwischt wurden, oder geschminkt waren, wurden direkt mitgenommen. Am strafverdächtigsten waren schlechte Hijabs, geschminkte Gesichter, - womöglich sogar mit gezupften Augenbrauen - lackierte Fingernägel und jede Art von Farbe.

Bloß nicht auffallen und sich an alle strengen Richtlinien halten. Ab und zu sah ich, wie einige Mädchen von den Hijabwächtern Richtung Direktorin und Sekretariat mitgenommen wurden. Aber zum Glück geschah ihnen nichts Ernsthaftes. Sie hatten vermutlich eine Abmahnung bekommen und mussten sich nun sehr in Acht nehmen. Mir ist so etwas nie passiert.

Ich wollte nicht von der Direktorin, und auf gar keinen Fall den primitiven Hijabwächtern, eine Rüge bekommen. Das war mir die Sache nicht Wert. Auflehnung war auch unklug, denn durch regelkonformes Benehmen konnte man sich so manche gute Beziehungen aufbauen. Und genau das tat ich. Während der sechs bis sieben Stunden in der Schule hielt ich mich an alle Regeln und ließ mir Angst und Frust wegen des Krieges nicht anmerken. Mir rutschte auch nie öffentlich eine Bemerkung über die Abscheulichkeiten des Regimes heraus.

Für mich war die äußerliche Anpassung das kleinere Übel, nur so machte ich mir Hoffnung, diesen Krieg zu überleben. Politischen Diskussionen ging ich stets aus dem Weg. Auch Ansammlungen von Gruppen vermied ich. Gruppenbildungen waren in der Schule so oder so verboten. Kaum standen einige Mädchen in der Ecke zusammen, kam eine Aufsicht, um zu sehen, was es da zu besprechen gab.

Und immer wieder tauchten Dummchen auf, die untereinander Musikkassetten austauschten und Poster mit westlichen Stars verkauften. Für mich galt: Auf gar keinen Fall in der Schule und daran hielt ich mich. Statt Dummheiten zu riskieren, fiel ich durch meine hilfsbereite Art auf und wurde erfreulicherweise zum Liebling der Lehrerinnen, wie immer. Der Schulstoff war schwer genug, um mich nebenbei noch mit anderem zu beschäftigen oder groß Freundschaften zu pflegen.

Ich war so brav und organisiert, dass ich zur Klassensprecherin gewählt wurde. Meine neue Aufgabe forderte mich, aber sie kam gerade recht, um mir ein neues, dringend benötigtes Selbstbewusstsein zu geben. Sie half mir, meine Sorgen zu verbergen und mich mehr in der Schule zu engagieren. Das gefiel auch meinen Eltern, im Besonderen meiner Mutter, die sich zunehmend um meinen Zustand gesorgt hatte.

Inzwischen wuchs auch die Nachbarschaft zusammen und wir besuchten uns gegenseitig, um freundschaftlich zusammen zu sitzen, bis die unvermeidlichen, ewigen Angriffe kamen. Durch diesen starken Zusammenhalt wurde ich gleichsam gelassener, denn ich wusste, dass ich mein Schicksal mit den Menschen auf der Straße und der Nachbarschaft teilen würde. In Deutschland lernte ich später das Sprichwort: Geteiltes Leid, ist halbes Leid.

Wenn wir zusammen waren, wurde der Gang in die Luftschutzkeller gestrichen. Wir gingen auf die Straße und beobachteten, wie unsere Luftabwehr versuchte, die irakischen Kampfjets abzuschießen. Ab und zu trafen sie einen Jet und zwangen die anderen zu fliehen. Es war seltsam, aber die Politik und der Krieg gehörten nicht mehr zu den allgegenwärtigen Themen. Man unterhielt sich eher über Musik und Komik. Da Musik machen verboten war und es im Iran nun fast keine Musiker mehr gab, haben sehr viele Menschen ihre Vorliebe für westliche Musik entdeckt.

Anfang der Achtziger machte ein gewisser Michael Jackson auf den Teheraner Partys die Tanzflächen heiß. Ein Star war geboren, nicht nur in den USA, sondern auch im Iran. In diesen Tagen, in denen der Iran die dunkelste Zeit der letzten zweihundert Jahre erlebte und täglich irakische Angriffe ertrug, hatten es sich viele junge Leute nicht nehmen lassen, zu Hause Partys zu veranstalten und sich genauso wie Michael Jackson zu kleiden oder und sogar mit langem lockigen Haare auf die Straße zu gehen. Das war mutig, aber dümmlich leichtsinnig, denn wenn man erwischt wurde, war mit harten Strafen zu rechnen.

Es war aber auch verständlich, denn wir wussten alle nicht, wie es weiter ging: Keine Aussichten auf eine vernünftige Ausbildung oder Arbeitsstelle, keine Verbesserung der Inflation in Sicht, das Ende des Krieges war ungewiss, eine nebulöse Zukunft stürzte sich auf uns. Es war eine Art Zuflucht, die den Schmerz des

Verlustes linderte und etwas Farbe und Spaß ins Leben hereinbrachte. Später erfuhr ich, dass es auch in Europa vor und während der Weltkriege den „Tanz auf dem Vulkan" gab.

In Teheran kam allerdings noch etwas anderes dazu. Es war der Stolz der Perser, die sich von Krieg und Sittenwächtern nichts vorschreiben ließen. Wir waren freie Menschen, machten, wozu wir Lust hatten und suchten uns unsere Vorbilder selbst aus. Viele Jugendliche ließen keine Gelegenheit aus, um auch in eingeschränkten Zeiten, ihre Träume von einem westlichen Leben zu verwirklichen. Sie ließen sich von ihren Verwandten im Ausland westliche Anziehsachen schicken und bezahlten auf dem Schwarzmarkt ein halbes Vermögen, um sich wie Michael Jackson und Co. zu präsentieren.

Für mich war diese Sinneswandlung der Iraner verständlich. Einerseits hat das Volk den Schah gestürzt und den einst mächtigsten Monarchen der Welt besiegt, anderseits sah man wie sehr das Volk gegen das neue Regime rebellierte. Selbst in den Gesichtern konnte man die Enttäuschung eines Volkes sehen, das sich einst auf der richtigen Seite dachte. Die Revolution sollte ein großer Schritt in Richtung Demokratie und Freiheit werden. Nun musste das Volk mit der Zeit lernen, dass es keine Freiheiten bekommen hatte.

Michael Jackson, den neuen Star am amerikanischen Himmel, fand ich selbst genial. Sein neues Album „Thriller" mit dem Mega-Hit „Billie Jean" war in der Teheraner Partyszene ein absoluter Abräumer. Mittlerweile gab es zu seiner Musik sogar Videos, in denen er seinen berühmten Moonwalk aufführte. Das neue Idol der iranischen Jugend war ein amerikanischer Sänger, ein westlicher Teufel! Absurd und traurig zugleich, denn es zeigte, für wen die jungen Iraner sich trotz aller Mullahpropaganda noch wahrhaftig interessierten: Einen Musiker.

Seine Musik schenkte uns schöne Stunden der Unbekümmertheit und hat uns geholfen, wenigstens für einige Momente unser schwarzes Leben gegen ein Bündel amerikanischer Oberflächlichkeiten einzutauschen. Ich genoss es, obwohl ich diesen Lebensstil sehr kühl fand. Trotzdem symbolisierte er Freiheit und Gleichberechtigung. Michael Jackson als ein schwarzer Amerikaner war für die Iraner der Inbegriff von Erfolg und Vollkommenheit.

DIE VERDAMMTEN DES KRIEGES

Korsi ist eine der besten Erfindungen, denn er hielt uns in den schrecklich kalten Tagen gut warm. Für diesen Heiztisch legte man eine große warme Decke auf ein sehr flaches quadratisches Holzgestell und platzierte einen elektrischen Wärmestrahler darunter. Dann streckten alle ihre Beine unter dem Tisch aus und zogen sich die Decke bis zu der Brust hoch. Bis zu acht Personen passten locker darunter. Er kam zum Einsatz, wenn in Teheran bis zu einem Meter Schnee fiel. Dann stellten wir ein paar Leckereien auf den Tisch, unterhielten uns oder lasen in einem schönen Buch.

Die Atmosphäre wurde geradezu mystisch, wenn wir in Hafiz- oder Saadi-Versen rezitierten. Auch die Yalda, die längste Nacht vom 20. auf den 21. Dezember, hatten wir oft um den Korsi gefeiert. Man begeht sie, indem man alle Obstsorten, sogar Sommerfrüchte, auf einen Tisch setzt und mit Familie und Freunden feiert. Man liest Hafiz und bittet um die Erfüllung der geheimsten Wünsche und befragt die Zukunft. Es machte sehr viel Spaß, in Hafiz-Gedichten zu lesen. Manche noch unverheiratete junge Frau wollte durch Hafiz-Zeilen wissen, ob ein Mann im kommenden Jahr um ihre Hand anhalten würde. Er sollte vor allem gebildet, wohlhabend und sehr gut aussehend sein. Viele schwören, dass Hafiz-Orakel die Wahrheit offenbarte und alles so käme wie es in den mit blindem Finger rausgesuchten Hafiz-Zeilen stehen würde.

Ich glaube auch, dass Hafiz meist mit der Vorhersage des Schicksals richtig lag, obwohl ich dieses Ritual eher als amüsanten Zeitvertreib empfand. Denn es machte

Spaß, Gedichte zu lesen, und es lenkte vom Krieg ab, weil wir endlich über ganz andere interessante Themen sprachen.

Der Korsi kam auch zum Einsatz, wenn es wieder mal mit dem Öl einfach knapp wurde. Die schweren Zeiten haben uns Sparsamkeit mit unseren Ressourcen gelehrt. So musste es manches Mal reichen, dass wir alle es uns unter dem Korsi gemütlich machten.

An einem sehr kalten und grausamen Winter in unserem neu gebauten Haus kann ich mich noch heute sehr gut erinnern, als der Korsi uns wieder einmal fast vor dem Erfrieren rettete. Es war der Winter, als mein ältester Bruder Dariush zum Wehrdienst musste. Es war einer der kältesten Winter an den ich mich erinnern kann. Wir hatten in Teheran – 15 °C. Uns war das Öl ausgegangen und da wir keine Coupons mehr hatten, um zum günstigen Preis Neues zu holen, mussten wir uns ohne Öl ein paar Wochen durchschlagen. Auch der Strom war jetzt kontingentiert. Nach Gebiet und Stadtteil hatten wir jeden Tag für ein paar Stunden keinen Strom mehr. Es war sehr mühsam. An jenem Tag, wo Teheran fast unter Schnee vergraben war, konnten wir uns nur noch für ein paar Stunden in jenem Zimmer unter dem Korsi warm halten. Selbst im Wohnzimmer konnte ich meine Atemwolken nach jedem Atmen sehen. Ich weiß nicht wie viele Socken und Hosen ich übereinander angezogen hatte.

Es kam mir wie die Massenvernichtung vor. Als ich gerade lesen gelernt hatte, habe ich über Deutschland, und die grausame Zeit, die in Deutschland herrschte gelesen. Es gab einen Hitler der angeblich Menschen bei lebendigem Leibe verbrennen ließ. Es gab sehr viele Bilder davon, die alle echt waren. Die Bilder zeigten ausgemergelte, dürre Menschen, die barfuß und nackt in der klirrenden Kälte im Schnee standen. Menschen die nur noch aus Haut und Knochen bestanden. Bilder die mir zu diesen Zeiten nicht aus dem Kopf gingen. Es machte mir Angst, dass es kalt blieb und unser Lebensstandard von Tag zu Tag schlechter wurde. Das einzig Beruhigende war, dass wir nicht mit unserem Zustand alleine waren. Mit der Zeit hatten wir uns mit unseren neuen Nachbarn gut angefreundet. Alle beschwerten sich über die unmögliche Situation, und dass sie nicht mal in ihren Träumen von solchen Zeiten geahnt hätten.

Als Gedankenunterstützung dachte ich sehr oft an meinen Bruder Dariush, der weit weg von uns seinen Militärdienst absolvierte. Er schrieb uns sehr oft. Seine Briefe waren sehr lesenswert und haben uns allen sehr geholfen, durch die schwierige Zeit etwas Ablenkung zu bekommen. Obwohl wir alle den Militärdienst, der mit 18 Jahren fällig war, sehr überflüssig und unnötig fanden, mussten wir leider die zwei Jahre abwarten, bis er wieder da war. Der Dienst dauerte in der Regel zwei Jahre, früher war es nur ein Jahr. Seit dem Krieg müssten aber die Jungen mindestens zwei Jahre durchlaufen. Wer sich davor drückte, machte sich strafbar, denn einen Teil des Wehrdienstes müssten die Jungen direkt an der Front absolvieren, also kämpfen. Nur im besonderen Fällen brauchte man nicht zum Wehrdienst, wenn zum Beispiel eine schwere Behinderung vorlag.

Obwohl Maman sich sehr um einen Freispruch für Dariush vom Militärdienst bemühte, wussten wir schon, dass es für meinen Bruder unmöglich war, den Dienst zu umgehen. Ihre Aktivitäten um eine Freigabe waren sehr nachvollziehbar. Wir haben sehr oft vom Verschwinden von Soldaten gehört. Keiner wusste, was mit ihnen geschehen war. Ob sie von Irakern umgebracht, von Ihnen als Geisel genommen, oder einfach verschleppt worden waren, die Familienangehörigen tappten in der Dunkelheit. Die Zahl der vermissten Soldaten war sehr hoch. Anderseits hatten wir gehört, dass die Bedingungen in den verschiedenen Dienstorten sehr unterschiedlich hart waren. Viele Städte haben so ihren eigenen Ruf gehabt. Manche Väter versuchten, durch Beziehungen einen besseren Ort für ihren Sohn zu finden, an dem er besser behandelt werden sollte.

Von einigen Bekannten haben wir auch erfahren, dass Leute, denen das nötige Kleingeld für Bestechung fehlte, versuchten, ihre Kinder vom Militärdienst frei zu kaufen. Dies war für uns auch nicht möglich, denn mein Vater war nun vom Dienst suspendiert worden. Unmittelbar nachdem wir von Payegah Yekom wegzogen waren, hatte man ihn vom Dienst freigestellt. Als Grund gab man an, dass er im Ramadan nicht gefastet habe und stattdessen vor den Anderen, die gefastet hatten, Pfeife geraucht habe. Erstaunlich war, dass mein Vater dazu gestanden, und auch zugegeben hatte, dass er zu seiner Einstellung stand.

Nun war er nicht mehr bei der Armee und versuchte, durch Selbständigkeit nach fast 25 Jahren Dienst bei der Armee Fuß zu fassen. Autos waren seine Leidenschaft, so versuchte er durch An- und Verkauf von Autos, seine Familie zu unterhalten, was zu diesem Zeitpunkt sehr schwierig war.

Obwohl nach einigen Monaten die Luftwaffe ihn wieder anstellen wollte und ihn zu einer Rückkehr gebeten hatte, fehlte meinem Vater die Motivation unter dem neuen Regime und unter den erschwerten Bedingungen zu arbeiten. Er sprach sogar davon, dass es Verrat sei, für diese Regierung in der Luftwaffe zu arbeiten. Denn er fühlte sich ausspioniert und gemobbt. Viele aus unserem Bekannten- und Verwandtenkreis hatten Verständnis für ihn. Später hat die Luftwaffe die Suspendierung in eine Frühverrentung umgewandelt. So war mein Vater mit nur 42 Jahren in den Ruhestand geschickt worden.

Die berufliche Einbuße meines Vaters, der immer schlechter werdende wirtschaftliche Zustand in Folge des Krieges und des Wirtschaftsembargos sowie die Abwesenheit meines Bruders ließen mich schwierige Zeiten erahnen. Der einzige Lichtblick in meinem Leben war der Besuch von Dariush alle paar Wochen einmal, und mein Englisch-Unterricht im Institut Simin. Bevor mein Bruder weg ging, hatte er darauf bestanden, mich auf Grund meiner Vorliebe zu der englischen Sprache Extra-Kurse in Englisch belegen zu lassen. Da ich mich sehr für Englisch begeistern konnte und leider in der Schule nun Arabisch sehr gefördert wurde, war er der Meinung, dass Englisch für meine Zukunft und Bildung sehr gut von Nutzen wäre. Anfangs kämpfte mein Vater sehr dagegen, er war nicht der Meinung, dass es gut sei, mich in der Situation im Land auf eine Privatschule zu schicken. Zumal die Englischschule sehr weit weg von unserem Haus war, und ich manchmal Stunden brauchen würde, bis ich wieder zu Hause war.

Dariush kämpfte wie ein Löwe für mich und war der festen Überzeugung, dass es sein musste, denn er glaubte nicht, dass er und ich nach seinem Wehrdienst im Iran bleiben würden. Er hielt viel von seiner kleinen Schwester und wollte, dass sie gerade als Frau eine bessere Zukunft als die meisten anderen Frauen im Iran hatte. Er hatte immer sehr große Gedanken und Ideen, und auch das sah ich als seine Güte und Verständnis und war für seinen Einsatz sehr dankbar. Ich kann auch von Glück reden, dass meine Mutter uns beide auch sehr unterstützt hat, und letzten Endes meinen Vater dazu brachte mich diese Englischschule, die sündhaft teuer war, besuchen zu lassen obwohl unsere wirtschaftliche Situation mit der neuen Selbständigkeit von Baba alles andere als rosig war.

Noch heute kann ich mich an den Anmeldungstag erinnern. Meine Mutter begleitete mich. Das Außengebäude verriet sehr viel über die Qualität der Schule. Ein im Gegenteil zu den staatlichen Schulen sehr gepflegtes Haus. Mit großen Hallen und Gängen. Die Wände waren alle weiß angestrichen und mit Handarbeit und in Englisch geschriebenen Geschichten, die an den Wänden hingen. An dem Tag war die Schule voll von Mädchen, die meistens in meinem Alter waren. Sie waren alle in Begleitung ihrer Mütter. Alle begrüßten sich gegenseitig, was wirklich mittlerweile in Teheran eine Seltenheit geworden war. Automatisch bekam ich nach nur ein paar Minuten eine sehr gute Laune.

Endlich traf ich auf diejenigen, die Meinesgleichen waren. Es war unglaublich zu sehen, dass auch solche Leute in Teheran lebten. Es gab mir gleichzeitig ein kleines bisschen Hoffnung, dass wenn solche Menschen noch dieses Land und das Regime ertragen können, ich es auch können müsste. Selbst wenn es für eine gewisse kurze Zeit gedacht war. Denn diese jungen Mädchen verfolgten am Ende bestimmt nur ein einziges Ziel, den Iran gegen ein englisch sprachiges Land einzutauschen.

Wie immer sehr schüchtern, ging ich mit meiner Mutter zu der Direktorin des Instituts. Sie empfing uns mit einer sehr freundlichen Art. Nach der herzlichen Begrüßung fragte sie mich, warum ich neben meiner Schule noch Englisch lernen wollte. „Ich interessiere mich sehr für diese Fremdsprache und möchte früh genug mit Englisch anfangen" antwortete ich. Die Direktorin lächelte mich an und machte den Eindruck, mit der Antwort sehr zufrieden zu sein. Sicher hätte ich sehr gerne direkt meine Meinung gesagt, aber die Antwort verkniff ich mir, denn Ehrlichkeit war heut zu Tage im Iran das Gleiche wie Selbstmord.

Die Dame, sagte: „ Weißt du, meine Tochter, viele unserer Schülerinnen haben meist einen Bruder oder eine Schwester in den USA oder Großbritannien. Manche von denen haben entweder eine amerikanische oder englische Mutter oder der Vater stammt aus der Ecke. Sie möchten ihrer Muttersprache nicht fern bleiben, oder eines Tages dieses Land für immer verlassen, um im Ausland zu studieren, Deshalb investieren die Eltern in sie damit sie zumindest die Sprache von Anfang an gut können". „Unmittelbar schaute sie zu meiner Mutter und fügte hinzu: „Wer will in so einem schrecklichen Land noch bleiben?"

Von ihrer Ehrlichkeit waren Maman und ich sehr verwundert und gleichzeitig sehr angetan. Die Frage der Ausspionage fiel weg. Ich denke, meine Mutter war sehr erleichtert. „Sie ist hier richtig" dachte sie. Als sie noch heftigere Äußerungen über die Regimeführer machte, nickte meine Mutter nur noch, um am Ende doch nichts Falsches gesagt zu haben.

Für die Aufnahme ins Institut musste ich an einem Test teilnehmen, damit sie wussten, in welcher Klasse sie mich anfangen lassen sollten. Die Aufnahmeprüfung war zeitnah, und eine Vorbereitung war nicht notwendig, denn der Test diente zu meinem eigenen Interesse, um das Englisch besser zu lernen.

Als alles geklärt war, hat sie uns zum Abschluss und Abschied die Gelegenheit gegeben das Gebäude und die Klassenzimmer anzuschauen, um uns selbst über die Qualität der Räume zu überzeugen. In der Tat, die Schule war das viele Geld wert. An dem Tag war ich zum ersten Mal nach dem Krieg glücklich. Was würde Neda dazu sagen, wenn sie noch am Leben wäre? Ein Funke Glück strahlte plötzlich über mein Gesicht. Als meine Mutter und ich uns auf den Weg nach Hause machten, habe ich mich im Taxi bei meiner Mutter bedankt. Ich wünschte und hoffte mir insgeheim, dass ich dadurch über den Tod von Neda und die Unannehmlichkeiten des Krieges hinweg kommen würde. Und ich glaube, auch meine Mutter hatte dies für mich mit guten Vorsätzen ermöglicht. Denn sie war nach meinem Bruder die Einzige, die wusste, wie es in mir drinnen aussah.

Nach dem die angesagte Prüfung absolviert war, wusste ich, dass ich zwei Semester im Voraus war. Also besuchte ich das dritte Semester und es war alles anders als leicht. Am ersten Tag stellte sich unsere Lehrerin auf Englisch vor und erwähnte, dass sie für lange Zeit in England gelebt hatte, und aus privaten Gründen nun nach Teheran eingereist war. Persisch war verboten. Alle Schülerinnen waren gezwungen in Englisch zu sprechen. Ich besuchte zweimal in der Woche den Englischkurs, der drei Stunden am Stück mit einer kleinen Pause umfasste.

Es bereitete mir sehr viel Freude, die Simin Schule zu besuchen. Das war genau die krasse Gegenseite zu der Grundschule, die ich nun besuchte. Da waren meist

Mädchen, die vom Aussehen und der Art des Lebens genau so waren, wie ich. Alle sehr westlich orientiert. Keine von uns machte den Eindruck, dass sie zu den fanatischen Moslems gehörte. Da wir alle von verschiedenen Teilen Teherans zusammen kamen, konnten wir nicht sehr schnell miteinander Freundschaften schließen, was mir sehr lieb war.

Nach dem Tod Nedas war ich für eine Freundschaft nicht bereit. Es tat noch sehr weh. So schnell wollte ich ihren Platz nicht mit einer neuen Freundin füllen. Der Krieg, die erschwerten Lebensumstände im Iran hatten tiefe Spuren hinterlassen. Ich fühlte mich heimatlos. Nirgends fühlte ich mich zu Hause. Ich kam mir vor, wie ein Tier, das angeschossen war und von allen vertrieben wurde. Die schönen Erinnerungen lagen so weit zurück, dass ich mich kaum noch daran erinnern konnte. Meine Kindheit lag sehr weit zurück. Was hat eine Kindheit für einen Wert, wenn man Tag und Nacht in abgedunkelten Räumen verweilte, und nur von Tod, Verderben und Ruin umgeben war?

Ich träumte von einer anderen Welt. Von einer Welt, ohne Revolution, Blut, Kontrolle und Bomben. Ich hatte nur noch ein Ziel im Kopf, Iran so schnell wie möglich zu verlassen. Wohin, wusste ich noch nicht, aber dort noch mein ganzes Leben zu verbringen, war für mich nun unvorstellbar. Ich war zu jung, um mir ernsthafte Gedanken darüber zu machen, aber meine Zukunft sah ich schon zu diesem Zeitpunkt nicht mehr im Iran. Da wir aber keine engen Bekannten und Verwandten im Ausland hatten, vermutete ich, dass entweder mein Vater den Schritt machen würde oder Dariush.

Es war immer der Wunsch von meiner Mutter und von Dariush selbst, dass er im Ausland studieren könnte. Er war ein exzellenter Schüler, der immer mit guten Noten nach Hause kam. Seitdem er weg war, war es um uns sehr ruhig geworden. Er beherrschte die Kunst des Erzählens, und manchmal erzählte er so schön und in Bildern, dass wir aus dem Lachen gar nicht mehr heraus kamen. Gleich wenn er ankam, legte er los und versuchte die verpasste gemeinsame Zeit mit uns nachzuholen. Es war immer am Donnerstagmorgen. Der Bus, der die Wehrpflichtigen nach Teheran brachte, erreichte früh morgen die Stadt. So war er in der Regel kurz nach dem wir aufgestanden waren schon da. Maman, Darja und ich konnten kaum seine Ankunft abwarten.

Er brauchte nicht viel um Menschen emotional zu beeindrucken. Mit seinen leuchtenden, katzenhaften grünen Augen, sah er jedem von uns direkt in die Augen und wusste, dass wir nach seinem witzigen Humor durstig waren. Er lachte selbst, wenn er erzählte. Und er machte direkt seine Offiziere nach. Dabei achtete er sogar auf den richtigen Dialekt. Die türkische Mundart konnte er so schön imitieren, dass mir vor lauter Lachen die Augen tränten.

Meine Mutter machte es sehr glücklich, ihn so motiviert und gut gelaunt zu sehen. Sie wusste aber, dass ein paar Sachen auch geschönt und ins Lächerliche gezogen waren, um uns nicht das wahre Gesicht des Militärdienstes zu zeigen. Meistens erzählte er auch über seine Freunde, die er dort kennen gelernt hatte. Dariush hatte eine Begabung, Menschen zu begeistern, und dies tat er angeblich bei seinen neuen Freunden, denn kaum waren sie alle am Wochenende Zuhause bei ihren Familien, standen sie bei uns vor der Tür und wollten die verbleibende Zeit mit Dariush verbringen. Manchmal blieben sie auch bei uns. Maman hob ihre Kochkünste hervor, um Dariush während seiner Aufenthalte zu verwöhnen und kochte die leckersten Sachen, die die Persische Küche zu bieten hatte. Es machte ihr nichts aus, stundenlang in der Küche zu arbeiten, während Darja und ich uns mit den Freunden meines Bruders unterhielten.

Das beachtenswerte war, dass sie alle aus einem Schlag waren und gut erzählen konnten. In meiner kindlichen Naivität dachte ich, dass alles beim Militärdienst locker war. Es schien mir nicht so trüb, wie wir das uns zuerst gedacht hatten. Die motivierende Art von Dariush und seinen Kameraden, die gute Partylaune, die sie jedes Mal, wenn sie da waren, mitgebracht hatten, ließen uns wissen, dass es ihnen trotz allem gut ging, und das war zu dem Zeitpunkt das Wichtigste. Aber es gab manchmal ein paar Kleinigkeiten, die uns etwas Sorge bereiteten. Mein Bruder war der große Prediger des Antirauchens. Immer wenn ein junger Mensch in seiner Gegenwart zur Zigarette griff, hat er mit großen Worten angefangen, gegen das Rauchen zu argumentieren.

Dariush war für mich wie ein Heiliger, rein und unverdorben. Ein ehrlicher Beschützer, der nie etwas zu Verbergen hatte. Eines Tages, als ich über Nacht auf die Toilette musste, sah ich Dariush auf der Terrasse sitzen, mit einer Zigarette in der Hand. Ich blieb stehen und beobachtete ihn von hinten, wie er an seiner Zigarette zog. Sein Gesicht konnte ich nicht sehen, aber er war tief in seine Gedanken versunken, mir wurde klar, dass etwas nicht in Ordnung war. Ich traute mich auch nicht, ihn zu fragen.

Eines Tages erzählte er beiläufig, dass er von seiner jetzigen Militärbasis für ein paar Monate an die Grenze des Iran zum Irak, und damit direkt an die Front verlegt werden würde. Für uns brach fast die Welt zusammen. Irgendwie wussten wir, dass das hatte kommen müssen, denn die Soldaten im Militärdienst wären alle verpflichtet, für ein paar Monate an die Front zu gehen.

Meine Mutter war geschockt. Sie fand es ungerecht, denn sie wusste, dass es auch Wehrpflichtige gab, die nicht an die Front mussten. An der Front war das Risiko für Leib und Leben viel höher, Soldaten mussten gegeneinander kämpfen. Es gab viele verminte Gebiete, die zur Todesfalle werden konnten. Es waren nicht mehr nur Luftangriffe, die das Leben kosten konnten.

In großer Sorge und Aufregung, empfahl mein Vater meinem Bruder, sich in seiner Truppe dumm zu stellen, um diesen Schritt und die Deportierung zur Front zu umgehen. Eine bessere Idee hatte er nicht, was seine Hilflosigkeit zeigte. In der Armee hatte er keine einflussreichen Verbündeten mehr. All seine Freunde und alten Kollegen waren, genauso wie er, entweder suspendiert oder verrentet worden, weshalb er meinem Bruder nicht mit seinen vormals guten Beziehungen helfen konnte.

Mein Bruder war dagegen sehr ruhig und sprach davon, wenn es sein musste, würde er auch zur Front gehen, denn dasselbe Schicksal würde auch seine Freunde in seiner Truppe treffen. Er sagte: „Das Erfreuliche bei dem ganzen Einsatz ist, dass ich mit meinen Freunden zusammen bleibe". Das war aber kein Trost für meine Eltern. Sie ahnten, dass die Erlebnisse dort meinen Bruder psychisch beeinträchtigen würden. Selbst wenn er heil nach Hause käme, würde der Krieg bei ihm Spuren hinterlassen.

Und es kam so, wie meine Eltern vermutet hatten. Nach der Verlegung kam Dariush seltener nach Hause, und schrieb nicht so oft. Ich glaube, bei dem, was er täglich erleben musste, lag der Verdacht nahe, dass er weder die Zeit noch die Lust dazu hatte. Ab und zu gab es Telefonate mit Maman. Sie berichtete, dass er sich am Telefon sehr müde und depressiv anhörte. Er sähe viele Verwundete am Tag und ein paar seiner Freunde seien verletzt und sogar getötet worden. Das waren keine guten Nachrichten für uns.

Mittlerweile konnte ich nachts gar nicht mehr schlafen. Ich nahm ab, und keiner versuchte mich darauf anzusprechen. Wie denn auch, ich denke wir alle waren betroffen. Wir waren alle sehr depressiv. Das war in dieser Ausnahmesituation quasi normal und jedem verständlich. Dariush brachte sehr viel gute Laune und Stimmung ins Haus. Als auch dies uns verwehrt wurde, hatten wir kein Thema mehr, das uns aufheiterte. Das Schlimmste zu Hause war, dass mein jüngster Bruder Dalir auch bald zum Militärdienst verpflichtet wurde. So hatten wir zwei Familienmitglieder im Krieg, bei denen wir um ihr Leben bangen mussten.

Leider war es auch üblich, dass die Brüder und Verwandten generell im Militärdienst nicht an einem Ort dienen durften. Sie wurden von Anfang an voneinander getrennt. Die Stimmung Zuhause war daher völlig am Boden. Vor allem meine Mutter war wie in Trance. Sie war unkonzentriert, hörte nicht zu, war in Gedanken versunken. Meistens redete sie nicht, sie lächelte nicht mal. Der Umgang mit ihr wurde immer schwieriger. Man konnte sie sehr schnell, selbst mit kleinen Dingen reizen.

Dalir kam eines Tages auf die Idee, uns eine Tischtennisplatte anzuschaffen, damit wir zumindest für die Freizeit ein Hobby hatten. Zuerst war mein Vater, wie üblich dagegen, aber auf Druck meiner Mutter, die die Anliegen ihrer Söhne meist unterstützte, willigte er ein. Der Tisch dürfte nicht ins Wohnzimmer, sondern in die große Halle, vor die Schlafzimmer, ließ Baba verlauten. Zum Glück ließ der Tisch sich auch zusammenklappen. In dem Zustand konnte er im Zimmer der Jungs stehen. Wir hatten eine neue Attraktion, die all unsere Freunde magisch zum Spielen zu uns zog. Ich fand das sehr cool. So konnte ich so oft wie möglich mit meiner Schwester Tischtennis spielen, was uns ablenkte.

Der Krieg hatte sich zwischenzeitlich zu einem Stellungskampf an den Grenzen zwischen dem Iran und dem Irak entwickelt. Die Teheraner konnten etwas aufatmen, denn der Vormarsch der Iraker war vorerst gestoppt. Aber das Ende des Krieges war weiterhin in großer Ferne.

Die Kontrollen im Landesinneren nahmen zu. Die Frauen und die jungen Männer wurden noch strenger von den Sittenwächtern auf den Teheraner Straßen observiert. Man könnte von einer öffentlichen Erstickung sprechen. Solange die Mauer deines Hauses hoch genug war, um das Private zu schützen, konntest du sagen und machen, was du wolltest, Sobald du die Schwelle deiner Haustür übertreten hattest, warst du praktisch mundtot und verhüllt.

Die kuriosen Geschichten über die Überwachung des Volkes durch die Sittenpolizisten und ihre Methoden, waren so erschütternd, dass viele Eltern von pubertierenden Jugendlichen selbst ihre Töchter und Söhne bis zur Freiheitsberaubung einschränkten, um sie zu schützen. Man sprach von Vergewaltigungen der jungen Frauen, die wegen einem schlecht sitzenden Hijab festgenommen worden waren. Oder dass jungen Männern mit langen Haaren und westlichem Erscheinungsbild wie hilflosen Schafen am Rande der Straße die Haare abgeschnitten und zum Gefängnis gebracht wurden. Ich war sehr oft auf den Straßen von Teheran unterwegs und kannte die weiß-grünen Nissan-Patrols der Wächter, aber noch nie war ich Zeugin solcher Festnahmen gewesen, und hielt die Erzählungen weiter für üble Gerüchte der ehemaligen Anhänger des Schahs, um das Volk wieder einmal gegen die herrschende Politik und die Regierung aufzuhetzen. Noch einen Aufstand hätte der Iran in Zeiten des Krieges nicht überstanden.

Teheran wurde weiterhin von den irakischen Fliegern attackiert. An ein schlimmes Erlebnis kann ich mich noch heute sehr intensiv erinnern. Es war an einem heißen Abend im Sommer 1983, als die Luftschutzsirenen gegen 22.00 Uhr begannen zu heulen. Wir gingen davon aus, dass es wieder einmal nicht uns treffen würde. Obwohl ich wie jedes Mal sehr aufgeregt war, sagte mir meine innere Stimme, dass mein Leben hier nicht enden würde. Inzwischen saßen wir nicht mehr im Dunkeln in unserem Keller, sondern trafen uns gleich mit der ganzen Nachbarschaft auf der Straße, die nun 11. Straße der Shahrake Parvaz hieß.

Die Idee hatte sich mit der Zeit entwickelt, da die Herren dachten, alleine im Keller zu sitzen bringt nichts, zumal die Keller keinen ausreichenden Schutz im Falle der Detonation einer Fliegerbombe boten. Sollte die Straße von Irakern bombardiert werden, dann wäre kein Keller vor dem Einsturz geschützt. Also nahmen wir uns vor, nachdem die Sirenen angefangen haben zu heulen, alle aus den Häusern heraus auf die Straße zu gehen.

An dem Abend waren wir vor dem Angriff zu Gast bei unseren Nachbarn von uns. Als wir gerade bei einem Tee in deren Garten saßen, erschienen am Teheraner Himmel die ersten feindlichen Flugzeuge. Wir rannten alle auf die Straße, um eine bessere Sicht auf die Flieger zu haben und zu sehen, ob dieses Mal die Luftabwehr besser reagierte. Die Flieger näherten sich sehr rasch. Der Kampf zwischen den Irakern und unserer Luftabwehr fand praktisch über uns am Himmel statt. Mich erfasste wieder Panik. Denn sollte in diesem Moment eine Bombe niederfallen, dann würde es die 11. Straße bei Shahrake Parvaz nicht mehr geben.

Als ich noch mit meiner Angst kämpfte und verzweifelt die Nähe zu meinen Eltern suchte, hörte ich plötzlich ein anderes Geräusch. Es war ein dumpfes Dröhnen, ebenfalls von einem Flugzeug. Das erinnerte mich an den ersten Tag des Krieges. Es lagen 3 Jahre dazwischen, das erstickte Geräusch erkannte ich jedoch sofort wieder, ich hatte es noch in meinen Ohren. Ein großer, betäubender Knall, eine Druckwelle. Plötzlich wurde ich in die Arme meine Mutter geschleudert. Ich zitterte am ganzen Körper.

Für ein paar Sekunden hatte ich ein Gefühl von völliger Taubheit. Das einzige, was ich sehr laut hörte, war mein Puls, der hämmerte. Die Bilder vor meinen Augen waren verzerrt und unklar, ich hatte auf einmal das Gefühl, dass ich einen Filmriss hatte. Viele Menschen fingen an zu schreien. Unbewusst wartete ich auf eine zweite Explosion. Einige unserer Nachbarn schrien, „Es war hier, hier in der Nähe", „Verdammt, das war knapp", „Oh mein Gott". „Reza, glaub mir es ist nur zwei- oder dreihundert Meter von uns entfernt" sagte ein Nachbar zu meinem Vater. Zwischen Staub und Geschrei suchte ich nach Darja. Mein Körper bebte noch. Alle liefen wild hin und her. Der Ort, der getroffen war, musste in unmittelbarer Nähe gewesen sein.

Gleich nachdem die Flugzeuge sich von uns entfernt hatten, machten sich mein Vater und ein paar Nachbarn zu Fuß auf den Weg zu dem Einschlagpunkt. Ängstlich und verzweifelt bat ich ihn, mich mitzunehmen. Ich war noch so geschockt, dass ich mich an ihn geklammert hatte und nicht ohne ihn zurück bleiben wollte. Das hätte ich mir sparen sollen. Die Bilder, die ich zu sehen bekommen sollte, gehen mir heute noch nicht aus dem Kopf.

Wir gingen keine zwei Minuten weiter, als uns eine riesige Staubwolke entgegen kam. Kurz blieben wir stehen und drehten den Rücken zum Staub, wir hörten viele Menschen und Schreie, konnten aber in all dem Staub keine Bilder zu den Stimmen finden. Es waren anscheinend viele Menschen zu Fuß unterwegs. Manche liefen ganz schnell, es gab viel Lärm, und ein unglaubliches Durcheinander.

Schemenhaft sah ich eine große Anzahl Männer Richtung Norden rennen. Ein paar von ihnen hatten Decken, einige wiederum Werkzeuge zum Ausgraben. Spitzhacken und Schaufeln wurden herangebracht. Die Staubwolke legte sich nicht. Überall waberte Staub. Ich ließ die Hand meines Vaters nicht los. Verängstigt, aber auch irgendwie neugierig, saugte ich die Bilder, die sich mir boten, auf. Das Ganze sah aus wie eine Volksversammlung. Die Menschenmenge wurde immer dichter. Auf einmal blieb mein Vater stehen. Als ich eine Lücke zum schauen fand, sah ich das Unfassbare vor mir. Ein dreistöckiges Haus, das teilweise am Brennen war und keine Außenfassade und kein Dach mehr besaß. Das Einzige, was man noch erkennen konnte, waren die Innenwände, die aus Ziegelsteinen waren. Im Inneren des Hauses, das sich nun darbot, war alles ruiniert. Es war grausam. Ich suchte verzweifelt nach Menschen. Hier sollten doch bis vor ein paar Minuten Menschen gelebt haben. Aber keine Spur von ihnen. Meine Augen suchten nach Überlebenden.

Plötzlich zog mein Vater mich zur Seite, so dass ich das Haus nicht mehr sehen konnte. Aber ich versuchte zwischen seinen Armen hindurch zu schauen. Mein Atem stockte, als ich einen blutigen Arm durch den Schutt entdecken konnte. Es sah aus, als ob ein Erdbeben gewütet hätte. „Die sind tot, oder?" fragte ich ihn. „Baba, antworte mir". Mein Vater sagte nichts. Viele Männer, meistens noch in ihren Pyjamas, versuchten auf die Ruinen zu steigen und nach Menschen zu suchen.

Kaum angekommen, schlug Baba vor zurückzukehren. Als wir wieder auf dem Weg zurück nach Hause waren, wusste ich, dass er lieber auf meine Frage nicht eingehen wollte. Einige Männer aus der Nachbarschaft wollten dort bleiben und helfen. Baba schaute sehr ernst und wirkte abwesend. Ihm war klar geworden, dass es doch keine gute Idee gewesen war, mich mit zu nehmen, denn solche Bilder verfolgen einen ein Leben lang. Aber es war zu spät. Ich selbst konnte ihm keinen Vorwurf machen, es war ein Teil von unserem Leben geworden.

Zu Hause angekommen, war mein Vater stumm und sehr in sich gekehrt. Die Nachbarn waren nicht mehr auf der Straße versammelt. Die Menschenmenge hatte sich aufgelöst. Die eintretende Stille kam meinem Vater gelegen. Im Gegensatz zu ihm wollte ich über das, was ich gesehen hatte, reden. So nah an uns war das geschehen, nur paar hundert Meter in unsere Richtung, dann hätte es unser Haus gewesen sein können, das getroffen wurde.

Früher dachte man im Iran, es macht die Kinder und die Jugend stark, dass sie früh genug mit dem Krieg und dessen Folgen konfrontiert werden. Ich selbst war auch der Meinung, je mehr ich mich meiner Angst stelle, umso stärker werde ich. Heute bin ich einer ganz anderen Meinung. Die Bilder prägten mich mein Leben lang. In jener Nacht konnte ich wieder einmal nicht schlafen. Das waren keine Gerüchte, es war alles real. Auch das mit den Sittenwächtern und den Vergewaltigungen. Alles, was wir erzählt bekommen haben, war also wahr.

Ich dachte ununterbrochen an Dariush und Dalir. Die armen Jungs, sie müssen das jeden Tag sehen. Ihr Lebensinhalt wurde zwei Jahre lang nur von solchen Ereignissen dominiert. Wie kann ein Mensch so viel Terror und Angst aushalten? Ich kannte und kenne immer noch Menschen, die behaupten, keine Angst vor dem Krieg zu haben. Früher fand ich das sehr tapfer und cool, heute finde ich das nur schrecklich und nicht normal. Wie unsinnig. Wie konnte ein junger Mensch mit 16 oder 18 Jahren sagen, „Ich habe keine Angst vor dem Tod"? Wie wertlos muss das Leben für ihn sein? Dabei bietet das Leben so viel. So viele gute Taten, die man tun, so viele schöne Orte, die man sehen kann, so viel Liebe und Menschlichkeit, die man geben und bekommen kann. Warum den Weg des geringsten Wiederstandes gehen, wenn man um sein Leben und seine Freiheit kämpfen könnte.

Langsam wachte ich auf von meinem Schlaf. Nicht so, dachte ich mir. So will ich nicht leben und schon gar nicht sterben. Dariush hatte recht. Es gibt ein Leben jenseits von diesem verdammten Land, und selbst wenn ich meine Heimat verlassen musste. Egal wohin, ich bin ein Mensch und kein Tier. Und dazu noch viel zu jung, um jeden Tag mit der Angst und dem Tod zu ringen.

Ich bestimme über meine Zukunft, und nicht ein paar „Gläubige", die keine Ahnung von Menschlichkeit haben. Kein Mensch wusste, warum wir diesen sinnlosen Krieg noch führten. So viele Opfer, so viel Leid. Viele Mütter, die ihre Söhne überleben mussten. Welche Eltern können ihren eigenen Sohn oder ihre Tochter zu Grabe tragen, ohne daran wahnsinnig zu werden? Davon gab es Unzählige im Iran. Und dann fragt man sich, hat die Revolution, nicht genug Opfer gefordert? Haben die Mullahs nicht genug?

Wir lebten nicht in der Heimat. Wir leben in einem fremden Land, dachte ich mir. Wo die Frauen von den Sittenwächtern in Gefängnisse verschleppt, misshandelt und gedemütigt werden und am Ende wie ein Stück Müll entsorgt werden. Wo die Männer gezwungen werden, zur Waffe zu greifen, um Ihresgleichen zu töten, unter Folter ihre Freunde zu verraten und sich gegenseitig zu belasten. Das ist nicht mein Land und dazu wollte ich auch nicht mehr gehören. Ich wollte weg.

Man hat uns alles weg genommen, was man einem Menschen wegnehmen konnte. Erst unseren Glauben, dann unser Hab und Gut, unsere Freunde und Verwandten, unsere Würde. Ich war damals 12 Jahre alt.

Mit 12 Jahren wusste ich, was eine Revolution ist, wie ein Krieg aussieht. Was bedeutet es, unterdrückt zu werden? Was bedeutet es eine Frau zu sein, in einem Land, in dem die Scharia herrscht? Ich wollte meine Jugend genießen, ohne Kopfbedeckung und langen Mantel auf die Straße gehen. Ich hatte schöne, lange Haare, warum sollte ich sie verstecken? Spielen, meinen Hobbies nachgehen, im kaspischen Meer in Bikini schwimmen, das alles konnte ich nicht mehr haben.

Während meine Kriegserlebnisse immer heftiger wurden, versuchte ich das Erlebte zu verdrängen. „Verdrängung" war meine neue Devise. Zu beschäftigt, um noch darüber nachzudenken, was noch alles passieren könnte, konzentrierte ich mich auf meinen Englischkurs und die Schule. In meinen Gedanken lebte ich nicht mehr im Iran. Langsam hatte ich angefangen, mich mental von meiner Heimat zu distanzieren.

Nun interessierte ich mich für den westlichen Lebensstil. Es gab genügend Material, um sich mit der westlichen Kultur und dem Lebensstil vertraut zu machen. Von Mode bis hin zu Film und Musik, alles kam aus dem Westen. Madonna, Michael Jackson, die die Tanzflächen der Teheraner Partyszene belebten. In einem Land, das Krieg führte, der das Mark des Landes täglich erschütterte, gaben die Leute Partys, um sich vom Alltag abzulenken. Und das machten sie mit so viel Leidenschaft, dass es schockierend war.

Eine Nation distanzierte sich von ihrer Regierung, gespalten und verzweifelt suchte sie nach Identität und Glück. Wer hat dann dieses Regime gewollt? Warum ist das Volk auf die Straße gegangen? Wozu, wenn wir das alles nicht wollten? Nichts ist schlimmer als eine Tat zu bereuen, und viele im Iran bereuten die Revolution.

Gleich, wo man hinblickte, waren die Menschen unzufrieden. Keiner stand zu dem Krieg - und noch schlimmer - zu seinem Land. Alle wollten raus aus dem Iran. Amerika war damals das gelobte Land schlechthin, wo Iraner Zuflucht suchten. Das einzige erstrebenswerte Ziel und die Erlösung. Dass der Iran in längst vergangenen Zeiten einmal das größte Reich auf der Welt war, schien nicht mehr wichtig zu sein. Wer gute Beziehungen hatte, und sich ein Visum beschaffen konnte, reiste aus. Das Bemerkenswerte war, dass ich nicht einmal mehr einen einzigen Menschen kannte, der das Regime noch wollte.

In der Schule schloss ich keine engen Freundschaften mehr. Obwohl ich in der 7. Klasse war und schon seit zwei Jahren dieselbe Schule besuchte, blieb ich mit anderen Schulkamerdinnen auf Distanz. Doch paradoxerweise, je mehr ich mich von allem distanzierte, umso mehr gewann ich Beliebtheit unter den Schülerinnen und den Lehrerinnen. Wahrscheinlich gerade deshalb. Denn Gradlinigkeit war anziehend und gefragt.

So wurde ich wieder Klassensprecherin. Als Klassensprecherin konnte ich mir erlauben, mit den Anderen auf Distanz zu gehen. Zumal die Schulperiode ohnehin in einem Jahr vorbei war, und ich gerne auf die Schule wollte, auf die zu diesem Zeitpunkt meine Schwester ging. Sie war sehr weit weg, und ich würde dort bestimmt andere Mädchen kennenlernen. Also, warum sich noch bemühen.

Aber trotz vieler Anstrengungen meinerseits, auf Distanz zu allem und jedem zu gehen, gab es ein Mädchen namens Farima, die versuchte mir näher zu kommen. Sie kam aus einer wohlhabenden Familie und versuchte mit ihrer Prinzessinnenart die Klasse zu dominieren. In den Pausen hatte sie diese zwei Mädchen bei sich, die noch großspuriger auftraten als sie selbst. Und die wie zwei Kraken an ihr klebten. Für mich war die Position der Klassensprecherin toll, denn in den Pausen war ich meistens zusammen mit den anderen Klassensprecherinnen aus den anderen Klassen im Lehrerzimmer. Es war meistens viel zu tun, wir haben die Arbeit der Lehrer um Einiges erleichtert.

So brauchte ich nicht immer mit irgendwelchen Mädchen, die mich nicht interessierten, die Pausen zu verbringen. Außerdem konnten diese Mädchen sich über ihre Lieblingsthemen unterhalten, ohne das Gefühl zu haben, daß ich sie ausspionierte, denn Klassensprecherin zu sein hatte auch seine Nachteile, zum Beispiel das Risiko, schnell als Spion abgestempelt zu werden. Und das wollte ich auf keinen Fall.

Farima suchte trotzdem meine Nähe und bat mich, sich in der Klasse neben mich setzen zu dürfen. Ich nahm das als Kompliment und stimmte zu. Kaum saß sie neben mir, fing sie an, mich mit Geschichten über ihren in den USA lebenden Bruder zu überschütten. Sie erzählte, dass sie unbedingt Medizin studieren wolle, wohlbemerkt in den USA, wo ihr Bruder auch studieren würde. Sie schleppte extra Bilder mit zur Schule. Bilder, die ihr Bruder der Familie aus den USA geschickt hatte. Ich versuchte, die Bilder sehr höflich mit netten Kommentaren positiv zu bewerten. Von ihrer äußeren Erscheinung konnte man nicht auf ihre sehr westliche Weltanschauung schließen.

Der Bruder war das größte Vorbild für sie. Sie wünschte sich nichts sehnlicher als endlich zu ihrem Bruder zu kommen. Die Parallelen zwischen uns brachten uns über die Zeit näher. Ich hatte auch einen Bruder, den ich sehr gerne hatte, aber zu ihm wollte ich nicht, sondern umgekehrt. Ich wollte, dass er endlich zurück kam. Sie kommentierte ihre Erfolglosigkeit in der Schule mit einer erstaunlichen Logik: „Da ich mir in diesem Land keine Zukunft mehr vorstelle und der festen Überzeugung bin, dass ich bald zu meinem Bruder in die USA gehe, gebe ich mir keine Mühe, die Klassenbeste zu sein, wozu denn auch?". Ihre Art fand ich sehr aufsässig und arrogant, ich traute mich aber nicht, es zu sagen. Schließlich kannten wir uns nicht allzu lange. Je zurückhaltender ich wurde, umso aufdringlicher wurde Farima.

Als sie mich eines Tages zu sich nach Hause eingeladen hatte, um Ihren Eltern ihre neue Freundin vorzustellen, wusste ich, dass sie mich wieder mit ihren Angebereien nerven würde. Und so war es auch. An dem Tag habe ich nur ihre Mutter kennenlernen können. Die kleine Schwester kannte ich bereits. Der Vater hatte eine Spedition für Schwertransporte und fuhr auch selbst, so dass er sehr oft unterwegs war.

Kurz nachdem ich die Mutter von Farima kennengelernt hatte, musste ich feststellen, dass Farima nicht nur von Aussehen ihrer Maman sehr ähnlich war, sondern auch von der Art, denn ihre Mutter war genauso eine Klatschtante.

Nach der Begrüßung ging es sofort los. Die übliche persische Kennenlern-Runde. Die Mutter von Farima musste mir ausführlich vortragen, wie viel Geld sie jedes Jahr in Ankara ausgab, um Farima endlich nach Amerika schicken zu können. Aber leider waren all ihre Bemühungen bis jetzt erfolglos. Ein Visum konnten sie bei all ihren Aufenthalten in der Türkei nicht erlangen. Sie würden es aber solange weiter versuchen, bis sie endlich in Amerika ist. Sie versprach sich viel von Farima, denn sie wäre ja so eine hervorragende Schülerin. Sie hätte bestimmt das Zeug in den USA eine erfolgreiche Ärztin zu werden. Ich dachte, ich müsste mich übergeben. Diese Rumprotzerei widerte mich an. Hoffentlich kommt Farima bald in die USA, damit sie vielen kranken, hilflosen Menschen als Ärztin helfen kann, dachte ich mir.

Mit dem Beginn der Schulferien verabschiedete sich Farima mit viel Pathos von uns allen. Diesmal würde es hundertprozentig klappen, meinte sie, denn ihr reicher Vater war entschlossen. alles zu bezahlen. um sie in die USA zu bringen. Das erste Etappenziel war wieder Ankara. Ihr Zeugnis würde Ihre große Schwester für sie in der Schule abholen. Irgendwie, trotz all des merkwürdigen Verhaltens von Farima, freute ich mich für sie, denn ihr Herz schlug für die USA und es machte mir auch Hoffnung, irgendwann selbst aus dieser Hölle hier wegzukommen.

LICHT AM ENDE DES TUNNELS

In jenen Schulferien freute ich mich über meinen Bruder Dariush, der seinen Militärdienst erfolgreich beenden würde und endlich nach Hause käme. Wir hätten bestimmt viel Stoff zu reden.

Die Ankunft von Dariush nach zweijährigem Militärdienst wurde mit einem großen Fest gefeiert. Mein Vater hatte als Danksagung nach einer alten persischen Tradition ein Schaf geopfert (Bei diesen Opfergaben wird einem Schaf bei lebendigem Leib die Kehle durchgeschnitten. Das Tier verblutet. Sein Fell wird von seinem Leibe abgezogen und sein Fleisch unter den armen Leuten verteilt).

Wir waren alle froh und erleichtert, dass Dariush gesund nach Hause kam. Die ersten Tage hat er nur erzählt, wir haben sogar ein, zwei Nächte nicht geschlafen und nur zugehört, was er so erlebt hatte. Er erzählte über seine Kameraden, das schlechte Essen, die klirrende Kälte, die schlaflosen Nächte, die Gewaltsamkeit mancher seiner Vorgesetzten, die Hoffnungs- und Sinnlosigkeit des Krieges und seine Einsätze an der Front. Er erzählte mit so viel Geschick und Humor, dass es uns fast wie ein perfekter Film vorkam, in dem wir alle mitspielen wollten. Während er nachts erzählte, schlief er tagsüber überwiegend. Maman meinte, es sieht aus, als hätte er Jahre lang nicht geschlafen. Sie verwöhnte ihn mit ihren leckeren Kochkünsten und machte alles, damit er sich zu Hause wohl fühlte.

Anfangs machte Dariush einen sehr lockeren Eindruck und vermittelte uns das Gefühl, dass die zweijährige

Trennung doch nicht so schlimm war, wie wir alle dachten. Dariush hatte einen starken Charakter, der sich selbst durch den Krieg nicht erschüttern ließ, dennoch merkten wir mit der Zeit, dass seine harte Fassade langsam zu bröckeln begann, und seinen weichen, sensiblen Kern sichtbar machte. Er sprach sehr oft drüber, dass er sich sehr befreit fühlte, nun hatte er offiziell die Erlaubnis erhalten, einen Job zu finden, zu studieren, zu heiraten und sogar aus dem Land zu reisen. Er sagte oft, er wolle zuerst einen leichten Job finden, um sich etwas zur Seite legen zu können. Merkwürdigerweise redete er selten über das Studieren, was uns sehr überraschte, denn Dariush war sehr intelligent und den Schulabschluss hatte er mühelos geschafft.

Die ersten Tage seiner Suche verbrachte er oft damit, seine Militärdienstkameraden, zu denen er noch einen sehr guten Kontakt hatte, zu besuchen. Auch einige alte Freunde hat er besucht, um ein paar Informationen zu sammeln und sich neu zu orientieren. Bald merkte er aber, dass das Leben auch mit einem absolvierten Militärdienst nicht einfacher wurde. Mit jedem Tag der Recherche kippte die Stimmung bei ihm mehr. Anscheinend waren die Informationen nicht sehr erfreulich. Diejenigen, die Arbeit hatten, waren genauso unglücklich und verzweifelt, wie diejenigen, die gerade, wie er, ihren Zivildienst beendet hatten.

Langsam spürte Dariush, dass das Leben in Teheran während seiner Abwesenheit nicht rosiger geworden war. Die Wirtschaftskrise hatte das Land tief gezeichnet. Es gab keine Jobs für junge Männer auf dem Markt. Selbst wenn man einen Job hatte, die Preise waren so explodiert, dass man kaum seine Lebenshaltungskosten decken konnte, geschweige denn eine Familie ernähren konnte. In ihm begann die Idee zu reifen, das Land zu verlassen. Zumal viele seiner alten Freunde unlängst aus dem Land geflohen waren. Die Meisten von ihnen befanden sich im europäischen Ausland. Einige von ihnen waren in die USA emigriert.

Es kam sehr schleichend, aber bald merkten wir, dass Dariush depressiv geworden war. Ich konnte es nur zu gut verstehen. Die jungen Menschen hatten keine Perspektiven mehr. Selbst die Studierenden haben sich über die schlechten Bedingungen im Studium und danach beklagt. Die Situation schien für sie alle hoffnungslos. Arbeit gab es nicht.

Auch meinem Vater, der sich mit nur 44 Jahren sehr jung für die Rente fühlte, kam der Gedanke auszuwandern. Er sah auch keine andere Möglichkeit mehr, seinen Kindern eine gesicherte Zukunft im Iran anzubieten.

Während bei uns Zuhause jeden Abend über das Auswandern heiß diskutiert wurde, rüsteten die Iraker militärisch auf.

In jenen Tagen erreichten uns die Nachrichten, dass der Irak vorhatte den Iran mit Raketen, die einen Angriff Teherans erleichterten, zu attackieren. Man redete davon, dass die Raketen von Bagdad aus leicht Teheran und andere Orte im Iran erreichen konnten. Sie würden in einem Radius von mehr als 100 Metern alles vernichten.

Erst dachten wir es wäre ein Scherz, aber bald erfuhren wir, dass dies alles der Realität entsprach. Saddam Hussein setzte seit längerer Zeit direkt an der Front chemische Waffen ein. Der Irak wurde angeblich direkt von den USA und teilweise auch aus Deutschland mit diesen Waffen versorgt, was uns natürlich noch wütender machte.

An einem heißen Sommertag, als ich gerade von meinem Englischkurs nach Hause kam, sagte mir meine Schwester, dass wir schon gegen 17.00 Uhr Teheran verlassen müssten, ich sollte ein paar Sachen zusammen packen. Der Irak hatte gedroht, Teheran mit Raketen anzugreifen.

Alle waren auf der Flucht, in unserer Nachbarschaft wurde es immer leerer. Ich hatte keine Idee, was der Plan meines Vaters war, denn unmittelbar außerhalb von Teheran kannte ich keine Adresse, wo wir hinfahren konnten. Wahrscheinlich hatte er vor, nach Bandar Anzali zu fahren, aber wie sollten wir den Ort in so knapper Zeit erreichen?

Ohne zu zögern, wagte ich meine wie immer sehr gestresste Mutter zu befragen. Von ihr erfuhr ich, dass wir mit unseren Nachbarn, die uns direkt gegenüber wohnten, und mit denen wir mittlerweile sehr gut befreundet waren, zu deren Elternhaus außerhalb von Teheran Richtung Norden fahren würden. Oh je, dachte ich, hoffentlich erreichen wir auch das Ziel. Ob wir schneller waren als die Raketen von Saddam Hussein?

Als wir abfuhren, war unsere Straße wie leer gefegt. Wieder ein Abschied auf unbestimmte Zeit. Wann würde ich diesmal wieder kommen können, dachte ich mir für einen kleinen Moment.

Das Leben immer auf der Flucht, machte uns allen zu schaffen. Aber irgendwie fühlte ich mich unterwegs sicherer, insbesondere, wenn die ganze Familie zusammen war. Das Schlimmste an unserem Leben war das ständige Packen und Fliehen, ohne zu wissen ob wir unser Leben retten könnten. Daher war es für Manchen undenklich sein Heim zu verlassen. Diese Leute zogen es vor, zu Hause zu bleiben und – sollte das Schicksal sie treffen – auch Zuhause zu sterben.

Kaum hatten wir Teheran verlassen, fuhren wir auf der Autobahn in einen riesigen Stau. Es war eine unerträgliche Hitze im Auto. Alle Fenster waren offen, damit wir frische Luft kriegen konnten, aber stattdessen atmeten wir stinkende Abgase ein. Das Hupen der Autos und die laufenden Motoren machten mich noch sehr viel nervöser. Die lauten Geräusche vermischt mit der Enge und dem Smog, ließen mir die Tränen in die Augen steigen. Überall waren schreiende Kinder und Babies zu hören. Langsam rollten mir unter meinen dicken Anziehsachen die Schweißtropfen über den Rücken herunter. Der Verkehr war ganz abrupt zum Erliegen gekommen. Es ging nicht mehr weiter. Nach und nach gingen die Motoren aus. Meine Nervosität stieg mit der Zeit. Einige Autos parkten am Rand der Straße mit geöffneten Türen.

Ich wollte mir gar nicht vorstellen, wie es aussehen würde, wenn eine Bombe mitten in diese Blechlawine einschlagen würde. Mein Puls stieg und ich fühlte die kalten Schweißtropfen auf meiner Stirn. Plötzlich verspürte ich einen starken Brechreiz. Meine Eltern merkten, dass ich sehr aufgeregt war. Auf Empfehlung meiner Mutter fuhr mein Vater auch an den Rand der Straße. In dem Moment wusste ich, dass es eine sehr lange Reise werden würde. Wir waren schließlich bereits über mehrere Stunden unterwegs und ich glaube, wir waren noch sehr weit entfernt von unserem Ziel.

Das Radio lief die ganze Zeit, aber es gab keine wichtigen Meldungen. Als mein Vater das Auto angehalten hatte, stieg ich sofort aus, um mich zu übergeben. Der viele Schmutz und das CO_2 in der Luft hatten meine Übelkeit verstärkt und es ging mir sehr schlecht. Als ich vorn übergebeugt am Straßenrand stand, wurde der Lärm um mich herum stummer und leiser. Ich hörte nur noch ein immer wieder lauter werdendes Zoomen in den Ohren. Verständnisvoll fragte mein Vater mich etwas, aber ich konnte ihn nicht hören. Ich nickte trotzdem. Ich wollte nicht für noch mehr Aufregung sorgen. Um meinen Blick von der trostlosen, festgefahrenen Blechlawine abwenden zu können und meine Lungen von dem vielen Staub und Schmutz in der Luft zu schützen, stieg ich wieder ins Auto ein.

Baba hatte Verständnis. Seine besorgten, großen Augen in der in der inzwischen hereingebrochenen Nacht verrieten, dass es ihm selber überhaupt nicht gut ging. Ab und an schaute er ins Leere und sein Blick blieb stehen. Meistens starrte er einfach auf den Boden. Sein versteinertes, verspanntes Gesicht schrieb tausend Bände von Verbitterung, Reue, Trauer und Angst. Eine starke Säule, die langsam anfing an der Fassade zu zerbröckeln. Am Stärksten fand ich sein Lächeln, das ein Zeichen der Liebe und Besänftigung war. Wenn er uns ansprach versuchte er, uns, wenn auch aufgesetzt, sehr freundlich zu begegnen. Das linderte bei mir die offenen Wunden, die jeden Tag größer wurden. Obwohl es inzwischen um Mitternacht war und wir alle sehr müde waren, konnte Keiner von uns, selbst für wenige Minuten, die Augen zu machen. Vermutlich wollten wir uns alle erst in Sicherheit wissen. Mein Vater meckerte mit breitem und trotzdem verlegenen Lächeln rum, dass wir die ganze Fahrt umsonst auf uns genommen hätten und eigentlich zu Hause hätten bleiben sollten. Im Nachhinein hatte er recht behalten, denn der Aufenthalt auf der Straße an derselben Stelle konnte bis früh am Morgen dauern. In der düsteren Nacht und bei der heißen stickigen Luft, versank ich in tiefe Gedanken. Die Nacht war die Höchststrafe für mich, aber vermutlich auch für alle Anderen. Ich dachte, dachte, dachte weiter und schwieg, schwieg und schwieg weiter. Heute kann ich mich an meine Gedanken an jener Nacht nicht mehr erinnern, aber zum Schlafen fehlte mir die Kraft, denn die verwirrenden Träume kamen schneller als es mir lieb war.

Die ganze Nacht habe ich kein Auge zudrücken können. Ich saß auf dem Rücksitz mit dem Gesicht in Richtung Dunkelheit und wartete auf den großen Angriff. Während mir jede Sekunde wie ein ganzes Leben vorkam, malte ich mir aus, wie unser Begräbnis ausschauen würde. Ob die Welt jemals davon Notiz genommen hätte, dass es Menschen wie uns gab? Es wäre so schön, wenn es mich überhaupt nicht gäbe. Warum haben meine Eltern mich auf die Welt gesetzt? Dass ich niemals mit denen tauschen wollte. Bis zum heutigen Tag hatte ich Respekt vor allen Eltern, die in Krieg, Armut, Bürgerkrieg und hoher Inflation Kinder haben, und es schaffen, Ihre Kinder vor dem Abgrund auf irgend eine Weise zu schützen. Ich war zu jung, um mich selbst in die Rolle einer Mutter zu versetzen und mir vorzustellen und zu verstehen, wie schwierig es war, Kinder vor diesem ganzen Elend zu bewahren, aber ich konnte mir durchaus vorstellen, wie mühsam es war, den Kindern ein normales Leben zu ermöglichen. In jener Nacht habe ich beschlossen nie zu heiraten und nie Kinder zu bekommen.

Als langsam die Sonne aufging und es am Himmel endlich heller wurde, konnte man sehen, dass viele Flüchtlinge am Rande der Straße auf dem Schutt und Staub ihre Tücher ausgebreitet hatten und noch schliefen. Es sah aus als hätte sich die ganze Stadt zum Picknicken auf der Autobahn verabredet, um vor lauter Müdigkeit nach einer ausgiebigen Party in den Tiefschlaf zu fallen. Wären wir bereits in Zeiten von Smartphones und digitaler Kommunikation angekommen, wären viele beeindruckende Bilder entstanden.

Die meisten Männer rauchten nüchtern ihre erste Zigarette. Müde und versteinerte Gesichter, die von einer anstrengenden Reise erzählten. Eine Reise ohne Ziel und Erfolg. Eine Reise, die sie und ihre Angehörigen umsonst auf sich genommen hatten. Umsonst, weil es gar nicht zu den angekündigten Angriffen gekommen war. Etwa gegen fünf Uhr morgens haben die Autos angefangen, sich in Gang zu setzen und endlich vorwärts zu kommen. Auch wir fuhren weiter.

Als auch wir schließlich an die Reihe kamen und den Motor angelassen hatten, um unsere Reise fortzusetzen, war ich sehr hungrig und überlegte mir, dass es das erste Mal in meinem Leben war, dass ich 24 Stunden am Stück wach war und über zwei Tage nichts gegessen hatte. Der Krieg beeinflusste unser Leben immer intensiver. Zu dem Zeitpunkt war ich mutmaßlich obdachlos, hungrig und auf der Flucht.

Wir waren alle todtraurig. Meine Mutter sagte kein Wort, Darja und ich waren tief in unseren Gedanken versunken und jeder schaute aus dem Fenster ins Leere hinein. Mein Vater war sehr übermüdet und wechselte mit uns den ganzen verbleibenden Weg kaum ein Wort.

Als wir endlich fast um 9.00 Uhr morgens am Ziel ankamen, waren wir alle erleichtert, und stießen auf eine große Menschenmenge. Unsere Nachbarn und deren Familie haben uns sehr herzlich begrüßt. Sie hatten bereits viele Gäste aus Teheran. Im Gegensatz zu uns, waren sie alle gut gelaunt und waren sehr froh, uns heil zu sehen. Wir kamen pünktlich zum Frühstück an. Kaum waren wir angekommen, saßen wir daher schon an der großen Sofreh. Meine Erinnerungen wurden wach. Ich musste an den ersten Tag des Krieges denken als meine Schwester und ich bei den Verwandten eines Nachbarn übers Wochenende Unterschlupf gefunden hatten. Der Unterschied war nur, dass diesmal meine Eltern auch mit dabei waren und der Aufenthalt für uns angenehmer wurde. Ansonsten hatte sich nichts geändert. Das Herumsitzen und Abwarten war das Unerträglichste für mich.

An jenem Tag nach dem gemeinsamen Frühstück und dem Smalltalk mit teilweise fremden Leuten, versuchte jeder für sich eine Ecke zu finden, um zur Ruhe zu kommen. Ich konnte gut eine Runde Schlaf gebrauchen, aber ich konnte leider meine verstreuten Gedanken nicht in den Griff bekommen. Mein Kopf wollte nicht abschalten. Genauso ging es auch den anderen.

Meine Schwester packte ihre Schulsachen aus und versuchte sich auf ihre bevorstehende Prüfung vorzubereiten. Später verriet sie mir, dass sie zwar viel gelesen hatte, aber merken konnte sie sich nichts. Bei mir war es dasselbe Problem. Ich sollte mich für meine Englischprüfung vorbereiten, aber auch ich konnte keinen klaren Gedanken fassen, geschweige denn etwas lernen. Zumal ich auch unheimlich müde war und die Spannung, was alles in den nächsten Tagen passieren könnte, unerträglich war. Ich geisterte in dem großen Haus herum und unterhielt mich mit den Leuten.

Dunkel erinnere ich mich an die Schwester unseres Nachbars. Eine sehr elegante Frau im mittleren Alter. Ziemlich wohlhabend. Sie hatte eine Tochter, die fast im Alter von Darja war. Sie bereitete sich auf die Aufnahmeprüfung für die Uni vor und war auch wie Darja am Lernen.

Die Dame unternahm nach ihren eigenen Angaben ein bis zwei Mal im Jahr Auslandreisen. Ihr Mann hatte sehr viele Verwandte, die in den USA und in Europa lebten und dort studiert hatten.

Als wir ins Gespräch kamen und sie erfuhr, dass ich schon außerhalb der Schule Englisch lernen würde, war sie sehr begeistert, und empfahl meiner Mutter, mich unbedingt ins Ausland zu schicken. Sie erkannte in meiner Person den Drang, ein besseres Leben führen zu wollen und es wäre sehr schade, mich hier im Iran zu behalten. Auf diese Bemerkung konnte ich nur mit einem schüchternen Lächeln antworten, denn das war zu dem Zeitpunkt unmöglich und das Ziel zu weit weg. Obwohl solche Bekanntschaften einmalige Erlebnisse waren und die Gespräche nur bei einem kleinen Austausch von Erfahrungen blieben, wirkten sie auf mich sehr positiv. Sie gaben mir die Bestätigung, dass es im Iran noch Menschen gab, die über den Tellerrand schauten und die Hoffnung, dem Krieg zu entkommen und ein besseres Leben zu führen, nicht verloren hatten.

Überraschend war es in der Nacht und auch an dem Tag zu keinem Angriff gekommen. Die ganze Mühe und der Aufwand, den wir auf uns genommen hatten, war angeblich umsonst gewesen. Bis in den Abend hinein konnte ich nicht schlafen. Nach dem gemeinsamen Abendessen wurden von dem sehr freundlichen Gastgeber für uns alle Schlafgelegenheiten vorbereitet. Das Haus war so groß, dass drei Familien mühelos darin schlafen konnten.

Darja und ich hatten unser eigenes Zimmer bekommen. Darja beklagte sich kurz vor dem Einschlafen, wie schwer es für sie sei jetzt nach fast 36 Stunden die Augen zu zumachen. Die Eindrücke der vergangenen Tage hatten sehr beschäftigt. Bei mir war das auch nicht anders. Wir redeten die ganze Nacht. Wir sprachen über alles, außer über den Krieg. In unserem Unterbewusstsein hatten wir uns davon getrennt. Wir hatten keine Lust mehr über den Krieg zu reden. Wir lebten im Krieg, worüber sollten wir uns noch austauschen.

Jungen waren auch kein Thema, denn wir hatten keinen Kontakt zu jungen Männern. Also redeten wir über die Leute, die wir gerade erst kennengelernt hatten. Menschen, die wir so richtig nicht kannten. Wir redeten so lange, bis wir eingeschlafen waren.

Am nächsten Tag fühlte ich mich sehr schlapp und ausgelaugt. Obwohl ich mich mittlerweile an meine Umgebung gewöhnt hatte, wollte ich so schnell wie möglich wieder nach Hause. Schließlich wollte ich mich ausruhen und meine Kräfte sammeln, um die Kursabschlussprüfung in Englisch vorzubereiten. Aber mein Vater wollte lieber abends abfahren. Er sagte mir, mein Leben sollte mir viel mehr Wert sein als eine gute Note im Englischkurs. Mein Vater war auf einmal über Nacht sehr schwierig geworden. Die Ereignisse der Nacht zuvor hatten seine Stimmung völlig verändert.

Auch am zweiten Tag unseres Aufenthaltes kam es in Teheran zu keinen Angriffen. Was mich persönlich einerseits sehr erleichterte, aber uns ärgerte auf der anderen Seite, dass wir auf die falschen Meldungen hereingefallen waren.

Die Rückreise dauerte ebenfalls länger als erwartet. Als wir wieder zu Hause ankamen, war es schon wieder fast frühmorgens. Uns erwartete wieder einmal ein Tag ohne Schlaf.

Als der Englischkurs begonnen hatte, war ich eines von nur fünf Mädchen, die zum Unterricht kamen. Die Prüfung fand trotzdem statt. Überraschenderweise war ich während der Prüfung sehr konzentriert. Obwohl man mir die Müdigkeit ansehen konnte, war ich nicht bereit, mich von den Ereignissen der letzten Tage herunterziehen zu lassen und Schwäche zu zeigen. Als die Prüfung zu Ende war, mussten wir Fünf unsere Erlebnisse der vergangenen zwei Tage in Englisch beschreiben. Ich war nicht sonderlich erstaunt als ich erfuhr, dass die anderen fast dasselbe mitgemacht hatten wie ich.

Unsere Lehrerin war sehr begeistert, dass wir trotz der Schlaflosigkeit und den Strapazen der vergangenen Tage am Kurs und am Test teilgenommen hatten. Das Kompliment war eine der wenigen netten Gesten, die ich von einem Lehrer gehört hatte, denn die pädagogischen Methoden in den Schulen des Iran waren ziemlich hart. In der Schule zeigten die Lehrer wenig Verständnis und Mitgefühl für die Schüler. Trauma, Schock, Depression waren keine Gesprächsthemen. Selbst wenn viele Iraner darunter litten, wurde kaum darüber gesprochen, geschweige denn aktiv therapiert.

Sehr oft verglich ich meine Mitschülerinnen mit mir selbst. Meistens habe ich mich gefragt, wie sie wohl mit ihren Angstzuständen klar kommen. Trauerten sie auch im Innersten? Sprachen sie mit ihren Angehörigen darüber? Ich war froh, dass ich öfters mit Dariush und Darja darüber sprechen konnte. Dariush zeigte eine immense Stärke, indem er für mich fast die Vaterrolle übernahm. Er merkte, dass der Umgang mit meinem Vater nicht mehr einfach war. Mit Fingerspitzengefühl versuchte er oft mit mir und Darja ins Gespräch zu kommen und durch Witze, aber auch durch reife, auf Erfahrung basierende Gespräche, uns Halt und Stärke zu geben. Für mich persönlich war er wie ein Geschenk.

Einmal als wir miteinander sprachen, fragte ich ihn, wie er sich wohl seine Zukunft vorstelle. Er war für meine Begriffe sehr zurückhaltend, aber auf diese Frage, antwortete er sehr rasch, „Wenn es eine Möglichkeit geben würde, dann würde ich heute noch den Iran verlassen". Ich konnte es zu gut verstehen, denn glücklich sein war im Iran nicht mehr möglich. Dariush stellte sich vor, wie viele seiner Freunde das Land zu verlassen.

Ein Freund von ihm war seit Kurzem seiner Verlobten nach Deutschland gefolgt. Er hat Dariush versprochen ihn nach Deutschland einzuladen, sobald er geheiratet hat. Dariush war sehr zuversichtlich bald zu Nader zu fliegen, denn nach den Ausreisebedingungen konnten junge Männer nur dann das Land verlassen, wenn sie ihren Militärdienst beendet hatten. Von ganzem Herzen wünschte ich ihm, dass es für ihn der letzte Sommer sein würde, den er im Iran verbringen musste.

Mit der Zeit glaubte Dariush fester daran, für immer nach Deutschland auszureisen. Generell diskutierte er immer mehr mit meinem Vater über das Auswandern.

Er wollte das Beste für die Familie, zumal mein Vater leider mit Ende Vierzig nicht mehr in der Lage war, uns allen das anzubieten, was wir uns wünschten. Er diskutierte mit meiner Mutter über den Verkauf des Hauses. Für den Neuanfang brauchte man schließlich Geld, aber Baba hatte ja aufgrund seiner Suspendierung ein Ausreiseverbot. Ich denke, er wollte mit dem Erlös des Hauses die Kinder aus dem Land schaffen. Da Dalir in einem Jahr nach Hause zurück käme, wäre das Schwerste überstanden und wir hätten die Chance, alle in gewissen Zeitabständen das Land zu verlassen.

Das sah alles für mich wie ein Traum aus. Wenn es uns tatsächlich gelingen würde, dem Iran den Rücken zu kehren, dann könnten wir wie früher wieder ein tolles Leben führen, dachte ich mir.

Obwohl die Entscheidung mit dem Verkauf des Hauses meinem Vater sehr schwer fiel, hat er sich ein Herz gefasst und sich um Interessenten gekümmert.

Mir war alles recht. Auch die Trennung von dem Viertel, wo wir die letzten Jahre gelebt hatten. Hauptsache weg vom Iran. Jeder Schritt, der mich vom Iran entfernte, war es wert, ihn einzugehen. Darja tat sich mit einer solchen Entscheidung jedoch sehr schwer. Sie fand die Idee, das Haus zu verkaufen und das Land zu verlassen, nicht sinnvoll, zumal uns keiner versichern konnte, dass wir ein besseres Leben im Ausland führen würden. Bewundernswert war für mich ihre Unerschrockenheit. Obwohl Ihre Ruhe und Gefasstheit mich manchmal in den Wahnsinn trieb, fand ich ihre Einstellung sehr liebenswert. Sie liebte ihre Heimat, und war bereit, auch unter den schwierigsten Bedingungen dort zu leben. Sie liebte ihr Haus. „Ein Umzug in eine Mietwohnung wird uns auch nicht genug vor dem Krieg und dem elendigen Leben schützen" erwiderte sie bei den Diskussionen.

Es war im Spätsommer als endlich ein großgewachsener Mann in Begleitung seiner Frau und seines kleinen Sohnes uns besuchte. Er war ein potenzieller Interessent, der nach Neubauhäusern gesucht hatte und durch Empfehlung zu uns kam. Er war sehr freundlich. Auch seine Frau machte einen sehr netten Eindruck. „Wir haben das Haus von außen gesehen und fanden es toll. Meine Frau hat sich sofort in das Haus verliebt" war einer seiner ersten Sätze, die wir zu hören bekamen. Ich war sehr begeistert, endlich konnte es los gehen, dachte ich.

In der Tat schaute er sich das Haus sehr sorgfältig an. Die große Küche, die vier großgeschnittenen Schlafzimmer, der schöne kleine Garten und der großzügige Keller waren für ihn mit einer Großfamilie ein Segen. Er hatte noch zwei weitere ältere Söhne, die zur Besichtigung nicht mitgekommen waren. Seine Frau war begeistert von der großen, schönen Küche. An dieser Stelle kam der gute Geschmack meiner Mutter wieder zur Geltung.

Im Anschluss kamen der Käufer und der Hausbesitzer im Wohnzimmer zum Abschluss des Besuches zusammen. Das Abschlussgespräch habe ich nicht mehr mitbekommen, ich weiß nur als ich wieder nach Hause kam, waren sich alle einig. Wir würden uns bald nach einer anderen Wohnmöglichkeit umschauen müssen und würden hier wegziehen.

Es musste sehr schwer für ihn gewesen sein, denn das Haus hatte er unter seiner eigenen Regie und meistens eigenhändig gebaut. Auch für meine Mutter war es sehr schwer. Sie hatte am Haus sehr viel mitgearbeitet. Meinem Vater ihre gesamten Ersparnisse zur Verfügung gestellt. Die Einrichtung, hatte sie sehr sorgfältig mit großem Geschick, Geschmack und viel Liebe ausgewählt. Aber das Streben nach Glück für die Kinder gab ihnen den Mut und gleichzeitig die Motivation so einen Schritt zu vollziehen. Zu dem Zeitpunkt war das Haus mir ziemlich egal, denn ich versprach mir viel von der Planung meiner Eltern, und vertraute meinem Bruder. Er musste wissen, was zu tun war.

Ich merkte, dass die Rückkehr Dariushs viel Dynamik in mein langweiliges Leben hineingebracht hatte. Endlich kam Aktion in unseren Alltag. Ich fühlte mich meinem Ziel immer näher.

Kurz nach dem Verkauf des Hauses fand Baba eine geräumige, überschaubare Wohnung zur Miete in der Nähe unseres alten Hauses. Inzwischen waren auch die ganz engen Freunde von Dariush aus der Militärdienstzeit weg. Zwei nach Schweden und paar Andere hatten sich mit dem Ziel USA in die Türkei abgesetzt.

Den großen Umzug in die neue Wohnung habe ich gar nicht mitgekriegt, denn meine Eltern hatten es sehr geschickt in unserer Abwesenheit organisiert. Ich weiß nur, dass ich mich von Anfang an dort gut gefühlt habe. Im neuen Viertel ging alles gemütlicher zu. Wir kannten niemanden mehr aus Payegah Yekom- Zeiten, obwohl der Kontakt zu den alten Freunden und Nachbarn zuerst noch aufrecht erhalten blieb.

Der Sommer war fast vorbei als Dariush seine lang ersehnte Einladung von seinem Freund, der mittlerweile in Deutschland verheiratet war, erhielt. Sofort hat er seine Unterlagen bei der Deutschen Botschaft eingereicht, um so schneller das Land nach einer positiven Antwort verlassen zu können.

Es war kurz vor dem Schulbeginn, als Dariush sein Visum zur Ausreise erhielt. Er war außer sich vor Glück. Wir freuten uns mit ihm. Seine neu erworbene Freiheit wurde ihm von uns allen gegönnt, vor allem nach den zwei Jahren elenden Militärdienstes musste er sehr glücklich sein, ein kultiviertes, angstloses Leben führen zu können.

Die Schule hatte schon begonnen, als Dariush nach Deutschland flog. Den Tag des Abschieds werde ich nie vergessen. Wir waren schon im Dunkeln aufgestanden, um ihn zum Flughafen zu bringen und dort zu verabschieden. Meine Mutter hat sich wieder sehr viel Mühe gegeben. Sie war die ganze Nacht wach. Den Koffer von Dariush hat sie gepackt. Sie war sehr besorgt, denn sie schickte ihren ältesten Sohn weg. Tage lang war sie darum bemüht, die richtigen Sachen für ihn zu besorgen, damit er für den Anfang versorgt war.

Wie schwer muss es für eine Mutter sein, ihr Kind ins Ungewisse zu schicken. Wissend, dass ihm etwas geschehen könnte oder er jederzeit erfolglos wieder nach Hause zurück kehren könnte. Dariush war zu dem Zeitpunkt erst dreiundzwanzig Jahre alt, aber er hatte genug Selbstbewusstsein, um mit der Trennung von der Familie fertig zu werden. Wir wünschten Ihm alle Glück und Stärke, das war alles was wir ihm auf den Weg mitgeben konnten.

Als wir alle ins Auto eingestiegen waren, stand er alleine auf der Straße und schaute auf das neubezogene Haus. Ich konnte noch sehen, wie die Tränen in seine Augen stiegen. Selbst mich hat das sehr gerührt. Er sagte nichts und starrte nur Richtung des Hauses. Das war ein sehr bewegender Moment, als wüsste er schon, wie schwer es für ihn in den nächsten Monaten und Jahren werden würde.

Ich wollte unbedingt im Auto neben ihm sitzen. Die letzten Stunden wollte ich ihm nicht von der Seite weichen. Glück und Freude überkamen mich auf einmal. Einerseits froh, dass sein Wunsch in Erfüllung ging, und anderseits sehr bedrückt, dass ich ihn wieder lange Zeit nicht sehen könnte. Meine Vertrauensperson und der Menschenversteher.

Der Abschied war furchtbar. Auch meine Tante Firoozeh und ihre Familie waren zum Flughafen gefahren, um Dariush Auf Wiedersehen zu sagen.

Als ich bei der Verabschiedung dran kam, drückte ich ihn so fest, dass mir selbst das Atmen schwer fiel. Kaum war er wieder bei uns, musste ich erneut von ihm Abschied nehmen.

Auf der Tafel erschien die Flugnummer mit „gestartet". Uns war ein Stein vom Herzen gefallen. Dariush war nun in der Luft Richtung Zukunft und Glück. Wieder kamen Leid und Freude in mir hoch. Und diese beiden Gefühle sollten für den Rest meines Lebens immer nah beieinander liegen.

Als Trost schlug meine Tante Firoozeh vor, zu ihnen nach Hause zu fahren und zu warten bis Dariush nach der Ankunft anriefe. Sie hatte recht, wir fühlten uns ohne Dariush sehr allein. Maman litt besonders. Sie sah aus wie eingefroren. Ihre Haut war kreidebleich und ihr starrer Blick verlieh ihrem sonst so schönen und liebevollen Gesicht etwas Ausdrucksloses, Verzweifeltes.

In solchen Momenten wünschte ich mir keine Kinder und keine Familie. Dieses ständige In-Sorge-Sein, und diese grenzlose Selbstaufgabe waren nicht meine Sache.

Um Maman mit Stärke und Ruhe zu unterstützen, machte Firoozehs Mann Witze und prophezeite, dass all die Trennung und der Schmerz nicht sinnlos seien. Maman und Baba hätten sich richtig entschieden.

Es waren inzwischen über acht Stunden, die Dariush weg war. In dieser Zeit hatte der Mann meiner Tante uns mit Witz und Charme hervorragend unterhalten. Er sagte immer, er könne uns nicht traurig sehen. Maman hat ab und an herzlich gelacht, aber die Realität hatte sie sehr schnell zurück geholt. Sie weinte sogar an diesem Tag, was ich auch als sehr normal und menschlich aufgefasst habe. Man konnte ihren Atem deutlich hören. Von Freude war keine Spur. Es waren Trauer und Angst geballt zusammen, die sich in ihren Augen abzeichneten. Heute als Mutter weiß ich erst, was sie alles mit und für ihre Kinder ertragen müsste.

Im Gegensatz zu Maman und meiner Schwester, waren mein Vater und ich sehr ruhig und gefasst. Wir waren der Meinung, dass die erste Hürde schon überstanden war. Obwohl die Trennung von Dariush ein wahrhaftiger Verlust war, sahen wir es als Glück, dass er erst sich und dann vermutlich uns das Leben retten würde.

Es waren elf Stunden seit dem Abflug vergangen als das Telefon plötzlich klingelte. Maman sprang hoch. „ Es ist Dariush, es ist Dariush" sagte sie sehr aufgeregt. Der Mann meiner Tante ging ans Telefon, wissend, dass es mein Bruder sein würde. Als er die Stimme hob mit den Worten „Dariush jan, bist du es?" setzte sich jedem im Raum ein sanftes Lächeln voller Freude und Erleichterung ins Antlitz. Maman liefen erneut die Tränen herunter, gleichzeitig lächelte sie und vor lauter Freude war sie so aufgeregt, dass sie fast kein Wort sagen konnte. Fortwährend starrten ihre gläsernen Augen auf einen Punkt, ihr Gesicht war rot angelaufen, glänzte im Licht, und strahlte Stärke aus. Es zeigte eine triumphierende Maman.

Das Telefonat dauerte nicht sehr lange. Dariush versprach sofort von Aachen aus anzurufen, sobald sie von Frankfurt aus bei dem Haus seines Gastgebers angekommen waren. Froh, dass der Tag am Ende so zufriedenstellend war, machten wir uns am späten Abend auf den Weg nach Hause.

Mit der Abreise von Dariush, ging auch die Freude aus unserem Leben. Seine Abwesenheit war nun schmerzhafter als in der Zeit, in der er seinen Militärdienst absolviert hatte. Wir wussten nicht mehr, ob und wann wir ihn jemals wieder sehen würden.

In unserem Heim wurde es immer einsamer. Dalir musste immer noch seinen Militärdienst absolvieren, Dariush fehlte und Darja arbeitete nun nach ihrem Schulabschluss als Chefsekretärin in einer Privatklinik und war daher schon früh morgens aus dem Hause und kam erst spät wieder.

Der Alltag wurde zu einer Geduld zerreißenden Warterei auf einen positiven Brief von Dariush. Der einzige Spaß, den Darja und ich uns ab und zu gegönnt haben, waren unsere Freitagswandertouren auf dem „Darband" am Fuße des Damavand. Ein wunderschöner Wanderweg mit viel frischer Luft. Raus aus dem stickigen Teheran, rein in die Berge. Früher waren wir mit Dariush und seinen Freunden dort gewandert. Seitdem

Dariush weg war, machten wir uns alleine auf dem Weg.

Das war die einzige Erholung, die uns die Kraft für die ganze bevorstehende deprimierende Woche geben musste. Im Allgemeinen wurde es immer ruhiger um uns herum. Meine Eltern hatten durch die ständigen Umzüge und die Zerstreuung der alten Bekannten in alle Winde viele Beziehungen und Freundschaften nicht mehr aufrecht erhalten können. Nur den Umgang mit meiner Tante hatten sie weiter ausüben können.

Für mich waren von nun an die absoluten Höhepunkte die Briefe aus Deutschland. Natürlich hatte Dariush nicht vor, mit dem Ablauf der befristeten Aufenthaltsgenehmigung in den Iran zurückzukehren. Da sein Freund für ihn gebürgt hatte, wurde es ihm möglich, seinen Aufenthalt zu verlängern. Er begann die deutsche Sprache zu lernen. Dariush besuchte neben einem Sprachkurs auch einen Vorbereitungskurs für ein Studium. Er wünschte sich Betriebswirtschaft zu studieren. In einem seiner Briefe erwähnte er beiläufig, dass er in Deutschland eine Frau kennen gelernt hatte.

In seinen Briefen hat er sehr gut über Deutschland berichtet und mich sehr motiviert, für mich ebenfalls einen Aufbruch nach Deutschland ins Auge zu fassen und ein Leben dort anzustreben. Doch ich war sehr zögerlich. Wie sollte ein junges Mädchen mit nur 14 Jahren die Chance bekommen, ins Ausland zu reisen und einfach in einem fremden Land zu bleiben? Schließlich hatte Farima, zu der ich immer noch Kontakt hatte, es auch bisher nicht geschafft, obwohl ihre Eltern und ihr Bruder aus den USA Jahre lang versucht hatten, ihr ein Visum zu verschaffen. Farima und ihre Eltern waren sogar sehr verwundert, als sie gehört hatten, dass Dariush ohne Schwierigkeiten nach Deutschland gekommen war.

Zu diesem Zeitpunkt war Farima sehr melancholisch geworden. Ihre Mutter berichtete, dass es ihr sogar an der Motivation fehlte, zur Schule zu gehen. Sie tat mir sehr leid. Obwohl es mir auch nicht besser ging, zeigte ich in der Schule noch überdurchschnittliche Leistungen. Aus Rücksicht auf Farima und viele andere Schulfreundinnen, die sich nach einem Leben fernab des Iran sehnten, habe ich nie viel über die Fortschritte meines Bruders in Deutschland erzählt. Zu jenem Zeitpunkt versuchte ich das Beste daraus zu machen. Vielen meiner Freundinnen, die sehr melancholisch geworden waren, versuchte ich, durch aufmunternde Gespräche und positive Gesprächsthemen eine Stütze zu sein. Dass ich selbst sehr niedergeschlagen und unmotiviert war, versuchte ich geschickt zu verheimlichen. Zu Hause dagegen wussten meine Eltern, dass es mir nicht gut ging.

Mein Befinden wurde schlimmer, als wir für einen großen Zeitraum nichts mehr von meinem Bruder Dalir hörten. Uns war klar, dass er auch wie Dariush im Krieg an die Front musste, daher stiegen mit jedem Tag die Ungewissheit und unsere Sorge um ihn. Nach fast einem Monat ohne jegliches Lebenszeichen, war meinem Vater klar, dass ihm etwas passiert sein musste. Das Problem dabei war, dass wir auch von seiner Truppeneinheit nichts hörten. Wir beteten jeden Tag und die Angst um Dalir beherrschte unseren Alltag.

Ich hoffte inständig, dass es Dalir gut ging Für mich persönlich war es unvorstellbar, dass mein Bruder zu einem „Shahid" (im Islam durch den Feind Gefallener) in der Familie geworden sein sollte. Obwohl in den

Augen des Staates ein ehrenvoller Tod hoch angesehen war und der Staat viel für die Familien der „Shohada" (plural von Schahid) tat, wäre es doch ein sinnloses Opfer in einem sinnlosen Krieg.

Wir hatten bisher weder in der Verwandtschaft noch im Freundeskreis Shahid gehabt und drüber waren wir sehr froh. Im Gegenteil zu vielen fanatisierten Menschen im Lande, die auch noch stolz darauf waren, dass der Sohn, der Mann, der Verlobte oder irgendein Verwandter im Krieg umgekommen war.

Abends bevor ich ins Bett ging, betete ich. Ich war immer in Sorge. Ich hatte in meinem Leben schon um viele trauern müssen und doch bereitete ich mich mental auf noch schlimmere Nachrichten vor.

Eines Tages als ich von der Schule nach Hause kam, fand ich Maman weinend alleine in der Küche vor. Außer ihr war niemand zu Hause. Sie saß am Küchentisch und heulte hemmungslos. Meine Gedanken gingen in hundert verschiedene Richtungen. Mein erster Gedanke war Dalir, aber ich dachte Dariush oder sogar Darja konnte etwas Schlimmes zugestoßen sein. Ich war außer mir und sehr aufgeregt. Ich fragte meine Mutter, was passiert sei, aber ich erhielt keine Antwort. Ich wiederholte meine Frage. Wieder keine Reaktion. Auf dem Tisch sah ich ein Schreiben. Es sah aus wie ein mit Hand geschriebener Brief. Die Handschrift konnte ich nicht erkennen, es machte mir noch mehr Sorge. Der Brief war kurz. Meine Beine fingen plötzlich an zu zittern. Es ist passiert, oh Gott, nein. Vor meinen Augen wurde es schwarz. Ich musste mich hinsetzen. In dem Moment konnte ich nicht mehr klar denken. Erst nach einiger Zeit konnte ich die Kraft und den Mut aufbringen, das Schriftstück vom Tisch aufzuheben und es zu lesen. Ich hatte gerade begonnen, als meine Mutter mit einer abwehrenden Handbewegung signalisierte, dass sie es nicht wollte, dass ich den Inhalt las. Sie wünschte wohl, dass der Inhalt des Schreibens mir verborgen blieb.

Plötzlich verlor ich die Fassung und schrie meine Mutter laut an. „Sag mir, was passiert ist. Ist jemand gestorben?" In das Gesicht meiner Mutter kam Leben. Ich war zu ihr durchgedrungen. Sie sammelte sich, schaute mich an und erlöste mich endlich von meiner Ungewissheit: „Nein, niemand ist gestorben". Dann stand sie auf und wischte sich die Tränen aus dem Gesicht. Sie warf mir einen erneuten Blick zu. Ihre Augen waren nun klar und scharf. Man merkte, dass sie sich konzentrierte. „Ein Kamerad hat auf Wunsch deines Bruders diesen Brief geschrieben. Dein Bruder ist verletzt, aber es geht ihm gut"

Das war nicht ganz die Wahrheit. Dalir war in einem Kriegseinsatz gewesen. Seine Truppe war im Einsatz in ein Minenfeld geraten. Einige Soldaten waren auf der Stelle Tot, andere wurden verletzt. Dalir war durch herumfliegende Splitter lebensgefährlich verletzt worden. Man hatte ihn in ein Feldlazarett gebracht. Er kämpfte um sein Leben.

Ich ahnte, dass meine Mutter mich anlog. Sie sagte, Dalir sei am Leben. Das wäre eine gute Nachricht. Aber meine Mutter versuchte, mir etwas zu verheimlichen. Am Boden zerstört, bemühte ich mich, meine Gedanken zu ordnen. War das eine geheime Todesnachricht? Anhand des Schreibens war dies wohl nicht der Fall. Aber ich hatte ja nur einen kurzen Blick auf die ersten Zeilen des Briefes werfen können. Und wer wusste schon, ob der Verfasser uns tatsächlich die Wahrheit mitteilte. Des Öfteren waren Soldaten gefallen und die Überreste befanden sich in einem vom Feind besetzten Gebiet. Es war nicht möglich, sie zu bergen, zu identifizieren oder gar nach Hause zu schicken. So wurden sie meistens als vermisst gemeldet. Was tatsächlich geschehen war, erfuhren die Angehörigen nie.

Maman war offensichtlich ebenfalls sehr skeptisch. Nach dem Schreiben befand Dalir sich in ärztlicher Behandlung. Wer wusste aber genau, ob das stimmte und wie schwer die Verletzungen waren, wenn es tatsächlich ein Lebenszeichen war? Ich wollte nicht an das Schlimmste denken. Spontan drückte ich meine Mutter an die Brust und versuchte, sie zu trösten. Wie ein Prediger, der jeden Tag nichts anders tat als sich mit Menschenfurcht und Gottesgnade zu beschäftigen, versuchte ich meine Mutter zu beruhigen. Dabei konnte ich mich vor Angst und Sorge um meinen Bruder selbst kaum noch auf den Beinen halten.

Meine zittrige Stimme verriet, wie sehr ich mich fürchtete, aber Trost war das Einzige, was ich in diesem Moment meiner Mutter und mir selbst spenden konnte. Insgeheim wünschte ich mir, dass mein Vater in dieser Sekunde nach Hause kommen und uns mit seinem unerschütterlichen Optimismus trösten würde. Wissend, dass selbst mein Vater keine hellseherischen Fähigkeiten besaß und genau so ratlos wäre wie wir.

Es war ein großer Zufall, dass Baba an jenem Tag tatsächlich früher nach Hause kam. Die große drückende Last, meiner Mutter Trost spenden zu müssen, wurde mir von meinen Schultern genommen. Im Gegensatz zu uns war mein Vater seltsam gefasst. Auch er konnte aus der Nachricht nichts Weiteres entziffern. Aber er war irgendwie der Überzeugung, dass meinem Bruder nichts Tödliches passiert war. Dalir lag – so der Brief - in einem Militärkrankenhaus. Er sagte „Eine Todesnachricht sieht ganz anders aus." Er sprach uns Mut zu, wir könnten beruhigt sein, Dalir sei am Leben. Das sei die Hauptsache. Natürlich konnte auch er über die Schwere der Verletzungen und den tatsächlichen Gesundheitszustand seines Sohnes nur Mutmaßungen anstellen. Er versprach uns, dass er sich umgehend darum kümmern würde, Näheres zu erfahren. Irgendein alter Militärkontakt musste ja noch nutzbar sein. Maman hatte sich etwas beruhigt. Am liebsten hätte sie sich gleich in das Auto gesetzt, um zu ihrem Sohn zu fahren. Aber wir wussten ja nicht einmal in welchem Militärkrankenhaus er sich befand.

An jenem Tag verschwand selbst das kleinste Fünkchen Hoffnung auf Normalität und Freude aus meinem Leben. Bisher waren wir mit einem blauen Auge davongekommen. Nun hatte uns der Krieg direkt getroffen und mein Bruder lag irgendwo in einem Krankenhaus und rang um sein Leben.

Darja und ich redeten kaum noch miteinander. Früher hatten wir uns über alles ausgetauscht. Über die Jungs, über Musik, über Schauspieler. Seitdem meine Brüder beide aus dem Haus waren und Darja arbeitete, sahen wir uns kaum noch. Selbst unsere Wochenend-Ausflüge wurden seltener. Und wenn wir dann doch noch einmal dafür zusammen fanden, sprachen wir nicht mehr sehr viel. In meinem Innern wurde es leerer und leerer. Meine Gleichgültigkeit gegenüber dem Geschehen in der Welt wurde mit der Zeit immer größer.

Bevor Dariush nach Deutschland auswanderte, hatten wir fast jeden Abend Videos angeschaut. Meistens Musikkonzerte von westlichen Sängern und amerikanische

Filme. Bei meiner Tante haben wir uns sehr oft indische Bollywood-Filme angeschaut und konnten zumindest für die Dauer der Vorstellungen etwas abschalten. Aber in letzter Zeit wurden solche Videoabende seltener. Seitdem meine Brüder aus dem Haus waren, ebbte der Nachschub abrupt ab und auch die Besuche bei meiner Tante wurden zur Ausnahme. Zumal mein Vater überhaupt kein Verständnis für diese Art der Zerstreuung in Kriegszeiten hatte und bereits die Fassung verlor, wenn wir nur Anstalten machten, eine Kassette in den Videorekorder schieben zu wollen.

Ein paar Tage nachdem wir die Nachricht über Dalir erhalten hatten, bekamen wir zum großen Glück einen Anruf von ihm. Meine Mutter war erleichtert, seine Stimme zu hören. Dalir konnte nicht sehr viel sprechen, aber soweit er berichten konnte, war er unter anderem an den Augen verletzt worden. Durch die Explosionen der Mienen hatte er viele Splitter abbekommen, von denen einige ins Auge trafen. Er war operiert worden, aber vermutlich musste er noch einmal unters Messer.

Aus seiner zittrigen und gebrochenen Stimme war herauszuhören, dass er psychisch stark angeschlagen war. Wie wir später erfuhren, muss der Vorfall in dem Minenfeld die reine Hölle gewesen sein. Nachdem der erste Soldat seiner Einheit auf eine Landmine getreten war und buchstäblich in der Luft zerfetzt worden war, detonierten im Umfeld durch die starke Erschütterung weitere Minen, so dass der größte Teil seiner Einheit das Leben verlor. All seine Freunde, die bei diesem Einsatz dabei waren, hatten den Tod gefunden. Es war ein unbeschreibliches Glück, dass er dieses Inferno überlebt hatte. Es war noch nicht absehbar, wann er nach Hause kommen konnte. Obwohl er in den darauf folgenden

Wochen mehrmals mit Maman sprechen konnte, war sie sehr unruhig. „Nicht dass er ein Bein oder einen Arm verloren hat und versucht uns darauf vorzubereiten!" sagte sie ständig. Uns blieb nur die Hoffnung, dass sie doch nicht recht behalten würde.

Mich machte das Ganze sehr nachdenklich. Welchen Dalir würden wir nach seiner Genesung zurück bekommen? Würde es noch derselbe Bruder sein, wie vor dem Krieg?

Zu Hause und in der Schule sprach ich nicht darüber. Es gab niemanden, dem ich mich anvertrauen konnte. Meine Eltern versuchten auch nicht gerade mich aufzumuntern. Sie waren selbst unter Schock. Wie soll man seinem Kind Hoffnung und gute Laune machen, wenn man selbst zutiefst verunsichert ist? Ich traute mich auch nicht, den zunehmenden Abgrund, den ich in mir spürte, gegenüber meinen Eltern anzusprechen. Und so fraß ich alles in mich hinein.

Mit der Zeit wirkte der ganze Druck sich dann doch auf meine schulischen Leistungen aus. Ich lernte nicht mehr. Unvorbereitet ging ich in die Prüfungen und schaffte es so gerade noch mit zu schwimmen. Von der einstmals Klassenbesten war nichts mehr übrig geblieben. Eines Tages, als ich in der Pause tief in meinen Gedanken versunken war und wieder einmal zum Fenster hinaus ins Leere schaute, sprach mich meine Mathematiklehrerin, zu der ich eine besonders gute Beziehung hatte, an: „Dana geht es dir gut? Können wir uns nach dem Unterricht ganz kurz unterhalten?", „Ja, sicher" antwortete ich, obwohl ich nicht genau wusste, was sie von mir wollte. Mir war gar nicht danach zumute, über meine Probleme mit ihr zu sprechen. Abgesehen davon, was wollte sie machen? Meinen Bruder aus dem Krankenhaus holen, gesund machen und uns alle von diesem Land befreien?

Als ich nach dem Unterricht zu ihr ging, hatte ich keine Vorstellung von dem anstehenden Gesprächsthema. Sie schaute mich mit ihren netten Augen an. Sie waren klein aber besonders sanft und beruhigend. Ihre auffällig weiße Haut, gab ihr einen besonderen, engelhaften sogar heiligen Ausdruck. In jenem Moment schaute sie mich sehr liebevoll an. Ich hatte kaum das erste Wort aus ihrem Munde hören können, schon platzte mir der Kloß im Hals. Unkontrolliert fing ich an zu heulen. Meine Bemühungen, mich unter Kontrolle zu kriegen, waren zwecklos. Reflexartig umarmte sie mich ganz fest. Sie fragte immer wieder" Was ist los? Bitte sprich mit mir", aber ich konnte weder reden noch mich beruhigen. Durch meinen Kopf schossen Tausende von Bildern.

Mein Kopftuch und ein Teil von meinem Kragen waren feucht. Das Atmen war für mich unmöglich, mit einem Schritt nach Hinten befreite ich mich von ihrer Umarmung. Sie bot mir ein Taschentuch an, das ich gerne und höflich annahm. Sie fragte mich erneut, was los sei und ob mein Tränenausbruch etwas mit der Schule zu tun hätte. Als ich ihr mit einem gebrochenen „Nein" geantwortet hatte, schaute sie etwas erleichtert. „Ich möchte nicht drüber reden, es hat mit der Schule nichts zu tun. Sie können mir nicht helfen. Aber Danke für die Nachfrage und Ihr Verständnis" sagte ich zum Schluss.

Obwohl ich mir einerseits so sehnlich gewünscht hatte, mich jemandem anzuvertrauen, merkte ich nun, dass ich innerlich schon so versteinert war, dass es mir nicht mehr möglich war, über meine Gefühle zu sprechen. Und so reagierte ich auf das durchaus geäußerte Mitleidsgefühl von Lehrern, Schulfreundinnen und Verwandten hilflos, gar ablehnend. Aber was konnten sie auch ändern? Sie waren selbst alle traumatisiert von dem, was geschehen war. Respekt hatte ich vor jedem, der neben seinen eigenen Problemen versuchte anderen zu helfen, selbst wenn es nur Zuhören war. Aber wie sollten wir uns gegenseitig von Nutzen sein? Wir befanden uns mitten im Krieg. Rückgängig konnten wir ihn nicht machen. Man konnte darüber reden, aber das änderte nichts. Nach Vorne zu schauen, bedeutete nur die Aussicht, weitere Opfer bringen zu müssen. Ununterbrochen stellte sich mir die Frage „Warum, um Himmelswillen, sollte man sich überhaupt noch anstrengen, wenn das Leben hier in diesem Lande nichts mehr wert war? Warum guten Mutes sein, wenn es doch nichts brachte? Warum noch Leben, wenn es keine Zukunft mehr gäbe? Meine frühere Stärke und meine Kraft hatten mich verlassen.

Die meisten Mitschülerinnen hatten den Vorfall mitbekommen. All die Zuversicht und Standhaftigkeit, die ich bei anderen Schulfreundinnen gepredigt hatte, hatte sich mit einem Schlag in nichts aufgelöst. Die Fassade war zusammen gefallen. Viele von den Mitschülern hatten mitbekommen, dass ich bei Frau Hemmati geheult hatte. Einige wollten noch wissen warum, aber ich war nicht bereit auf die Fragen einzugehen.

Meine arme Maman bekam einiges zu hören, als die Lehrer beim nächsten Elternsprechtag berichteten, dass ich nicht mehr dieselbe Dana sei. Ich sei unaufmerksam, oft abwesend. Die Verschlechterung meiner Leistungen sei von allen Lehrern beobachtet worden. Auch der Vorfall bei Frau Hemmati kam zur Sprache. Sie hätten zwar Verständnis, dass ich die Jüngste in der

Klasse war und die Tatsache, dass ich anstatt mit achtzehn bereits mit siebzehn den Schulabschluss machen könnte, sei wohl zum jetzigen Zeitpunkt noch nicht gefährdet, aber sie machten sich doch ernsthafte Sorgen, ob ich wirklich seelisch in der Lage sei, all das zu verarbeiten!

Wie immer war auf Maman Verlass, denn sie hatte unglaublich viel Vertrauen in meine Person. Sie hat mich nicht verraten, und reagierte sehr gefasst auf die Ansprache der Lehrer. Die entspannte Art von ihr überraschte selbst mich. Sie wusste ganz genau, dass ich gerne studieren wollte und auf gute Noten bei den Examen angewiesen war. Es gab kein Gespräch danach mit meinen Eltern. Das gefiel mir nicht. Es war üblich, dass sie nach so einem Besuch in der Schule mit mir ausführlich darüber sprach. Doch diesmal verlor sie kein weiteres Wort darüber.

Als es mit den Examen des dritten Oberstufe-Jahrganges so weit war, strebte ich keine Bestnote an, sondern lernte nur noch, um das Schuljahr gerade zu schaffen. Ein Ausreichend würde in jedem Fach reichen, um durch zu kommen und in den Sommerferien keine Nachprüfungen machen zu müssen. Die Examen würden schwer werden, wurden wir immer wieder gewarnt.

Vor den Schulferien musste ich in allen Fächern durchkommen, damit ich im Sommer nicht mehr lernen musste. In der Regel, wenn man nicht in allen Prüfungen, im persischen Schulsystem mindestens eine Zehn hatte, musste man am Ende der Schulferien noch einmal in dem betreffenden Fach geprüft werden. Versetzt wurde man nur, wenn man alle Prüfung bestanden hatte.

Fuschen und Abschreiben waren unmöglich. Die Schülerinnen der zwei Klassen aus jener Jahrgangsstufe wurden alle gleichzeitig geprüft. Die Tests, die über vier Stunden gingen, fanden in einem großen Saal statt. Man stellte die Stühle mit einem kleinen Tisch mit mindestens eineinhalb Metern Abstand zueinander auf und versetzte sie so zu dem Vordermann hin, dass man nichts ablesen konnte. Taschen mussten an einem anderen Ort abgelegt werden. Erlaubt waren Kugelschreiber und Lineal. Selbst Schmierzettel wurden von den Aufsichtslehrern zur Verfügung gestellt.

Noch einmal sammelte ich all meine Kräfte und lernte fleißig, um in die nächste Stufe zu kommen. Meine Schwester beneidete ich. Sie hatte schon ihren Schulabschluss in der Tasche. Bemerkenswert war, dass sie mir in dieser Phase sehr oft – wann immer wir uns sahen - Mut machte. Meine psychische Belastung war ihr durchaus bekannt.

Einen Monat später bei der Abholung des Schulzeugnisses war ich so aufgeregt, dass es mir übel wurde. Das Wiedersehen mit den Schulkameradinnen hat mich wenig gefreut. Mir war nur wichtig zu wissen, ob ich es geschafft hatte. Der Satz, „Dana Imani ist mit der Durchschnittsnote ... in die vierte Klasse der Oberstufe versetzt", war der einzige Satz, den ich gelesen habe. Früher habe ich vor Freude und Stolz auf dem langen Flur der Schule laut geschrien. An jenem Tag nahm ich das Ergebnis still zur Kenntnis und steckte mein Zeugnis nach der Austeilung schnell in meine Tasche. Die einzelnen Noten der Fächer haben mich nicht im Geringsten interessiert. Hauptsache weiter gekommen. Ohne mich zu verabschieden verließ ich schlagartig den Schulhof.

Kaum zu Hause angekommen, warf ich mich direkt auf die Couch im Wohnzimmer. Die Hitze machte mir zu schaffen. Auf die bevorstehenden Ferien freuen konnte ich mich auch nicht. Welche Aussichten waren das schon: Zu Hause sitzen und Däumchen drehen, Tee trinken und abwarten, welche Hiobsbotschaft als Nächstes kam.

Die meiste Zeit dachte ich an Dalir und Dariush. Von Dalir wussten wir, dass sein Gesundheitszustand sich so weit gebessert hatte, dass man ihn aus dem Militärkrankenhaus entlassen hatte.

Selbst wenn wir uns die meiste Zeit nicht sehr nahe gestanden hatten, freute ich mich, dass es ihm besser ging. In meinem Innern vermisste ich meine Familie und die Zeiten der gemeinsamen Unbeschwertheit. Die Zeiten, in denen wir in den Sommerferien drei Monate lang am Kaspischen Meer bei Oma verbracht haben. Abends mit den Freunden und Verwandten Fisch gegrillt, gesungen und getanzt haben. Ich vermisste das Leben an sich. Ich kam mir vor wie ein verwunderter Vogel, der nicht mehr fliegen konnte und es langsam zu vergessen drohte.

Früher verschlang ich jede Menge Bücher. Heute hatte ich keine Lust mehr mich zu konzentrieren. Es war unmöglich in meinem Kopf Platz für neue Dinge zu schaffen.

Eines Morgens an einem Freitag, als ich gerade aufgestanden war, blickte ich aus dem Fenster. Es war noch früh, aber die sommerliche Sonne erleuchtete bereits die breiten Straßen am Horizont. Obwohl der Tag noch jung war, schienen die Sonnenstrahlen bereits mit einer immensen Energie in unsere Wohnung. Ich ließ meinen

Blick von unserer Wohnung hinaus auf die Umgebung und die stark befahrene Hauptstraße schweifen. Wie eine Pulsader lief sie durch die Landschaft. Ich stand oft am Fenster, blickte Minuten lang auf die Straße und verfolgte den Verkehr und das lebhafte treiben. So auch an diesem Morgen. Dabei versank ich wieder in meine Gedanken, was in jenem Moment wohl Dariush und Dalir tun würden.

Plötzlich fiel mein Blick auf einen großen Mann, der einen hell-beigen Militäranzug anhatte und mit langsamen Schritten in unsere Richtung ging. Er ging seltsam schleppend, hinkte offensichtlich. Vorerst war ich mir nicht sicher, aber als er in unsere Straße einbog, seine riesige Tasche um seine rechte Schulter umhängend, erkannte ich ihn. Ich fing an, laut zu schreien. „Da ist Dalir, er ist da, Maman. Baba, aufstehen". „Was, Dana was schreist du denn so?" rief Maman, die sich gerade ihren Morgenmantel überzog.

Dann kam sie zu mir ans Fenster, blickte in meine Richtung und verstand meine Aufregung. Sie drehte sich um, startete Richtung Tür und verschwand im Laufschritt im Treppenhaus. Auch Darja und Baba waren plötzlich hellwach. Wir standen alle im großen Flur, als wir das laute Schluchzen von Maman im Garten hörten. Es war tatsächlich Dalir.

Die wenigen Sekunden, die wir auf Dalirs Anblick warteten, dauerten für mich wie eine halbe Ewigkeit. Erleichtert dankte ich Gott leise, dass er gesund nach Hause kam. Hoffentlich müsste er nicht zurück, dachte ich.

Wir hörten die Schritte im Treppenhaus. Dann stand er vor uns. Erst als Dalir mich zur Begrüßung ganz feste an sich drückte, wusste ich, dass es kein Traum war und er leibhaftig wieder da war. Dabei erkannte ich sofort seine Verletzungen im Gesicht und an den Augen. Sie benötigten noch einen längeren Heilungsprozess. Aber sie waren auch das Tor zu seinen seelischen Wunden.

Er lächelte uns an. Die Erleichterung, endlich wieder zu Hause zu sein, war groß. Er machte einen glücklichen Eindruck und ich war froh, dass er lebte und wieder bei uns war.

ERFÜLLTER TRAUM?

Es war für mich unfassbar, was mein Vater mir gerade übergab. In meinen Händen hielt ich ein Flugticket nach Deutschland. Hin und zurück, Teheran/ Frankfurt am Main, Frankfurt am Main/ Teheran. Alles was in den vergangenen Tagen passiert war, kam mir vor, wie ein verrückter Streich. Die Ereignisse der letzten zwei Wochen ließen mich hoffen, dass Träume doch wahr werden können. Auf einmal ging es in unserer Familie nicht um die anderen, sondern um mich.

In ein paar Tagen würde ich, wenn alles gut ginge, in einem anderen Land sein und könnte mich als freier Mensch fühlen. Dennoch. Konnte es wirklich wahr sein? Unmöglich, dass meine Mutter die Reise nach Deutschland genehmigt hatte. Ihr Nesthäkchen so einfach und alleine in ein fernes und unbekanntes Land zu schicken. Zu dem Zeitpunkt hatte ich nicht die Fähigkeit mich in ihrer Situation hinein zu versetzen. Hatte sie tatsächlich so viel unendliches Vertrauen und Mut gefasst, mich gehen zu lassen? In mir wuchs eine grenzenlose Dankbarkeit.

Es war Ende September. Das neue Schuljahr hatte begonnen. In den Sommerferien erhielt ich eines Tages ein Schreiben von Dariush, der sich inzwischen seit Eineinhalb Jahren in Aachen befand. So wie er uns berichtete, studierte er tatsächlich Betriebswirtschaftslehre und hatte eine deutsche Freundin namens Susanne. Anscheinend war es etwas Ernstes. Er erzählte in seinen Briefen oft und sehr positiv über sie. Sie wohnten inzwischen zusammen. Anfangs habe ich nicht verstanden wie es möglich sein konnte, unverheiratet mit einer Freundin zusammen zu ziehen. Im Iran war so ein Verhalten ein schweres Verbrechen, das gegen die islamischen Vorschriften verstoß. Aber in Deutschland war dies anscheinend anstandslos möglich. Ich wusste nicht was ich davon halten sollte, aber in den Briefen von Dariush hörte sich alles sehr locker und unproblematisch an. In jenem Brief hat er meine Eltern darum gebeten, für mich einfach ein Ticket zu besorgen, mich in ein Flugzeug zu setzen und zu ihm schicken, bevor ich das sechzehnte Lebensjahr vollendete.

Es war Eile geboten. Laut Gesetz, so teilte er uns mit, bräuchten Jugendliche unter Sechzehn Jahren kein Visum. Mein Geburtstag stand unmittelbar bevor und danach wäre es sehr schwirig für mich überhaupt ein Visum zu bekommen. Ganz zu schweigen von den Kosten. So musste schnell eine Entscheidung gefällt werden. Was Maman und Baba besprochen haben, enthielten sie mir vor. Es war Sache der Erwachsenen. Aber es war eine der schwersten Entscheidungen, die sie je in ihrem Leben zu fällen hatten. Es war das eine, den ältesten Sohn, dem sie uneingeschränkt vertrauten und der in seinem Leben bereits Selbständigkeit, Härte und Durchhaltevermögen unter Beweis gestellt hatte, in ein fremdes Land aufbrechen zu lassen. Aber die minderjährige Tochter? Ich war noch ein Kind. Dazu schwer angeschlagen und leicht zu verletzten. Würde ich es schaffen, mich zu behaupten?

Ein Flugticket zu besorgen war nicht allzu schwer, aber was wäre, wenn sie mich trotzdem am Flughafen festhalten würden? Waren die Informationen von Dariush richtig? Und würde es klappen, dass Dariush mich in Aachen aufnehmen konnte. Offensichtlich hatte er mittlerweile konkrete Hochzeitspläne. Auch davon hatten wir überraschend erfahren. Er hatte Baba gar nicht erst gefragt. Im Iran war die Einwilligung der Eltern das erste, was ein junges Paar benötigte. In Deutschland war wohl alles anders. Wie konnte es sonst sein, dass zwei Menschen den Bund der Ehe schließen, ohne dass sich die Eltern überhaupt je zu Gesicht bekommen hatten, geschweige denn ihre gegenseitige Einwilligung ausgesprochen hatten. War das noch der alte Dariush oder hatte das fremde Land ihn in den letzten zwei Jahren verändert und ihn auch zu einem Fremden gemacht?

Aber so gesehen, war er im richtigen Alter. Damals, vor dreißig Jahren, war es üblich, dass die jungen Leute mit Anfang Zwanzig heirateten und eine Familie gründeten. Meine Mutter war nicht einmal zwanzig als sie meinen Vater geheiratet hatte. Ich freute ich mich auf meine zukünftige Schwägerin und war froh, an der Hochzeit teilnehmen zu dürfen. Aber am meisten war ich darüber glücklich endlich eine Chance zu bekommen, aus dieser Hölle heraus zu kommen.

Konnte das wirklich wahr sein? So ganz konnte ich das, was da geschah und was meine Eltern Stück für Stück konkreter machten, nicht glauben. Gefasst und mit einer großen Portion Distanz ließ ich sie weiter werkeln. In meinem Innersten glaubte ich nicht, dass ich aus dieser Hölle wirklich raus kommen könnte. Natürlich habe ich in der Schule auch niemandem von den Pläne meiner Eltern erzählt. Auch von Baba und Maman war ich gebeten worden, still zu halten bis wirklich alles in trockenen Tüchern war. Auf diese Bitte habe ich Rücksicht genommen. Es wäre gar nicht nötig gewesen, mich darauf hinzuweisen. Ich glaubte ja selbst nicht daran, also habe ich selbst gegenüber meinen besten Schulfreundinnen geschwiegen wie ein Grab.

Das ging wohl Maman genauso. Erst einen Tag vor dem Abflug hat meine Mutter dann angefangen, meinen Koffer zu packen. Trotz viel Aufregung und psychischem Druck hat sie ihre Zeit in den letzten Tagen vor dem großen Ereignis nur mir gewidmet.

Am Abend vor der Abreise kamen, das war schon fast Tradition, meine Tante Firoozeh und ihre Familie zu Besuch, um sich zu verabschieden. Aber sie kamen auch zur moralischen Unterstützung zu uns. Irgendwie glaubte ich immer noch nicht daran, dass ich tatsächlich nach Deutschland aufbrechen konnte und dass mich der Iran ziehen ließ. Bis zum letzten Moment ging ich davon aus, dass ich nicht fliegen würde.

Auf Empfehlung meiner Eltern habe ich mich kurz vor der Abfahrt zum Flughafen Ayatollah Khomeini hingelegt, um ein bisschen zu schlafen und Kräfte zu sammeln. Geschlafen habe ich vor lauter Aufregung nicht, aber so bekam ich das hektische Treiben, welches sich in den letzten Stunden vor meinem Aufbruch ins Ungewisse in der restlichen Wohnung entfaltete, nicht mit. Maman jan war wieder bewundernswert. Sie war die ganze Nacht in der Küche beschäftigt und schaffte es gleichzeitig irgendwie, den Koffer zu Ende zu packen und mein Handgepäck herzurichten, das voller persischer Spezialitäten für die Gastgeber war. Pistazien, Safran und sogar selbstgekochte Marmelade fand sich darin. Und irgendwie hatte ich den Eindruck, dass das Handgepäck am Ende sogar schwerer war als mein Reisekoffer.

Dann war es so weit. Meine Mutter weckte mich, ich zog die bereitliegende Kleidung an und wir brachen auf. Als wir Richtung Flughafen los fuhren, saugte ich die Bilder der Teheraner Straßen ein letztes Mal in mich herein. Ob ich diese Stadt jemals wieder sehen würde? Mir stiegen die Tränen in die Augen. Ich hatte mich von so vielen Menschen nicht verabschiedet. Das Gesicht von Farima kam mir vor die Augen. Wenn sie von Türkei wieder erfolglos zurück kommen würde, und man ihr mittteilte, dass ich den Iran verlassen hätte, würde ihr das bestimmt das Herz brechen. Hoffentlich war sie diesmal erfolgreich. Man konnte nur jedem wünschen, dass er nie wieder in das Land des Grauens zurückkehren musste.

ANKUNFT IN DER ZUKUNFT

An der Passkontrolle am Flughafen Frankfurt am Main in Deutschland stand ich erneut in einer langen Schlange. Seitdem aus der vagen Idee eine konkrete Planung geworden war und ich realisiert hatte, dass ich tatsächlich aufbrechen würde, stand ich unter ständiger Unruhe, Angst und Schlaflosigkeit. Meine Beine zitterten und insgeheim wollte ich gar nicht dran kommen. Mein netter Flugbegleiter Herr Mazaheri stand extra hinter mir, um bei Komplikationen und Fragen, denen ich nicht zu antworten gewachsen war, zu helfen.

Der Polizist am Schalter schien nett zu sein. Aus Geschichtsbüchern und Erzählungen hatte ich gelernt, dass die Deutschen sehr planvoll, kühl und distanziert sein sollen. Sozusagen der Gegensatz zu den temperamentvollen Iranern, aber gerade diese Eigenschaften zogen mich an. Verglichen mit einem Volk, das seit meiner Geburt fast ausschließlich politischen und kulturellen Veränderungen ausgesetzt war, zeigte Deutschland eine große politische Stabilität und kontinuierliche Entwicklung. Insbesondere wenn man die Fortschritte der letzten vierzig Jahren betrachtete. Im Vorfeld hatte ich mich soweit ich konnte näher über Deutschland informiert. Zumal Dariush in seinen letzten Briefen immer ausführlicher über alles berichtet hatte. Das einzige, was mir wirklich Kopfzerbrechen machte, war diese seltsame Sprache. Ich konnte kein einziges Wort Deutsch. Ich wusste nicht einmal, wie man sich begrüßte und verabschiedete.

Der Offizier am Schalter schaute sehr genau in meinen Reisepass hinein. Damit er mich auf meinem Passfoto, welches mich nach iranischer Vorschrift eingehüllt in einem Hijab zeigte, wiedererkennen konnte, ließ ich mein Kopftuch an. Mir war aufgefallen, dass viele Frauen in der Schlange sich seltsam verändert hatten. Dank fehlender Sittenwächter, ganz ohne Hijab-Kontrolle, hatten sie ihr Kopftuch abgelegt und sahen völlig verändert aus.

Meine Schritte zu der Passkontrolle waren ständig schwerer geworden, je näher wir dem Schalter, in dem die Einreisekontrolle saß, kamen. Ich hatte wirklich Angst, dass ich die letzten Schritte in die Freiheit so kurz vor dem Ziel nicht mehr schaffen würde. Zu meinem Vordermann behielt ich immer eine größere Distanz. Herr Mazaheri ging dicht hinter mir. Er sagte mir ständig irgendetwas, was ich nicht hören mochte. Über die Köpfe auf den Kontrolleur starrend, behielt ich ihn im Auge, was völlig unsinnig war. Warum ich ihn die ganze Zeit mit offenem Mund anstarrte, kann ich mir selbst bis heute nicht erklären.

Umso erstaunter war ich von mir selbst, als ich letztendlich vor dem Schalter stand. Der Polizist war sehr freundlich und begrüßte mich mit einem sehr angenehmen Lächeln, was mir meine ganze Nervosität prompt wegnahm. So viel Freundlichkeit hatte ich nicht erwartet. Die Kontrolleure im Iran verloren nie ein freundliches Wort, erst recht nicht zu einer Frau und ihre stechenden Blicke werde ich nie vergessen. Ganz anders hier in Deutschland. Der Beamte blätterte gelassen in meinem Pass. Seine Souveränität und Ruhe zeigte, dass oft iranische Reisepässe zu Gesicht bekam und wusste, was er wo fand.

-„Do you speak english?" fragte der Kontrolleur ganz freundlich.
- „Yes, I do."
- „In which city are you going to stay?"
-"In Aachen."
- "And how long are you going to stay?"
-"About one month"
-"Whom do you want to visit?"
-„My brother and his family."
- „Okay, welcome in Germany."

Als der Stempel in meinen Pass eingedruckt wurde, konnte ich es kaum glauben. War das alles? Konnte ich mich jetzt hier frei bewegen? Mit einem breiten Lächeln und einer sehr warmer Stimme sagte der Polizist noch: „Have a nice stay." Ich hätte ihn umarmen können. So glücklich hatte ich mich seit Jahren nicht mehr gefühlt.
An Stelle des Beamten umarmte mich Herr Mazaheri ganz herzlich und gratulierte mir. „Meine Tochter, ich habe dir doch die ganze Zeit gesagt, deine Sorge war umsonst. Du wirst heute deinen geliebten Bruder sehen." Ich war voller Dankbarkeit, dem Polizisten, meinen Eltern, Herrn Mazaheri und Dariush gegenüber. In diesem Moment hätte ich die ganze Welt umarmen können. Die ganze Müdigkeit und Erschöpfung der letzten Stunden war plötzlich von mir abgefallen. Ich fühlte mich wie neugeboren.

Bei der Gepäckausgabe angekommen, musste ich zum großen Glück nicht lange auf meinen Koffer warten. Herr Mazaheri half mir, den schweren Koffer vom Laufband herunter zu heben. Danach blieb ich unbewegt neben Herrn Mazaheri stehen. Er blickte mich verständnisvoll an. „Lass deinen Bruder nicht so lange auf dich warten, er macht sich bestimmt viele Sorgen und kann es kaum erwarten dich zu sehen. Du musst nur dort durch die Schiebetür gehen, dahinter wird er stehen". Er zeigte quer durch die Halle auf den Ausgangsbereich. Ich wollte, dass Herr Mazaheri noch meinen Bruder kennenlernte und wollte ihm versprechen, noch auf ihn zu warten. Aber ich platzte vor Aufregung, endlich meinen geliebten Bruder wieder zu sehen. Nur noch wenige Meter trennten mich von ihm und meine Unruhe war mir offensichtlich deutlich anzusehen.

Herr Mazaheri überreichte mir eine Visitenkarte und deutete auf eine Telefonnummer darauf. Er bat mich, ihn anzurufen, um mitzuteilen, ob alles in Ordnung sei. Obwohl die Bekanntschaft mit Herrn Mazaheri eine der kürzesten war, die ich je hatte, war der Abschied einer der schmerzhaftesten. Von den neugierigen Blicken der Passagiere, die auch auf ihr Gepäck warteten, habe ich mich nicht stören lassen und als Dankeschön und Respekt für die moralische Unterstützung während des ganzen Fluges umarmte ich ihn ganz herzlich und versicherte ihm, dass ich seine Herzlichkeit nie in meinem Leben vergessen würde.

Bewundernswert war noch seine letzte Aufmerksamkeit, die er mir entgegen brachte. Er holte mir einen Gepäckwagen und lud meinen Koffer und das schwere Handgepäck, das ich vom Flugzeug bis zur Gepäckausgabe fest in der Hand gehalten hatte, auf den Caddy, um sie einfacher transportieren zu können. „Hiermit hast du es leichter" erwiderte er lächelnd. Ich lächelte ihn noch einmal an und wandte mich dann dem Ausgang entgegen.

Mit großen Schritten schob ich den Wagen vor mir her und verließ den großen Transitsaal Richtung Ankunftshalle. Die letzte Gepäckkontrolle am Ende der Gepäckausgabehalle dauerte bei mir sehr kurz. Mit großen Augen schaute ich auf die große weiße Schiebetür, die mir den Zugang zu meinem neuen Leben öffnete.

Als die Tür aufging, schauten mich hunderte von Augen an. Orientierungslos stand ich vor der Glasabsperrung und ließ meinen Blick über die schier unüberschaubare Menschenmenge schweifen, die dort warteten, um die Ankommenden in Empfang zu nehmen. Ich hatte kaum angefangen nach meinem Bruder zu suchen, als ich eine bekannte Stimme meinen Namen rufen hörte. „Dana, Dana, hierhin". Die Rufe kamen von links. Er war tatsächlich da. Mein Herz klopfte vor Freude. Da stand er, mit einem breiten Lächeln im Gesicht, und winkte mir zu.

Eine blonde, gutaussehende, große Frau die neben Dariush stand, winkte mir auch zu. Sie schaute und lächelte mich sehr liebenswürdig an. Ihr Blick verriet mir, dass sie sich für uns freute. Ich warf mich Dariush in die Arme. Lachend und mit Freudentränen in den Augen drückte ich ihn an mich. Zu dritt lachten wir ganz herzlich, auch Marita so hieß die große hübsche Dame, die sich als die Schwiegermutter meines Bruders entpuppte, weinte. Es war ein sehr ergreifender Moment. Wir kriegten kaum ein Wort heraus. Um keine Zeit zu verlieren und sofort die Reise nach Hause anzutreten, packte Dariush mein Gepäck und erwiderte, „Lass uns raus gehen, unterwegs haben wir Zeit zum Reden".

Meine Versuche, ihm von meinem netten Engel Herrn Mazaheri zu erzählen und ihn zu überzeugen ein paar Minuten zu warten, um Herrn Mazaheri kennenzulernen, scheiterten grandios. Dariush erstickte sie im Keim mit den Worten: „Dana jan, Susanne wartet in Aachen, komm schnell, wir müssen schnell nach Hause, wir haben keine Zeit". Er kam mir sehr hektisch vor. Aus Höflichkeit und Anstand wollte ich Dariush nicht wiedersprechen und sagte nichts weiter.

Marita hatte sich bei mir eingehackt und gab die Richtung vor. Ihr Verhalten war seltsam locker. Sie war freundlich und familiär, so als ob wir uns schon lange kennen würden. Ich hatte den Eindruck, dass ich von Anfang an eine sehr freundschaftliche Beziehung zu ihr aufbauen konnte. Sie wusste, dass ich fließend Englisch sprach und stellte die ganze Reihe der typischen Pauschalfragen, die man einem Reisenden nach der Ankunft am Zielort so stellt. „Did you have a good flight?, Do you miss your Family already? Are you glad to see your brother after such a long time?" und so weiter und so fort.

Wir verließen das dicht bevölkerte Flughafenterminal und gingen zum Auto. In dem riesigen Parkhaus voller moderner Autos, die alle glänzten als kämen sie frisch aus der Waschanlage, war weit und breit kein Mensch außer uns zu sehen. Von dem ersten Moment an zog ich Vergleiche zu den Bildern, die ich unlängst noch in Teheran hatte sammeln können. Mir kamen der Imam Khomeini-Flughafen und die Abschiedsszenen vom frühen Morgen in den Sinn. Die Menschen waren völlig anders gekleidet. Nirgends hingen politische Plakate herum und alles erstrahlte in Ordnung und Sauberkeit.

Dariush hat sich kaum verändert, wie früher redete er wie ein Wasserfall, vor allem über alles was in den vergangenen Wochen passiert war. Nach dem er mich mit einer Überraschung nach der Anderen überhäufte, beschlich mich die Vermutung, dass er mich indirekt auf Einiges vorzubereiten versuchte. Dass seine Hochzeit schon vor einer Woche stattgefunden hatte und seine

Frau Susanne schon im zweiten Monat schwanger war, erfuhr ich dabei auch ganz beiläufig. Wie immer haben mich die Neuigkeiten einerseits gefreut, anderseits etwas unangenehm überrascht. Ich hätte gerne an der Hochzeit meines Bruders teilgenommen.

Meine Mutter wäre bestimmt grenzenlos enttäuscht gewesen, wenn sie von der Neuigkeit gehört hätte, denn er hatte uns nicht über die Schwangerschaft seiner Frau in Kenntnis gesetzt. Dariush hatte gerade begonnen in einem fremden Land Fuß zu fassen. Er hatte ein Studium angefangen und hatte keinen Arbeitsplatz. Für meine Mutter war es selbstverständlich, dass ihre Kinder erst dann an die Familienplanung denken sollten, wenn sie eine gute Ausbildung abgeschlossen hatten und in der Lage waren, ihren Lebensunterhalt und den ihrer Familie selbst zu bestreiten. Sie sollten unabhängig sein und ihren Platz in der Gesellschaft gefunden haben, bevor sie die Verantwortung für eine Familie übernahmen. Auch mich irritierte die verdrehte Reihenfolge.

Über Dariush Leben konnte und durfte ich nicht urteilen. Wenn er glücklich war, dann wäre ich auch glücklich und ich hoffte, dies würde auch dem Willen meiner Familie, vor allem meiner Mutter, entsprechen.

Unterwegs nach Aachen, verfolgte ich aufmerksam die Gespräche zwischen Dariush und Marita. Deutsch hörte sich sehr schwer, vor allem sehr trocken an. Aber wenn Dariush es nach nur eineinhalb Jahren so gut gelernt hatte, gab mir das Hoffnung, es in derselben Zeit genauso gut lernen zu können, dachte ich mir.

Während der Fahrt bewunderte ich die schönen Autobahnen und mit welcher Geschwindigkeit wir unterwegs waren, was im Iran undenkbar war. Etwa zweihundertfünfzig Kilometer mussten wir zurücklegen, um Aachen zu erreichen. Im Iran war man für eine Strecke von dieser Länge fast einen ganzen Tag unterwegs. In Deutschland benötigten wir für die Fahrt gerade einmal zweieinhalb Stunden. Am Nachmittag erreichten wir endlich das berühmte Aachen, von dem ich schon so viel gehört hatte. Es war der 30. September 1987. Ein wunderschöner, sonniger Herbsttag.

An der Ortseinfahrt begrüßte uns ein großer Wasserbrunnen, der in den Sonnenstrahlen einen riesigen Regenbogen zeichnete. Neugierig schaute ich mich um und war fasziniert von so vielen bunten und fröhlichen Farben. Alles schien zu mir zu sprechen und mich ganz herzlich zu begrüßen. Unbewusst lächelte ich aus dem Auto heraus alles und alle Leute an. Dariush merkte wie glücklich ich war. Ab und an gab er seine Kommentare dazu. Die jungen Leute in bunter Kleidung, meistens auf einem Fahrrad oder in einer Gruppe zu Fuß unterwegs, begeisterten mich. Es war offensichtlich, dass Aachen eine junge von Studenten geprägte Stadt war. Es war wie in einer anderen Welt. Unvorstellbar für mich, dass zwischen dem Iran und Deutschland nur sechs Stunden Flug lagen. Für mich waren es Welten.

Dariush setzte seine Schwiegermutter schon an ihrer Haustür ab. Er sagte, dass wir sie gemeinsam heute Abend besuchen würden. Ich mochte sie von Anfang an. Sie vermittelte mir sehr viel Wärme und Zuversicht. Vor allem sah ich ihre Gesellschaft zur Begrüßung als ein gutes Omen an. Es machte mich sehr glücklich, zu wissen, dass wir sie am gleichen Abend noch wieder sehen konnten.

Als wir vor Susannes und Dariush Haustür ankamen und plötzlich die Tür aufging, stand vor mir eine junge, hübsche dunkelblonde Frau. Das musste Susanne sein. Ich hatte keine Probleme sie zu erkennen, denn sie sah genauso aus wie auf den Bildern, die wir von Dariush per Post erhalten hatten. Sie schaute mich mit ihren schönen, großen, honigfarbenen Augen an. Als ich sie ganz freundlich begrüßte, erwiderte sie dies nicht. Stattdessen wandte sie sich direkt meinem Bruder zu. Von der kühlen Art meiner Schwägerin mir gegenüber war ich eingeschüchtert.

Die Begrüßung zwischen Dariush und Susanne fiel dagegen sehr herzlich aus und gefiel mir sehr gut. Noch an der Eingangstür gab es einen herzlichen Kuss auf die Lippen. Das Wort „Schatz" war mir sofort aufgefallen. Ich wusste, dass es etwas für die Verliebten war.

So weich und verliebt Susanne Dariush anschaute, so aufstachelnd waren ihre Blicke mir gegenüber. Ihr passte etwas nicht und ich merkte schnell, dass es mit mir zu tun hatte. In meiner Gutmutigkeit hoffte ich, dass das Eis zwischen uns bald brechen würde. Im Laufe des Tages wurde mir klar, dass diese Hoffnung verfehlt war und eine schwierige Zeit auf mich zukam.

Die ganze Bewirtung und Gastfreundlichkeit kamen von meinem Bruder. Er hatte uns schnell etwas zu Essen gekocht und übernahm das Gespräch, während Susanne sich nach der Begrüßung und dem Essen zurück zog und sich auf ihrem Bett im Schlafzimmer ausruhte. Die Wohnung, in der sie wohnten, war ein einfaches, aber gut zugeschnittenes Drei-Zimmer-Appartement. Was mir jedoch von vorne herein auffiel, war die Unordnung.

Meine erschreckten Blicke blieben meinem Bruder nicht verborgen. Dariush erklärte mir, dass sie kurz vor einem Umzug in eine andere Wohnung stünden und daher das Appartement etwas unordentlich sei. Kaum war ich angekommen, steckte ich anscheinend mitten im Umzugsdurcheinander. Am Tonfall meines Bruders entdeckte ich sofort, dass die Wahrheit wohl noch etwas komplizierter war und seine Ausflüchte eher eine hilflose Rechtfertigung für den kläglichen Zustand der Wohnung waren.

Wir hatten uns viel zu erzählen. Wenn er berichtete, fühlte ich Kraft und Begeisterung in seiner Stimme. Das machte mich sehr glücklich. Ich war ungemein froh, dass er seinem Leben einen Sinn gegeben hatte. Er arbeitete viel und lernte ununterbrochen, aber betrachtet aus heutiger Sicht, hatte er für sein Alter viel Verantwortung übernommen und es sah aus, als ob er sein neues Leben bis auf ein wenig Unordnung in den Griff bekommen hatte. Es machte mich stolz ihn so motiviert und organisiert zu sehen. Etwas, was ich zu unserer gemeinsamen Zeit in Teheran zuletzt so bei ihm vermisst hatte.

Mittlerweile war es Abend geworden. Mitten in unserem Gespräch erinnerte ich mich plötzlich daran, dass Maman und Baba ja seit dem frühen Morgen nichts mehr von mir gehört hatten und es Zeit wäre, sie anzurufen. Ich fragte Dariush, ob ich mich bei unseren Eltern melden könnte, um sie zu informieren, dass ich heil in Aachen angekommen sei. Sie machten sich bestimmt große Sorgen. Er stimmte zu, bat mich aber um ein sehr kurzes Gespräch.

Maman war außer sich, als sie meine Stimme hörte. Ihre Stimme zitterte. Bildlich konnte ich mir vorstellen, wie angespannt sie war. Im Gespräch fühlte ich, dass sie

208

nicht loslassen konnte. Ihr Duft und ihr wunderschönes Gesicht begleiteten mich den ganzen Abend.

„Maman jan, ich muss jetzt auflegen, die Telefongebühren sind hier sehr hoch" sagte ich am Ende des kurzen Anrufes. Maman machte eine kurze Pause, stimmte dann zu und versicherte mir, dass sie später versuchen würde, uns von Teheran aus zu erreichen.

Für den Anfang brachte mir Dariush ein paar Worte Deutsch bei. Je mehr ich hörte, desto unfassbarer wurde für mich, wie schnell er innerhalb kurzer Zeit Deutsch gelernt hatte. Für mich hörte sich diese Sprache eckig und fremdartig an. Es musste eine der schwierigsten Sprachen der Welt sein. Aber mein Bruder sicherte mir zu, dass ich nach kurzer Zeit besser Deutsch sprechen könne als er, da ich wesentlich jünger war und bald zur Schule gehen würde.

Das Problem mit der Sprache rückte jedoch bald in den Hintergrund, denn wir hatten ein anderes, viel größeres Problem. Wie sollte ich überhaupt langfristig in Deutschland bleiben? Meine Erlaubnis reichte nur für einen Monat. Irgendwann musste ich eine Aufenthaltsgenehmigung bekommen. Als nach zwei Tagen mein sechzehnter Geburtstag gekommen war, richteten Dariush und Marita eine kleine Geburtstagsfeier im kleinen Kreise für mich aus.

Der Tag verging damit, dass die beiden krampfhaft darüber nachdachten, welche Möglichkeiten es gab, um mir in Deutschland einen längeren Aufenthalt zu ermöglichen. Marita war dabei sehr rührend. Sie kam auf die interessante Idee, mich zu adoptieren. Mein Bruder war einigermaßen verblüfft. Marita war eine pensionierte, reich abgefundene Ex Frau eines Syrers. Sie lebte nun mit einer Katze in einer Wohngemeinschaft und war mit einem Marokkaner liiert. Das würde bestimmt gehen, meinte mein Bruder etwas ironisch. Zwar sorgte er mit der Bemerkung für viel Heiterkeit, aber es schien fast, als sei dies tatsächlich die einzige Möglichkeit mir zu helfen. Dariush hatte keine besseren Einfälle und dies beschäftigte ihn, war er doch mein älterer Bruder, der mich nach Deutschland geholt hatte. Es musste eine andere Lösung geben.

In den folgenden Tagen zwischen Umzug und Behördengängen merkte ich trotz viel Motivation fast aller Beteiligten in Aachen wieder neu anzufangen, dass es keine einfache Geschichte werden würde.

Trotz vieler Vorurteile und einer unsichtbaren, aber unüberwindbaren Kluft zwischen uns beiden, nahm Susanne meinem Bruder zuliebe viele Termine mit mir wahr. Der erste Gang führte uns zum Ausländeramt. Nach einiger Wartezeit waren wir an der Reihe und der zuständige Sachbearbeiter drückte Susanne ohne viel Aufheben darum zu machen, ein Formular in die Hand, welches wir zur Beantragung einer unbefristeten Aufenthaltsgenehmigung ausfüllen sollten.

Viele Ausländer bekamen damals die Möglichkeit, sich in Deutschland aufzuhalten. Entweder, weil sie beruflich für längere Zeit in Deutschland waren oder für eine Ausbildung oder ein Studium kamen. Die Beantragung ging zügig und verhältnismäßig reibungslos. Oft kam die Antwort schnell. Es gab eine Reihe von Möglichkeiten, ein Visum zu erhalten und mehrfach zu verlängern. Aber irgendwann kam der Tag an dem man eine Aufenthaltsgenehmigung brauchte, um sich dauerhaft in Deutschland aufhalten und arbeiten zu können.

Wie sich herausstellte, gab es in meinem Fall keine konkrete Regel, um meinen Aufenthaltswunsch zu begründen. Ich war ein Kind. Die Alternative war, Asyl zu beantragen. Was viel Mut benötigte, denn nach dem in Deutschland geltenden Asylrecht musste man wegen seiner politischen Einstellung, der Religion oder sonstiger Eigenschaften im Herkunftsland verfolgt sein. Ich dagegen war weder wegen meinem Glauben noch meiner Herkunft oder Einstellung im Iran verfolgt worden. Ich hatte nur das durch litten, was die meisten Iraner auch schmerzhaft zu spüren bekommen hatten: Eine alles abwürgende Islamisierung und Krieg.

Die Beantragung von politischem Asyl bedeutete nicht nur eine Zeit der Unsicherheit und der Unannehmlichkeiten für mich. Es enthielt auch das Risiko der Staatenlosigkeit, wenn der aufnehmende Staat mein Ersuchen ablehnen würde und mir der Rückweg in den Iran ebenfalls versperrt wäre. Eine Rückreise in den Iran würde zwangsläufig schlimme Folgen für mich haben, denn ich hätte das Ansehen der Islamischen Republik geschädigt und mich als Verräterin entlarvt.

Selbst wenn man Verwandte oder Bekannte in Deutschland hatte, wurde man für die Zeit des Asylantrages in ein Heim irgendwo in Deutschland untergebracht. Monate lang mussten die Asylantragsteller auf engstem Raum miteinander leben. Nationalitäten spielten keine Rolle. Für mich als minderjähriges Mädchen kam so ein Verfahren nicht in Frage. Es musste irgendeine andere Möglichkeit geben.

Der Antrag wurde ausgefüllt und eingereicht. Ich war Susanne dankbar, dass sie den Antrag mit meinem Bruder gemeinsam ausfüllte. Der für meinen Fall zuständige Mitarbeiter in der Ausländerbehörde war ein Herr

Götz. Zu meiner besonderen Bestürzung musste ich lernen, dass Herr Götz einer besonderen Gattung des Beamtentums in Deutschland angehörte. Bevor ich ihn überhaupt das erste Mal gesehen hatte, war ihm sein Ruf schon voraus geeilt. Anscheinend war er dafür bekannt, dass er alles Fremdartige in Deutschland kategorisch ablehnte. Mir war auch nicht plausibel, wie er an seine Position gekommen war, denn diese Einstellung qualifizierte ihn nicht gerade für eine Tätigkeit in einer Ausländerbehörde. Selbst sein Aussehen erregte ebenfalls Angst und Schrecken. Er war nicht die Person, die darauf hoffen ließ, von diesem Menschen eine Aufenthaltsgenehmigung, in welcher Form auch immer, zu erhalten.

Herr Götz trug eine Glatze. Seine Kopfhaut schien so, als würde er jeden Tag den Schädel rasieren und im Anschluss polieren. Mit seinen stechenden Augen, die von einer sehr blassen Haut umrandet waren, schaute er alle seine Klienten aggressiv und lustlos an. Wissend, dass seine Besucher alle sehr schlechte und teilweise gar keine Deutschkenntnisse hatten, sprach er sehr schnell und unverständlich.

Eines Tages als ich wieder einmal mit Susanne zum Ausländeramt musste, und die ausgefüllten Formulare besprochen werden sollten, merkte ich, dass selbst meine Schwägerin Probleme hatte, sich mit ihm zu unterhalten. Sie runzelte mehrmals die Stirn, fragte nach und meinte nach dem Gespräch zu mir, dass Herr Götz so sehr nuscheln würde, dass man den Eindruck gewänne, es sei Absicht, dass man bei ihm nichts versteht.

Herr Götz wurde seinem Ruf gerecht. Nichts ging voran. Da wir in Sachen Aufenthaltsgenehmigung keinen

Schritt voran kamen, beschlossen wir uns um einen Fachanwalt zu kümmern. Der Weg zum Rechtsanwalt war die einzige Chance, dass einem professionell geholfen werden konnte.

Mit Anwälten hatten ich und meine Familie bislang keine Erfahrung. Dariush sagte immer wieder, in Deutschland wäre es normal, mit Rechtsanwälten zu arbeiten. Insbesondere in Sachen Aufenthaltsrecht müsste man fast immer einen Anwalt einschalten. Doch ein Anwalt kostete auch viel Geld und ich wusste keine Möglichkeit, wie wir das regeln sollten. Das Geld, welches mein Vater mir mitgegeben hatte, war bereits aufgebraucht. Auch in dieser Sache vermittelte mein Bruder mehr Zuversicht, als ich aufzubringen im Stande war. Er sah ohnehin alles viel lockerer als ich.

Dariush war felsenfest davon überzeugt, dass er finanziell alles bewältigen könnte. Mit vielen Einspar-Maßnahmen sollten wir uns auf das Wesentliche konzentrieren. Anrufe ins Ausland, hier war natürlich der Iran gemeint, wurden verboten. Also schrieb ich fast jeden Tag Briefe an meine Familie. So füllte ich meine Zeit. Aber selbst dies erregte schnell die Kritik meines Bruders, denn Briefe in die Heimat würden nicht meine Sprachkenntnisse fördern.

Eher umgekehrt. Sie hielten mich vom Lernen ab. Bald bastelte er mir eigenhändig aus einem Schuhkarton eine kleine Wörterkarteikarten-Kiste, wodurch ich zumindest meinen deutschen Wortschatz verbessern konnte. Nebenbei hat er auch verboten, im Hause englisch zu sprechen, denn damit würde ich ebenfalls nie in meinem Leben Deutsch lernen können. Die neuen Regeln erleichterten zwar nicht gerade die Kommunikation zwischen mir und meiner Schwägerin, aber dafür zwangen sie mich, meine neue Heimatsprache zu erlernen.

Dariush wollte keine Zeit verlieren und bemühte sich umgehend um einen Termin bei seinem Anwalt, der bereits seit Monaten an seiner eigenen saß. Obwohl er jetzt offiziell mit Susanne verheiratet war, hatte man ihm das Aufenthaltsrecht nicht ausgesprochen. Langsam bemerkte ich, wie kompliziert in Deutschland alles war. Einerseits wollte ich so schnell wie möglich zur Schule. Anderseits blockierte das zeitaufwendige Antragsverfahren für eine Aufenthaltsgenehmigung jegliche Aktivität. Ohne Aufenthaltserlaubnis konnte Dariush mich an keiner einzigen Schule anmelden.

Dariush motivierte mich jeden Tag aufs Neue. Buchstäblich redete er mir ein, dass selbst wenn ich die Schule im Iran verpasst hatte, könne in Deutschland ein viel privilegierteres Leben führen als zu Hause. Ich müsste nur einfach Geduld haben und durchhalten. Geduld haben und zielstrebig an mir weiter arbeiten. Das kam mir bekannt vor.

Der Besuch beim Anwalt war eine einzige Ernüchterung. Er räumte meinem Fall nicht sehr viel Erfolg ein. Ohne Weiteres an eine Aufenthaltsgenehmigung zu kommen, sei nicht möglich. Da er mich jedoch als politischen Flüchtling einordnen würde, schlug er mir vor, Asyl zu beantragen. Meine Erlebnisse sowie die Angstzustände unter denen ich Jahrelang zu leiden hatte, würden reichen, um begründete Aussicht auf Erfolg eines Asylantrages zu haben.

Dariush und ich gaben nicht unsere Zustimmung, obwohl der Anwalt versprach, mich durch den ganzen Prozess zu begleiten und Wege zu finden, damit ich nicht in irgendein Asylantenheim fernab von Aachen musste. Auf das Drängen von Dariush akzeptierte der Anwalt vorerst einen formlosen Brief an das Ausländeramt zu schreiben. Der Sinn und Zweck der ganzen Sache war, dass man mir eine Aufenthaltserlaubnis erteilte, ohne Asyl zu beantragen.

Laut Anwalt würde die Auseinandersetzung mit den Behörden wahrscheinlich Monate oder gar Jahre dauern. Aber dies sei bei allen Ausländern gleich. Also, mit anderen Worten, ich musste mich erneut in Geduld üben. Ein Schreiben an das Amt bedeutete schließlich nicht, dass man dort der Argumentation des Anwaltes folgen würde. Wenn die Behörde ablehnte, könnte auch der Anwalt nicht viel daran ändern. Natürlich blieb der Rechtsweg. Aber das konnte Jahre dauern.

Von Dariushs-Freunden hatte ich öfters erfahren, dass es ohne fremde Hilfe sehr schwierig sei, ans Ziel zu kommen. So versuchten viele Ausländer, einen deutschen Staatsbürger zu heiraten, um an das begehrte Aufenthaltsrecht zu kommen. Und diejenigen die keine Freundin oder Frau hatten, waren zum Teil verzweifelt auf der Suche. Bemerkenswert war die Tatsache, dass sie alle der Meinung waren, dass es der einzige und der einfachste Weg sei. Für mich, gerade einmal sechszehn Jahre alt geworden, war Heirat keine nahestehende Möglichkeit.

Tagsüber, wenn es keine Termine gab, arbeitete ich an meinen Deutschkenntnissen und schaute mir zwischendurch den Musiksender MTV an. Dort konnte ich viele der Künstler wieder entdecken, die im Iran kurzerhand aus den Radio- und Fernsehsendungen verbannt worden waren. Mehr und mehr fiel mir das leichte, unbekümmerte Zusammenleben der Paare auf. Die wilde

Ehe, ohne sich gegenseitig viel zu versprechen und finanziell abzusichern, schockierte mich immer mehr.

Man muss sich vorstellen, dass ich aus einem Land kam, in dem es den Frauen und Männern verboten war, vor der Eheschließung überhaupt Kontakt zu dem anderen Geschlecht zu haben, geschweige denn in einer gemeinschaftlichen Beziehung zu leben. In den islamischen Ländern unter der Scharia musste der Mann die Frau vor der Hochzeit finanziell absichern. Bei der Hochzeit war es üblich eine gewisse Summe Geld oder Wert (meistens in Goldmünzen) zu benennen. Wenn die Frau wollte, konnte sie direkt nach der Hochzeit danach verlangen und der Mann war verpflichtet die Summe auszuzahlen.

Auch eine Mitgift war ein Muss für die jungen Frauen. Der Vater der Braut musste dafür sorgen, dass die Tochter ein angemessenes Vermögen in die Ehe mit einbrachte. Heiraten im Iran war nicht zuletzt ein finanzielles Geschäft unter Familien. Alles war sehr förmlich und möglichst ohne Einsatz von Emotionen. Genauer gesagt, nach Vertrag und Tradition war alles durchdacht und ausverhandelt.

Dagegen war die dauerhafte Bindungswilligkeit der Europäer um Einiges geringer. In einer Beziehung musste keiner dem anderen die ewige Treue schwören und danach handeln. Ehen vor Gott oder zumindest vor dem Standesamt wurden immer seltener geschlossen. Meist lebte man nach Lust und Laune zusammen. Es gab keine Unterschriften. Man verließ sich absolut auf seine Gefühle. Und konnte jederzeit seine Sachen packen und gehen, wenn diese Gefühle eines Tages nachlassen sollten. Ich war in diesem Zusammenhang von dem, was ich von den Freunden und Verwandten von

Susanne hörte, sehr überrascht. Die moderne Beziehung hatte durchaus ihre Vorteile. Sie war ehrlicher, frischer ohne Zwänge und viele Formalitäten. Es war Freiheit.

Susanne hatte zwei gute Freundinnen. Sie waren Geschwister. Diese Freundschaft ging über Jahre und reichte zurück bis in die früheste Kindheit. Die Geschwister hießen Andrea und Hanna. Beide hatten feste Freunde, mit denen sie auch zusammen wohnten. Andrea, die älteste Schwester, war mit einem Marokkaner zusammen. Hanna mit einem Iraner. Beide studierten. Sie erzählten übereinstimmend, dass sie früher in ihren Beziehungen mit deutschen Männern in ihren Gefühlen sehr benutzt worden seien.

Jetzt wäre dies anders. Sie fühlen sich emotional viel ausgefüllter und mussten nicht Angst haben, verlassen zu werden. Andrea lernte fleißig arabisch und Hanna persisch. Sie taten es so überzeugt und gut, dass man es fast wie eine moralische Verpflichtung ansah, dass sie sich der kulturellen Welt ihrer Männer anpassten und deren Sprache lernten. Sie gingen in ihren Beziehungen auf.

Wenn man die beiden Geschwister mit ihren Lebenspartnern sah, konnte man sie um ihr Glück beneiden, so erfüllt haben sie ausgeschaut. Es war unglaublich, was sie um den Liebeswillen für ihre Partner freiwillig bereit waren zu tun. Dass ihre Eltern sie und ihre Partner dabei auch noch unterstützt haben, war für mich eindeutig ein Beweis der großen Toleranz der Deutschen. Im Iran hatten die Frauen keine Optionen. Sie wurden in der Öffentlichkeit unterdrückt. Sie waren diejenigen, die sich ihren Männern bedingungslos anzupassen und unterzuordnen hatten, ob sie wollten oder nicht. Von Emanzipation war der moderne Iran weit weg. Aber die Emanzipation der westlichen Frauen warf für mich auch Fragen auf. Fragen, die man nicht auf Anhieb beantworten konnte.

Je mehr ich die beiden Modelle miteinander verglich, desto mehr beschäftigte mich das europäische Modell. Zumal ich am Anfang viele Probleme hatte, das freizügige Zusammensein von Mann und Frau, Frau und Frau oder Mann und Mann zu akzeptieren. Für mich würde so eine Art der freizügigen Beziehung gar nicht in Frage kommen.

Im Gegensatz zu den Ausführungen der Bekannten, hielt ich die Beziehungen jedoch für pure Selbsttäuschung. Man glaubte in so einem Zusammenleben gewonnen zu haben, aber meiner Ansicht nach, war es nur ein eiskaltes finanzielles Kalkül der männlichen Partner, auf dem die Beziehung ruhte. Wenn beide Glück hatten, konnten sie darüber hinaus noch menschlich voneinander profitieren.

Nach und nach merkte ich, dass es jenseits des Iran auch in Europa ein täglicher Kampf war, der auf mich wartete. Die kurze Aufmunterung und Freude verblasste mit der Zeit. Meine Motivation, die Sprache zu lernen, sank von Tag zu Tag, den die Zukunft war unklar und zu dem Zeitpunkt nicht planbar. Es stand in den Sternen, ob das Experiment Deutschland doch nicht mit einer abrupten Rückreise in den verhassten Iran enden würde.

Hinzu kamen andere Belastungen. Auffällig war mein Verhalten anhand psychischer Probleme immer noch. Bei jedem Klingelton sprang ich hoch, und jedes Flugzeugsgeräusch regte mich auf. Trauriger war jedoch, dass keiner, aber nicht einmal Marita mich über das Erlebte befragte. Niemanden interessiere es, was im Iran vorgegangen war und was ich erlebt hatte. Das Desinteresse meines Umfeldes machte mich sehr traurig. Früher weinte ich öfters im Bett über die verlorene Heimat, heute weinte ich nicht nur drüber, sondern auch über eine verlorene Familie. Nicht einmal Dariush, mit dem ich viel erlebt hatte, fragte mich wie es in meiner Seele aussah. Mein Dasein kam mir vor wie die Rolle eines auf tragische Charaktere gebuchten Filmdarstellers, der von einem Film in den anderen gesetzt wurde, um immer das gleiche Scheitern vor unterschiedlichen Kulissen spielen zu müssen.

Im Gegensatz zu manch anderem Gestrandeten Ausländer in Deutschland konnte ich mich zu jener Zeit nicht beklagen, unter Kontaktmangel zu leiden. Umgang hatte ich dank des Freundes- und Bekanntenkreises meines Bruders mit einer Reihe Deutschen. Mit der Zeit bemerkte ich jedoch, dass einem als Ausländer eine Welle der Verständnislosigkeit und Intoleranz gegenüber schwappt, weil man anders ist. Das Verhalten und der Umgang meiner Mitmenschen fand ich bald ignorant.

Sicherlich, ich war eine von vielen. Aber wenn man so oft über die große Menschlichkeit, Gleichheit, Demokratie und den Rechtstaat gesprochen hat, klaffte zwischen diesen großen Worten und dem täglichen Umgang mit meinen Mitmenschen doch eine große Lücke. Bisweilen war der Umgang mit mir nicht viel besser als der von den neuen Machtinhaber im Iran, die sich nicht um das Volk kümmerten, sondern nur um sich selbst. Mir war schnell bewusst, dass mein Leben sich zwar komplett geändert hatte, aber nicht wirklich besser geworden war.

In Deutschland musste ich mich als junge Frau neu definieren. Ich musste mich und meine Bedürfnisse an die neue Gesellschaft und deren Möglichkeiten anpassen. Ich musste mich neu erfinden und lernen, für mein eigenes Handeln Verantwortung zu tragen. Was im Iran von einer Sechzehnjährigen nicht erwartet worden war, war hier auf einmal selbstverständlich. Eine Frau ist in einem islamischen Land nicht einem Mann gleich gestellt. Sie muss nicht beweisen, dass sie in einer Gesellschaft alleine bestehen kann.

In Deutschland sind Mann und Frau gleichgestellt. Aber ist es auch das, was die Frauen und Männer wirklich wollen? Es war sehr eigenartig. Alle Männer, die ich bisher in Deutschland kennengelernt hatte, hatten keine deutsche Wurzeln, aber eine deutsche Partnerin.

Eines Abends saß ich mit Dariush allein am Küchentisch. Spontan fragte ich ihn, warum er sich für Susanne entschieden hatte? War es Liebe, oder war es die Aufenthaltsgenehmigung, die winkte? Oder hatte es eher kulturelle und ideologische Gründe? Er lächelte mich an, und antwortete: „Sicherlich, es gibt viele interessantere Frauen als Susanne, auch an der Uni. Was mich an meiner Frau fasziniert, und ich in vielen anderen Frauen, insbesondere Iranerinnen nicht finde, ist ihre Unabhängigkeit".

Ich habe als Antwort alles andere erwartet außer dieser Antwort. Im Iran, insbesondere in Teheran würde ein Man nie so eine Antwort geben. Viele iranische Männer legen Wert auf das Äußere einer Frau. Dann kommt die Familie der Braut, am Ende ihr Wohlstand. Es war nicht zu übersehen, dass auch Dariush sich in den letzten Monaten sehr geändert hatte. Im Iran war er eher sehr rechthaberisch. In Deutschland richtete er sich sehr oft, selbst was die eigene Meinung anging, nach seiner Frau. Susanne hatte definitiv in der Beziehung die Hosen an.

Marita war zu jenen Zeiten ein Engel. Sie begleitete mich zu vielen Sehenswürdigkeiten, Museen und gab sich sehr viel Mühe, damit ich etwas Freude an meiner „neuen" Heimat hatte. Sie war eine tolle Frau und ersetzte für mich in manchen Dingen meine Maman und die Liebe, die ich inzwischen sehr vermisste. Soviel Zuneigung ich von Marita erfuhr, so sehr vermisste ich das Gefühl bei ihrer Tochter. In vielen Telefonaten, die Susanne mit ihrer Mutter führte, erfuhr ich, dass sie nicht froh war, dass ich bei ihnen lebte. Es waren meist sehr laute Gespräche. Es hörte sich wie heftige Diskussionen an. Mit der Zeit, redete sie auch nicht mehr gerne mit mir. Der Kontakt zu Susanne schien langsam verloren zu gehen. Ich konnte nur zu gut verstehen, dass es für sie viel zu viel war. Erst die Schwangerschaft und dann mein Einzug auf unbestimmte Zeit. So hatte sich Susanne ihre junge Ehe nicht vorgestellt. Dabei waren wir erst zu dritt und nicht mehr. Wenn erst der Nachwuchs da wäre, würde die Situation eskalieren. Langsam merkte ich, dass es hier keinen Platz mehr für mich gab.

Glücklicher Weise schaffte ihre Mutter es, Susanne – wenn auch nur für kurze Zeit - , zu überzeugen, dass ich vorerst bei der jungen Familie bleiben durfte. Während Susannes Bauch immer größer wurde und die Entbindung nahte, wurden mehr häusliche Aufgaben auf meine Person übertragen. Ich erledigte bald die Einkäufe, putzte und kochte für uns drei. Nebenbei versuchte ich

Deutsch zu lernen, obgleich ich immer noch nicht offiziell zum Deutschkurs ging. Susanne und Dariush sahen das derweil als eine Selbstverständlichkeit an. Anstatt Dankbarkeit erntete ich nur Spot, wenn einmal etwas nicht nach den Wünschen meiner Gastgeber erledigt wurde. Meine Freizeit füllte ich mit Fernsehen und meiner Wörterbuch-Kiste.

Der Trick mit dem Schuhkarton und dem Karteikarten-Wortschatz war gut. Durch das aktive Zuhören bei den Gesprächen und die Wiederholung von Vokabeln mit den Wörter-Karteikarten, gelang es mir zumindest mir selbst Einiges beizubringen. Das Verstehen wurde einfacher. Der Wunsch endlich in die Schule zu kommen, blieb indes. Ich wünschte es mir sehnlicher denn je.

Dariush und Susanne hatten mir erzählt, wie schwierig das Schulsystem in Deutschland sei. Die feinen Unterschiede zwischen Gymnasium, Haupt- und Realschule hatten Sie mir erklärt. Aber sie waren sehr skeptisch, ob ich mit meinem kurzen Aufenthalt in Aachen und meinem miserablen Deutsch die Chance hätte, in ein Gymnasium eingeschult zu werden. Um zu studieren brauchte man den Schulabschluss in einem Gymnasium.

Ich merkte jeden Tag mehr, dass ich eine sehr schwer korrigierbare Fehlentscheidung getroffen hatte, in Aachen zu bleiben. In vielen darauf folgenden Telefonaten berichtete ich Maman, dass ich lieber wieder nach Teheran zurück kehren wollte, denn die Hoffnung hier eine Aufenthaltsgenehmigung zu bekommen und normal zur Schule gehen zu können, sei sehr gering.

Das bemerkenswerte war, dass Dariush meine Mutter jedes Mal überzeugen konnte, wie wichtig es für mich gewesen sei in Aachen zu bleiben und zu kämpfen. Er hielt mir nach jedem Gespräch mit meiner Mutter eine lange Rede. „Viele andere Mädchen im Iran würden alles geben, um mit dir zu tauschen. Und wenn du die ersten zwei Jahren aushalten kannst, dann wirst du es schaffen und hast für den Rest deines Lebens ausgesorgt". Was ich bei Dariush sehr außergewöhnlich fand, war seine Überzeugungskraft, mit der er mich immer wieder dorthin zurück brachte, wo er mich sehen wollte. Irgendwie denke ich, dass er meinen Erfolg auch als seinen persönlichen Triumph ansieht. Und das ist so bis zum heutigen Tag geblieben.

Für mich am schlimmsten, aber gelichzeitig auch ein sehr wichtiger Grund in Aachen bei meinem Bruder zu bleiben, war die Nachricht über Farimas erneutes Scheitern in der Türkei und ihre Rückkehr nach Teheran. Meine Mutter schickte mir von Zeit zu Zeit meine Schulbücher, damit ich in einem Selbststudium die Bücher lesen und mein Wissen auffrischen konnte. Eine geschätzte Arbeit, die sehr kosten- und zeitaufwendig war. Vor allem, als meine Zeugnisse auch alle ohne Ausnahme ab der mittleren Schulreife bis zu dem letzten Jahr, in übersetzter und beglaubigter Form ankamen.

Sie berichtete mir in einem Telefonat, nachdem ich über Farima gefragt hatte, über ihren schlechten Zustand. Sie hatte eines Tages unangemeldet vor der Haustür meiner Eltern gestanden als Maman das letzte Paket mit meinen Schulbüchern zur Post bringen wollte. Farima fragte nach mir. Maman bat sie herein. Sie wusste, dass die Nachricht über meinen Aufenthalt in Aachen sie sehr treffen würde. Und so war es leider auch. Kaum stand sie bei uns im Flur, sah sie das Paket und fragte höflich nach mir. Für Maman jan musste es sehr schwer gewesen sein Farima zu erklären, dass ich mich nun nicht mehr im Iran befand. Ein Ziel, das sie sich so sehnlichst gewünscht hatte, aber das bis zu diesem Tag für sie unerreichbar geblieben war.

Farima hatte angefangen zu weinen, nachdem sie von meiner Reise nach Deutschland erfahren hatte, und davon, dass ich nicht die Absicht hatte in den Iran zurück zu kehren. Es wurde ihr plötzlich schwindlig, berichtete Maman. Das traurige für Maman musste gewesen sein, dass sie Farima nicht beruhigen konnte. Sie hatte sie in den Armen genommen, um sie zu trösten. Aber Farima hörte nicht auf in den Armen meiner Mutter zu weinen. Mit den Worten" Ich habe mir so viel Mühe gegeben und habe so oft drüber gesprochen und gebetet, aber Gott wollte mir nicht meinen Traum erfüllen. Dana hat nie drüber gesprochen und sie hat es getan", muss sie sich dann überstürzt und unter Tränen von meiner Mutter verabschiedet haben.

Sie hat mir sehr leid getan. Zumal die Dinge in Deutschland auch nicht so liefen, dass ich den Eindruck hatte, im gelobten Land angekommen zu sein. Aber mit einer Rückkehr in den Iran hätte ich mir und meiner Familie bestimmt keinen Gefallen getan. Ich hätte es eines Tages bereut, denn ein Ende des Krieges und ein Regimewechsel war nicht in Sicht. Farima hätte mich für verrückt erklärt. Aus Solidarität zu Farima, und all den anderen, die daran gescheitert waren, diesem Regime und dem Krieg zu entkommen, habe ich mir vorgenommen zu kämpfen. Die Chance die ich erhalten hatte, wollte ich nutzen.

Aber über eines war ich mir nicht so sicher. Ob ich den Kontakt zu Farima aufrecht erhalten sollte oder nicht? Obwohl ich ihre Adresse hatte, traute ich mich nicht, ihr einen Brief zu schreiben, das würde ihr das Herz brechen. Auch zu den anderen Freundinnen hatte ich mit der Zeit den Kontakt abgebrochen. Es war nicht mehr möglich auf einer gemeinsamen Ebene zu kommunizieren. Es war offensichtlich, dass selbst trotz vielerlei Problemen und der Ungewissheit, ob ich weiterhin in Deutschland bleiben könnte, alles hier anders war. Hinzu kam auch der Zeitmangel. Dariush setzte mich unter Druck, die Sprache so schnell wie möglich zu lernen. „Wenn du ins Gymnasium willst, dann musst du dir viel Mühe geben, denn die anderen sind im Vorteil", sagte er mir immer öfters und ergänzte, "die können Deutsch, du nicht". Er hatte recht. Ich war im Nachteil.

Keiner interessierte sich dafür, wo ich her kam, und wonach ich streben würde. Außer meinem Bruder Dariush, ein paar Zeugnissen und einem armseligen Haufen völlig ungeeigneter Kleidungsstücke hatte ich nichts in Deutschland. Alles musste ich mir selber erarbeiten. Ohne Sprache ging nichts, so fing ich an, jede Möglichkeit zu nutzen. Selbst wenn meine Schwägerin gerade nicht die Lust hatte mit mir zu sprechen, suchte ich ihre Gesellschaft, obwohl wir uns irgendwann doch auf Englisch weiter unterhalten mussten.

Langsam und unbemerkt wurde mein Deutschverständnis mit der Zeit besser. Eines Tages berichtete mir Dariush, dass eine Dame aus dem Jugendamt sich angekündigt hätte, um nach meinem Wohlergehen zu fragen und sich die Räumlichkeiten bei Dariush und Susanne anzuschauen. Sie musste ein Gutachten schreiben. So lautete das Gesetz. Was mich sehr beeindruckte, war die Aufmerksamkeit, die der deutsche Staat dem Schutz von Kindern und Jugendlichen widmete. Zwar

war meine Situation nicht eine solche, die man als hilfsbedürftig bezeichnen konnte, aber der Besuch des Jugendamtes zeigte mir, dass man von meiner Existenz Notiz genommen hatte und mein Wohlergehen jemandem wichtig war.

Es war kurz vor Weihnachten 1987. Der kurze Aufenthalt von zweieinhalb Monaten in Aachen, kam mir wie eine Ewigkeit vor. Der Besuch von der Dame aus dem Jugendamt verlief für meinen Bruder sehr harmonisch und zufrieden stellend. In Sachen Aufenthalt konnte sie uns zwar nicht weiter helfen, aber sie fand die Bedingungen und die Räumlichkeiten nicht zu beanstanden. Dariush war einmal mehr sehr erleichtert, dass man mit der Wohnsituation zufrieden war.

In meinem Innern vermisste ich aber etwas. Sie fragte mich nicht ein einziges Mal, wie ich mich fühlte. Wie stark die Änderungen mein Leben beeinflusst hatten und was ich mir am liebsten wünschen würde? Ob ich Kontakt zu anderen Jugendlichen hätte? Ob mein Bruder sich um eine Schule gekümmert hatte? Wie es überhaupt mit der Aufenthaltserlaubnis aussehen würde? Was die Meinung des Anwaltes sei? Alle meine Fragen blieben offen. Ich musste lernen, dass diese Fragen nicht in die Zuständigkeit des Jugendamtes fielen. Bei dem Termin ging es eher um mein Wohl. Alles andere war zweitrangig.

DIE ERSTEN ERFOLGSERLEBNISSE

Meine Knie zitterten und die Aufregung fühlte ich an meinen feuchten Händen als ich in Begleitung der Schuldirektorin durch eine große Halle, Richtung meines zukünftigen Klassenzimmers ging. Eine große, alte Klosterschule, deren Charme niemand entgehen konnte. Beeindruckend waren die hohen Decken und Fenster, durch die an jenem Tag trotz frostiger Kälte die Sonne freundlich hinein strahlte und die, die weitläufigen Hallen und die Flure, an denen man nicht an Fläche und Ornamenten gespart hatte, noch schöner aussehen ließ.

Es war eine katholische Privatschule, an der nur Mädchen angemeldet waren. Kurz vor der Anmeldung wies die Schulleitung Dariush und mich darauf hin, dass die Schule eines der renommiertesten Gymnasien des Bundeslandes Nordrhein- Westfalen sei. Auf die Leistung und schulische Bildung der Schülerinnen lege man sehr viel wert und über neunzig Prozent der Schülerinnen erhielten einen sicheren Platz an einer Universität ihrer Wahl, so wurde mir die Erfolgsbilanz der Schule plastisch erläutert. Allerdings müsse man sich das mit einer großen Leistung erarbeiten und vergleichbar mit den anderen Gymnasien, forderte das St. Ursula Gymnasium das höchste Maß an schulischer Effektivität und persönlichem Einsatz.

Die Schule konnte mit einer Reihe prominenter ehemaliger Schülerinnen aufwarten. Sie hatte eine lange Geschichte und bereits vor dem zweiten Weltkrieg war es die Großmutter des amerikanischen Präsidenten John F. Kennedy, die dort die Schulbank gedrückt hatte.

Für mich persönlich war das natürlich eine sehr große Ehre. Nach der langen Zeit des Aufenthaltes, der sich inzwischen auf fast fünf Monate belief, stieg mein Selbstwertgefühl mit dem Start an einer Schule enorm. Wissend, dass ich eine der schwierigsten Herausforderungen meines bislang sehr kurzen Lebens vor mir hatte und zweifellos eine harte Zeit auf mich wartete, akzeptierte ich sogar, ein paar Klassenstufen zurückgesetzt zu werden.

Auf Grund meiner geringen Deutschkenntnisse empfahl uns die Schwester Maria Agnes, selbst bei wiederholtem Schulstoff, in der zehnten Klasse anzufangen. Für üblich musste ich schon die Sprache gut sprechen. Und erfahrungsgemäß kamen die ausländischen Schülerinnen aus einer Realschule zu St. Ursula. Ich wäre eine der sehr wenigen Ausnahmen. Also musste ich bereits sehr bald zeigen, dass ich diesem Vertrauensvorschuss gewachsen war. In den vergangenen fünf Monaten hatte ich gelernt, dass die Akzeptanz der Gesellschaft meiner Person gegenüber und insgesamt allen ausländischen Mitbürgern gegenüber, nur von deren Leistung abhängt und nicht von ihrer Herkunft und ihrer Vergangenheit. Ab jetzt zählte für mich jeder Tag, an dem ich zeigen könnte, dass ich auch ein Leben in der Freiheit und Demokratie wert war. Und dieser auch meinen Beitrag leisten musste.

Es gab in meinem Leben noch viele Unklarheiten. Die Sache mit meiner Aufenthaltserlaubnis war insoweit geklärt, dass ich zuerst den Status einer Duldung in der Bundesrepublik Deutschland erhalten hatte. Mir wurde die Erlaubnis in Deutschland zu bleiben für jeweils drei Monate erteilt. Diese wurde dann alle drei Monate verlängert. Allerdings war die Duldung nur in dem jeweiligen Bundesland gültig, so dass ich Nordrhein-Westfalen nicht verlassen durfte.

Es belastete mich nicht, denn ich hatte nicht vor, auf große Deutschland-Rundreise zu gehen. Aber so ganz wohl war mir auch nicht bei der Sache, denn mein Leben könnte sich schon in ein paar Wochen ändern. Kämpfen ohne nötige Sicherheit zu haben. Planen ohne zu wissen, ob man Erfolg haben wird. Und leisten, ohne die Gewissheit zu haben, dass es gerecht honoriert wird.

Je mehr ich mich auf meine Zukunft konzentrierte, desto mehr kam mir mein bisheriges Leben verworren vor. Mein Leben selbst hatte ich – wenn auch nur für eine kurze Zeit von jeweils drei Monaten – gerettet. Ich musste nicht mehr vor den Bomben und Raketen Angst haben. Sie erreichten Deutschland nicht. Aber ich fühlte mich allein und heimatlos. Zugehörig weder zu jenem noch zu diesem Land. Fremd und auf mich selbst gestellt. Vermutlich hatten viele Iraner und andere Flüchtlinge auf dieser Erde, die versuchten zur selben Zeit ein neues Zuhause zu finden, dasselbe Gefühl wie ich.

Schon am ersten Schultag freute ich mich auf die Mitschülerinnen, die ich kennenlernen würde. Wer weiß, vielleicht hatte ich Glück und konnte die eine oder andere Freundschaft schließen.

Kaum stand ich mit Schwester Maria Agnes in der Tür des Klassenzimmers, lächelte mich eine zierliche kleine Dame an. Ihre dunklen glatten Haare zu einem Pferdeschwanz zusammen gebunden, umrandeten sie ihr auffällig langes, schmales Gesicht. Ihre Augen strahlten. „Hallo Schwester Maria, also das ist die Dana" begrüßte sie uns und bat uns herein zu kommen. Während mein

Puls immer weiter stieg weil alle Mädchen mich nun neugierig anschauten, wünschte ich, dass die Vorstellungsrunde bald endete. Frau Kupcik, so hieß die Lehrerin, fragte mich weiter, aber ich verstand kein Wort. Schwester Maria Agnes sagte ihr mit einer sehr sanften, aber auch freundlichen Stimme, dass ich leider mit Deutsch noch nicht so weit sei und noch ein paar Wochen Zeit bräuchte, um mich verständigen zu können. Die Lehrerin schaute mich mit einem sehr lieben Blick an und nickte mit dem Kopf, woraus ich schließen konnte, dass sie Verständnis hatte.

Langsam traute ich mich, einen Blick in den Raum und in die Gesichter meiner zukünftigen Mitschülerinnen zu werfen. Unbewusst lächelte ich der Klasse zu und versuchte ohne Worte meine Dankbarkeit für ein gemeinsames Zusammensein im Voraus zum Ausdruck bringen. Einige lächelten mich zurück, andere schauten mich regungslos an. Mich überkam ein Gefühl der Wärme und des Vertrauens. Innerlich merkte ich, dass dies ganz nette Mädchen waren, die aus guten Familien zu kommen schienen. Als ich mit meinem Blick durch die Klasse ging, hörte ich im Hintergrund, dass Schwester Maria Agnes und die Deutschlehrerin mit dem unaussprechbaren Namen sich leise unterhielten.

Meine Augen blieben plötzlich bei einem dunkelhaarigen Mädchen stehen. Sie hatte ein rundliches Gesicht, auffällig volle Lippen, und pechschwarze Augen, die von ebenso langen, schwarzen, schwungvollen Brauen unterstrichen waren. Sie trug eine runde Brille, und war die einzige Schülerin, die mich zwar nicht anlächelte, sondern nur ernst anschaute. Genau in dem Moment, holte mich eine laute und durchaus deutliche Stimme zurück in die Vorstellungsrunde.

„Nasrin, kann Dana sich neben dich setzen?" fragte die Lehrerin. Ah, Nasrin hieß sie also, meine Vermutungen erwiesen sich als korrekt. Sie war vom Aussehen her ebenfalls aus dem mittleren Osten, konnte vielleicht sogar aus dem Iran kommen. Was für ein Glück, dachte ich mir. Nasrin antwortete: „Ja sicher". Sie saß auf einer Schulbank allein. Die Lehrerin begleitete mich zu Nasrin. Das Mädchen lächelte mich an, und begrüßte mich auf Persisch. Während wir uns bekannt machten, herrschte eine seltsame Stille in dem Raum.

Plötzlich merkten wir, dass alle uns anstarrten. Unsere ungewollt lauten Stimmen, die nur Fremdes für den Rest der Klasse gesprochen hatten, füllten das Zimmer. Eine Schülerin lächelte uns an und ich glaube sie sagte: „Interessant". Damit war wohl die Sprache gemeint.

Ok, sagte die Lehrerin zu uns, und sprach mit Nasrin, worauf diese mit dem Wort „Ja", wahrnehmbar gemischt mit einem gewissen Schamgefühl, das sie bis zu ihrem letzten Schultag in St. Ursula beibehielt, antwortete. Sie drehte sich zu mir herüber und sagte auf unserer Sprache leise zu mir: „Den Rest in der Pause".

Froh, dass ich den ersten offiziellen Schulunterricht überstanden hatte, führte mich Nasrin in der Pause durch die Schule. Sie kopierte mir Unterlagen und zeigte mir die Abläufe. Ich war ihr unendlich dankbar und dem lieben Gott, dass ich doch nicht alleine war. Ein Stück Heimat konnte ich auch in dieser Schule behalten. Dass ich meinen eigenen Mentor hatte, sah ich als besondere Fügung an, zumal man Nasrin ansah, dass sie zu den guten Schülerinnen gehörte. Sie zeigte mir in der Pause, wo alles war und motivierte mich sehr lieb, mich bei verbleibenden Fragen doch einfach an sie zu wenden.

Nasrin und ich waren seit diesem Tag ein Herz und eine Seele. Nach der Schule wartete Dariush auf mich. Glücklich warf ich mich in seine Arme und präsentierte ihm voller Stolz meine neue Schulkameradin. Dariush war sehr angetan von Nasrin. Das konnte man aus seinen Augen und seiner Freundlichkeit Nasrin gegenüber ablesen. Er freute sich über meine erste Bekanntschaft in der Schule. Er schlug vor, uns auf ein Essen einzuladen und ging mit uns in die nahe gelegene Universitätsmensa, wo viele Studenten speisten. Wir genossen ein gemeinsames Mittagessen und unterhielten uns fast den gesamten Nachmittag und waren froh, dass wir uns kennengelernt hatten.

Schnell stellten wir fest, dass wir vieles miteinander teilten. Unser Alter, unsere Lebensbedingungen, unsere Vorgeschichte. Genau wie ich, wohnte Nasrin auch bei ihrem Bruder, der eine deutsche Frau geheiratet hatte und mit ihr einen gemeinsamen Sohn im Säuglingsalter hatte. Für mich war ihre Geschichte und die Parallelen in unserem Leben sehr interessant.

Im meinem Innern ging ein kleines Licht an und die Mühe und die Einsamkeit der Vergangenheit schienen nicht mehr von Bedeutung zu sein.

Abends sprach mich Dariush noch einmal auf Nasrin an. Er empfahl mir, die Chance zu nutzen und von Nasrin so viel wie möglich zu lernen. Nasrin war letztes Jahr in St. Ursula aufgenommen worden, und wollte genauso wie ich studieren. Am liebsten auch im medizinischen Bereich.

An den darauf folgenden Tagen und Monaten waren Nasrin und ich unzertrennlich. Sie war eine durchaus beliebte Schülerin mit guten Noten. Ihre aufrichtige Art mir alles an wertvollen Erfahrungen weiterzugeben, imponierte mir. Sie hingegen fand meine Englischkenntnisse toll. Abgesehen davon profitierte sie von meinem Mathematikverständnis. Des Öfteren brachte sie ihre Bewunderung mir gegenüber zum Ausdruck, dass ich den Mut hatte, ein paar Monaten vor dem Schulabschluss im Iran, nach Deutschland zu kommen und wieder fast bei null anzufangen.

Mit Nasrin waren die Gespräche sehr zukunftsorientiert und meistens konzentriert auf die Schule und die damit verbundenen Leistungen. Es wurde nie über die Vergangenheit gesprochen. Wenn ich heute mein Verhältnis zu Nasrin und anderen Landsleuten Revue passieren lasse, kann ich mich nicht an ein einziges Mal erinnern, in dem wir uns jemals über unsere Zeit im Iran, insbesondere über den Krieg, unterhalten haben. War das einfach Verdrängung oder ein Überlebensinstinkt? Noch bis heute kann ich diese Frage nicht beantworten.

Selbst bei den Raketenangriffen, bei denen wir nicht wussten, ob unsere Familie sie in Teheran überstanden hatte, fragten wir erst am nächsten Tag, ob alles in Ordnung sei und haben uns dann sofort wieder unseren Schulaufgaben gewidmet. Heute denke ich, wie abartig das war. Mit der Distanz wuchs die geistige Entfernung zu den Kriegsgeschehnissen, die weit weg von Deutschland waren. War das Persönlichkeitsstärke oder doch aus der Angst heraus, keine Schwäche zeigen zu wollen?

Heute lese ich oft darüber, dass Menschen mit Trauma versuchen sich in den Alltag zu werfen und sich anderweitig zu beschäftigen. Manche wissen es gar nicht, dass sie noch unter extremen Angstzuständen leiden und ein Trauma durch das Leben mit sich herum schleppen und selbst Jahre danach nicht den Mut haben drüber zu sprechen. Vielleicht waren das meine Ablenkungen des Alltags, oder die Angst nicht weiter zu kommen und sich die Zukunft mit den Kriegserlebnissen in der alten Heimat zu verderben.

Heute bin ich sehr erstaunt über die damalige Veränderung meines Denkens und die fast maschinenhafte Bewältigung aller Aufgaben, mit denen ich konfrontiert wurde. Intensiver konnte man nicht in einem anderen Land ankommen. Morgens ging ich zur Schule, schon nach zwei Stunden musste ich mich für einen Deutschkurs bei der „Inlingua" entschuldigen, nach drei Stunden intensiven Lernens kehrte ich zurück zur Schule. Das machte ich 3 Monate und dann musste ich die Abschlussprüfung genauso wie jede andere Schülerin absolvieren. Abends war ich dann meistens mit Lernen beschäftigt und wenn die Zeit es zuließ, schrieb ich noch ein paar Sätze an meine Familie.

Meine Mutter hat mir sehr oft geschrieben. Ab und zu telefonierten wir miteinander. Man las in jedem Satz, dass die aussichtslose Lage im Iran bei meinen Eltern tiefe Spuren hinterließ. Sie vermissten uns und die Lebensumstände, insbesondere der Krieg, hatten sie den letzten Nerv gekostet. Dalir war inzwischen wegen seiner schweren Verletzungen aus dem Militärdienst entlassen worden und hatte einen Veteranenausweis erhalten. Dieser sollte ihm überall Vorzüge geben. Trotzdem konnte er keine vernünftige Arbeit finden. Und Darja investierte ihre Kraft in ihre Arbeit. Sie arbeitete viel.

Mit der Zeit kam in mir das seltsame Gefühl auf, dass ich entwurzelt war. Wenn ich mit meiner Mutter oder meiner Schwester sprach, strahlten sie selbst am Telefon eine traurige Aura aus, was für mich durchaus verständlich war. Es waren mehr Fragen ihrerseits, die ich beantwortete als Antworten, die ich gerne von ihnen gehört hätte. Sie suchten nach guten Nachrichten, um ihr graues Leben damit bunter zu machen.

Anfangs sprach ich auch über meinen Kummer und meine Sorgen. Irgendwann fand ich es selbst falsch, ihnen, die mehr in Not und Trauer waren, über meine Sorgen zu berichten. Im Gegenteil, ich begann alles in den schönsten Farben zu beschreiben. Ich erzählte, wie toll das Leben in Aachen und wie unkompliziert alles im Vergleich zum Iran war. In unseren Gesprächen redete ich meistens sehr positiv über Deutschland und klang sehr glücklich, damit sie dachten, dass sie sich richtig entschieden hatten.

Auch wenn manche Tage voller Probleme waren, von denen ich auch genug erlebte, zeigte ich mich sehr zufrieden. Abends, als ich dann in mein Bett fiel, das nur aus einer alten Matratze bestand, weinte ich leise vor mich hin. Am Ende des Tages war nichts in Ordnung. Die Müdigkeit, das Heimweh, der Druck in der Schule und das schlechte Klima zu Hause mit Susanne, die mich als Fremdkörper in ihrer Familie anfeindete, machten mir zu schaffen.

In der Schule lernte ich mit der Zeit neue Mitschülerinnen kennen. Die meisten von ihnen kamen aus sozial stärkeren Familien. Die Eltern waren oft Ärzte und Anwälte, die sehr viel Wert auf eine gute Ausbildung und gute Schulnoten ihrer Töchter legten. Da St. Ursula ein rein katholisches Mädchengymnasium war, konnte man daraus ableiten, dass die Eltern ihre Kinder möglichst religiös aufwachsen lassen wollten. Auch ich merkte mit der Zeit, dass die Schule eine sehr konservative Einrichtung war, was mich anfangs nicht störte. Ich hingegen war Muslimin.

Allmählich fand meine Erscheinung für einige Lehrerinnen, die teilweise auch Nonnen waren, Anstoß. Damals trug ich meine langen lockigen Haare offen. So dachten viele, dass ich sie künstlich beim Friseur mit Locken versah, obwohl ich sie von Natur aus so trug. Vor der Revolution war es üblich, dass sich junge Frauen im Iran in der Öffentlichkeit schminkten. Das hatte ich an meiner älteren Schwester immer bewundert. Nach dem Sturz des Schahs war uns diese Möglichkeit verloren gegangen. Nun, da ich langsam alt genug war, wollte ich es meiner Schwester gleich tun und mir diese kleinen Freiheiten gönnen. Ich schminkte mich nicht stark, verzichtete auf Lippenstift, aber selbst meine Wimperntusche fanden einige Lehrerinnen übertrieben.

Die Blicke der Lehrerinnen begannen mich zu ärgern. Vorwiegend der scharfe und verurteilende Blick von Frau Trümper, meiner Klassen- und Geschichtslehrerin störte mich. Sie war eine etwas ältere Lehrerin, die für meinen Geschmack nach vielen Jahren Tätigkeit, den pädagogischen Ehrgeiz, mit dem sie vielleicht einmal begonnen hatte, zwischenzeitlich verloren hatte. Auch fand ich, dass sie ein sehr ablehnendes Verhalten an den Tag legte. Anstatt mich nach meiner Leistung zu bewerten, sprach sie mit meinem Bruder an den Elternsprechtagen in erster Linie über mein Aussehen. So beschwerte sie sich, dass ich zum Unterricht wie eine „junge Frau" erscheine, und nicht wie das nette Mädchen von nebenan. Meine lockigen, langen Haare würde ich sehr verführerisch zu recht drapieren.

Dass ich im Unterricht nicht über ihre Witze lachte und ihr das nicht passte, regte selbst Dariush auf. Da sie auch eine der einflussreichsten Lehrerinnen an dieser Schule war, versuchte sie die anderen Lehrerinnen von ihren falschen Vorurteilen mir gegenüber zu überzeugen. Mein Bruder, der nur an meinem Erfolg in der Schule interessiert war, und mir mit seinen Ratschlägen helfen wollte, riet mir, mich mädchenhafter zu geben, um am Ende nicht mit einer schlechten Beurteilung der Schule abgestraft zu werden.

An meinem Aussehen konnte und wollte ich nichts ändern und die direkte Ansprache durch die Lehrerin fand ich sehr ungerecht. Es machte auf mich den Eindruck, da sie ihre besten Jahre hinter sich hatte, mich um meine Jugend beneidete und mir mein Aussehen nicht gönnte. Insgeheim dachte ich, ob sie vielleicht glücklicher gewesen wäre, wenn ich wieder wie im Iran mein volles Haar unter einem Hijab verborgen hätte. Schlimmer war es noch, dass sie selbst als Geschichtslehrerin nicht einmal einen Anflug von Interesse hinsichtlich meiner Herkunft und meiner Lebensgeschichte bekundete. Vielleicht hätte sie ja mehr Verständnis für meine Frisur gehabt. Sicherlich war sie gut über die Medien informiert, was sich im Iran zutrug, aber ihre einseitige Betrachtungsweise, fand ich unpassend. Der einzige Unterschied zu den Schulen in Teheran war, dass man keinen Arrest oder Schulverweis bekam, aber dass man in einem demokratischen Land nicht zur Schule gehen konnte, wie man wollte, traf mich zutiefst.

Was mich aber am meisten beschäftigte und ärgerte war das Ignorieren des Erscheinens mancher Mitschülerinnen aus arabischen Ländern, die alle ohne Ausnahme Kopftücher trugen. Verhüllt in ihren langen Mänteln und unter ihren Haarbedeckungen saßen sie in ihrem

Klassenzimmer wie die Mumien. Da beschwerte sich keiner, obwohl sie in einer katholischen Schule saßen, die auch eine katholische Erziehung anstrebte. Das hielten sie wahrscheinlich für passend und demokratisch, diese Schülerinnen, die mit ihrer Kleidung die Unterwürfigkeit der Frau schon im Kindesalter zelebrierten, weiterhin zu tolerieren. Meine welligen braunen Haare waren dagegen ein ständiger Stein des Anstoßes und galten gemeinhin als nicht akzeptabel. Man muss noch dazu erwähnen, dass St. Ursula eine reine Mädchenschule war. Es gab keine Jungen zu beeindrucken.

Gerade diese Musliminnen waren es, die mit einem enormen Fanatismus ihrem Glauben folgten und nur aus diesem Grund dort an der Schule waren, weil sie in aller Ruhe sogar mittags ihr Mittagsgebet ausrichten konnten, wobei sie auch nicht von einer Frau Trümper gestört wurden. Die Nationalitäten auf der Schule wiesen ein großes Spektrum auf, glücklicherweise war ich zu jeder Schülerin aus jeder Nationalität, die bei uns auf der Schule vertreten war, gleich fair und nett. Die Tatsache, dass ich nicht nur Leistung zeigte und auch noch gut aussah, machte mir indes Probleme und auf Dauer Kummer.

Dieses ungleiche Maß, das in der Schule angelegt wurde, hier Konformitätszwang, dort übertriebene Toleranz unter dem Deckmäntelchen der Religionsfreiheit, führten dazu, dass ich mich einmal wieder an einer Schule nicht mehr richtig fühlte.

Aus meiner Schulklasse habe ich ein paar nette Mädchen kennengelernt, die nicht nur sehr lieb waren, sondern auch gut erzogen. Genauso wie Nasrin versuchten sie, mir in jedem Fach zu helfen, damit ich weiter kam.

Christiane und Constanze, kurz Chrissi und Conny gerufen, waren zwei von ihnen. Über ihre Bekanntschaft hatte ich mich sehr gefreut. Wir verstanden uns auf Anhieb. Sie halfen mir, wo sie konnten und ermutigten mich, trotz vieler Hindernisse weiter zu machen. Sehr seltsam, aber die zwei hatten richtig Interesse, sich meine Geschichte anzuhören. Sie fragten sehr viel. Und je mehr ich ihnen von meiner Vergangenheit und dem Schicksal der Iraner erzählte, umso mehr kamen wir uns näher. In ihrem zarten Alter von dreizehn Jahren konnten sie nachvollziehen, wie schwer ich es ohne meine Familie, insbesondere meine Eltern in einem fremden Land hatte. Sie brachten des Öfteren ihre Bewunderung meiner Person gegenüber zur Aussprache. Interessant war, dass mit ihrer Sympathie mir gegenüber auch das Interesse anderer Schülerinnen geweckt wurde.

Die Beziehung zu Conny und Chrissi wurde durch eine einwöchige Reise nach Berlin noch inniger. Die gesamte Klasse reiste per Bus nach Berlin. Von Berlin wusste ich so viel wie gar nichts. Nur, dass es ein Ost- und ein Westberlin gab. Eine große Mauer trennte die beiden Teile, die sich wie Tag und Nacht voneinander unterschieden.

Die Fahrt nach Berlin war sehr lang und fand an einem sehr heißen Sommertag statt. Wir fuhren über die Transitautobahn und überquerten schließlich „An den drei Linden" die Zonengrenze. Westberlin war damals eine Insel inmitten der Deutschen demokratischen Republik. Ich kann mich noch gut an die stechenden Blicke der DDR-Grenzsoldaten erinnern, die meinen Reisepass kontrollierten, und mir ob meines fremdländischen Aussehens kritische Blicke zuwarfen. Fast wie die Wächter im Iran.

In Westberlin angekommen, wurden wir in einer Jugendherberge nahe dem Wannsee untergebracht. Die Zimmer wurden zwischen uns aufgeteilt. Zu dritt bewohnten wir ein Zimmer und wurden willkürlich zugeordnet. Nasrin und ich kamen nicht in das gleiche Zimmer. Wir mussten mit verschiedenen Zimmern voneinander getrennt, vorlieb nehmen. Mein Zimmer war direkt gegenüber dem See. Gleich am nächsten Tag ging unsere Tour durch Berlin los. Frau Trümper führte uns zuerst in das bekannte ägyptische Museum, das ich sehr faszinierend fand. Viele Sehenswürdigkeiten, darunter auch die Mauer, die sich quer durch Berlin zog und dieses in zwei Hälften trennte, und natürlich den berühmten Grenzübergang Checkpoint Charlie.

Für einen Tag wurde uns auch ein Besuch in Ostberlin gestattet. Wir mussten uns in einer Halle sammeln, die mit verschiedenen Schaltern ausgestattet war. Mit ein paar Schulkameradinnen stellte ich mich in die kürzeste Schlange. Nasrin reihte sich bei ein paar anderen Mädchen ein. Wächter überwachten die ganze Halle.

Das Bild des überfüllten Saals erinnerte mich stark an den Teheraner Flughafen und beunruhigte mich zugleich. Die Volkspolizisten mit ihren tief ins Gesicht gezogenen Schirmmützen sahen streng und sehr ernst aus. Als ich endlich an der Kontrollstelle stand, und dem Polizisten meinen Reisepass übergab, überkam mir dasselbe Gefühl, wie damals beim Abschied von Teheran. Der Kontrolleur schaute sich ganz detailliert meinen Reisepass an. Er blätterte alle Seiten durch. Bei dem Foto, das mich in meinem Hijab zeigte, hielt er inne und bat mich um etwas Geduld. Ein Kollege stieß zu ihm. Gemeinsam schauten sie sich den Pass erneut an. Der andere fragte mich, woher ich den Pass hätte? Offensichtlich konnte er mich auf dem Bild nicht erkennen. Der Ton war unfreundlich und sehr rau. Zwischenzeitlich waren alle Mädchen durch die Kontrolle durchgekommen. Selbst Nasrin stand hinter der Abfertigungslinie und warf mir fragende Blicke zu. Frau Tümper wurde langsam nervös. Ich versuchte unter großer Spannung dem Kontrolleur zu erklären, dass der Pass mir gehörte, aber der ungeduldige Polizist glaubte mir nicht und wurde noch unfreundlicher. Frau Trümper kam nun hinzu und versicherte dem Grenzsoldaten, dass ich tatsächlich zu der Schulklasse gehörte. Mit Hartnäckigkeit und viel Fingerspitzengefühl schaffte sie es schließlich, mich durch die Kontrollzone zu bekommen.

Ich merkte die Schweißperlen auf meiner Stirn. Ich fühlte, dass alle Blicke auf mich gerichtet waren, und mein Blick auf den Boden. Gestresst eilte ich zu den Mädels, die noch besorgt in meine Richtung schauten. Wegen meiner Herkunft war ich wieder in eine peinliche Situation rein geraten. Zum ersten Mal versuchte Frau Trümper durch beruhigende Worte mich schnell aufzumuntern. „Rita bitte schneller, wir haben nur ein paar Stunden Zeit."

Hinter der großen Mauer sah die Stadt ziemlich leer und grau aus. Große, lange Straßen, umrandet von kolossalen, alten Gebäuden, die so alt aussahen, als ob die Zeit um Jahrhunderte zurückgedreht worden wäre. Auf den großen, aber verfallenen Prachtstraßen kaum Fahrzeuge. Ich war von so viel Kontrast und Unterschied überwältigt. Westberlin war das pulsierende Leben. Aus den Geschichtsbüchern wusste ich, wie viele Menschen ihr Leben auf der Flucht nach West- Berlin an dieser Mauer verloren hatten. Vielen war aber auch die Flucht gelungen.

Je mehr ich über diese DDR erfuhr und sah, desto mehr erinnerte mich das kommunistische Regime an das aktuelle iranischen System, das Menschenfeindlich war. War es hier das Korsett des Kommunismus, in das alle gepfercht wurden, war es im Iran das totalitäre Scharia-System des schiitischen Islam. Der Ausflug nach Ostberlin und die Besichtigung der Westberliner Museen, darunter das Pergamonmuseum waren für mich unglaublich ergreifend. Es brachte mir das Kuriosum Deutschland mit seinem in Ost und West zweigeteilten Volk viel näher. Es war für mich unfassbar, dass die dunklen Zeiten Westdeutschlands nur vierzig Jahren zurück lagen. Nach den Aufbaujahren und dem rasanten wirtschaftlichen Aufschwung Westdeutschlands war davon nichts mehr zu sehen.

In Ostberlin war das anders. Hier zeugten viele unrenovierte Gebäude, in denen man noch die Einschusslöcher aus dem Zweiten Weltkrieg erkennen konnte, von der Vergangenheit. Die lustlosen, unfreundlichen Gesichter der Ostberliner haben mich selbst nach der Rückkehr von Berlin sehr geprägt. Nun war der Wille noch stärker, die Chance zu ergreifen und etwas aus meinem Leben zu machen. Der Ausflug nach Berlin, war eines der schönsten und lehrreichsten Erlebnisse in Deutschland, die ich bis dahin hatte. Das Ansehen Deutschlands stieg bei mir noch mehr. Ich bewunderte die Deutschen, die sich in wenigen Jahrzehnten nach der Befreiung von dem faschistischen Regime der NSDAP zu einer angesehenen Demokratie entwickelt und sich der Welt geöffnet hatten. Dasselbe wünschte ich meinem Geburtsland von ganzem Herzen.

Je schwieriger meine Beziehung zur Schule wurde, umso schöner wurde es um mich herum im privaten Bereich. Mit der Geburt meiner Nichte kam noch mehr Freude in mein Leben zurück. Sie war wunderschön, ein Geschenk Gottes. Als ich Melodie zum ersten Mal im Krankenhaus in meinen Armen hielt, war ich von ihrem Anblick überwältigt. Ihre unglaublich großen, schönen, blaue Augen, die aus ihrem kleinen Gesicht herausragten, faszinierten mich. Sie hatte wie Dariush schwarze Haare, die ihr gemeinsam mit ihrem schönen dunklen Teint etwas Rassiges verliehen.

Ich war zum ersten Mal in meinem Leben eine stolze Tante. Nach der Entlassung der Mutter mit ihrem Kind konnte ich es kaum erwarten, für Melodie das erste Mal zu babysiten. Innerlich freute ich mich auch darauf, ein paar Aufgaben in Bezug auf Melodie zu übernehmen, die mein Leben bereicherten. Melodie hob die zärtliche Seite in mir hervor. Es sah aus, als käme tatsächlich einmal eine schöne Zeit auf mich zu.

Durch Soraya, die Mutter von Dariushs Freund, die wir schon seit Payegah Yekom kannten und die mittlerweile auch in Deutschland wohnhaft war, lernte ich eine sehr nette Dame kennen. Mina, so hieß sie, traf ich das erste Mal im Hause von Soraya während eines Besuches. Anfangs kam sie mir sehr konservativ vor. Sie schaute sehr elegant aus. Ihre vornehme, distanzierte Art gefiel mir. Im Gegensatz zu Soraya, die am liebsten ihr eigener Fan war und sich gerne selbst sprechen hörte, war sie ruhig und sehr überlegt. Unsere erste Konversation reduzierte sich auf wenige Fragen. Ich schätzte es sehr an ihr, dass sie keine überzogene Neugier zeigte, und nicht aufdringlich war. Meinen Mut alleine ohne meine Eltern nach Deutschland zu kommen und bei Dariush zu wohnen, mein Heimweh zu verdrängen und den Fleiß zu haben, auf ein Gymnasium zur Schule zu gehen, bewunderte sie. Sie pflegte sehr oft über ihre drei Söhne zu sprechen. Eigentlich wollte sie nur in Deutschland bleiben, um ihren Kindern nahe zu sein. Abends besuchte sie einen Sprachkurs. Da ich es generell nicht mochte, Leute über ihr Privates auszufragen, hielt ich mich an dem ersten Tag unseres Kennenlernens sehr zurück.

Ein paar Tage später, als ich auf dem Weg von der Schule nach Hause war, begegnete ich am Busbahnhof rein zufällig Mina, die in Begleitung einer anderen Dame war. Von der Art ihrer Begrüßung merkte ich, dass sie sehr erfreut war, mich wieder zu sehen. Erneut zeigte sie keine Allüren, und war natürlich und locker wie man es von einem Landsmann erwartet. Nach einem Smalltalk und einem kurzen Zuruf „Bis bald, auf Wiedersehen" liefen wir unabhängig voneinander in dieselbe Richtung. Plötzlich standen wir, wie das Schicksal es wollte, an derselben Bushaltestelle. Wir lächelten uns an. Die Buslinie „15" fuhr langsam heran und wir stiegen zügig ein. Diesmal war ich derjenige, die sich auf Distanz hielt. Ich dachte, es wäre besser, freundlich und trotzdem zurückhaltend zu sein. Es machte zumindest einen besseren Eindruck. Außerdem war ich müde von der Schule und die Zeit im Bus, ganz ohne Konversation, wollte ich nutzen, um zur Ruhe zu kommen. Ich freute mich auf Melodie, meine süße kleine Nichte.

Von Dariush wurde ich immer wieder vor Iranern gewarnt. „Sie sind zwar Landsleute, aber sie legen ihre alten Gewohnheiten nicht ab. Sie versuchen sich in dein

Leben einzumischen, um im Nachhinein deinen Ruf mit ihrem Gerede hinter deinem Rücken zu schädigen". Bis zu diesem Zeitpunkt konnte ich nicht recht nachvollziehen, was er damit meinte. Ich wusste, dass die Iraner viele Schwachpunkte hatten. Dass sie neidisch waren und meistens dem Leben der Anderen nacheiferten, daß sie sehr gerne über andere redeten, anstatt mit ihnen. Aber aus der Heimat hatte ich nur Gutes und schöne Erinnerungen von den Verwandten, guten Freunden und Nachbarn mitgenommen. Viele Unterschiede sah ich persönlich in dieser Hinsicht zur deutschen Mentalität auch nicht.

Das, was Dariush mir über unsere Landsleute sagte, traf mich sehr, denn ich war auch eine Iranerin. Es konnte nicht sein, dass er innerhalb von achtzehn Monaten so viel Schlechtes von den Iranern gesehen hatte, dachte ich mir. In Europa zu leben und trotzdem traditionell und altmodisch zu bleiben, war für mich unbegreiflich, denn das Leben in Europa hatte ich als sehr modern und zeitgemäß kennengelernt. Von den Iranern war ich indes gewöhnt, dass sie trotz der Unterdrückung und der dramatischen Änderungen in unserem Land, insbesondere in den letzten Jahren, ihre guten Manieren behalten hatten und überall entsprechend behandelt wurden.

Die zufälligen Begegnungen mit Mina häuften sich mit der Zeit. Inzwischen machte sie kein großes Geheimnis mehr daraus, dass sie mich mochte. Eines Tages, als wir uns kurz begegneten, gab sie mir ihre Telefonnummer. Auch ich gab ihr Meine, die eigentlich Dariush und Susanne gehörte. Sie wartete nicht mit dem ersten Anruf. Ich war recht überrascht, dass sie mich so schnell kontaktierte. Sie fasste sich sehr kurz und lud mich zu einem Abendessen ein. Natürlich in ihrer Wohnung. Die Einladung war noch in weiter Zukunft, aber ich wollte Dariush davon in Kenntnis setzen, bevor unsere gemeinsame neugierige Freundin, Soraya dies tat. Dariush kannte Mina nicht und er warf mir vor, ich könne mich nicht einfach mit Fremden treffen, noch dazu in deren Wohnung. Damit war die Einladung erst einmal vom Tisch.

Voller Respekt befolgte ich seine Anweisungen und hielt mich von fremden Iranern fern. Dariush übernahm wie immer die Vaterrolle für mich, aber sehr oft hörten sich die Gespräche mit ihm wie eine Aneinanderreihung von Kritik an mir an. Sogar zu Nasrin konnte ich keinen privaten Kontakt aufbauen, denn sie hatte wie ich einen Bruder, der ihr eher deutsche Kontakte empfahl als persische, was für mich zuerst seltsam wirkte, aber bei näherer Betrachtung völlig verständlich war.

Die Einschränkung meines Umgangs in meinem noch jungen Leben in Deutschland nahm ich hin. Dariush war nun einmal mein älterer Bruder und hier war er mein Vaterersatz. Ich hatte ihm zu gehorchen. Innerlich wünschte ich mir eine Anvertraute, die mir nicht sagte, was ich tun und lassen sollte, sondern für mich da war, wenn ich Rat und Trost brauchte. Ich vermisste meine Mutter und meine Schwester. Mir fehlten Wärme und Zuneigung und das Verständnis, das Frauen für Frauen haben.

Nach einem halben Jahr Aufenthalt in Aachen, kam ich mir vor als hätte mein Leben für meinen Bruder und seine Familie außer Schule und Hausarbeit keinen Inhalt. Sehr oft fielen mir verliebte Paare auf den Straßen auf, die Hand in Hand Spazieren gingen. Junge Frauen und Männer, die sich in aller Öffentlichkeit leidenschaftlich küssten. Ab und an kriegte ich in der Schule mit, dass die Mädchen von ihren Freunden erzählten. So viel Freiheit, die mir verborgen blieb. Ich ging gerade auf die Siebzehn zu. Meine Attraktivität und Anziehungskraft waren mir durchaus bewusst, aber das waren keine Voraussetzungen um einen Freund zu haben. Auch ich wünschte mir einen Freund, der für mich da war, wenn ich ihn brauchte.

Eines Tages, ich war auf meiner täglichen Fahrt von der Schule nach Hause, stieg ein dunkelhaariger junger Mann in den Bus ein. Er war ziemlich groß gewachsen und sah sehr gut aus. Seine Mimik verriet nicht sehr viel über seinen Charakter. Er hatte schwarze, glatte Haare. Ein paar Strähnen fielen ihm ins Gesicht. Seine große Nase war besonders auffällig. Bei diesem Aussehen könnte er glatt ein Iraner sein, dachte ich mir.

Obwohl ich genauso wie jeder andere den neu einsteigenden Fahrgast bemusterte, schaute er mit seinem ernsten Gesicht nur in meine Richtung. Selbst wenn ich ihm bewusst in die Augen schaute, konnte er nicht seinen Blick von mir abwenden. Als er dann auf der halben Strecke an einer Bushaltestelle aus dem Bus stieg, schenke er mir ein unglaublich nettes Lächeln. Mir war noch nie so etwas passiert. Die deutschen Jungen interessierten sich nicht für die orientalischen Mädchen. Es war auch nachvollziehbar, denn die europäische Lebensart ließ sich schlecht mit den muslimischen Glauben vereinbaren. Deutsche Jungen schienen Sex vor der Ehe als Muss zu betrachten und das konnten sich viele Mädchen in meinem Alter nicht leisten.

Selbst viele orientalische Männer suchten sich lieber aufgeklärte, emanzipierte Frauen, die sich frei in einer Beziehung, insbesondere sexuell entfalten konnten, ohne Verantwortung dabei einzugehen. Dies alles schien für mich eine sehr wichtige Rolle zu spielen. Mental war ich auch nicht bereit für eine Beziehung, zumal ich solche Anforderungen eines Mannes auch nicht erfüllen konnte und wollte, denn von der modernen Welt der Europäer hielt ich noch nichts. Meine bisherige Lebensweise, die von Unterdrückung der Frau geprägt war, fand ich ebenso wenig erstrebenswert. Aber für das Rollenverständnis der Europäer war ich nicht bereit.

Der junge Mann aus dem Bus war bald Geschichte. Ich richtete meine Konzentration auf die Abschlusstests in der Schule, auf die ich mich vorbereiten musste. In meiner Freizeit spielte ich mit Melodie und war froh, wenn Dariush und Susanne sie mir für ein paar Stunden zur Betreuung überließen, um auszugehen oder etwas Zeit für sich alleine zu haben.

Soraya war nicht sehr von meinem Leben begeistert. In ihren Augen war es langweilig. Immer wieder lud sie mich zu sich nach Hause ein und wenn die Zeit es zuließ, nahm sie mich in die Stadt mit. Ihr war auch langsam aufgefallen, dass ich von Dariush und Susanne auf mich zugetragenen Aufgaben, nicht genügend gefördert war.

Ich rechnete ihr das hoch an. Außer ihrer Neugierde, die allgemein bekannt war, fand ich sie in letzter Zeit sehr fürsorglich und bemutternd. Eine Nacht durfte ich sogar bei ihr und ihrem jüngsten Sohn Soheil übernachten. Sie hatte drei Söhne und nach ihren eigenen Aussagen hätte sie so gerne noch eine Tochter gehabt. Vielleicht sah sie in mir so etwas wie die verlorene Tochter.

DAS SCHÖNE GEFÜHL DES VERLIEBTSEINS

Das war gar nicht gut, denn ich kam knapp eine viertel Stunde zu spät. Pünktlichkeit war mir hoch und heilig und die erste Regel, die man zweifelsohne in Deutschland beachten musste. Voller Aufregung und außer Atem klingelte ich an der Haustür. Das mehrstöckige Haus schien sehr alt zu sein. Die Ziegelsteine an der Fassade machten den Eindruck, dass sie seit mindestens einem halben Jahrhundert den Schein des Gebäudes zu bewahren versuchten und schon Einiges erlebt hatten. Obwohl ich sehr von den alten Bauten und der Architektur in Aachen begeistert war, bevorzugte ich die moderne Architektur den Gründerzeithäusern gegenüber.

Als die Tür auf ging und ich im Flur des Hauses stand, bemerkte ich einen abstoßenden Geruch. Es war eine Mischung von faulem Gestank und Feuchtigkeit. Die Holztreppen waren so alt, dass jede Stufe unter meinem Fuß ächzte und mit jedem weiteren Tritt war ich beängstigt, dass das Treppenhaus plötzlich einstürzen könnte. „Noch eine Etage, dann hast du es geschafft, Dana jan" rief eine Stimme mir zu, die nach Mina klang. Sie schaute mir, gebeugt über das hölzerne Geländer, mit einem breiten Lächeln zu. Sie begrüßte mich sehr herzlich und bat mich höflich herein.

Ein kleiner Korridor führte rechts zu einem Raum, der mit einer alten Couch und ein paar alten Sessel eingerichtet war. Ein Fernseher stand in der Ecke. Am Ende des Korridors war eine kleine Küche. „Die Schuhe brauchst du nicht auszuziehen", erwähnte Mina sehr liebevoll. Als ich auf der Couch saß und in den kleinen

Raum schaute dachte ich mir eine Sekunde: „Was tue ich hier?...wo bin ich?...ich kenne diese Frau erst seit wenigen Wochen. Warum habe ich die Einladung angenommen?"

Tief in meinen Gedanken versunken, weckte mich ein lautes „Dana jan" auf. „Soraya war gerade am Telefon, ich habe ihr nicht gesagt, dass du heute uns besuchst. Ich hoffe, damit hast du kein Problem." Sie zwinkerte mich an. „Nein, es ist in Ordnung" erwiderte ich und dachte mir gleich: „Warum hält sie es vor Soraya geheim, dass sie mich eingeladen hat? Und wen meint sie mit uns?" Wer war noch in dieser kleinen Wohnung, die aus nur zwei Zimmern bestand?"

Viel wusste ich nicht über Mina und trotzdem hatte ich aus Leichtsinn ihre Einladung angenommen. Es gab keinen Grund Mina zu kritisieren. Das war schließlich nicht ihr Fehler, sondern Meiner. So oft versuchte ich den Iraner aus dem Weg zu gehen, wie mein Bruder es von mir verlangte, aber jetzt merkte ich, dass mir weder die Willensstärke noch die Konsequenz gegeben war einfach „Nein" zu sagen.

„So, die Pizza ist im Ofen und meine Söhne müssen jederzeit vom Schwimmen zurück kommen, Dana jan, kann ich dir etwas zum trinken anbieten?" fragte mich Mina mit einer klaren Stimme. „Wohnen sie alle drei hier?" fragte ich, obwohl ich mir die Frage hätte sparen können. „Naja, der Älteste und der Jüngste", lächelte sie mir zu. „Farhad wohnt im Studentenwohnheim" ergänzte sie. „Er ist aber sehr oft hier, fast jeden Tag." Sie lächelte mich weiter an. Mit neugierigem Blick wartete sie auf meine Antwort, was ich trinken wollte.

„Ich trinke einen schwarzen Tee, danke", antwortete ich sehr verlegen. „Du kannst auch Kaffee haben, Dana jan." sagte Mina sehr freundlich. „Oh nein danke, ich hasse Kaffee" sagte ich laut, damit sie mich von der Küche aus hören konnte. „Naja, ich dachte du lebst mit Susanne und deinem Bruder zusammen. Die Deutschen trinken doch so viel Kaffee." Ihre Stimme war richtig laut. „Nein, diese Eigenheit der Deutschen habe ich noch nicht übernommen. Kaffee schmeckt mir nicht." Fügte ich hinzu.

Mina sah sehr jung aus. Sie war Anfang Vierzig. Ihre langen, rosa lackierten Fingernägel mit ihrer sorgfältigen Maniküre verrieten mir, dass sie nicht nur viel Zeit hatte, sondern sehr auf ihr Aussehen Wert legte. Ihre rotbraunen glatten Haare, die im Gegensatz zu meiner Frisur einen adäquaten Schnitt hatten, legten sich um das Gesicht und berührten gerade ihre Schulter. Sie hatte einen dunklen Teint, und für eine Iranerin hatte sie eine extrem kleine Nase. Ihre großen braunen Augen schauten Einen sehr neugierig an, und sie pflegte sich sehr oft beim Sprechen hin und her zu bewegen.

In der Zeit, in der ich mit meinem Tee, der sehr gut schmeckte, beschäftigt war versuchte ich Mina einzustudieren und herauszufinden, was sie genau von mir wollte und was der Sinn und Zweck der Einladung war. Sie fragte mich Dinge, die ich nur als Aufwärm-Gespräch einordnen konnte. Ihre Neugierde ging in jede Richtung. Von meiner kleinen Nichte bis hin zu meiner Schule und meiner Familie in Teheran. Sie schien von mir, besser gesagt von uns, sehr begeistert zu sein. Ihren Eifer, uns zu erforschen, nahm ich als Interesse auf.

Das Läuten der Hausklingel holte mich aus meinen Gedanken zurück. Mina freute sich wie ein Kind. „Ah, sie sind da". Und ich dachte mir „Oh nein, wieder Smalltalk und noch einmal dieselben Fragen beantworten". Dazwischen hörte ich Schritte auf den Treppen und das unvermeidliche Quietschen der Holztreppe kündigte die Besucher an. Mina wartete fröhlich vor der Tür. Sie hielt den Türgriff mit einer Hand fest und starrte in Richtung des Treppenhauses.

Kaum hob ich meinen Kopf, da stand der Jüngste von Minas Söhnen vor mir. „Hallo, mein Name ist Alireza, sehr erfreut", die Hand ausgetreckt, um sie mir zur Begrüßung zu reichen. Direkt nach Alireza kam ein großer Mann, der kurz reinschaute, aber sofort in der Küche verschwand. Sein Gesicht kam mir sehr bekannt vor, aber ich konnte nicht einordnen, wo ich ihm schon einmal begegnet war. Ihm folgte sein Bruder Peyman, der sich sehr freundlich als ältester Sohn vorstellte. Alireza und Peyman setzten sich nach der sehr herzlichen Begrüßung auf die Couch. Wir verstanden uns auf Anhieb. Es folgten die üblichen Smalltalks, die alle Exil-Iraner so gerne miteinander führten.

Ich war in das Gespräch mit den Beiden vertieft als ein lautes „Hallo" meine Aufmerksamkeit ablenkte. „Ich bin Farhad". Nachdem ich mein Gespräch unterbrochen hatte, um dem ziemlich groß gewachsenen Mann die Hand auszustrecken, konnte ich kaum meinen Augen trauen, wen ich da vor mir sah. Es traf mich wie ein Blitzschlag, jetzt wusste ich woher ich ihn kannte. Derselbe junge Mann, dem ich vor Kurzem im Bus nach Hause begegnet war und der mich beim Aussteigen so nett angelächelt hatte.

Soviel Zufall konnte es doch nicht geben. Vermutlich haben Peyman, Alireza und selbst Mina gemerkt, dass ich plötzlich sehr aufgeregt war, obwohl ich versuchte einen beherrschten Eindruck zu machen. Farhad, der mittlerweile auch neben uns in einem Sessel saß, brachte sich jedoch nicht in das Gespräch ein. Alle Anwesenden merkten an meiner Reaktion, dass Farhad und ich uns nicht zum ersten Mal begegnet waren. Er war extrem ruhig, was ihn noch interessanter machte. Dabei schaute er mich ununterbrochen an. Er wandte, genauso wie an jenem Tag im Bus, seinen Blick nicht mehr von mir ab.

Peyman war dagegen sehr offen und erzählte viel von sich. So habe ich erfahren, dass er unter den Brüdern, der einzige war, der Asyl beantragt und sogar eine Zeit lang im Heim gewohnt hatte. Sein Wunsch war es, eines Tages Architektur zu studieren und er würde sehr gerne in eine Großstadt ziehen. Wir verstanden uns sehr gut und fühlten uns beide sehr wohl bei dem Gespräch. Vor allem seinen Humor fand ich sehr ansprechend. Seine negativen Erlebnisse und die Zeit der Einsamkeit, die er offensichtlich durchlebt hatte, nahmen ihm nicht seine Lust am Leben und am Weiterkommen. Er lachte sehr gern und er machte es mit so einer Herzhaftigkeit, dass er mich auch ansteckte. Wenn er anfing zu lachen, dann mussten wir alle mit lachen. Es war egal worüber wir lachten, wir lachten mit ihm mit. Es war einfach herrlich.

Farhad fing langsam an aufzutauen. Besonders nach dem Essen mischte er sich nun ab und zu in das Gespräch ein. Nach und nach habe ich gemerkt, dass Farhad im Vorfeld durch seine Mutter gut über mich informiert worden war. Erstaunlich war allerdings für ihn, dass ich ohne viel Mühe und Deutschkenntnisse ins Gymnasium gekommen war. Nach der Auffassung und den Erfahrungen von vielen Freunden, die sie in Aachen hatten, war eine Aufnahme in ein Gymnasium in meiner Situation nicht möglich. Da ich selbst nicht wusste, warum und weshalb, gab ich dem Gespräch eine andere Wende.

Selbst nach dem Abendessen war Farhad nur Zuhörer. Eingeschüchtert über sein Verhalten versuchte ich herauszufinden was hinter seiner Stirn vorging. Ununterbrochen schaute er mich mit einem warmen Blick an. Des Öfteren versuchte ich ihn über sein Medizinstudium zu befragen, aber so ganz traute ich mir nicht, ihn immer wieder anzusprechen.

Irgendwann schaute ich auf die Uhr. Es war fast zehn Uhr. Die Zeit war wie im Flug vergangen. Vorsichtig fragte ich Mina, ob ich nach Hause telefonieren dürfte, um meinen Bruder zu informieren, dass ich fast auf dem Weg nach Hause war. Mina versicherte mir, dass Dariush sich keine Sorgen machen musste, denn Einer von den Jungen würde mich mit dem Bus nach Hause begleiten. Wie ich es mir vorgestellt hatte, war Dariush nicht begeistert, dass ich so lange von Zuhause weg geblieben war. Mit einem ziemlich aggressiven Ton herrschte er mich durch das Telefon an:" Du solltest mittlerweile längst zuhause sein, es ist spät". Verängstigt über die Konsequenzen versprach ich ihm, mich so schnell wie möglich auf den Weg zu machen. Wie immer würde er mir wahrscheinlich einen Vortrag über die Gefahren fremder Menschen halten. Er war immer der Auffassung gewesen, ich sollte den Menschen mehr Misstrauen schenken als Vertrauen.

Leider hatte jeder im Raum die Spannung zwischen Dariush und mir mitbekommen. Mina zeigte volles Verständnis und erwiderte: „Nun, er kennt uns auch nicht und die Reaktion ist völlig normal". Als ich zum Aufbrechen aufgestanden war, sprangen plötzlich Peyman und Farhad gleichzeitig auf. „Ich kann sie nach Hause begleiten", sagten die Jungs gleichzeitig mit einer sehr lieben Art. In dem Moment musste ich lachen, denn die Szene war köstlich. Habe ich so einen guten Eindruck hinterlassen, dass sie beide Feuer und Flamme waren, mich nach Hause zu begleiten? dachte ich.

Einen Augenblick schaute Farhad mit einem sehr ernsthaften Blick zu Peyman hinüber, während er seine Jeansjacke, die er auch an jenem Tag im Bus anhatte, anzog. Es war anscheinend entschieden, dass er mich begleiten würde. Erleichterung kam in mir hoch. Ich war außer mir und sehr glücklich. Schnell bedankte ich mich für den unterhaltsamen und netten Abend und für die leckere Pizza bei Mina und versprach, mich bei ihr zu melden. Nach einem herzlichen Abschied verließ ich die Wohnung mit einem sehr großen Glücksgefühl. Angetan drüber, dass sie wirklich nette Leute waren und froh drüber, dass ich ein paar sympathische Landsleute kennen gelernt hatte, setzte sich ein zufriedenes Lächeln auf meine Lippen. Farhad begleitete mich und ich hatte keine Angst mehr um die Uhrzeit auf die Straße zu gehen. Inzwischen war es fast 22.30 Uhr.

Wie ein kleines Kind freute ich mich über die letzte halbe Stunde, die ich alleine mit Farhad verbringen konnte. Er war einfach sehr groß gewachsen, und beim Sprechen musste ich meinen Kopf extrem heben, um ihm in die Augen zu schauen. Im Glauben, dass er meine Aufregung und Unsicherheit bemerkte, versuchte ich so oft wie möglich meinen Blick auf den Boden zu konzentrieren. Farhad hatte eine sehr warme, männliche Stimme. Er fragte mich andere Dinge als seine Geschwister. Sein Interesse galt dem Zusammenwohnen mit Dariush und seiner Frau. Ob wir uns trotz unterschiedlicher Kulturen gut verstehen würden? Für die kurze Zeit, die wir uns erst kannten, wollte ich nicht über mein Privatleben mit ihm sprechen.

Aber seine Neugierde fasste ich als Kompliment auf. Offensichtlich zeigte er Interesse an meiner Person. Daraus schloss ich, dass wir uns im Innern sehr nah waren, ich merkte, dass ich ihm sympathisch war und die Chemie zwischen uns stimmte.

Als wir endlich im Bus saßen und Richtung Johann-Straße, meiner Heimatadresse, fuhren, erzählte er dann doch von seinem Medizinstudium. Er war erst im zweiten Semester und hatte ein Zimmer im Studentenwohnheim gegenüber der Uniklinik. Auf der Etage wohnten viele andere Studenten und sie teilten sich eine Küche. Es waren auch Medizinstudenten in unterschiedlichen Semestern. Bis vor Kurzem hatte er in Graz in Österreich gewohnt und dort sein Abitur gemacht. Seine gute Durchschnittsnote im Abitur hat ihm die Freiheit verschafft, dass er seinen Studienplatz selber bestimmen konnte.

So hatte er sich für Aachen entschieden. Sein Vater wohnte noch in Teheran und versuchte alle paar Monate die Familie in Aachen zu besuchen. Wenn Farhad von seiner Familie sprach, wurde der Klang in seiner Stimme immer weicher. Mir wurde sofort bewusst, dass er seine Familie sehr liebte. Diese Eigenschaft zog mich noch mehr an. Während der ganzen Busfahrt redeten wir über uns. Und das Interessante an unserer Konversation war, dass keiner von uns über jenen Tag, an dem wir uns zum ersten Mal begegnet waren, sprach. Mir kam es vor, als würde ich Farhad seit Jahren kennen.

Die letzten Minuten vor der Haustür waren sehr schlimm. Innerlich konnte ich nicht loslassen. Glücklicherweise war auch Farhad unwillig zu gehen. Er holte sich das Versprechen ein, dass wir uns bald wiedersehen würden. Er ging gerne zum Sport, meistens zur Gymnastik in der Sporthalle der RWTH Aachen, und würde sich sehr freuen, wenn ich mich ihm anschließen würde. Ohne einen Plan, wie das überhaupt gehen sollte, sagte ich zu, dass er auf jeden Fall durch seine Mutter von mir hören würde.

Als ich die Treppen hoch kam, sah ich Dariush in der Tür stehen. Sein böser Blick ließ mich erahnen, dass ich nun Ärger kriegen würde. Kaum hereingekommen sah mich auch Susanne sehr giftig an. Ohne auf meine Begrüßung einzugehen, drohte mir Dariush bei einer wiederholten Verspätung Hausarrest an. Er beschwerte sich darüber, dass er die Leute nicht kannte und dass ich mich sehr fahrlässig verhalten hätte.

Seinen harten Umgang mit mir ertrug ich langsam nicht mehr. Ich erwartete nicht, dass er mir alles erlaubte, aber mich einzusperren empfand ich als sehr überzogen und taktlos. Außerdem, ein bisschen Kontakt zu anderen Landsleuten würde ihm auch gut tun. Mit der Zeit machte Dariush aus mir ein kleines Baby, das überhaupt nicht in der Lage war, sich richtig zu verhalten. Über jeden Ausflug musste ich ihn und seine Frau, die gerade 22 Jahre alt geworden war informieren. Das Schlimmste dabei war, dass in mir immer das Gefühl hoch kam, dass die beiden mir langsam gar nichts mehr gönnten. Und die Menschen, die sich für mich interessierten, nicht tolerieren wollten.

Nach dem Dariush wieder Mal mit seinem Vortrag fertig war, signalisierte ich ihm, dass ich müde sei und am liebsten ins Bett gehen würde. Ich bat ihn, das Gespräch lieber zu vertagen. Zum ersten Mal seit meiner Ankunft in Aachen ging ich mit einem schönen Glücksgefühl ins Bett. Ahnend, dass eine aufregende, aber schöne Zeit auf mich wartete.

An den nächsten Tagen habe ich über den schönen Abend bei den Sohrabis kein Wort mehr verloren. Die Atmosphäre Zuhause wurde jeden Tag schlechter. Susanne schloss mich regelrecht aus ihrem privaten Umfeld aus. Selbst wenn sie Besuch hatte, scheute sie sich nicht davor, schlecht über mich zu reden.

Dabei ging es ihr nur darum, dass ich bald auszog. Mir kam die Idee sehr recht. Aber Dariush hielt daran fest, dass ich mit nur siebzehn Jahren viel zu jung für eine eigene Wohnung war. Anderseits wollte er auch nicht die unangenehmen Diskussionen mit Susanne weiter fortführen. Da waren viele Dinge, die mir nicht mehr gepasst hatten. Vor allem, dass Dariush mir die Freiheit, die meine Eltern ihrem Sohn selbst in einem so unterdrückten Land wie dem Iran eingeräumt hatten, in einem freien Land wie Deutschland nicht gewähren wollte. Diese Zweigleisigkeit störte mich am meisten. So kannte ich ihn nicht. Mir war nicht klar, wovor er Angst hatte.

Ein paar Tage nach dem Besuch bei Mina habe ich sie angerufen, um mich bei ihr für die Einladung zu bedanken. Sie war sehr erfreut darüber, dass ich mich bei ihr gemeldet hatte, und verkündete, dass Farhad sehr oft nach mir fragte. Mina hatte ihm meine Nummer nicht gegeben. Das hätte sich nicht gehört. Um uns dreien Ärger zu ersparen, schlug ich ihr vor, dass ich den Kontakt eher zu ihr aufrecht erhalten würde. Mina wusste nicht, dass Dariush sehr empfindlich auf dieses Thema reagieren könnte. Aber sie willigte ein, dass ich sie jederzeit anrufen könnte.

Telefonisch behielt ich Kontakt zu Mina. Immer wenn ich alleine Zuhause war, rief ich sie an. Zu meinem Ärgernis hatte Dariush mit Soraya über meine neue Freundin gesprochen. Soraya wusste nun, dass ich alleine bei Sohrabis war und Sie zeigte sich sehr beleidigt, dass sie nicht mit eingeladen war. Plötzlich war ihr Umgang mit mir anders. Sie war nicht mehr die Ersatzmutter, sondern hatte sich zu einer eifersüchtigen Freundin, die sich ausgeschlossen fühlte, gewandelt.

Die Kontrollsucht meines Bruders und seiner Frau und das Verhalten von Soraya wegen des Treffens bei den Sohrabis machten mich wütend. So viel komisches Aufheben wegen eines Besuchs hatte ich selbst im Iran nicht erlebt. Vor allem meinem Bruder galt meine Enttäuschung. Es schoss mir immer wieder durch den Kopf, dass er selbst in einem so strengen Land wie dem Iran seine Jugend in vollen Zügen genossen hatte und ich mich nun in einer liberalen Gesellschaft so an der kurzen Leine hielt. Für jeden Ausgang musste ich ihn und seine Frau um Erlaubnis bitten.

Dariush hatte sich merkwürdigerweise sehr geändert. Obwohl er die konservative Haltung und das Gerede vieler Iraner kritisierte, war selbst derjenige, der keine Bereitschaft zeigte, sich anzupassen. Mir seine sinnlosen Bedingungen aufzuzwingen, machte alles nur noch schlimmer.

Dies stärkte meinen Entschluss, die Schule zu meistern, in Deutschland zu bleiben und mir meine Unabhängigkeit zu erkämpfen. Manchmal dachte ich, es wäre besser im Iran geblieben zu sein. Wenn ich an meine Freiheiten, die ich bei meinen Eltern genossen hatte, dachte, und sie mit den Einschränkungen meines Bruders in so einem freien Land verglich, wurde ich traurig. Dariush verhielt sich wie ein Iraner in seinem Heimatland. Er wollte jeden Schritt von mir kontrollieren. Je mehr Freiheit ich wollte, desto mehr wurde ich eingeschränkt. Dabei bekam er Hilfe von Soraya, die seine Anweisungen Punkt für Punkt folgte und von Susanne, die sich ohnehin zum Ziel gesetzt hatte, mir das Leben in ihrem Heim so unangenehm wie möglich zu gestalten. In ihren Augen willkommen war ich nur als Haushaltshilfe und Kindermädchen. Hatte ich für dieses Leben den Iran verlassen?

In mir reifte der Entschluss, mein Leben auf eigene Beine zu stellen. Zuerst sprach ich mit meiner Mutter. Sie war sehr überrascht und klang nicht begeistert von meinem Vorhaben aus der Wohnung von Susanne und Dariush auszuziehen. Aber schließlich willigte sie ein. Da sich Susanne sehr über meinen Auszug freuen würde, sah ich sie auf meiner Seite. Ich beschloss, sie auf meine Seite zu bringen, damit auch Dariush einen Auszug genehmigen würde. So bat ich Susanne um ein Gespräch und flehte sie an, sich für mich einzusetzen. Sie willigte, nicht ganz unerwartet ein.

Für Dariush war es nicht leicht, loszulassen. Als mein Vormund machte er sich selbstverständlich Gedanken, die nicht unbegründet waren. Die Einsamkeit, die Finanzen, der Haushalt neben der Schule, und nicht zu vergessen, ich war noch nicht volljährig. Er bat um Bedenkzeit. Seine eigene Situation als Familienvater und Student mit einbezogen, würde eine Zustimmung auch ihm und seiner Familie, insbesondere seiner Ehe mit Susanne, gut tun. Endlich nach vielen Diskussionen, willigte er am Schluss doch ein, dass ich auszog und versprach, sich um eine kleine Ein-Zimmer-Wohnung zu kümmern. Er tat es nur sehr widerwillig und war dabei überhaupt nicht glücklich, aber er sah ein, dass ihm kaum eine Alternative blieb. Die Beziehung zwischen Susanne und mir war bereits stark gestört und die Stimmung Zuhause wurde zunehmend geladen, weil meine ständige Anwesenheit in der kleinen Wohnung ein geordnetes Familienleben kaum zuließ. Dieser Zustand währte schon zu lange und hatte sich mit dem Neugeborenen noch verstärkt.

Die Einwilligung erfreute mich sehr. Langsam aber sicher kam mein Leben in Fahrt. Obwohl ich wusste, dass es nicht einfacher würde und die Kontrollen von Dariush nicht abnehmen würden, war ich bereit, alleine durch das Leben zu gehen. Meiner Mutter verdankte ich dabei viel, denn sie war diejenige die Dariush letzten Endes überzeugt hatte.

Für Wohnungssuchende war es nicht einfach in Aachen etwas Passendes zu finden. Es war eine Kleinstadt mit einem Überfluss an Studenten. Insbesondere die kleinen Wohnungen waren die beliebtesten. Des Öfteren musste man zu der Verwaltung eines Wohnblocks einen guten Draht haben, um ans Ziel zu gelangen. Wartelisten waren keine Seltenheit. Es konnte Monate oder Jahre dauern bis man an eine Wohnung kam.

Westlich von Aachen, nahe an der niederländischen Grenze, gab es ein Wohngebiet mit möblierten Single-Wohnungen, die ideal für eine Person waren. In diesem

Wohngebiet wohnten viele Iraner. Auch Soraya hatte dort mit ihrem kleinen Sohn eine Wohnung gefunden. Wegen der hohen Fluktuationsrate rechneten wir uns gute Chancen aus, dort eine Ein-Zimmer-Wohnung zu bekommen.

Innerhalb weniger Wochen hat es dort letztendlich geklappt. Ich bekam eine kleine Wohnung. Sie hatte nur zwölf Quadratmeter. Aber für mich war es mehr als genug. Zum ersten Mal in meinem Leben hatte ich eine eigene Bleibe, ein Rückzugort, dessen Tür ich einem offen oder zu hielt, wie es mir passte. Ich konnte es kaum abwarten bis der Tag des Einzuges kam.

Als es soweit war, war meine Freude unbeschreiblich groß. Dariush bat mich darum, ihn nicht in Verlegenheit zu bringen und sein Vertrauen zu missbrauchen. Ich musste ihm hoch und heilig versprechen, mich nur um meine Schule zu kümmern. Das war die einzige Bedingung und gleichzeitig ein guter Ratschlag gewesen.

Mein kleines zwölf Quadratmeter Domizil bot einige Annehmlichkeiten. Die Wohnung befand sich im Erdgeschoß. Man betrat die Wohnung durch einen kleinen Flur. Direkt links im kleinen Flur war eine kleine Kochnische. Gegenüber der Tür war ein kleiner Schrank und ganz links hinter der Kochnische ging es ins Bad, das mit einer wenig geräumigen Dusche, einer Toilette und einem Waschbecken ausgestattet war. Der Wohnbereich war mit einem Einzelbett, einem Tisch und einem Stuhl möbliert. Ein im Verhältnis zu dem Zimmer relativ großes Fenster ließ etwas Licht in das sonst sehr düstere Appartement hinein. Der Boden war durch einen alten, ziemlich schmutzigen braunen Teppich bedeckt, der das Zimmer noch dunkler machte.

Im Wohnblock gab es zwei Waschräume, die mit Waschmaschinen und Wäschetrocknern ausgestattet waren. Sie funktionierten mit kleinen Marken, die man gegen Geld bekam. Trotz der Enge und Dunkelheit gefiel mir mein neues Heim, denn es gab mir ein Stück Selbständigkeit und Individualität. Und vor allem es war ein riesengroßer Schritt Richtung Freiheit, den ich seit Jahren mir erhofft hatte.

Ich wollte nicht mehr grübeln, sondern nur noch nach vorne blicken. Obwohl ich mich sehr müde fühlte, hatte ich einen großen Drang alles zu ändern und mich endlich von der Vergangenheit zu befreien. Mit der Zeit passierte es auch, dass alles, was vor Kurzem noch mein Leben beherrschte, nun zur Nebensache wurde. Anstatt zu versuchen, mich in Ruhe damit auseinander zu setzen, lief ich davon.

Bald kündigten sich Soraya und Mina für einen kleinen Besuch an. Auf diese Begegnung freute ich mich, denn endlich konnte ich Mina nach Farhad fragen und mich mit ihm treffen.

Nach dem kleinen und sehr unkomplizierten Einzug, der nur aus einem kleinen Koffer und ein paar Schulsachen bestand, fühlte ich mich nach so langer Zeit als hätte ich wieder ein Zuhause. Die Vorstellung, dass ich ab jetzt mein eigenes Reich hatte, machte mich vor lauter Freude wahnsinnig. Wissend, dass ich die Nächte ganz alleine in einem kleinen Zimmer verbringen müsste, machte mir nichts aus. Ich suchte Ruhe und Einsamkeit.

Es waren ein paar Formalien, die sofort erledigt werden mussten. Mich bei dem Einwohner-Meldeamt registrieren, einen Telefonanschluss beantragen. Die ersten

Anschaffungen für meinen kleinen Haushalt besorgen. Schon am ersten Tag nach dem Einzug erledigte ich diese Aufgaben. Den Telefonanschluss beantragte ich als erstes, denn ich wollte so früh wie möglich erreichbar sein. Außerdem fand ich es cool einen eigenen Telefonanschluss zu besitzen und freute mich schon auf die Anrufe aus Teheran.

Für meine angekündigten Gäste ging ich von meinem kleinen Geld einkaufen und deckte den kleinen Tisch zu einer bunten Tafel. Mit Obst und ein paar süßen Leckereien, wollte ich ihnen den Aufenthalt so angenehm wie möglich gestalten. Es war ein schöner Sommertag als die beiden mich besuchten. Sie hatten für mich Einiges mitgebracht, denn sie wussten, dass ich nicht viel hatte. So haben sie sich um Besteck und Teller gekümmert und mir auch ein paar Gläser geschenkt. Ich wurde das Gefühl nicht los, dass sich beide für mich freuten, denn auch sie hatten den Eindruck gewonnen, dass ich mich bei Dariush und Susanne nicht mehr wohl gefühlt hatte. Die ewigen Streitereien mit Susanne und die Einsamkeit waren kein guter Start in ein Leben fernab der Heimat und der Familie.

Meine Gäste waren sehr begeistert. In ihren Augen sah ich Bewunderung und Lob. Meine Motivation und Eigenständigkeit fanden sie bewundernswert. Das kleine Zusammenkommen brachte uns näher. Unser Altersunterschied war zwar groß, aber die Beziehung zu den beiden sah ich nicht nur freundschaftlich, sondern auch bemutternd. Beide beteuerten, dass sie für mich da wären, wenn ich sie brauchen würde. Mina bat mich darum, sie öfters zu besuchen, um der Einsamkeit zu entgehen, was mich auch sehr freute.

Wie versprochen, habe ich Mina gleich nach dem Besuch in meinem neuen Heim einen Gegenbesuch abgestattet. Natürlich wollte ich Farhad endlich wieder sehen. Es war wie eine Bestimmung, denn sofort nach meiner Ankunft bei Mina, kam Farhad auch und war sehr glücklich mich bei seiner Mutter zu sehen. An jenem Tag wurde deutlich, dass wir uns mochten. Und das mehr als in einer normalen Freundschaft. Farhad gab mir sofort die Nummer seines Studentenwohnheimes, damit ich ihn auch ohne Zwischenperson erreichen konnte. Ich zögerte auch nicht ihm meine neue Telefonnummer mitzuteilen. Dass ich seit kurzem alleine wohnte, fand er cool.

Wie erwartet kam der erste Anruf von ihm. Er war sehr froh, dass er mit mir ungestört telefonieren konnte. Der schüchterne Klang passte nicht ganz zu seiner sonst so selbstbewussten und tiefen Stimme, die ich sehr warm und vertraulich fand. Schon beim ersten Telefonat schlug mir Farhad vor, dass wir uns zum Joggen treffen sollten. Es machte den Eindruck, dass er mich unbedingt sehen wollte.

Wir haben für unsere erste Verabredung gleich den kommenden Samstag ausgesucht und einen Treffpunkt ausgemacht. Ich freute mich über mein erstes Treffen mit Farhad.

Am frühen Morgen rief mich Farhad an. „Es soll heute richtig warm werden. Damit wir uns in der Hitze nicht zu sehr quälen, schlage ich vor, dass wir uns schon um 9.00 Uhr treffen." „Kein Problem" antwortete ich. „Ok, du wohnst ja an diesem schönen Westpark, sollen wir uns dort irgendwo in der Nähe treffen?" ich willigte ein, und gab ihm unmittelbar den Namen der Straße, wo wir uns treffen sollten. Erstaunlich, dass er die Adresse und den Park so gut kannte.

Farhad stand pünktlich an der Bushaltstelle, die wir als Treffpunkt ausgemacht hatten, gut vorbereitet in Jogginganzug und Turnschuhen. Ich hatte mich auch um ein sportliches Outfit bemüht. Von meinen Nike-Turnschuhe, die ich aus dem Iran mitgebracht hatte, war er sehr begeistert.

Wir drehten mehrmals dieselbe Runde. Um nicht gleich zu viel Energie zu verlieren, und sprachen nicht sehr viel. Wir joggten einfach. Nach einer Stunde Joggen, legten wir auf der Wiese eine Pause ein. Farhad fing sofort an mir Komplimente zu machen. Was für eine gute Kondition ich hätte und ob ich öfters zum Joggen ginge. So versuchte er mit mir ins Gespräch zu kommen. Er erzählte sehr viel von sich. Von seiner Schulzeit in Graz, seinem Studium, von seiner Familie, die er sehr respektvoll liebte und sogar von seinen Freunden.

Das große Vertrauen mir gegenüber überraschte mich sehr und gleichzeitig gab es mir ein angenehm warmes Gefühl. Er war sehr aufgeregt, denn er fragte kaum nach mir. Unaufgefordert redete er weiter. Er war für mich wie ein offenes Buch. Ohne ihn fragen zu müssen, erzählte er alles, was ich wissen wollte. Seine Geschichten waren meistens so mit Humor versehen, dass ich öfters lachen musste, und dachte, dass es von ihm beabsichtigt war, damit ich ihn mehr mochte. Und das tat ich auch. Trotz meiner sehr kühlen Art, eine Mischung aus Stolz und einer guten Portion Würde, versuchte ich ihm zu zeigen, dass unsere Gefühle auf Gegenseitigkeit beruhten. Kaum waren wir einen Tag zusammen, waren wir uns auch schon einen großen Schritt näher gekommen.

Farhad war nach langer Zeit der erste Mensch in Deutschland, bei dem ich mich wohl fühlte. Im Gegensatz zu vielen anderen Iranern hat er keine warnende Haltung, sondern eine sehr positive Persönlichkeit, die mir Mut machte der Zukunft mit Zuversicht zu begegnen. Da ich auch Medizin studieren wollte, sah ich Farhad als ein gewisses Vorbild, und war froh, dass er meinen Weg gekreuzt hatte.

An jenem Samstag versprachen wir uns, dass wir zukünftig jedes Wochenende zusammen joggen wollten. Beim Abschied begleitete mich Farhad bis zu meiner Wohnungstür, aber ich bat ihn nicht herein. Er verhielt sich auch sehr edel und zeigte keine Neugier. Schnell verabschiedete er sich.

Die Begegnung mit Farhad motivierte mich noch mehr für die Schule zu tun. So verbrachte ich das ganze restliche Wochenende in meinem Zimmer und lernte. Als Dariush sein tägliches Kontrolltelefonat mit mir durchführte, erfuhr er nichts von meinem Treffen mit Farhad. Mir war bewusst, dass es ihn nicht begeistern würde. Er hätte etwas falsch verstehen können und viel war ja nicht zu erzählen, denn mit Farhad war ich noch in der Kennen lern-Phase.

Schon an dem Montag darauf war mein Auftreten in der Schule ein anderes. Selbst Nasrin war sehr überrascht. Sie fragte mich, ob ich am Wochenende etwas Besonderes gemacht hätte, denn so glücklich hätte sie mich seit langem nicht mehr gesehen. Auf die Antwort „Nein", lächelte sie sehr dezent und meinen Mut und Fröhlichkeit erklärte sie sich mit meiner neuen Wohnsituation. „Die Trennung von deinem Bruder und seiner Familie scheint dir gut zu tun" sagte sie mit einem verschmitzten Lächeln.

Während ich sehr bemüht war, keine Details Preis zu geben, nickte ich mit dem Kopf und lächelte sie etwas verräterisch an. Das war vielleicht nicht so klug, denn Nasrin versuchte auch, sich von ihrem Bruder räumlich zu trennen. Und das brachte sie auf neue Gedanken. Sie teilte mir mit, dass sie auch einen Auszug anstreben würde. So fragte sie mich nach dem Verwalter der Appartements auf der Vaalser Straße.

Obwohl ich mich eigentlich über die Nähe zu Nasrin eigentlich sehr freute, änderte die Bekanntschaft mit Farhad nun einiges. Ich war nicht sehr begeistert von der Idee, sie auch privat in meiner Nähe zu haben, nun da ich jetzt Farhad kannte. Nach kurzem Zögern teilte ich Nasrin die Adresse des Verwalters doch mit, damit sie sich als Interessentin eintragen konnte. Über meine gute Tat war ich dennoch sehr glücklich, denn ich wusste, wie schwer sie es hatte. Zwar war unser Alter nicht das Richtige, um eigene Wege zu gehen, aber sich mit einer jungen Familie in vier Wänden zu arrangieren, war in unserer Situation sehr schwierig, wenn dazu ältere Brüder gehörten.

Als ich gegen Nachmittag nach Hause kam stürzte ich mich direkt auf meine Hausaufgaben. Das Wetter war an dem Tag leider wieder Mal regnerisch und sehr trüb. An meinem Schreibtisch kämpfte ich mit einer Mathematikaufgabe als es plötzlich an meiner Tür klingelte. Grübelnd, wer das wohl sein konnte, bewegte ich mich in Richtung meiner Wohnungstür. Überraschungsbesuche mochte ich nie und hoffte, dass nicht Soraya oder einer aus der Nachbarschaft vor der Tür stand, denn ich hatte viel zu tun und war sehr müde.

Genervt und mit Verzögerung öffnete ich schließlich die Tür. Ich konnte kaum glauben, wer mich da anschaute. Für gefühlte drei Sekunden waren wir beide sprachlos. Anlehnend am Türrahmen mit einer Mappe unter dem Arm schaute mich Farhad an. Vermutlich wusste er selbst nicht was er sagen sollte. Er schaute mich mit seinem warmen Blick an und ein sanftes Lächeln zeichnete sich auf seinen Lippen ab. „Hallo, was machst du denn hier?" fragte ich ihn schließlich, obwohl meine Freude über den unangekündigten Besuch kaum zu übersehen war. In dem Moment wusste ich, dass ihm meine wenig authentische Art fast lächerlich vorkommen musste, aber es wäre auch sehr peinlich gewesen, wenn ich ausgerufen hätte „Auf dich habe ich ja gewartet".

Farhad nahm meine Frage als einen Ausdruck für meine Freude und hat sich kaum Zeit gelassen, um mir spontan und lässig mit den Worten „Ich war zufällig hier in der Nähe, ein Treffen mit einem Freund aus der Uni....und dachte mir, ich komme auf einen Tee vorbei" zu antworten. Als ich ihn hinein bat, konnte er in meinem Gesicht die Verlegenheit lesen. Viele Sitzgelegenheiten hatte ich nicht in meiner kleinen Einzimmer-Wohnung, so bot ich ihm den einzigen Sessel an, der neben meinem Schreibtisch stand.

Während ich versuchte, uns Tee zu machen, schaute Farhad sich sehr neugierig um. Sein Blick war immer noch sehr weich und verlieh seinem Gesichtsausdruck eine gewisse Zufriedenheit. Was für mich am aller peinlichsten war, war das Einzelbett, das auch im Raum stand. Jetzt wünschte ich mir, dass die Wohnung zwei Zimmer hätte, damit mein Privatbereich nicht für die Besucher zur Schau stand, aber das nahm Farhad sehr gelassen und um mir die Aufregung und die Verlegenheit wegzunehmen, ergänzte er: „Das sieht genau wie mein Zimmer aus. Alles in einem Raum und es mangelt an nichts. Klein aber fein". Innerlich war ich sehr erleichtert, denn um keinen Preis wollte ich hinter Farhad zurückstehen. Seine lockere Art fand ich sehr angenehm und zuvorkommend. Das war es auch, was mich an ihm sehr anzog.

Beim Servieren des Tees beugte sich Farhad über meinen Schreibtisch, um zu sehen, was ich gerade tat. „Das sieht nach Mathematik aus". „Ja, ich habe mich gerade daran versucht, aber offen gesagt, es ist keine schwierige Sache, wenn man bedenkt, dass ich in Teheran um die Zeit schon meinen Schulabschluss in der Tasche gehabt hätte". „Bereust du es?" fragte er mich. „Was denn?". „Dass du nach Deutschland gekommen bist" „Weiß nicht, ich vermisse meine Familie. Freunde können sie für mich nicht ersetzen. Anderseits, das mit der Sprache in der Schule, die nehmen mich richtig in Anspruch. Aber nach der Schule hätte ich keine Chance mehr gehabt raus zu kommen". „Ja, es ist sehr schwierig. Wir Iraner können es nie richtig schön haben, immer fehlt irgendwas", sagt er mit einem melancholischen Blick.

Es war sehr eigenartig, Farhad gewann in Windeseile mein Vertrauen. An jenem Tag fragte er mich viele Dinge, weil er vielleicht auch gemerkt hatte, dass er bei unserem Letzten Treffen sehr viel über sich gesprochen hatte. Seine Körperhaltung war sehr offen und freundschaftlich. Ich bin da und du kannst dich ausheulen, wenn du möchtest. „Ich glaube, da sind viele Iraner, die dasselbe Schicksal mit uns teilen, in der Ferne etwas aufzubauen, ist nicht leicht" sagte ich, um das Gespräch zu beenden. Es war mir unangenehm, meine Schwächen und Sorgen direkt am Anfang zu zeigen. Zumal ich gelernt hatte, dass es mir nichts brachte. Für dieses Leben und den Neuanfang musste ich Stärke zeigen. Das war ich Dariush und meinen Eltern schuldig. So verdrängte ich alles, was mich negativ beeinflusste und noch mehr nachdenklich machte.

Zum Glück bemerkte Farhad, dass ich nicht über solche Themen sprechen wollte. Er zeigte auf die zahlreichen Bravo-Zeitschriften, die in der Ecke lagen und erwiderte „Die lese ich auch ab und zu, aber so viele wie du habe ich nicht". „Oh ja, mit denen übe ich Deutsch. Außerdem habe ich mich immer für Musik interessiert. Insbesondere Michael Jackson mag ich". „Hast du auch Fotos von deiner Familie?" fragte er mich. „Ja sicher, möchtest du sie sehen?". „Ja gern, du kennst uns ja auch alle mittlerweile". Aus dem Regal zog ich ein Fotoalbum. Um ihm meine Familie besser vorzustellen, setzte ich mich neben seinen Stuhl auf den Boden. Aus Höflichkeit setzte Farhad sich auch neben mich auf den Boden. „Ich glaube so ist es besser, he" sagte er mir mit einem Lächeln im Gesicht.

Das Album in der Hand, blätterte er ruhig und ließ sich bei der Fotoschau Zeit. Währenddessen versuchte ich Farhad die Personen auf den Fotos zu erklären. Merkwürdigerweise fragte er nicht, er schaute sich nur die Bilder an. Ich merkte, dass er in die Bilder versunken war. Selbst wenn ich etwas sagte, hatte ich nicht seine Aufmerksamkeit. Er hatte seinen Kopf nach unten geneigt und schaute sich ein Foto nach dem anderen an. Es wurde mir langsam peinlich, immer wieder etwas zu sagen, so nahm ich mir vor, zu schweigen. Er könnte ja auch fragen, wenn er mehr wissen wollte.

Nachdem Farhad mit dem Fotoalbum fertig war, legte er es zur Seite, und schaute mir tief in die Augen. Wir saßen uns sehr nah. Ich konnte seinen Atem in meinem Gesicht fühlen. Die Situation war mir unangenehm. Verlegen und schüchtern schaute ich mich um, und spekulierte was wir als Nächstes besprechen sollten, als Farhad mich mit beiden Händen an meinem Kopf anpackte. In jenem Moment wusste ich, es gab kein Zurück mehr. „Du hast wunderschöne Augen" sagte er mir. Kaum hatte ich die Gelegenheit mich für sein Kompliment zu bedanken, fühlte ich seine Lippen auf Meinen. Ich schloss meine Augen und gab nach.

Zum Nachdenken war es spät. Lass dich fallen, sagte mir mein Bauch. Der Kuss dauerte lange an. Es war bis zu jenem Tag der erotischste Moment in meinem Leben. Ich wollte nicht, dass er aufhörte. Er war ein Gentleman. Er ging nicht weiter. Er genoss nur den Moment. Nach dem langen Kuss, sagte er: „Ich fühle mich wohl bei dir, es kommt mir vor, als kenne ich dich schon mein ganzes Leben". Wie gelähmt hörte ich ihm aufmerksam zu. Es tat gut, denn das vergangene Jahr war selbst ohne Krieg und Bomben eine sehr herausfordernde Zeit für mich gewesen.

Farhad schloss mich in seine Arme und überhäufte mich mit seinen Komplimenten. Mein Kopf lag auf seiner Brust. Seine Herztöne füllten fast den Raum. Es war wie ein starkes Klopfen an meinem Ohr, das ein großes Verlangen signalisierte. Er streichelte sanft mein Gesicht. Immer wieder küsste er mich und drückte mich fester an seine Brust. Farhad und ich waren verliebt, das war nicht zu übersehen. Es war für mich wie ein Traum. Ein langersehnter Traum, der Wirklichkeit wurde. Genau so einen Freund wollte ich immer haben. Farhad war der Mann meiner Träume. Aber das wollte und konnte ich ihm nicht so schnell sagen.

Je intensiver unsere Beziehung wurde, umso komplizierter wurde das Ganze. Wie sollte ich es Dariush erklären? Er wäre bestimmt nicht begeistert. Oh Gott, Soraya würde uns nur noch ausspionieren. Tief in meinen Gedanken, weckte mich Farhad mit den Worten: „Woran denkst du gerade?" „An nichts. Ich genieße den Augenblick" antwortete ich, obwohl ich schon sehr grübelte, wie es jetzt weiter gehen sollte.

Ein Blick auf die Uhr brachte mir Ernüchterung. Plötzlich stand ich auf. Farhad merkte schnell, dass es Zeit war, zu gehen. „Sehen wir uns bald?" fragte er. „Ja, natürlich" antwortete ich. „Ich rufe dich morgen an. So gegen Nachmittag, dann machen wir etwas aus, einverstanden?". „Ja, klar". Schnell und ohne viele Worte, aber mit einem sehr leidenschaftlichen Kuss verabschiedete sich Farhad.

Obwohl ich mich schon bald nach seinem Abschied an meinen Schreibtisch gesetzt hatte, konnte ich meine Gedanken nicht sammeln und weiter machen. Ständig musste ich mich fragen, was jetzt? Meine Gefühle Farhad gegenüber waren mehr als das, was ich bisher in Deutschland erlebt hatte. Er war für mich nicht ein einfacher Freund, mit dem ich mich nur gut verstand. Meine Gedanken wurden beherrscht von ihm. Sehr oft dachte ich an ihn, und mir war bald klar, dass ich wirklich in ihn verliebt war. Das dies bald zu einem großen Problem werden könnte, habe ich sehr unterschätzt.

Farhad meldete sich wie versprochen schon am nächsten Tag. So schwer wie es für mich war, habe ich ihn trotzdem gebeten zu Hause nichts zu erzählen. Wir sollten uns vorerst heimlich sehen. Er versprach mir nichts, aber er klang als wäre er mit dem Vorschlag einverstanden. Zu weiteren Treffen haben wir einfach die Parks und die Umgebung der Uniklinik ausgesucht. Wir waren unzertrennlich. Wochen lang hielten wir unsere Freundschaft geheim und genossen unser Glück.

Eines Tages sagte mir Farhad, das die Geheimtuerei ihm nicht gut täte und er über uns schon mit seiner Mutter gesprochen hätte. Allerdings hatte ihm Mina versprochen Soraya nichts zu verraten. Denn wüsste Soraya von unserer Freundschaft, dann wüsste Dariush auch innerhalb kurzer Zeit, was los war. Da ich Mina sehr mochte und ihr vertraute, hatte ich nichts dagegen einzuwenden. Im Gegenteil, das zeigte mir, wie ernst es Farhad mit mir meinte, und das freute mich.

Farhad nahm mich sehr oft zum Fitnesstraining an der Uni mit. Obwohl ich mit meinen 17 Jahren und er mit seinen 21 Jahren nicht viele ernsthafte Beziehungen hatten, waren wir uns ziemlich sicher, dass wir zusammen gehörten. Bewundernswert an Farhad war, dass er sich mit mir sehr gerne in der Uni zeigte und wenn gefragt wurde, dann stellte er mich stolz als seine Freundin vor. Wir versprachen uns, keine sexuelle Beziehung vor meinem 18. Lebensjahr anzufangen. Und ich rechnete Farhad sehr hoch an, dass er meinen Wunsch respektierte.

Einmal, als wir nach dem Sport bei mir im Zimmer saßen, klingelte es an der Tür. Wie gewöhnlich wollte ich dem unangemeldeten Besucher nicht die Tür aufmachen. Als der Besucher dann auch noch an das Fenster klopfte, nahm ich mir vor, zumindest nachzufragen, wer mich denn da so dringlich aufsuchen wollte. Es war Soraya, die nun auch noch begonnen hatte, ununterbrochen meinen Namen zu rufen.

Es schien dringend zu sein, also antwortete ich. Sie wollte unbedingt in mein Zimmer hineinkommen. Es wäre etwas sehr wichtiges. Nach einer kurzen Rücksprache mit Farhad, der meinte: „Wir tun ja nichts, die soll ja ruhig reinkommen", bat ich sie und ihren Sohn Soheil herein. Schon auf der Türschwelle sah Soraya Farhad, der mit einem Schulbuch von mir auf dem Stuhl saß. Aus Höflichkeit stand Farhad auf und begrüßte Soraya sehr nett. Soraya, die bis zu diesem Zeitpunkt nur einen sehr verhaltenen Kontakt zu Farhad hatte, weil sie ihn kaum kannte, war ziemlich verlegen und zeigte umso mehr ihre Schokoladenseite.

Zu mir aber sprach sie, als würde sie mit ihrer Bediensteten reden. „Wollte wissen, ob du morgen nach der Schule für ein paar Stunden Soheil betreuen kannst. Mir ist etwas dazwischen gekommen und ich muss ihn bei irgendjemand lassen", dabei schaute sie mich an, als hätte ich ein Verbrechen begangen. Das Einzigartige bei Soraya und an ihrem Gesichtsausdruck war, dass dieser sich sehr stark bei Gefühlsschwankungen änderte. Ihre Nasenlöcher wurden so groß, dass man dachte, dass ihre Nase bald aufplatzen würde.

Aus Respekt und Angst sagte ich ihr zu. Sie wollte auch gar nicht rein kommen. Sie hatte nur diese Frage, die sie auch telefonisch hätte stellen können. Verärgert drüber, dass sie mir wie ein Klotz am Bein hing, setzte ich mich auf das Bett und sagte nichts. Farhad hat das sofort durchschaut. Er wusste mittlerweile, dass ich sehr oft die Rolle der Babysitterin bei Dariush und Susanne übernommen hatte, ohne je ein Wort des Dankes dafür zu erhalten. Und jetzt hatte ich auch noch Soraya und ihren Sohn am Hals. Da diese Angriffe immer plötzlich geschahen, war auch Farhad sehr erstaunt, dass ich mir das alles gefallen ließ. Wir beide waren so mit dem Thema beschäftigt, dass wir vergessen hatten, dass der Nächste, der von uns erfahren würde, natürlich mein Bruder Dariush war.

Und so kam es auch. Kurz nach dem Besuch von Soraya erfuhr Dariush von meiner Freundschaft mit Farhad. Gleich am selben Abend rief er mich an. Schon am Telefon hat er mir die Hölle heiß gemacht, was zwischen mir und diesem Typen, dem Sohn dieser komischen Frau Sohrabi laufen würde? Ich versuchte ihm zu erklären, dass wir nur gute Freunde seien, aber er war nicht zu überzeugen. Er drohte mir, mich nach Hause zu schicken, wenn ich den Kontakt zu Farhad nicht abbrechen würde.

Meinem Ärger über Soraya konnte ich am nächsten Tag keinen Ausdruck verleihen. Diese neugierige Frau erlaubte sich, mich als Kindermädchen auszunutzen und Dariush obendrein gegen mich, Farhad und Mina aufzuhetzen. Das Schlimmste daran war, dass sie dem Ganzen noch die Krone aufsetzte, indem sie mir predigte, wie gefährlich das Ganze sein könnte. Schließlich könnten Farhad und ich uns zu nahe kommen und es später bitter bereuen.

Ihre überzogenen Phantasien und ihre Kaltherzigkeit, die Liebe von zwei jungen Menschen kaputt zu treten, fand ich widerlich. Dank meiner guten Erziehung fing ich keine Diskussion mit ihr an und sparte die Konfliktlösung für einen späteren Zeitpunkt auf.

Gleich nach der Übergabe von Soheil ging ich auf mein Zimmer und telefonierte mit Farhad. Erstaunlicherweise war Farhad sehr gefasst, und schlug mir vor, mit Dariush zu sprechen, denn über Eines war er auch mit meinem Bruder einer Meinung, dass er auch seine jüngere Schwester keinem fremden Mann einfach so überlassen würde. Er verstand, dass Dariush sehr viel Verantwortung mir gegenüber auf sich genommen hatte. Dieser Aspekt machte Farhad noch sympathischer.

So schlug ich Dariush vor, dass wir uns bei Mina auf einen Tee und ein offenes Gespräch, treffen sollten. Seine Reaktion war anfangs leider sehr befremdlich. Er war kaum zu überreden. Das allerhärteste für mich war, dass ich in seiner Person nicht mehr den Bruder finden konnte, den ich suchte und einmal hatte. Als wir noch im Iran lebten, predigte er sehr oft, wie bedeutend eine freie Erziehung insbesondere für die Mädchen, unbefangen von religiösen und kulturellen Zwängen, sei.

Schon damals redete er von Emanzipation und Gleichheit der Geschlechter. Er selbst lebte mit seiner heutigen Frau in einer wilden Ehe zusammen, bevor sie geheiratet hatten, und nachdem sie schwanger war. Dasselbe galt auch für die Schwiegertochter von Soraya, die auch mit ihrem Sohn schon vor der Hochzeit eine wilde Ehe geführt hatte.

Nach vielen beinahe unangenehmen Gesprächen und einer zähen Überzeugungsarbeit, willigte Dariush am Ende doch ein Treffen mit Mina ein. Fast wäre sogar der Vater von Farhad, der erst seit ein paar Tagen in Aachen war, zu dem Gespräch hinzu gekommen. Da er aber nicht über die ganze Geschichte und die Beziehung zwischen Farhad und mir im Bilde war, hat er sich dann doch entschieden, nicht an dem Treffen teilzunehmen. Ich konnte es zu gut verstehen. Wer wollte sich so eine Blöße geben und sich von einem 25 jährigen Mann, der gerade Vater geworden war, ein Plädoyer über seinen Sohn halten lassen. Mir wäre es lieb gewesen, wenn wir es zuerst nur bei einem Kennen- lern-Treffen zwischen Dariush und Farhad belassen hätten. Es sah im Nachhinein doch sehr offiziell und verbindlich aus, denn ich selbst musste Farhad ja erst einmal kennenlernen. Und außerdem war da nichts, worüber die Erwachsenen sich den Kopf zerbrechen mussten. Selbst wenn Farhads Eltern keine Notwendigkeit sahen, eine offizielle Zusammenkunft daraus zu machen, wollte mein Bruder unbedingt als mein Vormund Farhads Eltern kennenlernen.

Als der Tag X kam, waren Farhad und ich vor lauter Ungewissheit sehr aufgeregt. Früh am Morgen, kurz bevor mein Bruder mich abholen kam, telefonierten wir. Egal was besprochen werden würde, versprachen wir uns, zueinander zu stehen. Farhad hörte sich sehr mutig und entschlossen an und verlieh mir eine große Sicherheit.

Farhad stand in schon der Tür, als Dariush und ich gemeinsam die Treppe hoch kamen. Mit einem sehr sanften Lächeln schaute er mich an. Sein Blick, vermischt mit Verständnis und Mitgefühl, fing mich ab und versicherte mir, dass alles gut gehen würde. Es gab keinen Grund, um besorgt zu sein. Trotzdem wusste ich nicht, wie alles an dem Tag enden würde, denn das Temperament meines Bruders war mir bekannt. Demnach konnte das Gespräch sich in eine heftige Auseinandersetzung umwandeln. Und mit meinem Bruder konnte man nicht gut diskutieren.

Wir saßen zu viert in ihrem Wohnzimmer. Farhad war mit seiner Mutter alleine zugegen. Sein Vater hatte sich entschuldigt und befand sich mit den anderen zwei Söhnen auf einem Stadtbummel. Dariush ließ seine Frau zu Hause, denn er wollte sie nicht mit in die Sache hineinziehen. Gleich nach den üblichen persischen Höflichkeiten, begann mein Bruder mit den Worten „Wir sind ja heute eigentlich hier, um über Dana und Farhad zu sprechen". Dabei schaute er auf die Holzdielen auf dem Boden. Ich wünschte mir, dass ein Spalt auf ging und mich verschlucken würde, denn es hörte sich an, als hielte ich um die Hand von Farhad an oder umgekehrt.

Die lange Einleitung von Dariush fanden wir alle bald ziemlich anstrengend. Selbst Mina, die Älteste in der Runde, kam nicht zu Wort. Sie war an jenem Tag sehr gefasst und ernst. Sie machte auf mich einen fast genervten Eindruck. Mehrfach rollte sie mit den Augen und schaute mich und Farhad, der inzwischen auch etwas zerknirscht in der Gegend herum saß, tief in die Augen.

Ehrlich wie sie war, bat sie Dariush sehr vorsichtig, auf den Punkt zu kommen. Mina war sehr verwundert und im Innersten fand sie Dariush Reaktion auf unsere Freundschaft ziemlich übertrieben. Immerhin war ich diejenige, die die Nähe zu Farhad gesucht hätte, meinte sie. Und selbst wenn, Gott sei Dank, wären wir hier in Deutschland und nicht im Iran. Für unser Leben und unser Verhalten mussten wir uns nicht rechtfertigen. Gerade unsere Jugend, die im Iran so viele Einschränkungen erfahren musste, hätte hier die Chance, ihr freies, unbeschwertes Dasein zu genießen, ergänzte sie sehr charmant hinzu. Obwohl ich sie zum ersten Punkt, den sie genannt hatte, im Unrecht sah, nickte ich Dariush zu, um Mina zu unterstützen.

Dariush hatte interveniert, weil er als älterer Bruder besorgt um mich war. Für alle Beteiligten hatte Mina jedoch die besseren Argumente. Sie hatte Dariush sehr deutlich zu verstehen gegeben, dass sie Farhad und mich für alt genug hielt, um selbst zu entscheiden, was wir wollten. Für mich war dieses Treffen eine Freigabe, um mit meinem Freund unbeschwert zusammen sein zu dürfen.

SCHRITT FÜR SCHRITT IN DIE EMANZIPATION

Immer wenn wir uns mit Pouya und seiner Freundin Nahid bei Mina trafen, backten wir gemeinsam Pizza auf riesen Backblechen und erzählten uns gegenseitig aus unserem Leben. Es waren schöne Zeiten. Oft machten wir Picknicks und Ausflüge. Nach dem bestandenen Deutschkurs bei dem Spracheninstitut Inlingua wurde ich im Juli 1988 in die zehnte Klasse versetzt. Rechtzeitig zu den sechswöchigen Schulferien fand ich einen kleinen Job in einem Schuhgeschäft. Stolz über mein erstes selbst verdientes Geld konnte ich mir ab und an ein paar Extras leisten. Vorbei waren die Zeiten, in denen ich mich aus dem Kleiderschrank meines Bruders und Susanne bediente. Mit der Zeit fing ich an, die Winter- und Sommerschlussverkäufe richtig zu nutzen. Nur für rabattierte Waren hatte ich Augen. Seitdem ich mit Farhad ging, wollte ich immer gepflegt und gut aussehen. Iraner waren und sind bekanntlich für ihre prachtvollen Ausstattungen bekannt. Auch ich versuchte trotz meines kleinen Budgets gepflegt auszusehen.

Die Chefin des Schuhgeschäftes war eine überdurchschnittlich große Frau. Ihre Haare waren so blond, dass sie fast „weiß" aussahen. Sie war eine schöne Frau. Groß, mit stahlblauen Augen. Sie strahlte eine sehr distanzierte Kälte aus, die sie nur noch smarter aussehen ließ. Sie hatte einen unglaublich erlesenen Geschmack. Schick und selbstbewusst kam sie samstags mit noch nassem Haar aus ihrer über dem Geschäft befindlichen Wohnung. Kunterbunt, aber sehr schick, waren die Sachen, die sie anhatte. Ihr Stil war nicht unbedingt das, was ich mochte, aber bei ihr sah alles sehr edel aus. Sie war eine elegante, disziplinierte Frau, der Jeder mit Respekt begegnete.

Unter der Woche, pünktlich ab 15.00 Uhr stand ich im Geschäft und traf sie genau so schick und gepflegt an, wie an den Samstagen, an denen ich kurz vor Geschäftsbeginn um 9.00 Uhr anfing. Sie war eine autoritäre Frau, die selten lachte, fast nie. Trotzdem fand ich sie sehr angenehm. Mein Fleiß und Charme hatten mir - nach ihren eigenen Angaben - den Job verschafft. Klein sollte ich anfangen bei ihr, denn sie hatte in Deutschland auch klein anfangen müssen. Sie kam ursprünglich aus Schweden.

Schon am ersten Tag meines Arbeitstages schickte sie mich in das hinter dem Geschäft befindliche Lager. Für ein durchschnittlich großes Geschäft hatte sie einen ziemlich großen Reservebereich. Gearbeitet wurde mit Leiter und einem langen Metallstab, mit dem man die Kartons hin und her schieben konnte. Dann musste ich die Schuhregale im Geschäft sauber machen. Zu normalen Geschäftszeiten saß ich da und säuberte die mit dickem Teppich überzogenen Regale. Eins nach dem anderen. Jeden Tag, wenn ihr Sohn durch das Geschäft in die Wohnung wollte, sah er mich sehr bemitleidend an und fragte leise seine Mutter, ob das alles sein müsste. Ich tat ihm offensichtlich leid. Ich ließ mir aber nichts anmerken. Schon längst hatte ich kapiert, dass ich meine Erwartungen einschränken musste. Außerdem verdiente ich gut und konnte endlich meinen Lebensunterhalt selbst bestreiten, meine Anschaffungen selber bezahlen. Und darauf war ich sehr stolz.

In der Schule erzählte ich ein paar guten Freundinnen direkt, dass ich neuerdings in einem Schuhgeschäft jobbte, allerdings momentan nur die Schuhregale putzen würde. Sie kamen aus dem Staunen nicht heraus. Wie konnte ich das Ganze alleine meistern, ohne Pausen, ohne Familie, ohne große Unterstützung, ganz nebenbei neben der Schule. Es war nicht lange her, da konnte ich nicht einmal richtig Deutsch sprechen. Heute verdiente ich mein eigenes Geld, wohnte alleine, und war im Kreis der deutschen Klassenkameradinnen immerhin eine durchschnittlich gute Schülerin.

Bald nach dem ich die Arbeit mit den Regalen hinter mich gebracht hatte, schickte mich Frau Corsten erneut ins Lager. Dort sollte ich diesmal die Schuhe nach der Lagernummer einsortieren. Im Lager hatte ich ein besseres Gefühl, denn dort brauchte ich nicht vor den Kunden auf den Knien zu kriechen und wie eine Putzfrau zu arbeiten. Die Kunden sahen mich nicht, also konnte ich ungestört meiner Aufgabe nachgehen. Ab und an kam eine Teamkollegin und verlangte nach einem Schuhkarton.

Das Verkaufsteam des Geschäfts bestand aus drei Frauen zwischen 24 und 45 Jahren. Unsere Zusammenarbeit war anfangs sehr distanziert. Die Vorarbeiterin und Vertreterin von Frau Corsten hieß Silke. Sie leitete das Geschäft mit eiserner Hand. Bei der Arbeit verzog sie keine Miene. Unglaublich ernsthaft ging sie an ihre Arbeit. Wir kommunizierten nicht viel. Keiner nahm von mir Notiz, wenn ich im Lager arbeitete, selbst das Begrüßen fiel schwer. Verstehen konnte ich das Verhalten nicht, denn aus dem Teheraner Geschäftsmilieu kannte ich nur freundliche Verkäufer. Der Umgang mit mir als Neuling war das eine. Erstaunlich war jedoch, dass sie auch untereinander ein sehr abgekühltes Verhältnis hatten. Des Öfteren kam Frau Corsten persönlich zu mir, um Schuhkartons zu holen. Ich blieb trotz des vielen Drucks wegen der Doppelbelastung von Schule und Job immer sehr freundlich. Manchmal durfte ich ihr die Schuhkartons selber nach vorne zu den Kunden bringen. Freundlich begrüßte ich die Kunden und wartete, bis sie die Schuhe anzogen. Frau Corsten bedankte sich bei mir jedes Mal, wenn ich die Kartons brachte. Neugierig fragte ich sie jedes Mal, ob die Schuhe verkauft worden waren, und freute mich wenn sie „ja" sagte. Ein trockenes „Ja", mehr nicht.

Kurz nachdem ich das Lager mit dem neuen Lagersystem, welches sich Frau Corsten ersonnen hatte, in Ordnung gebracht hatte, rief mich Frau Corsten nach vorne. „Dana können Sie bitte kommen?" „Ja", antwortete ich kurz. Ich rechnete mit allem. Kam jetzt die Kündigung? Jetzt, wo ihr Geschäft frisch geputzt war und das Lager ordentlich aussah? Der Job war schwer, aber auf keinen Fall wollte ich ihn verlieren. Als ich zu ihr ging, war sie mit ihren Quittungen zugange. Der Tagesumsatz wurde mit einem Taschenrechner zusammen gerechnet. Noch weit entfernt von Kassen mit Computersystem musste man alles per Hand eingeben und jeden Verkauf extra auf Durchschlagpapier quittieren. Das weiße Blatt für die Kunden, das Blaue behielten wir.

Durch ihre modische Lesebrille, die sie meistens, wenn sie nicht las, an einer Halskette um ihr Dekolleté umhängen hatte, schaute sie hoch zu mir. Die frisch eingewickelten Locken verrieten mir, dass sie gerade vom Friseur kam. Ich lächelte sie an und wartete bis sie mich richtig ansah. „Sie wollten mich sprechen?", „Ja, einen Moment bitte, ich bin am rechnen." Das Gefühl ließ mich nicht los, dass etwas Negatives kommen könnte. Ich stand wie eine „bestellte, aber nicht abgeholte Ware" regungslos da und schaute zu, wie sie akribisch eine Quittung nach der anderen auf ihrem großen Taschenrechner eintippte.

Nachdem sie fertig war, stand sie auf und lehnte sich an ihr Ordnerregal, die Hände hinter ihrem Rücken verschränkt. Sie war eine wirklich unglaublich große Frau. So eine beeindruckende Größe habe ich bis zum heutigen Tag bei keiner anderen Frau gesehen.

„Sind Sie zufrieden mit Ihrer Arbeit bei uns?" fragte sie mich. Verwundert über die Frage, antwortete ich mit einer sehr überzeugten Miene „Ja, sicher, warum fragen Sie?" Grinsend schaute sie mich an, obwohl ihre eiskalten blauen Augen in meinen Körper wie ein Messer einstachen. Unmittelbar fügte sie hinzu: „Möchten Sie nicht wissen, ob ich mit Ihnen zufrieden bin? Oder auch nicht." - „Ich hoffe, Sie sind mit mir zufrieden. Hat jemand sich bei Ihnen über mich beschwert?" fragte ich sie sehr verschämt. „Dana, möchten Sie hier vorne im Verkauf arbeiten?" Versuchend ihre Frage zu verarbeiten, fragte ich „im Verkauf? Hier im Geschäft?" „Ja, Sie haben mich richtig verstanden." „Ich mache was Sie wollen, naja, was die Schuhe angeht". Strahlend über das ganze Gesicht, zögerte ich nicht mit der Antwort.

Als Zeichen der Dankbarkeit und Zufriedenheit lächelte sie mich nun an, und das war das erste Mal, dass ich sie überhaupt lächelnd sah.

„Okay, dann bilden wir Sie aus, damit Sie auch verkaufen können" Mein Glück konnte ich kaum fassen. „Ach so, ich informiere Silke, damit sie Bescheid weiß, Sie wird einen Plan machen. Jeder kommt in der Zukunft für die Arbeit im Lager dran. Sie müssen das nicht mehr alleine machen." sagte Sie und schrie laut „Silke, Silke, wo sind Sie?"

Silke freute sich über die Entscheidung unserer Chefin. Sie brauchte Verstärkung und es mussten mehr Schuhe verkauft werden. Außerdem musste die Chefin bald zu den wichtigen Schuhmessen nach Italien.

„Zeigen Sie Dana, was man über die Schuhe wissen muss, kassieren darf sie noch nicht, vorerst nicht".

Silke zeigte mir das Gröbste über den Verkauf. Noch nie in meinem Leben musste ich irgendetwas verkaufen. Ich hörte zu, wenn sie sprach. Zuerst erklärte Sie mir, wo was stand. Die verschiedenen Schuhgrößen, Damenschuhe, Herrenschuhe, Kinderschuhe, Pumps, Ballerinas, Schuhzubehör und Pflegematerialien. Das Zugehen auf die Kunden wurde erklärt. Am meisten freute mich, dass bei jedem Verkauf ein Extrabonus zu meinem Verdienst hinzu kam.

Gleich am nächsten Tag legte ich los. Frau Corsten schulte mich ein paar Minuten intensiv über die Anatomie des Fußes, den Fußspann, die Fußsohle, wie man Füße richtig misst. Umso erstaunter war sie, wie locker und einfach ich jedem Kunden, der das Geschäft betrat, Schuhe verkaufte. Die erste Stunde war sensationell. Innerhalb einer Stunde hatte ich Fünf paar Schuhe verkauft.

Mit „Hallo, kann ich Ihnen helfen?", „Sind Sie bereits bedient?" oder „Sie möchten erst einmal schauen?", ging ich auf die Kunden zu. Ich verstand nicht immer auf Anhieb was sie sagten, aber ich habe immer die richtigen Schuhe für sie aus dem Regal genommen und im wahrsten Sinne des Wortes Ihnen die Schuhe geputzt bis sie mit mir zur Kasse gingen. Ab und zu stand Frau Corsten neben mir und half, wenn es brenzlig wurde. Sie lobte mich nicht, aber ihr Gesichtsausdruck verriet ihre Freude über meine Verkaufserfolge. Als wir kurz vor Feierabend die Schuhständer ins Geschäft reinschoben, kam sie auf mich zu, und sagte:" Das war heute ein guter Anfang für Sie, machen Sie einfach weiter so"

Ein paar Tage später, als ich mich wieder um die Kunden kümmerte, fand Frau Corsten eine kleine Lücke und rief mich zu sich. Im Geschäft standen wir alleine. „Dana, kommen Sie zu mir, bitte." Unverzüglich ging ich zu ihr. Sie hatte wieder mal ein leichtes Lächeln auf ihren Lippen. „Dana, es heißt nicht „Sind Sie bedient, es heißt WERDEN Sie bedient." Ich konnte nicht mehr. Laut fing ich an zu lachen. Das war für mich so lustig, dass ich mich vor lauter Lachen gar nicht mehr ein kriegte. Plötzlich fing Frau Corsten auch an, laut zu lachen. Uns schossen die Tränen aus den Augen. Ich versuchte mich zu beruhigen, aber es ging nicht. Zwei Ausländerinnen, die den Unterschied zwischen „Sind" und „Werden" in der deutschen Sprache so lustig fanden, dass sie außer sich waren. Wir sahen uns zum ersten Mal herzlich gemeinsam lachen.

„Ich dachte ja, warum schauen mich die Kunden so komisch an", sagte ich unter unaufhörlichem Lachen.

„Wovon sollen die Kunden, kaum angekommen, schon bedient sein?", erwiderte sie, obwohl sie so stark lachte, dass ich sie kaum verstehen konnte.

Ich drehte mich um, als Silke und Vera plötzlich aufgeregt vom Lager ins Geschäft eilten. „Oh Gott, was ist hier los?" fragte Silke. „Frau Corsten, Sie weinen ja, vor lauter Lachen, so haben wir Sie noch nie gesehen." „Dana ist daran schuld, kaum sind die Kunden im Geschäft, fragt sie sie, ob sie bedient sind" antwortete sie. Nun fing auch Silke an laut zu lachen, während die hübsche Vera nur lächelte. „Ehrlich gesagt, das ist mir auch aufgefallen, aber ich habe nichts gesagt. Die Kunden kaufen ja alles, was Dana ihnen zeigt" sagte Silke.

Das Eis zwischen uns allen war gebrochen. Selbst als Kunden ins Geschäft kamen, lachten wir weiter. Seit diesem Tag kamen wir uns alle näher. Meine sprachlichen Mängel störten die Damen nicht. Im Gegenteil, es kam mir vor, als hätten sie mich alle gerade wegen meiner kleinen sprachlichen Stilblüten ins Herz geschlossen. Sie begrüßten mich herzlicher und bei der Arbeit halfen wir uns gegenseitig. In den Pausen ging Frau Corsten sehr oft in die umliegenden Gaststätten, um ihren Mittag dort mit Geschäftskolleginnen zu verbringen. Nach und nach verzichtete sie immer öfters auf ihre auswärtig verbrachten Pausen. Sie blieb im Geschäft und unterhielt sich mit uns. Meistens erzählte sie über ihre Reisen und ihre Erlebnisse während der zahlreichen Messebesuche. Die eine und die andere lustige Geschichte war immer dabei.

Eines Tages, als wir wieder in vertrauter Runde zusammen saßen, erzählte ich auch über meine Erlebnisse. als ich ohne Punkt und Komma am reden war, unterbrach mich Frau Corsten erneut. „Dana, Ü, Ü nicht u, Du sagst immer uber, es heißt aber Über." Dabei machte sie einen richtigen Schmollmund, was mich zum Lachen brachte. Auch sie selbst fing an zu lachen. Dankbar, dass sie sehr um meinen sprachlichen Fortschritt bemüht war, fing ich an zu üben, aber irgendwie wollte es nicht klappen. „Du musst vom Rachen aus ÜÜÜÜÜÜÜÜÜÜ sagen", erklärte sie immer wieder. Ich versuchte es immer wieder, aber irgendwie wollte das Ü nicht heraus. Kapitulierend schaute ich sie an und sagte: „Wissen Sie, das Ü habe ich nie gemocht." Wieder fing sie an, herzlich zu lachen. Bestätigend nickte sie mit dem Kopf und sagte „Du bist auch so mit deiner Aussprache süß. Ich mag das an dir. Man muss ja nicht alles perfekt können." Seitdem übte sie keine Kritik mehr an meinem Akzent und wie ich die Vokale aussprach.

Auch Silke wurde mit mir richtig warm und langsam führte sie mich in das andere Geschäft nebenan ein, in dem nur Freizeit- und Wanderschuhe von der Marke „Mephisto" verkauft wurden. Es waren exklusive, teure Schuhe, wonach gehobene Kunden fragten. Kaum hatte ich dort im Verkauf angefangen, wurde ich zur Topsellerin. Jedem Kunden verkaufte ich die passenden Wanderschuhe. Verkaufen ohne viel Mühe wurde bald zu meinem persönlichen Steckenpferd. Ich freute mich drüber und über das viele Geld, das ich verdienen konnte.

Der bis dahin schönste, erfolgreichste und unbeschwerteste Sommer, den ich seit langer Zeit erlebt hatte, wurde noch von einem großen Ereignis gekrönt. Es war am 20. August als ich müde von der Arbeit nach Hause, naja, zu meiner Wohnung kam. Kaum hatte ich mich hingesetzt, klingelte das Telefon. Ich dachte, es wäre Farhad, aber er war es nicht. Es war Dariush. Seine Stimme klang sehr glücklich. Nach der herzlichen Begrüßung teilte er mir mit, dass der Golfkrieg zu Ende war. „Wir haben keinen Krieg mehr, der Krieg ist zu Ende" sagte er immer wieder.

Ich konnte ihm nicht so richtig glauben. Da ich noch kein Fernsehen hatte, schaltete ich das Radio, das ich beim Einzug von Dariush und Susanne bekommen hatte, an. Ich machte es richtig laut, damit ich kein Wort verpasste. Mitten im Zimmer stand ich mit einer sehr heißen Tasse Tee. Ich wartete auf die Nachrichten. Ein Lied nach dem anderen wurde gespielt, aber von Nachrichten keine Spur. Ungeduldig setzte ich meine Tasse auf den Schreibtisch. Ich griff nach dem Telefon und wählte die Telefonnummer meiner Eltern. Es musste so gegen halb zehn abends gewesen sein. Als ich die Stimme meines Vaters hörte, kamen mir fast die Tränen. Ich begrüßte ihn kaum, ich war so in freudiger Erregung, dass ich auf die förmliche Begrüßung verzichtete.

„Baba, ist der Krieg zu Ende?" „Ja mein Schatz, es ist vorbei. Der Krieg ist beendet:" Im Hintergrund hörte ich meine Mutter, die Baba drängte, um an den Hörer zu kommen. „Dana mein Schatz, wie geht es dir? Schatz, der Krieg ist zu Ende, komm nach Hause" Sie fing an zu weinen. Ich merkte, wie schwer unsere Trennung ihr zugesetzt hatte. In meinem Innern wünschte ich, ich wäre dort und hätte sie alle umarmen können.

Plötzlich, unkontrolliert, fing ich an zu weinen. Acht Jahre lang Krieg, Verderben, Warten, Fürchten, Weinen waren vorbei. Seit eh und je war der Iran Mittelpunkt der Konflikte in Mittelasien. Dass es endlich vorbei war, machte mich unendlich glücklich. Solange ich mich zurück erinnern konnte, lebten wir in Angst und Unterdrückung. Heute, am 20. August 1988 war der glücklichste Tag meines Lebens. Ab heute gab es kein Bangen mehr um Familie und Angehörige.

An jenem Abend, blätterte ich in meinen Fotoalben und wünschte mir, die schönen Tage vereint mit meiner Familie würden wieder kommen. Zum ersten Mal seit Jahren schloss ich die Augen im Bett, ohne dass ich für meine Familie beten musste.

DAS ENTSCHEIDENDE JAHR 1988

Maman jan freute sich über meine Entscheidung. Es musste für sie sehr schwierig gewesen sein, ihre Tochter seit nun 15 Monaten nicht gesehen zu haben. Auch für mich war es nun hart an der Grenze, da ich es solange ohne Familie, insbesondere meine Maman aushalten hatte müssen. Ihre warme Brust und ihre Herzlichkeit fehlten mir. Ihr Lächeln und ihre Schönheit hatten mich immer beflügelt. Ihr Selbstbewusstsein gab mir Stärke und Ausdauer. Ich weiß nicht, wie oft wir seit dem Kriegsende miteinander telefoniert hatten. Meine monatlichen Telefongebühren überragten mein Budget, aber das war nichts Wichtiges, worüber ich mir den Kopf zerbrach. Ich vermisste sie und wollte meine Familie einmal nach den vergangenen acht Jahren unbeschwert und ohne Angst in meinem Heimatland sehen.

Seit Oktober hatte ich eine einjährige Aufenthaltserlaubnis, womit ich unter anderem auch in den Iran einreisen durfte. Das Jahr 1988 war ein sagenhaft schönes Jahr, welches mein Leben positiv geprägt hatte. All die Probleme, für die bis vor einem Jahr keine Aussicht auf eine Lösung bestand, hatten sich innerhalb kürzester Zeit in Luft aufgelöst. Meine Aufenthaltserlaubnis war eines von diesen Wundern.

Im Oktober als ich meine Duldung zum vierten Mal verlängern wollte, bekam ich unerwartet die Erlaubnis für ein ganzes Jahr. Mit einer dreimonatigen Aufenthaltsduldung wäre ein Besuch im Iran nicht möglich gewesen.

Die Nachricht, dass auch Dalir sich in der Türkei befand, um von dort nach Deutschland zu kommen, war eine von den Mitteilungen, worüber ich mich unendlich gefreut hatte. Nun war Darja das einzige Kind, das noch Zu Hause war.

Nach so vielen schicksalshaften Ereignissen entschied ich mich spontan für eine Reise in die alte „Heimat". Wissend, dass so eine Reise mich sehr viel Geld kosten würde, kratzte ich all mein Erspartes zusammen, um zwei Wochen mit meinen Liebsten zu verbringen.

Als ich nach Deutschland kam hatte Baba für mich einen Hin-und Rückflug gebucht. Da ich in der Zeit nicht mehr nach Hause zurück war, hatte ich noch einen Flug für den Rückweg gut. Solche Tickets, sagte mein Vater, wären noch ein Jahr gültig. Zweifelnd, ob ich das Ticket benutzen könnte, wendete ich mich an die Iran Air-Fluggesellschaft in Frankfurt am Main, um Gewissheit zu erlangen. Zu meiner Überraschung verlängerten sie das Ticket und bestätigten, dass eine Rückreise mit dem Ticket noch möglich sei.

Ich konnte es kaum erwarten, meine Familie in meine Arme zu schließen. So buchte ich einen Flug für den achtzehnten Dezember und informierte meine Eltern, die vor Freude außer sich waren. Die Weihnachtsferien konnte ich so voll nutzen und war froh, die Zeit über Weihnachten- ein Fest, welches wir selbstverständlich nie im Iran feierten und feiern durften- bei meiner Familie verbringen zu verbringen.

Um kein unnötiges Geld auszugeben, baten meine Eltern mich darum, für sie keine Mitbringsel mitzunehmen. Ich versprach ihnen, nicht verschwenderisch zu sein und die Reise nur zum Zwecke des Wiedersehens zu unternehmen.

Auch Dariush reagierte sehr positiv auf die Reise und beteuerte, dass ein Wiedersehen mit der Familie mir gut tun würde. Er versprach, mich zum Flughafen zu bringen. Farhad hingegen war nicht sehr begeistert und beschwerte sich, dass er nun Weihnachten ohne mich feiern müsste. Schade, dass die gemeinsame Reise für unverheiratete Paare in den Iran verboten war, sonst hätte er mich gerne begleitet, beteuerte Farhad, um sich für unsere nun vierzehn tägige Trennung zu rechtfertigen.

Um meine Mutter doch angenehm zu überraschen, rief ich Darja auf ihrem Arbeitsplatz an und fragte womit ich Maman jan glücklich machen könnte. Nachdem ich ihr versprechen musste, dass ich den Mund halten würde, verriet sie mir, dass sie sich sehnlichst einen vernünftigen Staubsauger wünschte. Mit allem hatte ich zu diesem Zeitpunkt gerechnet, außer einem Staubsauger. Angeblich hatte ihr altes Gerät nach so vielen Jahren treuem Dienst den Geist aufgegeben und ein neues Gerät sei schwer zu bekommen und würde richtig viel Geld kosten. Darjas Aussagen ließen mich merken, dass selbst nach dem beendeten Krieg, meiner Familie finanziell nicht sehr viel besser ging, als während dessen.

Von Farhads Vater, der in einem ständigen Kontakt mit seiner Familie war, wusste ich, dass sich die Lebensbedingungen im Iran selbst in der Zeit nach dem Golfkrieg nicht verbessert hatten. Vor dem Krieg lag die ganze Konzentration des Landes auf dem Konflikt zwischen dem Iran und dem Irak. Nun war das Land in der Wiederaufbauphase. Jetzt wurde das Volk aus einer anderen Ecke unter Druck gesetzt.

Viele Männer waren nun Heimkehrer oder waren aus der Armee entlassen und hatten den Weg der Flucht in jede nur erdenkliche Richtung auf der Erdkugel eingeschlagen. Früher hatten die Iraner meistens die USA als Niederlassungsland gewählt und wollten ausschließlich dort hin. Heute waren sie sogar froh, wenn sie in Russland, Australien, Kanada, Schweden, Norwegen oder exotischen Ländern unterkamen. Es war eine Zeit der Veränderung im Iran. Das alles machte mich noch mehr neugierig, mein Heimatland zu besuchen.

Am Tag des Abfluges stand Dariush pünktlich um 6.oo Uhr morgens vor meiner Wohnungstür. Müde sah er aus. Aber seine Zuverlässigkeit war an dem Morgen rekordverdächtig. Eine schnelle Begrüßung ohne viel Gerede und Formalitäten. Den Staubsauger, der noch im Originalkarton gut und sicher verpackt war, und den Koffer, der nur mit Süßigkeiten, Nagellack und Damenkosmetik gefüllt war, nahm er zuerst mit, um ihn in seinem Auto sicher zu platzieren. In meinem Handgepäck nahm ich ein paar persönliche Sachen mit, um auch etwas zum Anziehen dabei zu haben. Zur Not konnte ich auch Darjas Garderobe nutzen.

Leger und bequem angezogen mit einer unauffälligen Jacke, kleidete ich mich mit demselben Mantel und demselben Kopftuch, mit dem ich den Teheraner Flughafen vor mehr als einem Jahr passiert hatte, denn ohne sie ließ mich höchst wahrscheinlich das Personal von Iran-Air gar nicht in die Maschine hinein.

Dariush begleitete mich nur bis zum Kölner Hauptbahnhof. Von dort aus musste ich alleine mit dem Zug zum Frankfurter Flughafen fahren.

Während der Fahrt im Auto war die Kommunikation zwischen Dariush und mir ziemlich eingeschränkt. Jeder war in seinem Kopf mit seinen eigenen Themen beschäftigt. Dariush arbeitete in letzter Zeit härter dann je. Ein Studium mit einer Familie war selbst zu den besten Zeiten kein Vergnügen. Er sah immer müde aus. Seine Miene wurde immer ernster. Für einen fünfundzwanzig jährigen Mann lastete viel Verantwortung auf seinen Schultern. Mit unendlicher Dankbarkeit, dass er mich nach Köln gefahren hatte, fragte ich ihn, was er sich aus der Heimat als Souvenir wünschte. Er lachte charmant, das Morgenlicht ließ durch das Fenster seine grünen Augen noch schöner strahlen. „Komm gesund zurück und genieße die Zeit mit der Familie- wir erwarten nichts von dir."

Bis in den ICE begleitete er mich und ließ mich das schwere Gepäck nicht selber tragen. Als es so weit war, umarmte er mich und bat mich darum, gut auf mich aufzupassen.

Kaum am Frankfurter Flughafen angekommen, zog ich mir meinen langen schwarzen Mantel und das schwarze Kopftuch an. Alles konnte ich mir leisten außer aufzufallen. So sehr ich diese Umstellung hasste, wollte ich auf keinen Fall wegen eines schlechten Hijabs die Aufmerksamkeit auf mich lenken. Das einzige, was ich wollte, war heil zu meinen Eltern zu gelangen und unversehrt zurück nach Deutschland kehren zu können.

Der Schalter meiner Fluglinie war von weitem gut zu erkennen. Dunkelhaarige Passagiere mit viel Gepäck und großen Koffern standen in einer ziemlich kurzen Linie. Viel lautes Gemurmel auf Persisch, so dass man keine Mühe hatte, die Fluglinie zu finden. Schnell ordnete ich mich ein. Mein Blick schweifte in Richtung des

Gepäcks. Das Gefühl negativ aufzufallen und für viele ironische Blicke zu sorgen, verließ mich als ich realisierte, was die Leute für Ideen hatten, ihren Familien und Verwandten mitzubringen. Unter den Mitbringseln, die man dort bestaunen konnte, fand sich alles, was man sich nur vorstellen konnte. Teppiche und Staubsauger waren nichts dagegen. Die Nachkriegszeiten sollen die Schlimmsten sein, hatte ich im Geschichtsunterricht gelernt. Doch hier war keine Rede davon. Von Kinderwagen über Atari-Computer, Fahrräder, Kaffeemaschinen bis zu den Staubsaugern reichte die Palette. Alles, was nur irgendwie in ein Flugzeug passte, war vertreten.

Mein Selbstbewusstsein stieg wieder an. Darja schien mir das Richtige angeraten zu haben. Der Boykott gegen den Iran, der den Außenhandel Jahre lang blockiert hatte, hatte seine Spuren hinterlassen. Mir war klar, dass dies erst der Anfang eines sehr langen Weges für den Iran war. Der Krieg war zwar vorbei, aber die Ruinen, die er hinterlassen hatte, mussten beseitigt und das Land neu aufgebaut werden und das in einem Staat, der durch Jahre lange Sanktionen wirtschaftlich stark geschwächt war.

Neugierig und ungeduldig schaute ich über die Köpfe der Menschen hinweg, um die Lage am Schalter zu ergründen. Durch das ganze Gepäck der Reisenden und lange Diskussionen, verlängerte sich der Prozess des Eincheckens erheblich. Meine Geduld verwandelte sich mit dem immer längeren Warten langsam in Aggression. Sehr sauer und genervt schaute ich mir meine ehemaligen Landsleute an. Da stand ich wieder, wo ich vor fünfzehn Monaten hergekommen war. Das Einreisen in den Iran müsste flotter von Statten gehen als das Ausreisen, dachte ich mir. Dabei schaute ich in die bunte Menge und musste über vieles staunen.

Es war ein unglaublich durchmischtes Publikum, welches da rings um mich stand. Junge Leute, alte Leute, Kinder. Sehr geschminkte und aufgetakelte junge Frauen. Bei manchen von ihnen hatte ich das Gefühl, dass sie in einer anderen Welt lebten und unmöglich in den Iran passen konnten. Bunte Mäntel und Kopftücher. Manche junge Frauen waren so stark geschminkt, dass ich mich schämte, in ihre Richtung zu schauen. Während meines noch sehr kurzen Aufenthaltes in Deutschland hatte ich als erstes gelernt, dass die Deutschen keine sehr auffällig geschminkten Frauen mochten. Es war kein Zeichen der Gepflegtheit für sie, sondern galt als negativ.
Normale, gut situierte junge Frauen schminken sich dezent, aber nicht aufdringlich wie diese. So sinnierte ich, ob die Damen im Iran wohnten, oder in Deutschland. In beiden Länder wären sie sehr ungern gesehene Gestalten. Offensichtlich war das aber meine Meinung. Irgendjemand würde ihnen das auch im Iran zu verstehen geben, nahm ich an.

Eine Frau direkt vor mir schaute seit langem in meine Richtung. Sie hatte ein sehr sanftes Lächeln auf ihren Lippen. Zierlich und hübsch war sie. Sie reiste auch alleine. Als unsere Augen sich trafen, lächelte sie mich an und kam näher, um mir etwas zu sagen.
- „Reisen Sie alleine?", fragte sie.
- „Ja", lächelte ich sie zurück an.
- „Man muss sehr viel Zeit mitbringen" sagte sie grinsend.
- „Ja, scheint so" antwortete ich und konnte einen genervten Blick nicht vermeiden.

- „Wohnen Sie in Deutschland oder waren Sie hier zu Besuch?"
- „Ich wohne in Deutschland" erwiderte ich. „Aber bis wann sie mich hier wohnen lassen, ist unklar" lachte ich.
- „Also fliegen Sie, um Ihre Familie zu besuchen".
- „Ja" antwortete ich.
In dem Moment musste ich an Herrn Mazaheri denken, den ich nicht einmal seitdem ich in Deutschland war, kontaktiert hatte. Plötzlich schämte ich mich.
- „Ihre Familie freut sich bestimmt, Sie zu sehen", lächelte sie mich noch an
- „ Ja, wir haben uns seit langer Zeit nicht gesehen."
Grübelnd, warum ich immer als erster mit Informationen rausrücken müsste, beschloss ich, den Spieß umzudrehen und sie etwas auszufragen.
- „Wie ist es mit Ihnen? Wohnen Sie auch hier?"
- „Nein, ich wohne nicht hier", schüttelte sie leidend den Kopf.
- „Ach so, Sie haben Verwandten besucht?"
- „Ja, meinen Sohn". Unweigerlich und unaufgefordert fuhr sie fort: „Er studiert hier. Er studiert Zahnmedizin in Mainz. Ah, da kommt er." Sie zeigte auf einen jungen Mann, der mit einem breiten Lächeln auf uns zu kam.
Aus Höflichkeit drehte ich mich um, um nicht neugierig auszuschauen. Aber die junge Frau wollte nicht loslassen, also klopfte sie mir auf die Schulter, als Zeichen dafür, dass ich mich wieder umdrehen solle.
- „Schau Amin, diese Dame fliegt auch in den Iran." lächelte sie.
- „Wie viele andere, die hier stehen" lächelte er ironisch, während er in eine andere Richtung schaute.
Die hübsche Frau schaute mich sehr verlegen an. Ich hingegen erwiderte mit einem sanften Lächeln, dass ich

keine weiteren Informationen wollte. Also drehte ich mich um, und signalisierte damit, dass ich auch meinerseits keine weiteren Fragen beantworten mochte.

Für Ihre Höflichkeit, guten Umgangsformen und ihre Kontaktfreudigkeit sind Iraner sehr bekannt. Für ihre temperamentvolle Art werden sie sehr oft gelobt. Sie schließen schnell Freundschaften, sie opfern sich für ihre Freunde, sie streiten sich aber auch sehr schnell und leidenschaftlich miteinander. Diese starken Gefühlsschwankungen waren genau der Grund dafür gewesen, warum ich gelernt hatte, mit meinen Landsleuten sehr behutsam umzugehen, und entschied mich mit meinen Landsleuten immer einen rationalen Umgang zu pflegen.

Mein Leben war in den vergangenen zehn Jahren so vielen Veränderungen ausgesetzt gewesen, dass ich keine Lust mehr auf die flüchtigen iranischen Bekanntschaften hatte. Man könnte sagen, ich suchte meine Ruhe, und die Ferne.

Endlich kam ich nach einer dreiviertel Stunde an die Reihe. Mit Mühe legte ich mein Gepäck auf die Waage. Der junge Mann am Schalter machte einen zuvorkommenden Eindruck. Es gab keinen Ärger mit dem Gewicht. Aufkleber auf den Koffer und den beschrifteten Staubsauger und ein freundliches „Auf Wiedersehen". Erleichtert und erlöst von meinem schweren Gepäck ging ich spazieren. Weit weg vom Check-In und der Gepäckaufgabe in dem riesigen Abflugbereich, schaute ich mir die Geschäfte im Duty-free an, und wartete ungeduldig bis das Boarding anfing.

Erst nach einer halben Ewigkeit als wir endlich in den Bus Richtung Maschine einstiegen, war ich mir sicher, dass ich heute meine Familie sehen würde. Unbewusst streckte ich meinen Hals um zwischen den vielen Menschen einen Blick auf die Flugzeuge zu werfen. Durch die verregneten Fenster konnte ich jedoch nicht allzu viel erkennen.

Nach einer 10 minütigen Fahrt hielt der Bus schließlich an. Die Treppe stand schon bereit. Die Turbinen der Boeing drehten sich leicht. Wie ein kleines Schulkind, das von einem langweiligen Schultag endlich nach Hause kam, drängelte ich mich zu dem Ausgang des Busses. Als die Tür aufging, sprang ich runter und ging Schnurstracks zu den Treppen.

Ein Stewart und eine Stewardess warteten direkt in der Tür und begrüßten freundlich die Passagiere. Eine junge Frau mit weißem Kopftuch und einem langen Mantel begrüßte mich und zeigte mir meinen Sitz, der sich im vorderen Bereich des Flugzeuges befand.

Froh, dass ich am Fenster saß, warf ich erst meine Handtasche mit den wenigen Habseligkeiten, die ich darin hatte, auf meinen Sitz. Ich öffnete das Handgepäckfach und stopfte meine Tasche in das Fach. Schließlich, mit einem Schwung, setzte ich mich auf meinen Sitz, schnallte mich direkt an, um nicht vor dem Start vom Kabinenpersonal gestört zu werden, und schaute durch das Fenster auf die Treppen und die vielen Menschen, die noch einstiegen. Große Regentropfen liefen die Fensterscheibe herunter. Außer den Arbeitsjacken der Flugzeugingenieure, die die Maschine für den Take-off vorbereiteten, sah alles grau in grau aus. In freudiger Erwartung der zwei bevorstehenden schönen

Ferienwochen, ließ ich mich von dem deprimierenden Wetter nicht entmutigen. In weniger als sechs Stunden wäre ich in meiner Heimat, Teheran und bei meiner geliebten Familie. Nichts außer einem Flugzeugunglück konnte jetzt noch verhindern, dass ich nach Hause kommen würde.

Kaum kam ich von dem bis dahin sehr stressigen Morgen etwas zur Ruhe, begannen meine Gedanken sich darum zu drehen, was sie mich wohl alles fragen würden? Womit sollte ich zuerst anfangen? Von Farhad? Von der Schule? Von der Sprache? Mein kleines Zimmer? Das immer schlechte Wetter, das sich an jenem Tag sehr viel Mühe machte, um seinem Ruf auch gerecht zu werden?

Ach, irgendwie werden wir über alles reden. Und schon freute ich mich über die Besuche und Partys, die wir bestimmt machen würden. Darja hat mir in ihren Briefen über ihre Arbeitskolleginnen erzählt, die sie mit zu Partys nahmen. Sie werde ich jetzt live kennenlernen, dachte ich mir. Am aller meisten freute ich mich auf das persische Essen. Maman jan hatte sich bestimmt gut auf meinen Besuch vorbereitet und würde meine Lieblingsgerichte zubereiten. Ich war so sehr mit meinen Gedanken beschäftigt, dass ich die Ankunft meiner neuen Nachbarn, die inzwischen ruhig neben mir saßen, gar nicht bemerkt hatte. Zwei ziemlich religiös aussehende Frauen, die von oben bis unten in schwarz gekleidet waren. Eine etwas ältere und eine junge Frau. Sie begrüßten mich freundlich, als ich mich zu ihnen drehte. Sie waren für Iraner ungewöhnlich leise.

Der Flieger startete mit ein paar Minuten Verspätung. Laut Ansage des Flugkapitäns würde der Flug fünf Stunden dauern. Wir verließen das schöne Abendland Richtung Morgenland. Ich schloss die Augen und genoss es, auf der Wolke Sieben zu schweben.

DAS GROSSE WIEDERSEHEN

Beim Landeanflug in der späten Abenddämmerung konnte ich nicht viel von meinem schönen Teheran erkennen. Matte, vernebelte Lichter überall. Ich versuchte seit Minuten den Azadi-Turm zumindest zu entdecken, aber vergebens. Nach dem Krieg müsste doch die Stadt lichterloh erstrahlen. Obwohl Teheran seine Schönheit unerwartet versteckte, machte ich mir Hoffnung, dass es ganz normal sei. Bei Sonnenuntergang und dazu noch im Winter sollte ich lieber meine Ansprüche etwas herunter schrauben.

Ich hörte die Reifen auf den Asphalt der Landeflugbahn aufsetzen und realisierte, dass ich den Boden von Zuhause berührte. Ich war daheim. Das Gefühl von Gänsehaut und Sehnsucht erfüllte mich. Nicht wissend, wie sehr ich mein Zuhause vermisst hatte, wartete ich ungeduldig bis das Flugzeug endlich zum Stillstand kam. Das Klick- und Klacksen der Gürtel, war von überall schon längst zu hören. Ich war nicht der Einzige, der es wirklich eilig hatte. Aber ich blieb noch angeschnallt.

Letztendlich kam der Flieger zum Stillstand. Plötzlich hörte ich einige Passagiere laut: Allah o ma Sale ala Mohammad va ale Mohammad (Oh Gott segne Mohammad und die Seinigen) rufen. Kein Klatschen, sondern ein kleiner Vers aus dem Koran. Das war für mich mit den in Frankfurt in der Schlange beobachteten Passagieren nicht kompatibel. Noch sitzend auf meinem Platz staunte ich über die Iraner, die schon auf dem Gang des Flugzeuges standen und für jede Menge Traffic und Drängeln sorgten. Ich blieb weiter sitzen. Soviel Streß und Ungeduld, selbst wenn auch ich Feuer und

Flamme war, meine Familie zu sehen, hätte ich nicht erwartet. Von hier und da und meistens von männlichen Stimmen hörte ich: „Mein Herr, gehen Sie schon weiter, ich hab's eilig". Diese unflätige Ungeduld machte mich noch fassungsloser.

Wie schon beim Landeanflug vermutet, herrschte in Teheran schlechtes Wetter. Auch hier weinte der Himmel. Der Boden war Nass und voller kleiner Pfützen. Vor den Treppen stand kein Bus bereit. um uns zum Flughafengebäude zu bringen. Wir sollten zu Fuß zum Transitsaal laufen. Also setzte ich mich mit der Menge in Bewegung. Dann begann ich, etwas schneller zu gehen. Immer den Leuten nach, die ganz schön fluchten.

Als ich endlich Teheran, oder besser gesagt den Flughafen, bei Licht sehen konnte, konnte ich den Unterschied erkennen. Ich suchte nach farbigen Schriften oder Schildern, vergebens. Alles war grau. Grau in Grau. Polizisten überall verteilt. Frauen und Männer meistens in schwarzen oder dunkelblauen Mänteln und Kopftüchern. Die Wände, Böden, Dächer dreckig und farblos, selbst die grauen Haare mancher selbst im Gesicht jung aussehender Herren waren nicht zu übersehen. Das einzige was in Farbe deutlich zu erkennen war, waren die großen Plakate mit den Bildern von Ayatollah Khomeini und Khamenei darauf. Alles andere war leblos.

Es kam mir vor, als hätte man plötzlich einen farbigen Film im Fernsehen in Schwarz-weiß umgewandelt. Müde und fahle Gesichter. Traurige, abgekämpfte Augen. Meine Stimmung wurde deutlich gedämpfter. Ich begann zu erahnen, dass auch die Gesichter meiner Familie nicht anders sein konnten.

Nach der Passkontrolle, die ziemlich zügig ging, eilte ich schnell weiter, um mein Gepäck abzuholen. Erfreulicherweise war das Glück auf meiner Seite, meine Gepäckstücke waren ziemlich schnell da. Mit viel Mühe packte ich alles und lief zur Zollkontrolle. Von Weitem sah ich drei Reihen. Ich ordnete mich in die erste Reihe ein. Ich brauchte nichts zu befürchten, denn ich hatte nichts, was der Zoll entdecken konnte.

Eine halbe Stunde verweilte ich in der inzwischen langen Schlange. Der junge Zollpolizist in seinem Khaki-Dienstanzug sah mich an und lächelte: „Schwester, bist du Studentin in Deutschland?" „Ja" antwortete ich, und zog mein Kopftuch nach vorne, um sicher zu gehen, dass meine Haare nicht rausguckten. „Hast du etwas dabei?" fragte er mich während er mich noch anlächelte. „Nein, seien Sie unbesorgt Bruder." Mein Koffer lag offen auf dem Tisch. Er schaute ganz oberflächlich hinein, und schloss den Reißverschluss wieder.

„Herzlich Willkommen Zuhause, du kannst gehen." erwiderte er zum Schluss und lächelte mich noch einmal an. Ich bedankte mich, sammelte meine Sachen. Ehe ich mich umgedreht hatte, um weiter Richtung Ausgang zu gehen, griff ein junger, zierlicher Mann schnell nach meinem Gepäck, und lief mir hinterher. Ich sagte ihm, dass ich nur DM dabei hätte. Er sagte, er wäre einverstanden.

Hinter mir standen die Leute Schlange und diskutierten mit den Kontrolleuren. Seelig und überglücklich kam ich in einen sehr großen Saal, mir versprechend, ich würde keine Tränen vergießen. Da war wieder diese große Glasscheibe, hinter der sich eine gewaltige Menschenmenge befand. Für einen kurzen Moment blieb ich stehen und musste suchen bis ich Darja, Maman und Baba erkannte, die mir zuwinkten. Bei diesem Anblick schossen mir die Tränen in die Augen. Ich konnte mich schwer unter Kontrolle halten. Sie erkämpften sich den Weg in meine Richtung durch die wartende Menschenmasse und hielten gleichzeitig den Blickkontakt zu mir. Auch ich bahnte mir meinen Weg auf sie zu.

Baba sprang nach vorne und drückte dem jungen Mann ein paar Scheine in die Hand. Ohne mich zu umarmen schaffte er das Gepäck zur Seite. Es nicht mehr aushaltend umarmte ich ihn und fing an zu weinen.

Mein Vater sah gebrochen aus. Seine grünen Augen lachten nicht mehr. Glanz- und regungslos schauten sie aus. Er freute sich über mich und war froh mich zu sehen, aber er sah aus, als hätte er viel durchgemacht. Meine Mutter sah nicht besser aus. Sie lachte, aber unterdessen rollten ihr die dicken Tränen ihre noch wunderschönen Wangen herunter. Sie freuten sich mich zu sehen. Darja sah hingegen wunderschön aus und war etwas gehobener angezogen, als die ganzen in komplett schwarz angezogenen Pinguine, die dort überall herum liefen. Sie weinte nicht, aber war auch unendlich froh mich zu sehen.

Schnell griff Baba nach meinen Sachen und zeigte auf den Ausgang. Darja hatte ihren Arm um meine Schulter als wir zu dem Auto meines Vaters gingen. Dabei fragte sie mich nach vielen einfachen Dingen wie nach dem Flug, ob ich müde war, oder ob ich Hunger hatte. Raus aus dem Flughafen atmete ich wieder Gazoil und Smog. Aber der Geruch war mir bekannt und störte mich nicht. „Gott, wie lange ist es her, dass ich Teheran in einem sicheren Zustand erlebt habe?" warf ich laut die Frage im Auto in die Runde. Darja und Maman jan fingen an ironisch zu lachen. „Schatz warte ab, du wirst sehen, viel hat sich nicht geändert seit dem Ende des Krieges" erwiderte Maman.

Wir schauten durch die Seitenfenster auf die Straßen. Alles hupte und drängte. Direkt nach dem Verlassen des Flughafengeländes waren wir in einen Stau gefahren. Um von der Verkehrssituation abzulenken und die Zeit nicht stillschweigend im Auto zu verbringen, fragte Maman, wie der Tag so war! Ob ich gegessen hätte! Ich fing an zu erzählen, was alles auf der Reise passiert war. Ich hatte nichts Wichtiges zu erzählen. Die ganze Zeit während ich redete, hielt ich die Hand von Darja in meiner Hand. Sie schien mir ruhiger geworden zu sein. Seit der Begrüßung hatte ich von ihr nichts mehr gehört. Ab und an drehte sie ihren Kopf zu mir und lächelte mich an, aber ihr trauriger Blick verriet, dass es in ihrem Innern anders aussah.

Verständnisvoll versuchte ich, nicht viel zu fragen. Ich wusste ja, wie unerträglich manches im Iran geworden war. Zwar gab es keinen Krieg mehr, aber das Leben an sich war nicht geprägt von Vergnügen und Sicherheit.

Wir kamen nach etwa einundeinhalb Stunden zu Hause an. Noch einmal fielen wir uns in die Arme. Jetzt konnten wir uns unbeobachtet in den Armen halten, ohne Angst, ohne Eile. Ich merkte, wie sehr ich meine Familie vermisst hatte. Das Wiedersehen empfand ich als ein seltenes Glück, das nicht jeder hatte. Als Asylantin hätte ich keine Chance gehabt, in mein Heimatland zurück zu reisen. Man galt als heimatlos und vertrieben, politisch verfolgt. Deutschland sah daher keine gesetzliche

Regelungen für die politisch Verfolgten vor, sie in das Land aus dem sie einst geflüchtet waren, beliebig ein- und ausreisen zu lassen.

Der Geruch leckeren persischen Essens hing in der Wohnung. Oh Gott, wie sehr habe ich diesen Geruch, der unverwechselbar nach Heimat riechenden Gerichte vermisst. Mein Magen knurrte und ich freute mich auf all das, was mir in den ganzen fünfzehn Monaten vorenthalten worden war. Die Liebe meiner Familie, die Kochkünste meiner Mutter, die offenen Gespräche mit ihr, die keine Tabus enthielten.

Nach der herzlichsten Begrüßung, die ich bis zu diesem Zeitpunkt mit meinen Eltern und meiner Schwester hatte, bekam ich die Gelegenheit mir das „Zuhause" anzuschauen. In der Wohnung hatte sich kaum etwas verändert. Alles stand da, wo ich es in Erinnerung hatte als ich den Iran verlassen hatte. Sogar mein Bett stand noch am alten Platze. Im Bad fand ich sogar noch meine Zahnbürste. Es war ungewöhnlich, es kam mir vor, als wäre ich nie fort gewesen, und das rührte mich zu Tränen. Ein paar Bilder von mir und Dariush aus Deutschland dekorierten die schöne alte Vitrine im Wohnzimmer.

Wie früher meckerte Baba, dass wir alle hungrig wären und wo das Essen bliebe. Maman jan war wie gewöhnlich in der Küche und hetzte sich, um das Essen warm und servierfertig zu machen. Darja war immer noch sehr ruhig und sah ohne den dunklen Mantel sehr schick aus. Im Vergleich zu meinem schmuddeligen Aussehen, sah sie wie eine Modepuppe aus. Das fand ich extrem cool. Ihre Motivation, sich nicht hängen zu lassen und sich weiterhin modisch zu kleiden, während draußen alles Grau in Grau war, fand ich sehr vorbildlich.

Ihre langen lackierten Fingernägel zeigten, wie mutig sie war. Trotz strengster Kontrollen, wagte sie dekorativ geschminkt herum zu laufen und zu arbeiten. Bemerkenswert war, dass im Kreise der Familie von ihrer melancholischen Verfassung keine Spur mehr übrig geblieben war. Sie lachte und zeigte die ganze Zeit auf mein Gepäck. Was möge sich da drin wohl für sie versteckt haben? Auch den Staubsauger fand sie toll und bedankte sich dafür, dass ich auf sie gehört hatte. Sie konnte sich gerade noch zurück halten, nicht in die Verpackung reinzuschauen.

Froh, dass es Darja doch nicht so schlecht ging wie ich vorher im Auto vermutet hatte, begab ich mich auf den Weg zu Maman. Sie wirbelte noch immer in der Küche herum. Es war immer noch ein Vergnügen sie so konzentriert bei der Arbeit zu beobachten. Ich näherte mich ihr von hinten und umarmte sie sanft. „Maman jan, ich bin nicht hier, um zu essen, ich bin hier um euch zu sehen, komm setz dich hin" sagte ich ihr. „Sofort, du hast Hunger, du hast nichts gegessen. Nach dem Essen haben wir so viel Zeit, miteinander zu sprechen" antwortete sie, indem sie konzentriert den Ghorme sabzi, ein traditionelles persisches Gericht aus Gemüse und Kalbfleisch, umrührte. Sie blickte zu mir und lächelte. Ihr Blick verriet viel. Von der gegenwärtigen Stimmung merkte ich, dass es ihnen finanziell nicht so gut ging.

Das Essen kam auf den Tisch, der liebevoll, aber einfach gedeckt war. Früher hatte meine Mutter den Esstisch mit verschiedenen eingelegten Sachen geschmückt, heute Abend sah es anders aus. Trotzdem freute ich mich und bemerkte leise: „Das ist das erste Mal nach acht Jahren, dass ich mit meiner Familie am Tisch sitze, ohne zu befürchten, dass wir jeden Augenblick angegriffen werden könnten." Mein Vater schaute mich mit einem scharfen, aber zustimmenden Blick an. „Ja, du hast recht meine Tochter." sagte er noch.

Das erste gemeinsame Mahl nach fünfzehn Monaten Trennung von der Familie und der Heimat und unter ganz normalen Umständen, schmeckte mir besonders gut. Uns fehlten die Jungen, aber wir waren froh, dass wir die Chance hatten, wieder zusammen an einem Tisch zu sitzen. Wir holten unsere aufgeschobenen Gespräche nach. Alles was in meinen fünfzehn monatigen Aufenthalt in Aachen passiert war, wollte ich unbedingt mitteilen.

Auch meine Familienmitglieder erzählten, wie es Ihnen in der Zwischenzeit ergangen war. Es war hart zu hören, wie es am Ende des Krieges im Iran zu ging. „Es war Gottes Wille, dass Du es nicht mehr erlebt hast, du hättest das alles nicht überstanden" sagte meine Mutter mit einer ernsthaften, von Schmerz erfüllten Stimme. „Er schickte Raketen, die sahen am Himmel wie leuchtende Busse aus". „Auf die Ziele vorprogrammiert." fügte Baba mit leblosen Augen hinzu. Darja bestätigte die Ausführungen, indem sie über Tante Firoozeh's Zustand berichtete: „Am schlimmsten war es für Tante Firoozeh. Sie ist noch viele Male ohnmächtig geworden. Immer wenn sie kamen und die Sirenen losgingen, hat sie sich auf den Boden gesetzt und so lange geschrien bis sie in Ohnmacht gefallen ist. Der Krieg hat sie sehr mitgenommen. Sie wird nie wieder die alte Tante

Firoozeh sein. Sie hat viele körperliche Einschränkungen.
Es machte mich sehr unglücklich das alles zu hören. Ich ließ mir aber nichts anmerken, damit sie weiter über ihre Erlebnisse reden konnten.

Die Geschäfte meines Vaters liefen miserabel. Die Leute kauften selbst nach dem Krieg nichts mehr, sagte mein Vater. „Sie haben kein Geld, woher denn auch? Wenn du das Geld auf eine Seite der Waage legst, und die Ware auf die andere Seite, dann ist das Geld schwerer als das, was du dafür kriegst." beklagte sich mein Vater. Die Inflation hatte das Land fest im Griff.

Maman mochte nicht mehr über negative Dinge reden und gab meinem Vater und Darja immer wieder Zeichen, damit sie aufhörten. Ich hingegen wollte immer mehr wissen. Um sie alle von den schlimmen Kriegsereignissen und den hässlichen Zuständen im Land abzulenken, fing ich endlich an, die mitgebrachten Geschenke zu verteilen. Maman war, wie erwartet, hin und weg von dem Staubsauger. Mich machte es einerseits überglücklich, anderseits schmerzte es mich, dass sie sich nicht einmal selbst ein vernünftiges Gerät anschaffen konnten.

Früher hatte meine Mutter die besten Geräte in ihrem Haushalt. Alle beneideten sie um ihren Luxus. Diese Zeiten schienen im Iran und für sie persönlich endgültig vorbei zu sein. Ihre traurigen Augen waren wie tausend Stiche in meine Brust. Bei meinem Vater war es noch schlimmer. Er war ein gebrochener Mensch. Er hatte vier Kinder und war nicht in der Lage auch nur einem von ihnen etwas anzubieten. Sein erstes Enkelkind kannte er nur von Bildern. Bei der Hochzeit seines ältesten Sohnes in Europa war er nicht dabei. Er hatte das nie erwähnt, aber aus seinen Fragen merkte ich, wie verbrannt und traurig es in seiner Seele aussah. Fast zehn Jahre waren seit der Revolution vergangen. Seitdem war es stets Berg ab für uns und für viele andere gegangen. Viele Menschen haben im Krieg, Bruder, Schwester, Vater, Mutter, gute Freunde, Kameraden verloren. Aber der Krieg war eine Steigerung des Bösen, die über unser Land gefallen war. Ein sinnloser Krieg, der uns Hunderttausende Menschenleben gekostet und am Ende doch nichts gebracht hatte. Kein Landgewinn, keine Verbesserung der Verhältnisse, keine Freiheit, keinen Wohlstand.

Meine Eltern hatten kein hohes Alter. Sie waren noch relativ jung. Für das junge Alter waren sie sehr gebrochen. Mein Vater konnte beruflich mit Ende vierzig nicht mehr Fuß fassen. Innerlich wehrte er sich gegen den Abstieg. Er verabscheute das Regime für das, was es ihm angetan hatte. Mit Ende vierzig hatte er fast alles verloren. Trotz aller Unannehmlichkeiten blieben meine Eltern aufopfernd. Sie wollten nicht, dass ihre Kinder dasselbe noch einmal erleben mussten.

An jenem Abend haben wir uns bis tief in die Nacht hinein unterhalten. Nachdem meine Eltern sich Schlafen gelegt hatten, unterhielten Darja und ich uns weiter. Fast bis in das Morgengrauen dauerte unser Gespräch, denn wir hatten uns nach der langen Zeit viel zu erzählen.

Am nächsten Tag durfte ich meine Schwester zu ihrem Arbeitsplatz begleiten. Für gewöhnlich brachte mein Vater sie zu der Klinik, die ich noch nicht kannte. Unterwegs konnte ich meinen Augen nicht glauben, was sie sahen. Wie trüb und dreckig Teheran aussah. Der Eindruck, dass ich diese Stadt nicht mehr kannte, steigerte sich von Sekunde zu Sekunde. Was war alles geschehen? „Warum sieht alles überall so schlimm aus"? fragte ich meinen Baba im Auto. Er meinte, dass ich mich bestimmt nicht daran gewöhnen könnte, weil ich jetzt in Europa leben würde. Für ihn schien der Anblick der Stadt Normalität zu sein. Es hätte seit der Revolution immer so ausgesehen, meinte er. Aber das war nicht der Grund.

Die Gesichter sahen ziemlich abgekämpft und verblichen aus. Der Straßenverkehr war katastrophal. Ich schrie alle drei Sekunden: „Pass auf Baba, da kommt ein ..." mein Vater behielt die Nerven und ab und an lachte er charmant. Darja konnte kaum abwarten, mir ihre Meinung zu sagen: „Du bist es nicht mehr gewohnt, das ist das Problem", und damit hatte sie recht. Ich war nichts mehr gewohnt.
Auf ihrem Arbeitsplatz, wo Darja als Chefsekretärin arbeitete, kannten sie mich alle von Bildern und aus Erzählungen. Sie waren unglaublich freundlich und nett zu mir, aber kaum hatten sie sich umgedreht, hatte Darja etwas „Negatives" über sie zu erzählen. Manchmal waren es Dinge, die mich nichts angingen und die ich nicht unbedingt wissen wollte.

In ihrem großen Büro, das sich im zweiten Stock befand, war sie weit entfernt von dem ganzen Trubel, der sich im Erdgeschoß abspielte. Jeden Tag musste sie nach der Arbeit das Geld aus der Kasse mit den Quittungen abgleichen und den Betrag zur Bank bringen, um ihn auf das Konto ihres Chefs- des Klinikdirektors - einzuzahlen. Dabei erstaunten mich erneut ihre langen, rot gefärbten Fingernägel, die sie nicht immer verstecken konnte. Ihre Schminke im Gesicht war noch schlimmer. Sie war fast bedrohlich, denn hundertprozentig würde sie mit ihrer Erscheinung bald - wenn sie es nicht änderte - Ärger kriegen.

Von meinem einfachen, wenig sensationellen Auftritt als eine Iranerin, die in Europa lebte, war Darja hingegen ziemlich überrascht. In ihren Augen sah ich jedoch die Bewunderung meiner Person gegenüber.

Verwandte und Freunde meldeten sich bald und gratulierten meinen Eltern, dass ich nach so langer Zeit wieder nach Hause gekommen war. Die erste Woche hatten wir Fullhouse. Meine Tante Firoozeh mit ihrer Familie, mein Onkel Vahid, alte Freunde kamen scharenweise. Es war schön sie wieder zu sehen, obwohl sie alle sich anhaltend beklagten, wie sehr das Leben in Teheran zu einer Tortur geworden war. Sanktionen im Außenhandel, Unterdrückung im Inneren des Landes, Aussichtslosigkeit für die jungen Leute, der schwierige Aufbau des Landes, die hohe Inflation nach wie vor dem Krieg, machte das Leben im Iran, insbesondere das Wohnen in Teheran, fast unerträglich.

Alle waren froh für mich, dass ich diese Zeiten nicht erleben musste. Dafür bewunderte ich sie heimlich. Sie waren standhaft im Iran geblieben und kämpften weiter.

Sie dagegen fanden meine kleine Existenz in Aachen und das Streben nach einem neuen Leben toll und unbezahlbar. Das Engagement würde sich eines Tages für mich lohnen, meinten sie, und ich sollte versuchen, alles im Iran hinter mir zu lassen und nach vorne zu schauen. Darüber, wie viel mir meine Heimat, meine

Familie und Freunde in der Ferne fehlen würden und wie sehr ich darunter litt, machte sich keiner Gedanken. Die Wunden der beraubten Kindheit und die Traumata der jüngeren Vergangenheit dachten sie bei mir geheilt zu sehen.

Ich solle froh sein, dass ich nie wieder Kopftuch tragen müsse und in einer frauenfeindlichen Gesellschaft leben müsse. Jetzt wo ich in Deutschland wohnte, müsste ich über vielen Dingen hinweg gekommen sein.

Einen Blick auf Darjas Aussehen, wie sie jeden Tag zur Arbeit ging, konnte ich mir die Unterdrückung der Frauen in Iran nicht so schlimm vorstellen.

An dem ersten Freitag nach meiner Ankunft schlug Darja vor, wie früher, einen Ausflug zu unternehmen und den ganzen Tag in Darband zu verbringen. Ich wäre solange nicht da gewesen und könnte mir noch einmal einen Besuch gönnen und die Schönheit der Umgebung genießen. Begeistert willigte ich ein. Darband, ein wunderschöner Stadtteil im Norden Teherans, liegt am Fuße des Elburs-Gebirges. Es war ein berühmter Ausgangspunkt für zahlreiche Wanderbegeisterte. Die frische Luft, das einmalige Klima und die malerische Bergkulisse genauso wie die einmalige Natur, die gut besuchten Cafés, Teehäuser und Restaurants, luden an den Wochenenden Tausende von Besuchern ein.

Froh, dass ich an jenem Tag auch mal raus gehen durfte, satt immer von den Verwandten und Freunden besucht zu werden, stand ich früh auf, um mit meinem Schwesterherz so viel wie möglich aus dem Tag zu machen. Nach einem schnellen Frühstück machten wir uns auf dem Weg.

Ein Blick auf die Fingernägel meiner Schwester und ihr Makeup, machte mich etwas nervös. Auf meinen Vorschlag, sie sollte mal kürzer treten und das Makeup etwas dezenter gestalten oder die knallrot gefärbten Fingernägel zumindest entschärfen, lachte sie mich nur an, und versicherte, dass wir heil nach Hause zurückkehren würden. Immerhin wäre ihr bis lang nichts passiert. Das Wegmachen des Nagellackes käme für sie jedenfalls nicht in Frage. So optimistisch wie sie mir an jenem Tag schien, nahm ich meine Kritik zurück und verließ mich auf ihre Zuversicht.

Wir erwischten einen der schönsten sonnigen Tage meines Aufenthaltes. Vom Winter keine Spur. Es war kalt, aber die Wärme der ersten morgigen Sonnenstrahlen ließ mich ahnen, dass wir unseren Ausflug nach Darband genießen würden.

Wir hatten einen langen Weg vor uns. Vom Westen der Stadt in den Norden war eine etwa eineinhalb stündige Fahrt durch Teheran. Darja hatte vor kurzem ihren Führerschein bekommen, aber so richtig geübt hatte sie noch nicht. Da mein Vater sie bisher zur Arbeit gefahren hatte, war sie vor allem den Teheraner Stadtverkehr nicht gewohnt. Damit war es ausgeschlossen, den Wagen meines Vaters zu nehmen. Den ganzen Weg müssten wir daher mit Taxis fahren. Das Busfahren, welches für mich in Aachen das übliche Verkehrsmittel war, welches ich auch regelmäßig benutzte, wurde in Teheran meist nur von Schülern, Studenten und Geringverdienenden benutzt.

Am Rand der Straßen warteten wir wie viele Anderen auf eine Fahrgelegenheit. Im Iran verdienten sich viele Menschen, insbesondere nach der Revolution, ihren Lebensunterhalt als Taxifahrer oder sicherten sich durch die Mitnahme von Fahrgästen ein zusätzliches Verdienst. So war es keine Seltenheit, dass man bei der Fahrt ins Büro oder später vom Büro nach Hause fremde Fahrgäste mitnahm. Die Leute zahlten für diese Mitnahmegelegenheit breitwillig, denn Offizielle Taxis, die einer Agentur gehörten wie in Europa, waren fast unbezahlbar. Daher nahmen viele Teheraner die Mitfahrgelegenheiten gerne in Anspruch, um Geld zu sparen.

Sicherlich, auch hier profitierten besonders gut aussehenden Damen wie meine Schwester. Denn für sie hielt fast jeder Fahrer an. Als wäre man mitten in New York, war es ein riesiger Kampf um das günstigste Taxi.

An jenem Freitag war Teheran noch in tiefem Schlaf versunken, als wir zwei nach Norden aufbrachen. Die Taxis, die man schon auf den Straßen antreffen konnte, waren fast alle leer, und wenn Darja sich am Straßenrand etwas nach vorne duckte, um dem langsam fahrenden Fahrer das Zwischenziel anzugeben, blieben die Fahrer fast ausnahmslos stehen oder fuhren sogar rückwärts bis vor unsere Füße.

Wir wechselten dreimal die Mitfahrgelegenheit und nach etwa eineinhalb Stunden kamen wir tatsächlich in Darband an.
Es war schön dort zu sein. Die herrlich, frische Luft, vermischt mit dem Duft von frischem Gebäck, Sangak (persisches Brot) und dem aromatischen, unverwechselbaren Schwarztee, streichelte unsere fröhlichen Gesichter. In Darband lag Schnee. Das faszinierende für

mich an der Region rund um Teheran war seine Vielfalt und die Reichhaltigkeit der Natur. Den Wetterunterschied in verschiedenen Teilen der Region liebte ich. Im Sommer waren es in Teheran knapp vierzig Grad Celsius, während in den Bergen nur ein paar Kilometer weiter am Fuße des Elburs-Gebirges und auf dem Tochal, wo die Ski-Liebhaber sich im Winter austobten, Schnee lag.

Für einen Moment blieb ich stehen. Ich atmete die Bilder, den Geruch, das Geräusch der kleinen Bäche, Wasserfälle und die Atmosphäre ein, als gäbe es keinen zweiten Besuch. In Daband konnte ich auch wieder mehr Farben erkennen. Bunt und schick gekleidete junge Wanderer, meistens mit schwarzen Sonnenbrillen auf ihrem Weg zu dem Berg. Es gefiel mir und ich merkte, wie sehr ich es vermisst hatte.

Erstaunt über den lockeren Hijab mancher junger Frauen, die sich sogar trauten, weiße Kopftücher, die meistens eine blond gefärbte Tolle zeigten, auf den Haaren zu tragen, fiel mir auf, dass meine liebe Schwester für den Ausflug, im Gegensatz zu mir, angemessen angezogen war.

Darja wollte, dass ich während meines Aufenthaltes in Teheran Spaß hatte und es schien ihr zu gelingen. Wir gingen den Wanderweg hoch und genossen die Landschaft wie unsere Gespräche. Am meisten hörte ich ihr zu anstatt selbst zu reden. Ihr Job bereitete ihr sehr viel Freude, aber die Stimmung zu Hause war ziemlich gedämpft. Baba schien wirtschaftsbedingt in Depressionen verfallen zu sein. Er ließ sich nicht locken, die Wohnung freiwillig zu verlassen. Einladungen aus dem Verwandten- und Freundeskreise wurden immer wieder ignoriert oder abgesagt. Nun, wo der Krieg zu Ende war, regte er sich über die Politik und die Wirtschaft auf. Ein Angebot der Luftwaffe, noch einmal als Offizier zu beginnen, hätte er stolz abgelehnt. Er würde sich zu einem bockigen Kind verändern, dem man nichts Gutes tun konnte. Hinzu kam seine permanente Anwesenheit zu Hause, die das Ganze für unsere Maman unerträglich machte. Mit jeder weiteren Information über die Zustände Zuhause kippte ein bisschen mehr die Stimmung bei mir. Aus Respekt und Verständnis erzählte ich nichts Negatives über Deutschland und das Leben dort. Beängstigt, sie noch mehr in Reue und Trauer zu stürzen, erzählte ich für meinen Teil wie aussichtsreich und verlockend die Zukunft in Europa sei.

Wenn auch Darja keine Anmerkungen darüber machte, wie sehr sie sich eine Ausreise aus dem Land wünschte, konnte ich aus dem Gespräch heraus hören, wie sehr sie sich nach einem anderen Zuhause sehnte. Sie war von ihrem Heim bei meinen Eltern flüchtig. Unter der Woche arbeitete sie und freitags versuchte sie sich mit ihren Freundinnen zu treffen, um der schlechten Launen meines Vaters zu entgehen und sich nicht davon anstecken zu lassen und diese dann in die neue Arbeitswoche mitzunehmen.

Endlich gegen Mittag, nach einer langen, aber angenehmen Wanderung, erreichten wir die Aussichtsplattform von Darband, von der man den Fernblick über die Dächer des im winterlichen Sonnenlicht strahlenden Teheran bewundern konnte. Wir legten eine Pause ein, um nach einer halben Stunde mit dem Lift Bergauf zu der Spitze des Damavands zu fahren. Auf dem Gipfel erwartete uns eine große Holzhütte, die als Café und Restaurant diente, und die mit gutaussehenden jungen

Männern und Frauen überfüllt war. Das Lokal lud uns zu einem kleinen Snack ein. Direkt auf der großen Aussichtsterrasse fanden wir einen Tisch.

Rings um uns herum saßen junge hübsche Frauen, die wilde Blicke der jungen Männer auf sich zogen. Das Bild dieser Schickeria Darbands war genau das Gegenteil von dem, was ich vom Ayatollah Khomeini-Flughafen in Erinnerung hatte. Hier konnte man das Leben fühlen. Obgleich die Sittensoldaten, die Pasdaran, auch in Zivilbekleidung unterwegs waren, konnte man sie an ihren langen schwarzen Bärten und unauffälligen Haarfrisuren gut erkennen, und unschwer zu bemerken, dass sie sich zahlreich in unserer Nähe befanden. Trotzdem versuchten die jungen Leute mit Gestik, Augenkontakt und Zetteln, auf denen ihre Telefonnummern standen, zu kommunizieren. Inzwischen erkannte ich auch Tschadorträgerinnen, die in ihrem für Flirtversuche unpassenden Outfit nach ihrer Tagesbeute suchten. Anmutig schöne Frauen, und schwindlig fein raus geputzte Männer, die sonst nicht einer solchen Auswahl an Mädchen gegenüber standen, zu denen eine Kontaktanbahnung winkte.

Zu dieser Gesellschaft gehörten Darja und ich für die kurze Zeit unserer Gipfelpause auch. Obwohl sie mir alle leid taten. So viel Aufwand um mit dem anderen Geschlecht in Kontakt zu kommen.

Traurig schaute ich in die Menge. Das Kopftuch immer wieder nach vorne ziehend und zu Recht korrigierend, versuchte ich, die Augenkontakte zu vermeiden. Seitdem ich mich als heranwachsende Frau kannte, wirkte ich älter als meine große Schwester. Sie hatte immer einen zierlichen Körper, zu dem ein schönes, junges

Gesicht gehörte. Die introvertierte Art Darjas ließ Fremde sie immer jünger als mich schätzen. Anfangs mochte ich es, als ältere Schwester durchzugehen. Das sollte sich aber mit der Zeit und dem Leben in Europa ändern.

Ich räumte das Feld für Darja. So fromm und unauffällig wie ich aussah, merkten einige junge Männer, dass ich nicht auf der Suche war, sondern tatsächlich nur auf einem Ausflug. Ein paar von Ihnen saßen uns gegenüber und suchten den direkten Augenkontakt. In meinem Innern merkte ich, wie sehr ich diesem gesellschaftlichen Ausweg aus der Unterdrückung der Jugendlichen fern war. Junge Menschen, die trotz aller Gefahr versuchten, ihre Freiheit zu behalten, einen Freund, eine Freundin zu finden. Dass sie ihr Leben damit riskierten, war für mich nach nun mehr als einem Jahr Aufenthalt in Deutschland nicht offensichtlich. Aber was sollten sie sonst tun, wo man ihnen alles geraubt hatte.

Nach dem Krieg machte sich die Erstickung der allgemeinen Meinungs- und Lebensfreiheit erst richtig bemerkbar. Der Krieg hatte noch viele Ressourcen gebunden, die nun für die Überwachung und Unterdrückung des Volkes frei geworden waren. Die Sittenwächter waren überall präsent und machten den jungen Menschen den gesellschaftlichen Auftritt schwer. Alles, was zu bunt, zu westlich, zu schön, zu geschminkt, zu frei, zu auffallend, zu fröhlich, zu schick und zu verspielt erschien, wurde nicht akzeptiert. Nicht akzeptiert hieß in diesem Zusammenhang, in den Augen des Islams und der Scharia ein Verbrechen zu begehen.

Darja hasste es, sich auf den Ausflügen von jungen Männern in schwierige Situationen bringen zu lassen. Sie schien unnahbar und sehr bodenständig. Ihr Beruf und ihre Erziehung gaben ihr das nötige Selbstbewusstsein und die Unabhängigkeit, um nicht mit billigen Maschen nach einem Freund suchen zu müssen.

Nach der kurzen Unterbrechung in der Hütte, entschieden wir uns nach Tochal hinauf zu fahren. Also machten wir uns auf den Weg zu dem Lift, dessen Talstation sich etwa hundert Meter entfernt von der Berghütte befand.

Wir standen gerade in der Schlange, um die Tickets zu kaufen als eine Frau, komplett verhüllt in einen Tschador, vor uns trat. Sie war so gut verhüllt, dass ich nur ihre Augenpartie erkennen konnte. Sie griff plötzlich nach Darjas Hand und mit einer sehr aggressiver Stimme sagte Sie: „Komm mit." Es war keine Aufforderung, es war ein Befehl.

Darja leistete keine Gegenwehr und trat wie aufgefordert, aus der Schlange heraus. Ich eilte hinterher, während ich meine Gedanken einzuordnen versuchte. In der Nähe der Schlange, im Schnee, war ein großes schwarzes Zelt aufgebaut. Daneben stand ein Bus. Ein Bus, dessen Fenster abgedunkelt waren, so dass man in das Fahrzeug nicht hinein schauen konnte.

Darja sah wie hypnotisiert aus. Die Frau mit ihrer eher fragwürdigen Haltung zeigte Darja auf das Gesicht und fragte was die Schminke solle? Sie gehörte zu den Sittenwächtern. Ihre überheblich, unhöfliche Art zeigte mir, dass sie viel Unterstützung hatte, und wenn es darauf ankam, würde sie uns mit dem Bus wegschicken.

Ich hatte gehört von dem Evin-Gefängnis, von den Peitschen, den Misshandlungen der jungen Frauen. Einen Moment wurde mir schwarz vor den Augen. Nichtsdestotrotz versuchte ich, einen kühlen Kopf zu bewahren und die Sittenwächterin zu beruhigen.
Meine Angst und die Sorge um Darjas Aussehen waren berechtigt gewesen. Darja sagte nichts. Sie zeigte weder Angst, noch erklärte sie sich. Ruhig und selbstbewusst schaute sie die Tschadorträgerin an, die fleißig einige andere junge Frauen aus der Reihe zog. Ein Blick auf Darjas Handschuhe erinnerte mich an ihre langen, frisch rotlackierten Fingernägel. Es lähmte mich beinahe, mir vorzustellen, was passieren würde, wenn man sie zwingen würde, die Handschuhe auszuziehen.

Ich musste etwas tun und etwas sagen, sonst würden wir am Ende des Tages noch im Evin-Gefängnis landen. Unkontrolliert fing ich an, die Frau anzuflehen. „Sie wird ihre Schminke abwischen, wo kann sie das einrichten, Schwester?" Darja unterstützte mich nicht. Regungslos stand sie da, und gab keinen Kommentar ab. Eine Sekunde fand ich die Gelegenheit ihr weiß zu machen, dass eine Festnahme durch die Sittenwächter für mich fatale Folgen haben könnte. Allerdings für sie auch: Vom Ausreiseverbot über die übrigen Unannehmlichkeiten bis hin zu Schwierigkeiten für unsere Eltern. „Lass sie doch, sie kann nichts tun" flüsterte mir Darja leise ins Ohr. Verärgert und unverständlich erinnerte ich sie an meine bevorstehende Ausreise aus dem Iran.

„Bist du von allen guten Geistern verlassen?" fragte ich sie. „Ich muss in ein paar Tagen ins Flugzeug nach Deutschland und du sagst mir, sie kann nichts tun?" erwiderte ich. Ihr Verhalten und kühle Einstellung zu der Sache brachten mich auf die Palme. Ich konnte mir

nicht erklären, warum sie so fahrlässig war. Es gab für uns nur eine einzige Möglichkeit, um die Sache noch rechtzeitig und ohne viele Schwierigkeiten zu überstehen. Ich musste die Frau anbetteln, damit wir nicht in den Bus nach Evin einsteigen mussten.
Die Sittenwächterin kam mit ein paar Mädchen und einem Pasdar zurück. Ihr Kollege sah noch aggressiver aus. „Schau mal, das sind sie" sagte sie zu dem jungen Kollegen, der uns alle sehr zornig ansah. „Was ist das für ein Hijab, den ihr hier vorführt? Schämt ihr euch nicht?" fragte uns der Soldat. Eine junge Frau rastete aus und fing an zu pöbeln und laut zu werden. „Das geht euch nichts an, wie ich mich anziehe, und aus dem Haus gehe. Ich habe Eltern, und sie erlauben mir das. Ihr habt keine Berechtigung dazu, mich hier festzuhalten."

Mit ihren Äußerungen schürte sie den Ärger der Sittenwächter und die Angst der anderen Mädchen an, und ich merkte, dass die Lage langsam außer Kontrolle geriet. Der Soldat war bewaffnet. Er ging zu dem Mädchen und fragte nach ihrem Namen. Wiederholt fing es an, überhebliche, aber sehr selbstbewusste Antworten zu geben. „Frag doch deinen Computer, ihr wisst doch alles über uns alle." Die Dummheit des Mädchens und ihre frechen Antworten ärgerten mich, denn sie provozierte, anstatt sich anständig zu zeigen. Der Soldat packte sie an ihrem Oberarm und zog sie aus der Gruppe. „Du kommst erst mal mit." Mir blieb die Spucke weg. Darja hatte noch die Handschuhe an, aber wenn wir bald nichts machten, um dort weg zu kommen, dann würde die Sache ganz schlecht für uns ausgehen.

Die strenge Sittenwächterin war wieder zu einer neuen Tour aufgebrochen. Auf die Suche nach jungen Frauen, um ihren Bus für den Tag vollzukriegen. Darja merkte langsam, das es kein Spaß mehr war, sondern die Situation einen sehr ernsten, unangenehmen Verlauf genommen hatte. Ich konnte mir nicht vorstellen, dass wir zwischen so vielen auffällig angezogenen jungen Frauen, mit schlechtem Hijab aus der Menge ausstachen und genau so wenig konnte ich mir uns im Evin-Gefängnis vorstellen. Darja schaute mittlerweile kreide bleich aus und sah sich besorgt um. Nach etwas fünf Minuten kam die Tschadorträgerin mit neuen Frauen, die entgeistert um sich schauten, was da los war. Ich griff nach der Chance und sprach zu ihr: "Bitte Schwester, sagen sie mir, was ich bei mir ändern muss, ich tue es. Ich habe meinen Hijab fest im Griff. Alles was Sie sagen, werde ich tun."

Sie schaute mich an, und zeigte mit ihrem Zeigefinger auf Darja. „Ist das deine Schwester?" fragte sie mit einer lauten Stimme: „Ja, sie ist es" antwortete ich schnell und fügte ohne zu warten hinzu „Bitte, wir gehen in das Zelt und sie wischt sich die Schminke aus dem Gesicht." Ich wusste, dass es die richtige Masche war. Woher waren diese selbsternannten Sittenwächterinnen gekommen, die freiwillig ihr tägliches Brot damit verdienten, über die Zukunft junger Frauen, die lediglich mit etwas Schminke nach Aufmerksamkeit suchten, zu urteilen? War es wirklich so ein Verbrechen, mit etwas Farbe im Gesicht herumzulaufen? Aber es half nichts, sich gegen die Sittenwächter aufzulehnen, man musste sich mit ihnen arrangieren.

Die Tschadorträgerin schaute mich an und fragte mich, ob ich dafür sorgen könnte, dass meine Schwester sich abschminkt und ihren Hijab korrigieren würde. „Schwester, ich versprech es Ihnen, dass ich darauf Acht gebe, bitte sagen Sie uns, was wir tun sollen" Ich wäre auf meine Knien gegangen, wenn sie es von mir verlangt hätte. Um ihre Macht und ihre Böswilligkeit gegenüber Abweichlern wusste ich Bescheid. Das Leben von Darja und mir selbst wollte ich auf keinen Fall wegen ein paar dummer Sprüche riskieren.

Sie schickte uns zu dem schwarzen Zelt und wies mich an, darauf zu achten, dass Darja sich abschminkte. Ich bedankte mich und aus lauter Freude und Erleichterung warf ich mich ihr um den Hals, und umarmte sie. Es wurde mir beinahe schlecht von dem Gestank ihres Gewandes und ihres Schweißgeruches, aber ich lächelte sie weiter an, während ich mich immer wieder bedankte.

Darja war immer noch in einem Schockzustand. Ich ergriff sie am Unterarm und ging mit ihr Richtung Zelt. Sie hatte mittlerweile zum Glück ihre frisierte Tolle unter ihr Kopftuch gestopft. Sie zitterte. Ich war nicht mehr sauer auf sie. Sie tat mir leid. Und ich litt mit ihr. Es sollte ein schöner Tag werden, aber wir merkten, dass uns der Schreck tief in den Gliedern saß. Es war nur ein dünner Grad zwischen Freiheit und Gefängnis im Iran. Das war uns beiden mit dem Erlebnis klar geworden. Festgehalten, kontrolliert und beschimpft. Jede Sekunde, die ich länger in Teheran verbrachte, tat mir mehr weh. Meine Stadt in den Händen von kaputten, fanatischen Religionswächtern zu sehen, machte mich krank.

Ankommend in dem Zelt, merkten wir, dass dort jede Menge los war. Das aufgebrachte junge Mädchen schrie nun nur noch und war inzwischen von ein paar Frauen umringt. Ich griff schnell nach ein paar Tüchern und wischte Darja gründlich den Kajalstift von den Augen. „Darja pass auf, dass du nicht versehentlich die Handschuhe ausziehst." bat ich sie. Sie war nervös und von so viel Wirbel um einen Kajalstift wie erschlagen. Ich wollte sie heil nach Hause bringen. Dafür war mir jedes Mittel Recht.

Nach dem Abschminken griff ich sie wieder an ihrem Arm und ging Richtung Ausgang und bat sie, kein Wort zu sagen. Den letzten Schritt hatte ich kaum aus dem Zelt getan, als ich den Druck einer sehr starken Hand an meiner Schulter merkte. „Wo geht ihr hin?" Fragte mich ein Pasdar mit einer tiefen Stimme. In Deutschland hätte sich eine Frau höchst wahrscheinlich umgedreht und mit einem lauten „Lass deine Finger von mir" dem Mann deutlich gemacht, dass das Anfassen einer Frau von einem fremden Mann nicht geduldet wurde, aber wir waren nicht im zivilisierten Deutschland, sondern im Iran.

Ich drehte mich um und unterwürfig schaute ich ihn an. Den direkten Augenkontakt in der Folge vermeidend, versicherte ich ihm, dass es uns unendlich leid tue, dass wir den lieben Schwestern und Brüdern so viele Unannehmlichkeiten bereitet hätten. Ich schaute ungewollt auf den Colt, der an seinem Gürtel hing. „Wartet hier, ich muss fragen, ob ihr gehen dürft." Ich traute mich nicht, ihm zu widersprechen und nickte mit dem Kopf, den Blick weiter starr auf den Boden gerichtet. Das Mädchen von vorhin schrie und schlug permanent um sich. Zwei Soldaten griffen sie an ihren Armen und zogen sie Richtung Zelt-Ausgang. Ich warf einen Blick in das Zelt, um mich umzuschauen, wie die anderen jungen Frauen aussahen, die sich dort aufhielten. Vergebens suchte ich nach einem Vergehen. Zum

Glück konnte ich keine Frau finden, die so schlimm aussah, dass sie dafür gleich ins Gefängnis gehen müsste.

„Ok, ihr könnt gehen, und behaltet euren Hijab richtig an, sonst nehmen wir euch mit." Diesmal schaute ich dem Pasdar ins Gesicht. Seine dunkel braunen Augen sahen tot aus, halb offen und gleichgültig schauten sie mich an. Sein ungepflegter Bart, der fast bis zu seinem Unterkinn reichte, deckte zur Hälfte sein unreines Gesicht, das viele Narben zeigte. Ich nickte mit dem Kopf, als Zeichen der Zustimmung und rannte mit Darja aus dem Zelt. Als wir das Zelt verließen, sahen wir, dass das hysterische Mädchen von zwei Männern in den Bus gezogen wurde. Ich zog Darja automatisch in Richtung Hütte. „Wir machen eine kleine Pause und dann fahren wir nach Hause, Ok?" sagte ich zu Darja. Darja antwortete nicht. Sie war noch immer geschockt von der ganzen Situation, die ungefähr eine dreiviertel Stunde gedauert hatte.

Noch nie war sie wegen ihres Hijabs angehalten worden. Nun erlebte sie, wie es aussah, wenn man mit den Sittenpolizisten in Konflikt geriet. Wie schnell alles gehen kann. Um ein Haar wären wir jetzt auch in dem Bus Richtung Evin-Gefängnis. Dort wurden die jungen Frauen und Männer ausgepeitscht, hieß es. Nach den islamischen Vorschriften, die an Brutalität und Erbarmungslosigkeit keine Grenzen kannten.

In der Hütte suchte ich uns einen Platz im Innenraum des Lokals. Darja sagte nichts mehr und überließ mir, den Rest des Tages zu planen. Sie stand unter Schock, mir ging es aber nicht anders. Ein paar Besucher hatten den Vorfall mit gekriegt und schauten uns sehr bemitleidend an. Mir war das so peinlich, dass ich am liebsten nach Hause fahren wollte. Was mich am meisten ärgerte, war, dass ich mit Darja nach all der Zeit der Trennung einfach nur einen schönen Tag haben wollte, der aber von den Sittenwächtern jäh beendet worden war. Uns fehlte jegliche Lust, weiter zu gehen. Nach unserer Ankunft in der Hütte, verließ ich Darja kurz, um für uns eine Kleinigkeit zu organisieren. Besorgt konnte ich mich nicht trauen, sie lange alleine zu lassen. An der Theke in der Schlange wartend, schaute ich in ihre Richtung. Sie blickte auf die Berge und träumte. Ihr trauriger Blick zerriss mir das Herz in der Brust. Eine wunderschöne junge Frau von zweiundzwanzig Jahren, der nicht einmal in ihrer Heimat ein kleiner Ausflug gegönnt war. Sie tat mir unendlich leid. Im Gegenteil zu ihrer Schwester musste sie tagtäglich dieses sinnlose Regime, das nicht willig war, der Jugend ein Minimum an Freiheit zu gewähren, ertragen.

Ich bekam gerade das Tablett mit zwei heißen Tassen Tee gereicht, als jemand auf meine Schulter klopfte. Die kleine Sittenwächterin stand hinter mir und komischer Weise lächelte sie mich an. „Schwester geht es gut? Alles in Ordnung?" fragte sie. Verärgert und aufgebracht schaute ich ihr tief in die Augen. Am liebsten hätte ich ihr eine verpasst, aber das ging natürlich nicht. Also riss ich mich weiter zusammen so gut es eben ging und bemühte mich, unterwürfig und dankbar zu wirken. Schwermutig lächelte ich sie an, und erwiderte: „Ja, danke Schwester, uns geht es gut. Wir trinken eine Tasse Chai-Tee und dann machen wir uns auf den Weg nach Hause." „Sehr gut, Schwester. Erinnerst du dich an das Mädchen, das die ganze Zeit rumgeschrien hat?" Ohne die Antwort abzuwarten, fügte sie hinzu „Sie haben wir nach Evin geschickt." Sie sagte mir das eiskalt lächelnd ins Gesicht. „Ich wünsche dir einen schönen Tag, Schwester". verabschiedete sie sich.

Für einen Moment blieb mir der Atem weg. Wie kaltblütig, inhuman und brutal sie war. Es ging mir schlechter als ich mir zugestehen wollte. Ich wollte weg. Knapp vor zehn Tagen hatte ich für eine Rückkehr nach Teheran gebrannt und war Feuer und Flamme, meine Stadt endlich wieder zu sehen. Jetzt zählte ich die Sekunden, um wieder nach Deutschland fliegen zu können. Das war nicht mein Zuhause und diese Menschen, zu denen ich unfreiwillig freundlich war, waren nicht meine Schwestern und Brüder. Sie waren teuflische Sittenwächter.

Als ich zu Darja zurück an den Tisch gefunden hatte, fühlte ich mich müde und ausgelaugt. „Darja jan, trink bitte deinen Tee schnell, ich möchte hier weg, ich fühle mich hier nicht wohl." sagte ich. Darja nickte. Seit der Festnahme hatte ich keinen vernünftigen Satz von ihr gehört. Sie war wie abgemeldet und abgetaucht. Ich konnte ihre Resignation nur zu gut verstehen. Unser einziger Ausflugtag endete in einer erniedrigenden Lehrstunde über das Bild der Frau im modernen Iran. Wir waren nirgends alleine und für uns. Geschwister, aber nicht mehr vereint. Sie lebte ein gezwungenes Leben in diesem Land und musste selbst auf die letzten kleinen Freiheiten in der Öffentlichkeit verzichten, während ich mein eigenes Leben im Ausland führte.

Auf dem Weg nach Hause, redeten wir über die Jugend im Iran. Dass sie keinen Spaß mehr hatten. Alles war todernst. Der Krieg war vorbei, aber nicht für die Regierungsinhaber und ihre menschenfeindlichen, insbesondere frauenfeindlichen Gebote. Für Darja und viele andere junge Menschen im Iran wäre mein kleines Appartement in Deutschland eine große Freiheit und ein großes Stück gewonnener Zivilisation.

Unterwegs, als wir den Berg wieder hinunter liefen, hörten wir pfeifende junge Männer, die uns so auf sich aufmerksam machen wollten. Für mich war bereits nach fünfzehn Monaten alles in diesem Land fremd und ergab keinen Sinn. Buchstäblich rund um die Uhr unter Kontrolle zu sein, auf alles zu verzichten, sich keinen Fehler leisten können wie Roboter, nicht einmal mit dem anderen Geschlecht in der Öffentlichkeit in Ruhe ein paar Sätze wechseln zu können. Das alles war für mich nur grauenvoll. Langsam begriff ich, dass ich mich von diesem Iran entfernt hatte. Ich war nicht bereit, meine zurückerlangte Freiheit wieder her zu geben. Es war nicht nur der Krieg, es war das ganze System. Jahre lange Unterdrückung. keine Meinungsfreiheit, keinerlei Aussicht auf eine Zukunft. Egal. wo man hinschaute, Beschwerden und Unzufriedenheit. Die Jugend arbeits- und perspektivlos. Die einzige Freude, freitags auszugehen und Telefonnummern auszutauschen, schien mir genau so abwegig, wie die ständigen Kontrollen des Regimes, die genau das zu verhindern versuchten.

Zuhause angekommen, erwähnten wir den Vorfall mit den Sittenwächtern nicht. Darja und ich hatten uns abgesprochen, unseren Eltern von der Liaison mit den Sittenwächtern nichts zu sagen. Sie würden sich nur aufregen und am Ende Darja noch mehr einschränken.

Mein Bedarf an schlechten Erfahrungen war eigentlich bereits gedeckt. Doch der Besuch im Iran wartete noch mit weiteren schwerwiegenden Ereignissen auf mich. Zwei Tage vor meiner Abreise Richtung Deutschland wollte ich meine alte Freundin Farima besuchen. Ihre Telefonnummer hatte ich nicht mehr. So habe ich mich zu einem kurzen, spontanen Besuch aufgemacht. Es war das letzte Mal in meinem ganzen Leben, das ich alleine in Teheran unterwegs war. Raus aus der Wohnung, hinein in ein überfülltes, dreckiges Teheran. Meine Mutter war wenig angetan von der Idee. Am liebsten hätte sie mir das Vorhaben verboten, doch sie hatte eingesehen, dass ich in Deutschland zu einer unabhängigen Frau herangewachsen war und sah daher davon ab, mir Vorschriften machen zu wollen.

Beim Verlassen der Wohnung warnte sie mich jedoch, eine Reise als Frau durch Teheran ohne Begleitung sei gefährlich und ich wäre nicht einmal in der Lage, ein Taxi zu bekommen. Ich hörte nicht auf sie und machte mich alleine auf den Weg. Es war tatsächlich so wie Maman es geschildert hatte. Ich erwischte wieder einen regnerischen Tag, der die dreckigen Teheraner Straßen noch schmutziger erscheinen ließ.

Unsicher stellte ich mich an den Rand der Straße und wartete auf ein Auto. Ich stand ganz alleine an der Straße. Die Privattaxis bremsten und fuhren dann extra langsam an mir vorbei, um zu hören, wohin ich wollte. Zaghaft gab ich mich zu verstehen. Ich sprach so langsam und leise, dass die meisten davon absahen, ganz anzuhalten. Mit der Zeit traute ich mir mehr zu und rief lauter, um mich mit den Fahrern zu verständigen. Das Vorgehen hasste ich wie die Pest. In Deutschland gab es so etwas Gott sei Dank nicht.

Nach einer unendlich langen Zeit gelang es mir endlich, ein Taxi zu finden. Während der ganzen Fahrt war mir mulmig und ich machte mir Gedanken, warum ich unbedingt zu Farima musste. Wenn der Fahrer mich entführen würde, würde kein Mensch davon etwas mitkriegen. Und das hätte er so einfach und ohne Mühe tun können. Verkrampft und nachdenklich saß ich auf dem Hintersitz und hielt mich am Türgriff fest. Einst stieg ich jeden Tag bei Licht und Dunkelheit in solche Autos, die Leute ein- und ausluden, Doch bereits nach der kurzen Zeit im Ausland war es mir nicht einmal möglich, ein Taxi zum Anhalten zu bringen. Aber darauf war ich auch nicht mehr besonders erpicht. Iran mit all seinem Gut und Schlecht war für mich nicht mehr lebenswert. Innerlich schämte ich mich dafür, dass ich meine Heimat nicht mehr Heimat nennen konnte, aber es beruhigte mich zu wissen, dass ich langsam keine Bindung mehr zu diesem Land hatte. Der Zustand meiner Familie bestätigte noch mehr die Entschlossenheit, einen großen Haken daran zu machen. Zu dem Zeitpunkt wurde mir klar, dass ich nicht mehr in den Iran zurückkehren würde. Mein Vater hatte recht, dass es kein Land mehr für junge Leute war.

Das Haus von Farima hatte sich nicht im Geringsten geändert. Bevor ich an der großen Metalltür klingelte, atmete ich durch. Vor lauter Aufregung schwitzte ich wie ein Hund, der durch den ganzen Ort getrieben worden war. Eine laute, vertraute Stimme rief „Wer ist denn da?" Ein kurzes Klicken war zu vernehmen und die Tür öffnete sich langsam wie von Geisterhand. Ohne zu antworten, glitt ich durch die geöffnete Tür und sah, wie Farimas Maman auf der Terrasse stand. Sie konnte mich nicht erkennen. Ihre Augenbrauen zusammenziehend, fragte sie mich „Wer sind Sie?" Sie sah schlecht aus und war offensichtlich nicht bei der Laune und Stimmung, um einen unangekündigten Besuch zu empfangen.
-„Ich bin es, Dana"

-„Was, Dana, bist du es?" Sie versuchte sich anzustrengen, um mich zu erkennen.
-„Ja, Frau Mohammadian".
Sie war stark gealtert. Ihre sonst sehr adäquat frisierten schwarzen Haare, sahen sehr schmuddelig aus. Sie schien nicht sonderlich begeistert, als ich mich zu erkennen gab. Regungslos und ganz ruhig stand sie auf ihrer Terrasse und schaute mich an. Sie bat mich herein, was ich nach der langen Fahrt gerne angenommen habe. Die Begrüßung war sehr distanziert und formell. Ich fragte nach Farima. Sie nickte und schickte sich an, mich zu ihr zu bringen. „Farima komm her, schau wer da ist." rief sie laut durch das Haus.

Ich stand ganz kurz in dem kleinen Vorraum als Farima aus ihrem Zimmer kam und sich in meine Arme warf. Sie weinte bitterlich. Kaum hatte ich Gelegenheit, sie zu sehen, hatte ich ihr Gesicht fest an meine Brust gedrückt. Auch mir kamen die Tränen. Ich kämpfte mit meinen Gedanken. Warum hatte ich das bloß getan? Warum war ich vorbei gekommen? Hätte ich bloß auf meine Mutter gehört. Denn tatsächlich hatte ich gar nicht damit gerechnet, Farima anzutreffen. Insgeheim hatte ich gehofft, dass sie mir schon längst ins Ausland gefolgt sei und ich nur ihre Mutter angetroffen hätte, die mir mit Stolz erzählte, was ihre Tochter im Ausland alles erlebt hatte und wie gut es ihr ging.

Die Wirklichkeit war weitaus ernüchternder. Farima war noch da. Sie beruhigte sich irgendwann. Ich nahm das Wort in die Hand, um ihr die Zeit zu geben, sich zu sammeln. Sie sah sehr schlecht aus. Ihre Haare waren ganz kurz abgeschnitten. Ihre Augen blickten geistlos und müde. Große schwarze Ringe hatte sie um die Augen. Ein fahles, blasses Gesicht. Mein Besuch war ihr anscheinend unangenehm. Sie sah aus, als wäre das Zusammentreffen ihr sehr peinlich. Die Frage danach, wie es ihr gehe, ersparte ich ihr. „Ich bin zu Besuch im Iran. Da dachte ich mir, ich komme spontan vorbei um dich wieder zu sehen", sagte ich als erstes. „Siehst Du nicht, wie es ihr geht, Dana jan, schau sie dir an." Sagte ihre Mutter an Farimas Stelle. Dann begann sie ohne Punkt und Komma zu reden. Farima dagegen sagte kein Wort. Sie hatte sich von mir gelöst und saß nun auf dem Boden, zusammen geduckt und unbeschreiblich traurig.

Frau Mohammadian erzählte von ihren unzähligen Versuchen Farima in die USA zu schicken. Jeder Versuch war auf die ein oder andere Weise grandios gescheitert. Ihr Vater hätte weder die Lust noch die finanziellen Möglichkeiten gehabt, das Ganze zum Guten zu wenden. Sie haben es aufgegeben. Farimas einzige Chance wäre, einen Freund oder Bekannten ihres Bruders zu heiraten, um als Ehefrau in die Vereinigten Staaten gelassen zu werden.

Ihre Beschwerden über das Land, über die schlechte Bildung, über die Regierung und die Lebensbedingungen für die Jugendlichen gingen immer weiter. An meinem Leben war sie nicht interessiert. Nur am Rande kam ich dazu, mich zu entschuldigen dafür, dass ich mich ohne mich zu verabschieden, nach Deutschland abgesetzt hatte. Selbst das interessierte Mutter und Tochter nicht. Ihr Schweigen und ihre Trauer war sie nicht bereit zu brechen. Aus einem jungen Mädchen, das einmal voller Pläne und Tatendrang war, war inzwischen eine stumme, depressive junge Frau geworden.
Sie war wie Millionen von Jugendlichen im Iran dem Regime zum Opfer gefallen. Es gab keine Zukunft, es

gab Zwang, Unterdrückung, Lügen und Verderben. Meine Schwester und meine Freundinnen leiden zu sehen, waren tausend Stiche in meinen Körper, der selbst an der fehlenden Freiheit und dem Krieg im Iran lange gelitten hatte. Als ich mich von Farima verabschiedete wünschte ich mir, ich hätte sie am besten nie besucht.

FÜR IMMER WEG IN DIE NEUE HEIMAT

Der Abschied fiel mir dieses Mal sehr schwer. Insgeheim wusste ich, dass ein Wiedersehen für lange Zeit, vielleicht sogar für immer, nicht mehr möglich sei. Schon am Flughafen merkte ich, dass in mir der Entschluss gereift war, nicht mehr in den Iran zurückzukehren. Zumindest nicht mehr unter den derzeitigen Umständen. Den zweiwöchigen Aufenthalt betrachtete ich als eine Warnung.

Zugleich wurde mir schlagartig klar, dass ich nun heimatlos war. Ich ging nicht von Zuhause weg. Ich ging von einem fremden Iran weg. Es gab außer meiner Familie nichts, was mich noch an das Land band. Ich war entwurzelt und allein. Wie meine Familie. Wir hatten fast nichts mehr im Iran. Ein paar Verwandte, die auch sehr mit ihren eigenen Problemen beschäftigt waren. Alles hatte sich im Leben meiner Eltern geändert. Sie hatten ihre Eltern verloren, ihre Kinder befanden sich überwiegend im Ausland. Seit Jahren kämpften sie gegen die Unterdrückung und die ständige Inflation. Hinzu kam noch die wirtschaftliche Krise.

Das Gefühl eine Heimat zu haben, war anders. Alles, was für sie nach Geborgenheit, Sicherheit, Familie und Zufriedenheit aussah, war verschwunden. Sie taten mir unendlich leid. Ich fühlte mich für sie verantwortlich und wollte ihnen helfen. Aber wie? Mein Bruder Dariush und ich hatten unser Leben gerade erst einigermaßen in Griff bekommen. Drei Familienmitglieder befanden sich bereits im Ausland und waren noch in der Orientierungsphase. Dariush hatte sogar eine eigene, noch junge Familie. Dalirs Zukunft in der Türkei lag in

Gottes Hand und ich hatte nicht einmal einen Beruf erlernt.

Der Anblick ihrer traurigen Gesichter zerbrach mir zum wiederholten Mal während meines Aufenthaltes das Herz. Ich war regelrecht zerrissen. In meiner Seele baute sich langsam ein großer Hass auf, der unbeschreiblich war. Hass auf die Mullahs, auf die Iraner, die die Revolution herbeigesehnt und aktiv unterstützt hatten, Hass auf den Gott, den ich so lange gesucht und doch nicht gefunden hatte. Mein Vorankommen hatte sich gerade auf Zeitlupentempo verringert. Das Gefühl, dass die Zeit gegen mich arbeitete, ließ mich nicht los. Wieder Verzicht auf die Eltern, auf meine Schwester, auf die Dinge, die ich als Kind für selbstverständlich genommen hatte und die Ungewissheit, ob ich sie jemals wieder bei mir haben könnte. Die Verabschiedung von meiner Familie und der Flug nach Deutschland kamen mir vor, wie eine Wiederholung. Meiner Familie ging es schlecht im Iran und ich war noch dabei, mir eine Existenz in Deutschland aufzubauen. Es kam mir vor als hätte sich nichts verändert.

Eingetaucht in meine Welt wechselte ich kein Wort mit den Anderen. Selbst als ich im Zug nach Köln saß, wollte ich in meiner eigenen Welt bleiben. Ich befand mich noch am Anfang eines langen Weges. Die schönen aber traurigen Gesichter meiner Eltern waren die ganze Zeit vor meinen Augen. Ich vermisste sie und wollte auch nicht für den Rest meines Lebens auf sie verzichten. Unsere Generation hatte schon auf so vieles verzichtet: Freiheit, Familie, Heimat und Freunde. Nun verlor sie auch noch ihre Wurzeln. Die Generation Null, die nichts mehr hatte. Geboren in einem Land, das nicht mehr das ihre war.

Am Aachener Hauptbahnhof angekommen, wartete Farhad auf mich. Ich freute mich sehr, ihn zu sehen. Ein vertrautes, glückliches Gesicht. Wir fielen uns in die Arme. Er gratulierte mir zum neuen Jahr 1989. Schon bei der Begrüßung merkte er, dass ich eine anstrengende Reise hinter mir hatte. Ich hingegen dachte nicht einmal daran, dass wir uns bereits im neuen Jahr befanden. Um Fragen aus dem Weg zu gehen, vertagte ich unser Gespräch auf Zuhause. Wir nahmen uns ein Taxi bis zu meinem Apartment.

Es regnete sehr stark, was meine melancholische Stimmung noch schlimmer machte. Meine nachdenkliche Art störte Farhad. Auf die verzwickten Fragen „Warum bist du so ruhig? Was ist passiert? Freust du dich nicht, mich zu sehen?" hatte ich weder die richtige Antwort noch die Lust diese zu geben. Ich gab vor, dass ich sehr müde wäre und nicht die Absicht hätte, an jenem Tag noch lange über die Reise zu sprechen.

In meinem kleinen Apartment angekommen, machten wir uns einen Tee. Viel wollte ich nicht erzählen. Als Sohn eines reichen Vaters würde er nicht verstehen, was ich da erzählte. Es gab eigentlich nichts, wovon er nicht Bescheid wusste, aber sonderlich interessierte ihn die Lage im Iran nicht. Er war nicht direkt davon betroffen. Er musste mir jede Antwort, die meistens nur aus einem „Ja" oder einem „Nein" bestand, aus der Nase ziehen. Da das Treffen mit seinem Vater für ihn sehr interessant war, wurde von mir ausführlich darüber berichtet. Es waren keine neuen Nachrichten, die ich ihm von seinem Vater überbrachte, schließlich flog sein Vater jedes Jahr mindestens einmal nach Deutschland. Und jedes Mal schwärmte er mehr vom Iran.

Das war auch der Grund, warum er nicht in Deutschland lebte. Sie gehörten zu denen, die trotz Revolution und Krieg zu den Gewinnern gehörten. Sein Onkel wurde über Nacht mit Eisen- und Metallhandel durch die rasant angestiegene Inflation reich. Er kaufte eine Fabrik und seit dem lebte er in Paris in Saus und Braus und ließ seine Fabrik in Teheran für ihn arbeiten. Farhads Vater profitierte mit und hatte die richtigen Beziehungen, um überall auf seine Kosten zu kommen.

Wenn jemand seinen Vorteil aus Beziehungen profitabel für sich spielen lassen konnte, war es ein Iraner. Ein Stehauf-Volk, das innerhalb kurzer Zeit seine alte Hierarchie zu Sturz brachte. Das in der Lage war, einen Krieg zu führen und trotzdem den Lebensstandard zu halten. Jedem Druck und jeder Unterdrückung stolz und unverwüstlich entgegen wirkend, waren Iraner das unbesiegbare Volk, das um keinen Preis seinen Wohlstand hergeben wollte. Geld war in Iran immer noch reichlich vorhanden. Mit den neuen Machtverhältnissen war es nur anders verteilt.

Farhads Familie war das Vorbild einer klischeehaften Gesellschaft, die ihrem Ruf absolut gerecht wurde. Einerseits unbeugsame Iraner, anderseits westlich orientiert. Ihr Dasein hatte sich nach dem Regimewechsel im Gegenteil zu unserem Leben zum Besseren entwickelt. Dass Farhads Mutter trotz aller Bequemlichkeit im Iran, ihr Leben in einer alten Zwei- Zimmer-Wohnung aufopfernd für ihre Kinder fristete, bescherte ihr nur Anerkennung. Ich dagegen fing an, mich zu fragen, was sie denn hier in Deutschland suchte, wenn sie es im Iran so viel besser haben könnte.

Die erste Zeit nach meiner Rückkehr nach Aachen bezeichne ich als meine Depressionsphase. Dariush fragte mich, warum ich so in mich hinein gekehrt war, aber selbst ihm gegenüber traute ich mich nicht, meine Sorgen zu schildern. Langsam verschwand ich in meiner eigenen Welt. Ich lernte für die Schule wie verrückt und zog mich mit der Zeit aus allem heraus, was mich störte. Dass ich nicht mehr dieselbe war, war allen aufgefallen. Ich hatte keinen Halt mehr. Wie eine einsame Null, die nichts wert war, kam ich mir vor. Eingekesselt zwischen zwei Welten verlor ich mich endgültig. Ich trauerte vor mich hin um das, was mir früh im Leben weggenommen worden war. Meine Kindheit, meine Familie, mein Land. Ich vermisste meine Eltern. Die Trennung von ihnen konnte ich nur noch schwer ertragen. Ich hätte sie gerne bei mir gehabt. Das wäre ihr recht gewesen, in Europa zu leben.

Für mein fast achtzehnjähriges Herz war der Verzicht auf die Familie sehr schwer. Ich hatte kaum Zeit mein eigenes „Ich" kennen zu lernen, schon musste ich meine neue Heimat finden. Ständig und ununterbrochen, misstrauisch und voller Hoffnung suchte ich nach meiner neuen Identität. Eine neue Dana müsste erschaffen werden. Den Wahnsinn der Vergangenheit verlieren und neu starten. Wie wunderbar wäre es, könnte ich einfach alles vergessen. Die Fähigkeit meines Gehirns, den elendigen Sumpf auszutrocknen, wünschte ich mir sehnlich herbei. Aber ich konnte nicht vergessen.

Mit riesigen Schritten und einer erschreckenden Geschwindigkeit wurde ich stattdessen zu einer vehementen Iran-Gegnerin. Mit Farhad und Dariush unterhielt ich mich sogar nur noch auf Deutsch. Bemerkenswert war unser Freundeskreis, der hundert Prozent aus Iranern bestand. Bei privaten Studentenpartys, die in der Regel immer Freitag- oder Samstagabends stattfanden und auf die ich Farhad gelegentlich begleitete, tanzten die hübschen Iranerinnen wie wild auf die persischen Lieder, als gäbe es keinen Morgen, aber auch kein Gestern. Schick und zeitgemäß angezogen, fernab von der Heimat, die hohe moralische Ansprüche an die jungen Leute, insbesondere junge schöne Frauen stellte. Verglichen mit den deutschen Studenten, stachen sie immer aus der Masse heraus. Kein Alkohol, keine Drogen, nur tanzen, rauchen, spaßen. Am Rande Smalltalk über die Uni, die Familie und für wann die nächste Reise in den Iran geplant war. Das Leben könnte nicht schöner sein als Student in Deutschland.

Ein Land, das nicht einmal vor einem halben Jahrhundert vollkommen am Boden lag und das heute ein Paradies für junge Leute war, die etwas aus ihrem Leben machen wollten. Ein Land, das der Welt gezeigt hatte, wie durch Leistungsfähigkeit und -wille innerhalb kurzer Zeit einer der mächtigsten europäischen Staaten wurde. Wer hier etwas schaffen wollte, musste vergessen können und den Blick nach vorne richten.

Vergessen hatten auch viele Iraner, die nach der Beendigung des Iran-Irak-Krieges reihenweise damit begonnen hatten, ihre Heimat zu besuchen, ihre Familien und Freunde zu sehen. Denn nichts ging über die Heimat, den Ort der Liebe und der Geborgenheit. Die Doppelmoral der im Exil lebende Iraner begann sich zu entwickeln.

In jener Zeit begegnete ich vielen Iranern, die seit der Revolution, also seit sehr langer Zeit, nicht mehr in der Heimat gewesen waren. Da ich zwischenzeitlich den Iran besucht hatte, legten sie oft Wert auf meine Antwort, wie der Iran heute sei. Was sie von mir hörten, gefiel ihnen nicht und stieß auf Kritik. „Aber meine

Mutter, mein Vater, meine Cousins hat gesagt, es sei viel besser", war die häufige Reaktion. Klar, sie hatten nicht meine Probleme. Ein zerrissenes Leben wie meines, die eine Hälfte der Familie im Iran, unter schwierigen Umständen lebend, und die andere Hälfte im Ausland unter ungewissen Zukunftsaussichten. Kurz darauf antwortete ich nicht mehr auf die Frage, wie ich es im Iran gefunden hatte. Vergessen hatte ich, dass viele aus Elternhäusern kamen, die sich mit der Revolution arrangiert hatten und die es sich leisten konnten, die Vorteile beider Welten zu nutzen.

Auch Farhad war nun neugierig und wollte nach langer Zeit seine Verwandten im Iran besuchen. Ich versuchte nicht, ihn von der Idee abzuhalten. In den nächsten Weihnachtsferien wäre es so weit, beteuerte er fröhlich immer wieder.

Auf ein erfolgreiches Jahr 1988 für mich persönlich, folgte noch ein weiteres erlebnisreiches Jahr. Das Jahr 1989 nenne ich das Jahr der Vereinigung. Als Dalir es endlich nach Deutschland schaffte.

Es war an einem heißen Sommernachmittag, als Dariush mich anrief und sich mit den Worten meldete „Jemand ist hier und möchte dich sprechen". Als ich die Stimme von Dalir am Apparat hörte, stockte mir der Atem. Es war ein unglaubliches Gefühl der Entlastung. Ich freute mich so sehr für ihn. Wir hatten ihn wieder. Ich machte mich gleich auf den Weg zu Dariush und Dalir und konnte es kaum erwarten, ihn zu sehen. Ich war so auf das Wiedersehen konzentriert, dass ich die Fahrt im Bus kaum bemerkte.

Die Tür öffnete sich und direkt vor mir stand Dalir. Er lächelte mich an. Es war lange her, seitdem ich ihn so glücklich gesehen hatte. Die Verletzungen an seinen Augen konnte man noch gut erkennen. Ich warf mich in seine Arme. Seine Freude war nicht zu übersehen. Er war für mich unser alter Dalir. Sanftmütig, aber stark. Hart, aber sehr weich im Herzen. Im Wohnzimmer angekommen, fing er an zu erzählen. Über seine Flucht aus dem Iran, seinen Aufenthalt in der Türkei und die Fahrt im Bus nach Deutschland. Dass er es tatsächlich bis nach Aachen geschafft hatte, sah ich als ein Wunder an. So viele Stationen hatte er überwunden, um an seine Freiheit zu gelangen.

Seine Erzählungen waren furchterregend und abenteuerlich zugleich. Herzbrechend und traurig parallel. Das Unerträgliche für mich und Dariush war, dass er so lange einsam gewesen war und unter schlechten Bedingungen hatte leben müssen. Er hatte so lange in der Türkei verbracht, dass er mittlerweile beinahe perfekt türkisch sprechen konnte. Trotzdem hatte er nichts Positives über Istanbul zu berichten. Die Kriminalität und der Lärm, der gesellschaftliche Kontrast zwischen Arm und Reich machte seiner Meinung nach die Millionenmetropole zu einer mentalen Geduldsprobe für all die inzwischen zahlreichen Iraner, die sich dort aufhielten und die ein Fünkchen Hoffnung hatten, es nach Europa oder Amerika zu schaffen. Ein Land, das vor der islamischen Revolution weit hinter dem Iran gestanden hatte, war nun die Brücke der Hoffnung für die Iraner geworden.

Dalir stellte am Tag nach seiner Einreise nach Aachen, einen Asylantrag. Uns war bewusst, dass er für die Zeit der Überprüfung seines Antrages ins Asylantenheim musste. So würde die Zeit der Trennung bald wiederkehren. Wohin man ihn bringen würde, war vorerst unklar. Dariush und mir blieb nur übrig, auf eine freundliche Entscheidung der deutschen Verwaltung zu hoffen.

Dariush übernahm alle Vorbereitungen und Behördengänge für Dalir. So engagiert hatte ich meinen Bruder lange nicht mehr erlebt. In der Zeit nach meiner Ankunft in Aachen hatte ich den Eindruck gewonnen, dass er so sehr damit beschäftigt war, seine kleine Familie zu schützen, dass für die Hilfe Dritten gegenüber kein Raum mehr blieb. Nun war er vollkommen verändert. Er nahm jede Hürde, um seinen Familienmitgliedern zu helfen. Seine Motivation und Liebe war beispielhaft. Ich begann allmählich, Dariush zu bewundern. In einer Welt, in der Jeder nur an sich denkt, kümmerte er sich um das Wohl der anderen.

Wie erwartet, trennten sich die Wege von Dariush und mir und Dalir bald. Was uns Hoffnung machte, war, dass wir von anderen Fällen gehört hatten, in denen Asylantragsverfahren von Iranern schnell und unproblematisch positiv beschieden worden waren. Das Mullahregime galt in Deutschland als Staat, in dem politisch anders denkende verfolgt wurden und so hatten Iraner jeglicher Art, insbesondere politisch Verfolgte gute Aussichten auf ein Bleiberecht in Deutschland. Nach der Stellung des Asylantrages wurde Dalir in eine kleine Gemeinde in Oberfranken gebracht. Am Anfang hatten wir Angst, dass er sich dort nicht zu Recht finden würde. Aber mit der Zeit berichtete Dalir, dass man ihn gut behandeln würde und er den Eindruck hatte, sich sehr gut integrieren zu können. Zusammen mit anderen Asylanten hatte er eine Volleyball- Mannschaft gegründet und konnte somit an seine sportliche Vergangenheit im Iran anknüpfen. Auch was die deutsche Sprache anging, machte er langsam Fortschritte.

Am 09. November 1989 fiel die Mauer. Mit der im selben Jahr stattgefundenen Wiedervereinigung von West- und Ostdeutschlands erreichte das Jahr einen weiteren Höhepunkt. Aus zwei verschiedenen auseinander gefallenen Welten wurde eine Einheit, ein Land, Deutschland. Unsere Generation war Zeitzeuge so vieler politischer Ereignisse. Auch im Privaten sehnte ich mir eine Wiedervereinigung herbei. Mein ganzes Ziel von nun an war, meine Familie aus dem Iran zu befreien. Was Deutschland im Großen gelungen war, war im Kleinen auch mein Vorbild: Von nun an war für mich klar, dass auch ich meine Familie vereint wieder besamen sehen wollte.

DEN VORURTEILEN ZUM OPFER GEFALLEN

Wie schafft es ein einziges Land, das nicht viel an Größe und globaler Macht besitzt, so lange sich unter erschwerten Bedingungen von Krieg, Inflation und internationalem Wirtschaftsboykott über Wasser und eine Welt in Atem zu halten? Der Iran war nicht nur politisch, sondern auch wirtschaftlich und kulturell immer noch im Gespräch.

Die ganze westliche Welt blickte mit Verwunderung und Furcht auf die Mullahs im Iran. Immer wieder erlangte das Verhalten dieser seltsamen neuen politisch-religiösen Elite die Aufmerksamkeit der Weltöffentlichkeit. Politische Provokationen des Westens waren fast an der Tagesordnung. Der Iran lehnte sich gegen den Westen auf und wurde langsam das Zentrum vieler extreme- politischer Strömungen. Für den Westen war das Ende des Iran-Irak-Krieges eines, in dem es keine Gewinner gab. Im Iran wurde das Kriegsende hingegen als beispielloser Sieg gegen den westlichen Marionettenstaat Irak hochstilisiert.

In den westlichen Medien wurden von Zeit zu Zeit Berichte darüber veröffentlicht, wie sehr das iranische Volk nach der Revolution auf ein Minimum eingeschränkt worden war. Am eigenen Leib hatte ich erfahren müssen, dass man sich im Iran mittlerweile noch islamischer gab als die Urgesteine des Islams, die wahhabitischen Araber. Dieser radikale Wandel des Iran nach der Revolution erregte das tiefe Misstrauen des Westens. Als wäre das alles nicht beispiellos genug, kam auch noch das antiiranische Werk von Frau Betty Mahmoody ins Spiel.

Es war der bisher heißeste Sommertag im Juli. Peyman und Nahid verabredeten sich zur Abkühlung mit Farhad und mir im Freibad nach Aachen, um ein paar schöne Stunden der Abkühlung zu verbringen. Obwohl wir früh genug am späten Vormittag eintrafen, fanden wir kaum Platz, um uns nieder zu lassen. Schließlich, nach langer Suche, breiteten wir unsere Badetücher neben ein paar Jugendlichen aus. Bisher hatten Farhad und ich uns mit Peyman und seiner Freundin nur an den Wochenenden bei Mina getroffen. Dies war unser erstes offizielles Zusammentreffen ohne Mina.

Zu Nahid hatte ich mit der Zeit eine gespaltene Beziehung entwickelt. In meinen Augen verkörperte sie perfekt das klassische Bild einer makellosen Schwiegertochter. Im Gegensatz zu mir, die immer stets auf ihr Erscheinungsbild achtete und kaum etwas sagte, die gerade einmal fünfzig Kilo auf die Waage brachte, war Nahid eine durchaus korpulente, aber sehr extrovertierte und viel diskutierende Frau, die in Vollendung, die Weltanschauung emanzipierter Frauen verkörperte. Ihr persisches Blut sah ihr Dank ihrer hellblauen Augen und der blonden Haare, die sie ihrer deutschen Mutter verdankte, niemand an. Das war der Grund, warum sie bei Diskussionen ein unbeschreibliches Selbstwertgefühl ausstrahlte. Peyman tat mir ab und zu leid. Unter den Fittichen einer solchen Frau zu stehen musste für einen Mann mit persischen Wurzeln sehr schwierig gewesen sein.

Nachdem wir alle in unsere Badesachen geschlüpft waren, gingen Farhad und Peyman für eine kräftige Abkühlung ins Schwimmbecken. Ich wühlte in meiner

Tasche auf der Suche nach meiner Sonnencreme. Nahid warf einen ironischen Blick in meine Richtung als sie mich meine Sonnencreme aus der Tasche holen sah. Demonstrativ zog sie ein dickes Buch aus ihrer noch dickeren Tasche heraus. Da waren wir wieder bei dem Thema. Frau, intelligent, die nicht einmal auf ihre weiße, empfindliche Haut Acht gab, traf auf eine persische dumme Schönheit, die nur noch sich und ihre Körperpflege im Kopf hatte. Es war mir schon klar, dass auch dieses Treffen ohne großartiges Näherkommen enden würde. Nahid kannte ich nun lange genug, um sie richtig einzuschätzen.

Sie setzte ihre Sonnenbrille auf, legte sich auf den Bauch und schlug ihr Buch auf, während ich großzügig meine Haut eincremte. Ihr „Ich bin nicht schön, aber intelligent"-Getue nervte mich ungemein. Ihre Abneigung mir gegenüber konnte und wollte sie nicht verbergen. Es störte mich nicht mehr, ich hatte mich daran gewöhnt.

Dass sie sich nur mit Männern unterhielt, zeigte sie, indem sie vom Lesen abließ als die Männer aus dem Wasser zurückkehrten. „Na wie war es" fragte sie. Ohne gezielt auf ihre Frage einzugehen, fragte Farhad, der über die große Kluft zwischen mir und Nahid Bescheid wusste: „Nahid was liest du da?" „Ein sehr interessantes Buch von Betty Mahmoody, einer Iranerin, die von ihrem Mann gewaltsam im Iran festgehalten worden war. Sie kann schließlich mit ihrer Tochter flüchten. Es ist eine wahre Geschichte, und sie sorgt momentan für jede Menge Aufmerksamkeit. Das Buch ist ein Bestseller."

Nahid konnte gut persisch sprechen, da sie bis zu ihrem fünfzehnten Lebensjahr im Iran gelebt hatte. Die deutsche Sprache unter vier Iranern als Kommunikationssprache auszuwählen, fand ich eigenartig von ihr. Peyman schaute sie genervt an, noch als sie Farhad von dem Buch erzählte. Ich ahnte, dass es Peyman langsam unangenehm wurde. Denn sie kam aus dem Schwärmen nicht mehr heraus. Vertieft in ihren Erzählungen, warf Peyman ihr nervöse Blicke zu. Sein Blick sprach Bände. „Hör endlich auf, du befindest dich in einer iranischen Gesellschaft, die zu fünfzig Prozent aus Männern besteht." Nahid erzählte weiter und weiter. „Wenn ich damit fertig bin, kannst du es gerne haben, es ist wirklich interessant." Farhad war genauso wie sein Bruder fassungslos.

Ein Blick auf das Cover des Buches verriet viel über den Inhalt. „Nicht ohne meine Tochter". Zu sehen war ein Frauenkopf, eingemummt in eine schwarze Burka, nur die Augenpartie war für den Betrachter sichtbar. Völlig fremd und unrealistisch, für das was wir waren und das was ich erlebt hatte. Es konnte doch nicht sein, dass eine gebildete amerikanische Frau so einen religiösen Mann geheiratet haben sollte. Es waren Zeiten, in denen ich noch viel Vertrauen in gute Literatur hatte. In denen ich nicht einmal wusste, was „Ghostwriter" waren. Natürlich war ich am Anfang interessiert, das Buch zu lesen, aber Dank der Presse und der darauf folgenden öffentlichen Diskussion des einmaligen Werkes von Frau Mahmoody, die angeblich die iranische Kultur und Gastfreundlichkeit in nur 543 Seiten völlig zu Nichte machte, verging mir nicht nur die Lust, sondern das anfängliche Interesse wechselte zu Entsetzen.

Frau Mahmoody, so wie sie sich nannte, hatte die moderne Biographie oder besser gesagt Belletristik, neu erfunden. Eine entsetzliche Erfahrung, die sie angeblich hatte durchmachen müssen, um ihre Tochter aus den Händen der bösen, unerträglich religiösen Familie ihres Mannes zu befreien, schrieb Jahrhundertgeschichte. Die Geschichte war einfach: Ein wohlerzogenes Vorstadtmädchen heiratet ihren hoch intelligenten als Arzt arbeitenden Prinzen, Herrn. Dr. Mahmoody, der aber um des Willens seiner religiösen Familie die schöne, freie, nur von Frauen regierten USA verlässt, um seiner Familie ein besseres Leben in seiner Heimat und unter seinen eigenen gottesfürchtigen Vorstellungen anzubieten.

Die naive, unangetastete Unschuld vom Lande trifft das böse Monster und dieses transportiert die Gutgläubige direkt in die Hölle. Dort beeindruckt die tapfere, wohlerzogene amerikanische Tochter alle mit ihren Kochkünsten, ihrer Geduld und Mutterliebe. Den hohen Standard, den sie bisher gewöhnt war, kann der Iran nicht halten. Sie ist entsetzt, Käfer im Reis zu finden und stellt fest, dass die Iraner keine Körperpflege betreiben.

Als Iranerin fragt man sich unwillkürlich, wo diese Frau herkommt? Ob sie jemals an ihrem amerikanischen Wohnort vor der Tür war? Ihre Erlebnisberichte waren dermaßen beleidigend für alle Iraner, dass es prompt einer Gegendarstellung bedurft hätte, um die ganze im Buch beschriebe Obszönität Frau Mahmoodys glatt zu bügeln. Es sollte aber nicht unerwähnt bleiben, dass sie auch noch nach langer Flucht, an dem Namen Mahmoody, dem ihres verhassten Mannes, fest hielt.

Mit Patriotismus und Selbstvermarktung, zwei Fliegen mit einer Klatsche, gab sie der modernen Literatur neue Akzente. Eine neue Zeitepoche der Erlebnisberichte entstand. Viele ähnliche Bücher folgten. Diesen Trend verdankten wir Frau Mahmoody, die ihn mit geschickter Publicity für ihr Werk durchboxte.

Der Erfolg des Buches lag wohl in der bildhaften Darstellung von Licht und Schatten. Frau Mahmoody stellte sich in dem Buch geschickt als Vertreterin der überlegenen Kultur dar, während das iranische Volk unterschiedslos als primitive Barbaren diffamiert wurde. Dass Frau Mahmoody vor der Geburt ihrer Tochter bereits zweifache Mutter war und zwei Söhne hatte, die sie gerne vor der Einreise in den Iran in den USA zurückließ, wurde geschickt von ihr verheimlicht. Erst nach Jahren, nach dem die Autorin mit dem Buch ein Vermögen gemacht hatte, gelangte dies an die Öffentlichkeit. Was für ein Mutterherz. Was für eine vorbildliche Frau. Nicht nur ein Traum von einem Mutterbild, sondern eine Heldin, die so geschickt war, dass sie sich in einem Land, das nur noch aus Bösem und Wüste bestand, stets zu helfen wusste.

Für die misstrauischen Europäer und Amerikaner war die Geschichte perfekt. Die Scarlett O'Hara der achtziger Jahre brachte es von einer unterdrückten Ehefrau im Iran zur Heldin der amerikanischen Nation, die für ihr Werk sogar mit einem Ehrendoktortitel ausgezeichnet wurde.

In den Zeiten, in denen Frau Mahmoody den Literaturlottojackpot knackte, mussten die Exil-Iraner Zähne knirschend die überzogenen Vorwürfe über sich ergehen lassen. Die meisten Kritiker konnten nicht einmal den Iran und den Irak auseinander halten. Selbst in der Schule war es unmöglich, dem Thema aus dem Weg zu gehen. Ständig wurde ich gefragt, ob das wirklich so wäre? Ob die Iraner zwei Gesichter hätten und auch meine Familie eine sehr fanatische Weltanschauung hätte?

Das Buch verbreitete sich blitzartig. Überall, in Bus und Bahn, Bücherläden, Freizeitparks und Restaurants schaute die verschleierte Frau Einen an. Für die Iraner in Deutschland, die sich neu orientieren mussten, kam nun noch die Rechtfertigung der eigenen Herkunft hinzu. Frau Mahmoody und ihre heißgeliebte Tochter, um die das ganze Drama sich drehte, wurden zu den Leitfiguren einer Gesellschaft, die buchstäblich den Lügen und Tricks der Iraner auf den Leim gegangen war. Die zwischenzeitlich berühmte Bestsellerautorin pilgerte von einer Talkshow in die Nächste. Die Iraner avancierten zum meistverhassten Volk und wurden zum Spielzeug der Medien.

Es wurde nicht unterschieden zwischen geflüchteten Iranern im Ausland und fundamentalistischen Mullahs im Iran. Gezeichnet wurde das Bild eines ganzen, verabscheuungswürdigen Volkes. Längst redete keiner mehr von der mehr als 4000 jährigen Kultur des Iran, Even Sena und dem Dichter Hafiz. Eine ganze Welt schrie nach „Nicht ohne meine Tochter." Und törichterweise fragte Niemand, warum die gebildete Autorin sich vor ihrem Ehebündnis und der Reise in den Iran nicht ein einziges Mal mit den Gepflogenheiten und der Religion ihres Ehemannes vertraut gemacht hatte.

Geboren war eine neue Form, Nationalismus auszudrücken. Und der verkaufte sich im amerikanischen Schmelztiegel gut. Denn jeder, der annähernd den Boden von Amerika berührt hatte und dort lebte, gleich von welcher Herkunft, stand moralisch über dem Rest der Welt oder besser gesagt hinter der amerikanischen Flagge.

Für die schlechte Erfahrung Frau Mahmoodys fühlte sich keiner Verantwortlich, aber das Bild der Iraner war in der Öffentlichkeit so verzerrt, dass jeder sich angesprochen fühlte.

Natürlich gehörte das Buch auch in der iranischen Gemeinde in Deutschland zu den Gesprächsthemen schlechthin. Auf öffentlichen Feiern und Festlichkeiten der Iraner diskutierten alle über das Buch. Nicht alle teilten die Meinung, dass das Werk die Iraner als Ganzes unterschiedslos diffamierte. Einige Iraner bestätigten sogar Mahmoody und waren der Ansicht, dass die westliche Welt es erfahren musste, was man den Menschen im eigenen Land antat. Andere benutzten die Ausführungen der Autorin zu ihrer Rechtvertretung, um den Ausgang laufender Asylverfahren positiv zu beeinflussen.

Das Geschäftsmodell von Frau Mahmoodys ging auf. Als Bestsellerautorin, die jeden Tag bei Talkshows zu sehen war, fütterte sie die mediale Landschaft mit ihrer Geschichte, und warf gleichzeitig ein negatives Licht auf die im In- und Ausland lebende Iraner. Für uns im Exil lebende Iraner waren das Vergleichen und das Mutmaßen bald zur sozialen Belastung geworden. Für die Bestrebungen nach Integration war dies freilich ein Rückschlag. Mit Voreingenommenheit zu kämpfen war eine Sache, sich in eine Gemeinschaft einzuleben, die mit Vorurteilen belastet war, war eine Andere.

Aus falschen, kulturellen Befangenheiten wurden handfeste Nachteile. Eine Volksgruppe, die bis zu diesem Zeitpunkt ein positives Ansehen hatte und zu einer der beliebtesten und intelligentesten Migrationsgruppen in den USA und Europa gehörte, wurde ins Abseits gestellt.

Doch die Iraner reagierten so gut sie konnten. Sie kopierten den Lebensstil der Europäer und ließen sich den in ihren Augen unberechtigten Stempel gar nicht erst aufdrücken. Je mehr man die Iraner unter Beschuss nahm, desto eher hielten sie zusammen, denn das, was innerhalb weniger Jahre ihr Image völlig zerstört hatte, war nicht annähernd das, was sie tatsächlich waren.

Schon bald setzten die Iraner auf Stil, Extravaganz und die Besinnung auf kulturelle Besonderheiten. Es wurde bei den Zusammenkünften nicht über die Vergangenheit, sondern nur über die Zukunft, persönliches Vorankommen, und Fortschritte gesprochen. Der Iran wurde bald zu einer Geliebten, die jeder herbeisehnte und gerne damit in Verbindung kam, aber nicht damit verheiratet werden wollte.

Wenn man die iranischen Migranten unterteilen würde, ergäben sich drei verschiedenen Gruppen, die im Grunde nichts miteinander zu tun hatten.

Die erste Gruppe stammte aus dem Zeitraum vor der Revolution und gehörte zu den Vertrauten und Anhängern des Schahs. Diese Iraner lebten meistens in London und Los Angeles und waren nicht direkt von den jüngsten Ereignissen betroffen. Sie bildeten die reichste Schicht der Iraner in der Ferne. Es war der Teil der Bevölkerung, der sein Vermögen rechtzeitig ins Ausland in Sicherheit gebracht hatte und schon das Land verlassen hatte, bevor es ernst wurde.

Die zweite Gruppe bestand aus Studenten und Berufstätigen, die meistens aus reichen Familien stammten. Die unpolitische, aber gebildete Schicht, die sich unter jedem Regime und in jedem Land gut zu helfen wusste. Solche Menschen wie Dr. Mahmoody, der aus Ehrgeiz eine westliche Frau geheiratet hatte, die ihm helfen sollte, seinen Weg nach oben zu ebnen.

Für die dritte Gruppe, die politisch Verfolgten und Vertriebenen, gab es kein Land, in dem sie ihre Sicherheit und verlorene Würde wieder erlangen konnten. Sie waren so genannte Heimatlosen, die erst ihre Asylbedürftigkeit beweisen mussten.

Trotz der prekären Lage in der sich der Iran seit Jahren befand, blieben die Iraner ihrer Herkunft treu. Es wurde persisch gefeiert, gekocht, gesprochen, geheiratet. Die Sitten, Tradition und Kultur beibehalten. Dies geschah in der vagen Hoffnung, dass sich eines Tages alles zum Guten wenden würde.

Viele redeten davon, dass selbst unter dem Regime der Mullahs sich bald alles verbessern würde. Der Krieg sei schuld an der hohen Inflation und den Problemen, die den Iran in den vergangenen Jahren heim gesucht hatten. Aber anstatt sich zum Besseren zu wenden, kam es noch schlimmer.

Den Kriegsopfern und politisch Verfolgten folgten jetzt die Wirtschaftsflüchtlinge. Der Iran hatte jetzt nicht nur mit dem Wiederaufbau zu tun, sondern auch durch den Boykott und Sanktionen mit hoher Arbeitslosigkeit und galoppierender Inflation zu kämpfen. Wer es sich leisten konnte, ein Leben im Iran zu finanzieren, blieb in der geliebten Heimat, viele andere flohen aus dem Land.

Die Klassenunterschiede wurden größer. Das Land verlor die Mittelklasse. Er bestand nur noch aus Reichen und Armen, Alten und sehr Jungen, Konservativen und sehr Liberalen. Die Mitte verschanzte sich in irgendwelchen Ländern von Australien bis zu den USA, Skandinavien und sogar Afrika. Besonders alte Menschen waren von Armut betroffen. Die Jugendlichen bangten um ihre Zukunft, die nicht besonders verlockend schien.

Meine Sorgen wegen meiner Eltern waren unaufhörlich. Wir telefonierten nun weniger. Wir hatten uns nicht viel zu erzählen. Sie wussten, wie wir lebten, und uns war klar, wie schwer sie es im Iran hatten. Briefe schrieben wir uns seit langem nicht mehr. Es waren daher kurze Telefonate, die wir führten.

Am Tag von Farhads Abreise in Richtung Teheran, hatte er mir versprochen, sich nach meinen Eltern zu erkundigen. Ich war neugierig zu erfahren, was sein Gesamteindruck vom Iran war, genau ein Jahr, nachdem ich zuletzt meine Füße auf iranischen Boden gesetzt hatte.

ZWISCHEN ZWEI KULTUREN

Maman war nicht abgeneigt zu bleiben. In diese Hölle wollte ich sie nicht mehr schicken. Wir wussten nicht, wie und wann wir uns alle nochmal vereint sehen würden. Sie war genau in meinem jetzigen Alter, 44. Für mich noch jung genug, um von null anzufangen. Nach all dem Elend und der Trauer, die sie in den letzten Jahren erlebt hatten, und in Anbetracht der Tatsache, dass wir alle nicht mehr im Iran leben wollten, wäre es nicht sinnvoll, so fern ab von einander zu wohnen. Der Plan war daher, Darja und Baba auch nach Deutschland zu holen, damit wir als Familie endlich wieder vereint in Frieden und Ruhe leben konnten.

Nach allem, was sie mir von den vergangenen Monaten erzählt hatte, traute ich der islamischen Regierung Irans alles zu. Angeblich bekamen meine Eltern überraschende Besuche und Drohungen von der Regierung. Obwohl er aus dem Militärdienst als Kriegsveteran entlassen worden war, schien man nun nach ihm zu suchen. Meine Eltern gaben an, dass sie nicht gewusst hätten, dass er ins Ausland gegangen sei, sonst hätte ihnen Folter gedroht.

Auch davon hatten wir in Deutschland nichts mitbekommen. Was unsere Eltern für uns aufgaben und ertrugen, war weit mehr als wir vermutet hatten. Es gab keine Möglichkeit, all das, was sie für ihre Kinder getan hatten, jemals gut zu machen. Das Überwachungs- und Kontrollsystem des gegenwärtigen Regimes im Iran ließ niemanden, der ein Leben vor der Revolution und der islamischen Republik hatte, in Ruhe leben.

Der lange Arm des Regimes reichte selbst bis in die fernen USA. Alleine in Deutschland brachten sie in den frühen achtziger Jahren über 200 politische sowie unpolitische Persönlichkeiten um. Wer denkt, dass der Terrorismus eine neue Form der Massenvernichtung und der Angstmache sei, irrt sich gewaltig. Gerade im Zuge der islamischen Revolution im Iran wurden viele Terroranschläge an Einzelpersonen mit Erfolg ausgeübt. Da es sich nicht um meistens in Deutschland lebende und um unbekannte Personen handelte, verfolgte man die Fälle nur oberflächlich und in manchen Fällen gar nicht. Meist handelte es sich um bestellte Attentäter der Regierung des Iran, die problemlos ein Visum erhielten und ihren Auftrag in kurzer Zeit geheim und schnell ausführten.

An jenem Abend, als Maman vor lauter Angst vor der Zukunft in meinem Appartement weinte, war mir bewusst, dass ich sie um jeden Preis bei mir behalten würde. Baba wünschte sich auch insgeheim, dass wir sie in Aachen behielten. Als Betreuung meldete ich mich und versprach meinen Brüdern das Ganze hinzukriegen. Wissend, dass es der deutschen Justiz schwer zu beweisen war, dass meine Familie im Iran in akuter Gefahr war.

Dalir arbeitete mittlerweile. Sein Asylantrag wurde nach einem Jahr angenommen. Nun arbeitete er in einer Druckerei. Mich machte es sehr stolz und glücklich, dass er so weit gekommen war. Die Einladung von meiner Mutter nach Deutschland verdankte ich ihm.

Ich wusste, dass ich, um Maman zu motivieren, sich zu sammeln und neu zu beginnen, viel Geduld und Kraft brauchte. Normalerweise ist es im Leben umgekehrt, die Eltern ziehen ihre Kinder auf, um ihre Zukunft selbst in die Hand nehmen zu können. Zwischen der Angst, vor dem was mich erwartete, der Müdigkeit davor und der geistigen Motivation für die neue Rolle, musste ich mich immer an die Zeit erinnern, als ich mit fünf Jahren mit Maman „Maman bazi"-Mutter-Spielchen- gespielt hatte. Dabei übernahm Maman gerne meine Rolle als Kind, und ich ihre Rolle als Mutter. Und es machte riesengroßen Spaß. Dass es einmal Realität werde würde, dass ich einmal im wahren Leben die Mutterrolle übernehmen würde, damals hätten weder Maman noch ich daran geglaubt.

Wir stellten für Maman einen Asylantrag, was sich als schwieriger erwies als gedacht. Von Anfang an mussten wir mit Unterstützung eines Rechtsanwaltes arbeiten, damit wir die Erfolgsaussichten so groß wie möglich gestalten konnten. Die mit dem Asylantrag entstehenden Kosten mussten wir selber tragen. Das war auch von Vorteil, denn je weniger finanzielle Unterstützung wir für sie vom Staat wünschten, desto mehr stieg ihre Chance bei uns zu bleiben. Schließlich ging es darum, den Nachweis zu führen, dass sie die notwendigen Unterhaltskosten für den Aufenthalt in Deutschland selbst tragen konnte. Da Dalir und ich arbeiteten, nahmen wir diese Herausforderung gerne an. Wir wussten, dass eine unglaublich nervenaufreibende Zeit auf uns zu kam, die viel Kraft kosten würde, aber wir waren bereit, diesen steinigen Weg zu gehen.

All die Jahre bat ich Gott um Antworten, und immer wieder stellte ich dieselbe Frage: „Warum, warum wir? Was war unser Fehler? Was war mein Fehler?"

Jetzt, wo ich meine Mutter bei mir hatte, fragte ich nicht mehr. Wir hatten gerade einmal zwölf Quadratmeter, aber in ihrer Gesellschaft hatte ich alles. Das war die Antwort. Der Iran war nicht mein Schicksal. Zumindest nicht bis zu diesem Zeitpunkt. Der Muslim sagt: Das ist Kismet. Im Abendland nennen wir es Schicksal.

Mein Kismet war die alte Welt. Damit, dass ich meinen Schutz und meine Geborgenheit ausgerechnet in dem Land finden würde, von dem zwei Weltkriege ausgegangen waren, hätte ich nie in meinem Leben gerechnet.

Im Deutsch- und Literaturunterricht beschäftigten wir uns mit Anne Frank. Das tapfere Mädchen, welches ihr Leben in ihrem Versteck vor den Faschisten in Form eines Tagesbuches dokumentiert hatte. Sechs Millionen Juden vom Säugling bis zum Greis wurden in Konzentrationslagern in Europa, meistens Polen und Deutschland vergast, verbrannt, erschossen. Jede Seele, eine herzzerreißende Geschichte für sich, aber Keine so ergreifend und nahegehend wie die Geschichte von Anne Frank, die kurz vor Kriegsende verraten wurde. Eine talentierte, dazu noch sehr intelligente, sensible junge Frau, die nur sechzehn Jahre alt wurde. Die Geschichte von Anne Frank, die sich mit ihrer Familie und ein paar Freunden fast ein Jahr vor den Nazis versteckt hielt, kennt fast jeder auf der Welt. Ihr tragischer Tod verschaffte ihr Ruhm und Anerkennung, wie fast kein anderer im Krieg gegen Hitler und sein nationalsozialistisches System.

Ich mochte die Geschichte von Anne Frank. Sie war so voller Hoffnung. Ihr Temperament und ihre Melancholie zugleich, ihre Frühreife, ihre Einstellung zur Welt und ihren Mitmenschen und schließlich ihre Unnahbarkeit fand ich bewundernswert. Und das Tragische war, dass der Leser des Tagesbuches, der den Ausgang der Geschichte kennt, trotzdem von Annes Wünsche auf ein erfülltes Aufwachsen erfährt. Als ich über den Nationalsozialismus las, musste ich oft an den Iran denken. Die Jahre lange Unterdrückung im Iran, die Einschränkung der Meinungsfreiheit und der Verlust an Würde im eigenen Land, erinnerte mich an die Welt von Anne.

Frau Kruchen meine Lieblingslehrerin, eine selbstbewusste Frau mit früh ergrauten, kurzen Haaren und einem zierlichen Körper ersetzte für mich auf eine gewisse Art und Weise die Rolle meiner Mutter. Sie wusste, was ich alles im Iran erlebt hatte. Ihr Verständnis brachte sie mir entgegen, in dem sie mich in Deutsch förderte. Jedes Mal musste ich aufstehen und den Inhalt des vergangenen Unterrichts wiederholen. Auf diese Art sollte ich vergessen und selbstbewusster werden. Sie setzte mich in die erste Reihe, damit ich am meisten vom Unterricht mitbekam. Sie war hartnäckig mit mir. Wenn es mir ab und zu nicht gut ging und die Vergangenheit mich einholte, fing sie mich auf. Sie war der Grund, warum ich mein Abitur schaffte.

In Deutschland hatte ich die Chance neu anzufangen. Eine Gelegenheit, die Anne leider nie hatte. Anne Frank ging als junge Heldin in der Geschichte ein. Aber hätte man sie gefragt, hätte sie gerne darauf verzichtet, um zu leben. Auch ich wollte keine Heldin sein, ich wollte ebenfalls nur leben. Ich wollte vergessen, selbst wenn es sehr schwierig war. Ich wollte lernen mit der Vergangenheit und dem Geschehenen Frieden zu schließen. Aber ich konnte nicht. Die Zeit war dafür noch nicht reif. Manchmal hatte ich den Eindruck, dass Frau Kruchten es besonders gut mit mir meinte, weil sie etwas wieder gut machen wollte. Etwas von dem, was die deutschen Juden wie Anne Frank in der Vergangenheit angetan hatten.

Meine liebe Mutter bei mir zu haben, war ein Stück Glück für mich, obwohl es meiner Mutter anfangs nicht gut ging und dieses Leid unser Zusammensein überschattete. Sie gab es ungern zu, aber sie war traumatisiert. Nachts redete und schrie sie im Schlaf, sie hatte Angstzustände, sie weinte oft. Nachts, wenn sie Alpträume hatte, weckte ich sie nicht auf. Dann setzte ich mich auf die Bettkante, schaute ihr Gesicht an und wartete. Meist wachte sie vor Schreck selbst auf. Wenn sie dann aufwachte, umarmte ich sie, und versuchte sie zu trösten so gut es ging.

Ich redete sehr viel mit ihr. Auf meinen Vorschlag, einen Psychiater zu konsultieren, reagierte sie abweisend. Zumal es für diese Art Traumata damals in Deutschland keine spezifische Behandlungsmöglichkeit gab. Deutschland befand sich nicht mehr im Krieg und daher waren Experten auf dem Gebiet der Kriegstraumatisierung Mangelware. Wie heilt man eine vierfache Mutter, die die letzten zehn Jahre unter Bombardements, Inflation, Angst und Unterdrückung lebte? Einen Mensch, der geflohen war vor Verfolgung, Kontrolle, ständigem Terror und Perspektivlosigkeit.

Sie erzählte mir mit feuchten Augen, was in Teheran derweil tagtäglich normal war. Die Kriegsveteranen waren nun zurück und manche sehr fanatischen unter ihnen wurden auf die jungen Leute los gelassen. Schockierende Geschichten wurden erzählt. Die Gefängnisse wären voll von Frauen und Männern, die sich nicht an die strengen Scharia-Gesetze gehalten hatten. Man würde die Menschen unter strenger Beobachtung und Kontrolle halten und auf den Straßen ausspähen. Junge

Frauen, die ihren Hijab nicht korrekt trugen, würden von den Sittenwächtern in ihren gepanzerten Nissan Patrols verschleppt und, bevor sie ins Gefängnis kämen, vergewaltigt.

Ein Vorfall hatte vor Kurzem sogar dafür gesorgt, dass es selbst bei den leidgeplagten Iranern zu Ausschreitungen gekommen war. Ein fünfzehn jähriges Mädchen, das sich in Begleitung seiner Großmutter befand, war vor deren Augen von einem Pasdar in den Kopf geschossen worden und auf der Stelle gestorben. Der Grund war, dass sie ihren Hijab nicht korrigieren wollte und nicht einsah, dass ihre Haare nicht richtig von dem Kopftuch verdeckt waren. Offiziell wurde der Vorfall nie bestätigt. Und in Zeiten, in denen es noch kein Internet und keine allgegenwärtigen Smartphones mit Kameras gab, konnte auch keiner Beweise vorlegen. Ich brauchte keine Beweise. Ich hatte es selber mit Darja erlebt, wie schnell so etwas gehen konnte. Unweigerlich dachte ich an das randalierende Mädchen, das von den Pasdaran abtransportiert worden war. Was war wohl aus ihm geworden? Maman schaute mich mit feuchten Augen an. Sie wusste, was mir gerade durch den Kopf ging.

Maman sprach auch über das allgegenwärtige Chaos in Teheran. Früher hatte das Volk nur ein Problem, den Schah. Heute, vor allem nach fast zehn Jahren Krieg, gab es Hunderte von Problemen. Mit der Rückkehr der Kriegsveteranen, die Jahre lang auf den Schlachtfeldern gekämpft oder in Gefangenschaft verbracht hatten, war das Land völlig überfordert. Viele von ihnen waren vom Krieg traumatisiert und seelische Wracks. Aber wohin mit ihnen? Sie hatten in den letzten Jahren jenseits der Zivilisation in Abstinenz von Normalität verbracht,

Menschen getötet. Als Kriegsveteranen genossen sie zwar die besondere Anerkennung des Staates und des Volkes. Die große Herausforderung war jedoch, sie wieder in ein ordentliches Leben in der Gesellschaft zu integrieren. Sie brauchten Beschäftigung. Doch diese gab es nicht. Es herrschte Arbeitslosigkeit, denn das Land befand sich in einer fortwährenden Wirtschaftskrise. Die Situation im Iran war kaum unter Kontrolle zu kriegen. Ein Land, das abgekapselt von dem Rest der Welt in seiner Isolation am Rande des Abgrunds stand.

Die Mittelschicht, zu der einst auch wir gehört hatten, war ausgelöscht. Es gab korrupte, reiche Leute und es gab eine bettelarme Bevölkerungsschicht. Der marode Führungsstil Khomeinis zeigte in allen Facetten seine Funktionsunfähigkeit.

Was hatte man uns angetan? Das fragte ich mich fast jede Minute und Sekunde. Das menschenfeindliche System im Iran hatte die Züge des aufkommenden Nationalsozialismus in den frühen dreißiger Jahren. Wie hatte Ajatollah Khomeini gesagt, der Islam ist keine Religion, er ist eine Ideologie. Diese Ideologie duldete keine Andersartigen. Juden wurden seit Jahrhunderten gejagt und gehetzt, vertrieben und getötet. Doch das was die Nationalsozialisten taten, hatte System, und sie taten es öffentlich. Widerlich, abscheulich und doch erschreckend logisch. Das was die Mullahs taten, basierte auf demselben Schema. Aber es gab kein System und es wurde nicht öffentlich getan. Der Iran war da, wo Deutschland vor fünfzig Jahren gestanden hat. Wer im Iran dem Volk aufgezwungenen Islam wiedersprach, wurde brutal verschleppt, gefoltert und ermordet.

Maman machte sich wegen Darja sehr viele Sorgen. Sie wäre stur und unzähmbar, meinte sie. Ihre unbändigen

Auftritte in der Öffentlichkeit, ihre Ignoranz gegenüber den Vorschriften der islamischen Gesellschaft würden sie eines Tages Kopf und Kragen kosten. Auf die Bitten meiner Eltern, sich zu mäßigen, würde sie gar nicht mehr reagieren. Seit meinem Besuch sei sie sehr depressiv geworden. Sie wollte endlich normal leben, ihre Jugend genießen. Darja hatte mein volles Verständnis. Zu gut konnte ich nachvollziehen, wie es in ihrer Seele aussah.

Maman telefonierte fast jeden Tag mit Darja. Selbst wenn ich Monate lang mit sehr hohen Telefonrechnungen zu kämpfen hatte, hielt ich es für richtig, permanent zu Darja Kontakt zu halten. Unter Tränen erzählte Darja, wie unerträglich und aussichtslos das Leben dort geworden war. Sie fragte, ob es eine Möglichkeit gäbe, auch den Iran zu verlassen und sich uns anzuschließen. In vielen geführten Telefonaten bat Baba mich, auch Darja nach Deutschland zu bringen. Doch ich wusste, dass es im Moment aussichtslos war. Ohne Kenntnis der deutschen Sprache, ohne Job und Ziel nach Deutschland zu kommen würde heißen, dass wir für ihren Unterhalt aufkommen müssten. Damit waren meine Brüder und ich überfordert.

Die deutsche Botschaft in Teheran war sich durchaus bewusst, dass viele junge Leute den Iran verlassen wollten. Aber man fürchtete sich vor einem Ansturm junger Leute. Teheran war nicht Budapest, wo mit dem Ansturm der Menschen kurz zuvor das Ende der DDR eingeläutet worden war. Keines der Länder, weder der Iran noch Deutschland waren an einem Exodus interessiert. Der Iran brauchte die jungen Menschen als das Fundament für den zukünftigen Gottesstaat und Deutschland fürchtete zu Recht einen Ansturm in die

Sozialversicherungssysteme, denn die ersten Jahre war jeder Flüchtling eine erhebliche Belastung für den Staat und würde Tausende an DM kosten, bis er die Sprache und einen Beruf gelernt, und einen Job gefunden hatte, um sich in der Gesellschaft eingliedern zu können. Da jetzt der Iran-Irak-Konflikt beendet war, so hoffte man in Deutschland, könnte die Bevölkerung im Iran langsam ein normales Leben führen.

Es wird schwierig, prophezeite ich Baba. Aber wir bleiben dran.

Tagsüber, wenn ich weg war, traf Maman sich mit Mina. Sie hatte sozusagen die Patenschaft über Maman angenommen. Sie gingen aus, sie redeten. Sie gingen in die Geschäfte. Das allein sein in einem kleinen Zimmer in der Fremde hielt ich für sie für schädlich. Sie sollte auf andere Gedanken kommen und etwas Ablenkung von dem Negativen, welches sie über Jahre hinweg mit sich herumschleppte, tat ihr gut. In Eigenregie versuchte ich, Maman Deutsch beizubringen. Den teuren Deutschkurs konnten wir ihr leider nicht bezahlen. Gerade in der Oberstufe, wo es um meine Zukunft ging, musste ich jetzt meine Multitaskingfähigkeit beweisen und Schule, Job und Familie unter einen Hut bringen. Es war mir recht. Meine Familie ging mir über alles, und dafür war ich bereit, alles zu machen. Abgesehen davon wusste ich, dass es Schlimmeres gab.

Auf engstem Raum mit Maman zu wohnen, störte mich nicht. Anders war es mit meinem Freund Farhad. Es dauerte nicht lange, bis ich merkte, dass er sich nicht mehr wohl fühlte. Wir sahen uns weniger. Gingen weniger auf Partys und trafen uns weniger mit den Freunden. Hinzu kam noch das Misstrauen meiner Mutter Farhad gegenüber. Sie war nicht überzeugt, ob es Liebe war, oder reine Gewohnheit. Obwohl sie sich sehr gut mit seiner Mutter verstand, war sie der Meinung, dass wir uns irgendwann trennen würden.

Farhad wiederum konnte nicht verstehen, dass ich mich über meine wirtschaftlichen und persönlichen Verhältnisse hinaus für meine Mutter einsetzte. Er verstand nicht, warum wir auf engstem Raum zusammen wohnten. „Wo ist die Hilfe deiner Brüder?" fragte er des Öfteren. Im Gegensatz zu mir hatte Farhad keine Probleme. Als meine Mutter zu uns kam, war er mit seinem ersten Staatsexamen beschäftigt. Seine Mutter hatte schon längst eine eigene Wohnung, ihre Geschwister waren alle in Deutschland, und sein Vater konnte ein- und ausreisen, so oft er wollte. Schwierigkeiten dieser Art verstand er nicht. Er wurde egoistisch und selbstgefällig. Wir fingen an, uns zu streiten. Es waren kindliche Kleinigkeiten, worüber Erwachsene lachen würden, aber unsere noch junge Beziehung stellte es auf eine ernsthafte Probe, und das zeigte sich schnell. Ich wusste, in manchen Dingen hatte er recht, aber meine Familie war mir wichtiger, und da machte ich keine Kompromisse.

Auch die Ehe von Dariush war zwischenzeitlich extrem belastet. Der Stress mit der jungen Familie, seine Präsenz und die Opferbereitschaft für seine Geschwister ließ Susanne an seiner Liebe ihr gegenüber zweifeln.

Wir konnten nicht helfen, denn mit Dalir und mir hatte sie jeglichen Kontakt abgebrochen. Ein paar Monate später beschloss Dariush sich zu trennen. Für ihn lag es nicht an der Familie. Es waren viele andere Dinge. „Wir passen einfach nicht zueinander." sagte Dariush immer wieder. Ein Satz, den ich seit dem des Öfteren hören müssen. Vom Kochen bis hin zur Erziehung, studieren, arbeiten, der Einstellung zu der Familie, nichts hatte gepasst.

Dariush zog zügig aus der gemeinsamen Wohnung aus und mietete sich eine Etage über meiner kleinen Wohnung ein Zimmer. Maman machte dieser Schritt sehr viel Sorgen. Sie merkte, dass auch das Leben in Europa viele Schattenseiten hatte. Und sie sah, dass selbst wir, die wir schon seit Jahren in Deutschland waren, noch sehr viel vor uns hatten, bevor wir richtig ankamen.

Doch kaum war Dariush inoffiziell alleinstehend, lernte er eine neue Frau kennen. Barbara, wie sie hieß, war genau das Gegenteil von Susanne. Sie arbeitete in einer Bank, um genau zu sein, in Dariush's Hausbank. Seit langem war sie Dariush aufgefallen. Nicht sehr hübsch, sagte er immer, aber eine Frau mit Niveau und Klasse. Er lud sie ein, und sie waren plötzlich zusammen.

Bereits nach einem Monat zog Dariush zu seiner Freundin Barbara. Bevor er aber endgültig zu ihr zog, durften wir seine neue Partnerin kennenlernen. Barbara war wahrhaftig eine smarte, liebe, aber auch auffällig ruhige Person. Aber sie hatte Ausstrahlung. Sie betrat einen Raum und erregte Aufmerksamkeit. Sie schminkte sich kaum, war schweigsam und liebte Reisen. Und sie war überraschend weltoffen. Sie respektierte die persische Kultur und ihre Gebräuche. Ich mochte sie von Anfang an, und es war beruhigend, dass die Zuneigung von beiden Seiten kam. In kurzer Zeit wurden wir sehr gute Freundinnen.

Auch in der Schule lernte ich ein paar neue Schülerinnen kennen. Afsaneh war eine von ihnen. Was uns von Anfang an verband, war ihre persische Herkunft. Von der Realschule kam sie zu uns in die Oberstufe. Kess und frech war sie. Nicht auf den Mund gefallen, intelligent und zielstrebig. Sie war schon als Kind mit der gesamten Familie nach Deutschland ausgewandert. Ihre Cleverness mochte ich. Und sie suchte vorerst meine Nähe, um sich in der Schule zu Recht zu finden.

Sie hatte ein paar Kilos zu viel auf den Rippen, was ihr eine besondere Gemütlichkeit verlieh. Sie machte aus allem einen Scherz und lachte solange und charmant, bis alle, angesteckt waren. Sie war kein Kind von Traurigkeit, aber auch kein Kind des Krieges. Sie lebte seit langem in der kleinen Gemeinde Eschweiler in der Nähe von Aachen. Den Iran, wie er heute aussah, kannte sie nicht. Schon zu Beginn des Sturzes Schahs hatte ihre Familie es geschafft, dort weg zu kommen.

Afsaneh war ein geregeltes, abgesichertes Leben gewohnt. Bus und Bahn kannte sie fast gar nicht, zur Schule wurde sie mit dem Auto gefahren. Sie war stolz auf alles was sie hatte, ihre Familie, ihre Verwandten, ihr Haus, ihre Geschwister, ihr Auto, ihre verflossene Liebe, ihre Noten, gleich ob schlecht oder gut, die netten Nachbarn. Alles, wozu sie keinen Zugang hatte oder was ihr fremd war, war hingegen schlecht. Auffällig angeberisch war sie. Sie beherrschte Deutsch in seiner Umgangsform perfekt. Kurzum, sie war wirklich liebenswert.

Der einzige echte Makel von Afsaneh war das Rauchen. Sie rauchte bei jeder Gelegenheit. Sie hustete sehr oft und ihre raue Stimme verriet, dass sie es am Tag locker auf eine Packung brachte. Ihre pechschwarzen langen Haare, ihre Jacken, Pullover, sogar die Schultasche rochen stets unausstehlich nach erkaltetem Rauch.

Die Anhänglichkeit von Afsaneh war eine sehr bemerkenswerte Eigenschaft, die ich kaum in dieser Form in der deutschen Kultur kennen gelernt hatte. Für gewöhnlich demonstrierten die Deutschen Unabhängigkeit, Eigenwilligkeit, Eigensinnigkeit und Stärke. Doch diese eher männlichen Charakterzüge fehlten Afsaneh. Das war für mich ein Zeichen, dass sie im Kreise ihrer Familie nie eine Deutsche geworden war. Selbständigkeit war nicht ihr Ding. Im Bereich des sozialen Umgangs war sie eher zurückhaltend. Soziale Kompetenzen zeigte sie nie und wirkte bei der ersten Begegnung immer distanziert und Arrogant.

Für gewöhnlich hing sie außerhalb der Unterrichtsstunden mit ein paar Mädels vor dem Haupteingang der Schule ab und paffte. Wie erwähnt, bei jeder sich bietenden Gelegenheit. Doch selbst dort langweilte sie sich, denn ich, ihre neue Freundin, teilte ihr Hobby, beziehungsweise ihre Sucht, nicht. Irgendwann hat sie angefangen mich zu fragen, ob ich sie nach draußen begleiten würde, um ihr die Langeweile zu vertreiben. Blauäugig begleitete ich sie.

Als ich mit nach draußen kam, sah ich einen Haufen von Mädchen, die rauchten. Die Raucher-Ursulinen. Gruppenweise standen sie da und sorgten für jede Menge Rauchwolken. Ich kannte Einige aus verschiedenen Fächern. Leicht und unbeschwert kam ich mit ihnen ins Gespräch. Durch mich lernte Afsaneh ein paar neue Mädchen kennen. Nach ein paar Tagen begleitete ich Afsaneh regelmäßig. Obwohl ich das Rauchen ziemlich uncool fand, fragte ich mich, warum die hübschesten Mädchen unserer Schule so einem Unsinn wie dem Rauchen verfallen waren. Das Zeug würde ekelhaft riechen und bestimmt auch so schmecken, merkte ich an.

Ich sollte es selbst ausprobieren, dann würde ich nicht so eine dumme Frage stellen, hieß es aus der Raucherecke.

Naiv wie ich war, nahm ich das Angebot von Afsaneh an und zog an ihrer Zigarette. „Boah, ekelhaft" schrie ich, nachdem ich nach dem ersten zaghaften Nippen an der Zigarette sofort den Rauch heraus gepustet hatte. Meine Augen fingen an zu tränen. Ich hörte nur Gelächter. Mein Hals war trocken und starr und ich fing an, noch stärker zu husten. Seit langem hatte ich so eine peinliche Situation nicht mehr erlebt.

Afsaneh kamen vor lauter Lachen die Tränen. „Dana, du musst richtig ziehen, du wirst sehen, dass es super schmeckt, zieh richtig in die Lunge hinein. bitte probiere es noch einmal." Ich wollte mir keine Blöße geben und nicht als Feigling dastehen. Also nahm ich ihre Zigarette erneut und nahm einen Zug mit voller Kraft. Der Rauch füllte meine Lungen. Diesmal musste ich nicht husten. Es hatte gesessen und tatsächlich, es schmeckte.

Seit jenem Tag rauchte ich regelmäßig zehn Jahre lang Zigaretten. Wie hypnotisiert und vom Teufel verführt. Ich schaffte es sogar ein paar Monaten, meine neue üble Gewohnheit vor Maman geheim zu halten. Nein ich war nicht glücklich. Ich machte Maman etwas vor und glaubte, dass es immer noch richtig war, nach Deutschland gekommen zu sein. Dabei hatte man mich hier zum Rauchen verführt. Ich war voller Zweifel und Argwohn. Ich musste Maman noch nie anlügen. Sie hätte es nicht verkraftet, meinte ich. Sie zu motivieren, ein gutes Leben zu führen, und selber zu versagen, das hätte ihr das Herz gebrochen. Ich fraß mein Geheimnis in mich hinein. Das Rauchen half natürlich nicht, aber wenn

Afsaneh, Ayse, Sandra es machten? Auch Farhad wusste nichts von meiner neuen Gewohnheit. Er wäre sicher auch sehr enttäuscht. Aber bald gab es nichts mehr zu verheimlichen, nicht weil ich ehrlich sein wollte, nein, weil ich Maman unterschätz hatte.

Meine Zigarettenpackungen verschwanden systematisch. Egal, wo ich sie versteckt hatte, waren sie beim Suchen nicht mehr an dem Platz, wo ich sie hin getan hatte. Ich kaufte neue Packungen, und neue, und noch mal neue. Verdammt, dachte ich, wo sind sie bloß hin? Bin ich von Vergesslichkeit befallen? Eines Tages, als ich meine Zigarettenschachtel wieder einmal in meinem Schrank zwischen meinen Anziehsachen suchte, kam Maman zu mir.

- „Dana, suchst du die hier?". In ihrer Hand hielt sie eine Packung Marlboro light.

Sie sah ziemlich verärgert aus. Ich war sprachlos, ich schaute sie sehr unterwürfig an. Sie fügte hinzu:
- „Wie lange geht das schon?"
- „Maman". Mir fehlten die Worte.
- „ Ja, ich rauche seit einiger Zeit".
- „Warum?"
- „Maman, ich bin erwachsen. Ich muss dir keine Erklärung abgeben. Ich rauche halt jetzt." In diesem Moment musste ich an die Zeit denken als Dariush während seines Militärdienstes mit dem Rauchen angefangen hatte, und wie enttäuscht ich damals von ihm war.
- „Ich bin enttäuscht, Dana. Du wäschst weiß und färbst selber schwarz. Was soll das? Ich halte dich für ein sehr kluges Mädchen". Ich unterbrach sie jäh.
- „Eine junge Frau, Maman, eine junge Frau. Ich bin keine 14 mehr".

- „Du bist immer meine Tochter. Und wenn du meinst, dass du erwachsen genug bist, um zu rauchen, bitte. Aber warum tust du dir das an? Das passt gar nicht zu dir".
- „Maman, die rauchen alle, und sind trotzdem nette Mädchen und haben hervorragende Leistungen".
- „Dana, musst du immer das machen, was die anderen machen? Nehmen wir an, sie wollen sich umbringen, musst du das dann auch?"
- „Nein, natürlich nicht, aber es schmeckt mir halt. Bist du hier her gekommen, um mir nach zu spionieren? Ich bin erwachsen und kann machen, was ich will. Wegen ein paar Zigaretten machst du so ein Theater."
- „Machst du das, um dich anzupassen? So willst du dich hier integrieren, in dem du mit Rauchen anfängst?"

Ich setzte mich auf einen Stuhl. Meine Argumente, die wirklich keine richtige waren, gingen mir aus. Ich wusste selber nicht, warum ich rauchte. Schließlich fragte ich auch keinen Raucher, warum er rauchte. Ich rauchte halt und diese Verhaltensweise galt auch nur für mich, dachte ich. Nun gehörte ich einfach zu der Spezies „Raucher". Ob Frust, Leid, Gewohnheit oder Sucht. Es war halt so.

Dass Maman es rausgekriegt hatte, ärgerte mich. Dass sie es nicht akzeptierte, konnte ich verstehen. Aber auf keinen Fall wollte ich wie eine Marionette immer das tun, was die anderen von mir erwarteten. „Die Leichtigkeit des Seins" der Deutschen war bei mir auch angekommen und hatte mich angesteckt. Was machte sie anderes als mich, wo ich so viel mehr in meinem Leben durchlebt hatte und viel Negatives erfahren musste, zu verleiten? Dabei besaß ich nicht einmal das Talent, eine

Packung Zigaretten bei mir herumzutragen, ohne mich von meiner Mutter erwischen zu lassen.

Ich weiß noch, dass ich Maman auf keinen Fall ein schlechtes Gewissen machen wollte. Sie sollte nicht wissen, dass ich litt. Dass ich langsam meinen Glauben an die Zukunft und an das Gefühl, angekommen zu sein, verlor. Sie hatte mich nach Deutschland geschickt, damit ich etwas aus meinem Leben machte. Sie hatte als Mutter losgelassen, um mir die Sicherheit und Geborgenheit zu geben, die ich im Iran nicht finden konnte. Jetzt musste sie sich angucken, wie ich sie anlog und mir selber schadete. Sie hatte mich nicht nach Deutschland geschickt, damit ich zur Raucherin wurde.

- „Es ist einfach zu viel" sagte ich.
- „Was ist zu viel? Bin ich der Grund? Ist es hier zu eng für dich? Sollte ich weg gehen, damit du deine Ruhe hast?"
- „Nein, Nein. Ich bin froh, dass du bei mir bist. Ich bin sehr froh darüber. Es ist die Erschöpfung. Da ist der ständige Druck. Ich wäre im Iran mit der Schule schon längst fertig gewesen. Hier habe ich noch mindestens zwei Jahre vor mir. Eine gute, echte Freundin habe ich hier nicht. Die Wärme der Gesellschaft meiner Familie fehlt mir. Ich bin einsam. Je mehr ich an meine Grenzen stoße und vermehrt an meine Freiheiten gelange, umso einsamer werde ich. Die ganze Zeit denke ich, wie wäre es, wenn? Dabei es ist so, wie es ist, und mehr zu ändern, dazu bin ich nicht fähig".

Mama umarmte mich, als sie meine Tränen langsam meine Wangen herunter rollen sah und drückte mich fest an ihre Brust. Ohne ihr in die Augen schauen zu können, wusste ich, wie es ihr zumute war. Sie war traurig und voller Schmerz und der Grund war ich.

- „Maman, ich mache viele Dinge, die die Mädchen in meinem Alter im Iran nicht machen, aber so ist es nun einmal in Deutschland. Ich wollte frei sein. Ohne Angst um mein Leben zu haben. Ich weiß, dass ich Vieles falsch mache, aber ich bin es leid, immer die Brave zu sein, und trotzdem dafür bestraft zu werden".
- „Schatz ich verstehe dich. Ich verstehe deine Probleme. Ich sehe selbst, wie schwer es hier ist, Fuß zu fassen, Freunde zu finden, akzeptiert zu werden. Man darf aber nicht alles tun, um wahrgenommen zu werden. Gute Freunde kommen von allein, und sie bringen einem nicht das Rauchen bei, sondern viele bessere Dinge." Sie legte ihren Kopf an meinen und streichelte mir mein Haar.
- „Ich liebe dich trotzdem. Und ich spioniere dir nicht nach. Ich bin auch nicht hierhergekommen, um dich zu kontrollieren".

Selbst wenn Maman nicht zugab, dass sie Gewissensbisse hatte, weil sie mir ihr Einverständnis gegeben hatte, mich nach Europa zu schicken, wusste ich, dass sie sich insbesondere in letzter Zeit sehr viele Vorwürfe machte. Das war auch mitunter der Grund, warum sie bei uns in Deutschland blieb. Im Iran gab es viele Probleme, mit denen wir ringen mussten, aber in Deutschland, sagte sie immer, hätten die Probleme eben andere Gesichter. Verschwunden waren sie nicht.

An jenem Abend redeten wir nicht mehr drüber. Ich versprach Maman nach dem Abitur mit dem Rauchen aufzuhören. Sie war einverstanden. Sie improvisierte etwas und behauptete, dass sie alle Packungen, die sie gefunden hatte, bis auf die letzte Packung, weggeschmissen hätte.

Mit der Zeit bekam Farhad auch Wind davon, dass ich rauchte. Zuerst sagte er nichts, aber mit der Zeit störte ihn der Gestank der Zigaretten. Insbesondere, wenn wir auf Partys waren, fand er die kleinen Trennungen wegen der obligatorischen Raucherpausen, ziemlich unangenehm. Er schaute mich griesgrämig an, aber traute sich nicht, etwas zu sagen. Seit der Ankunft Mamans und den damit verbundenen Einschränkungen in unserer Beziehung stand eine große Kluft zwischen Farhad und mir, die durch das Rauchen noch größer geworden war. Aber Farhad sagte, dass er mich trotz des Rauchens sehr liebte, und die neue Gewohnheit bei mir aus Liebe ertragen würde, aber gut fand er es nicht, schon gar nicht cool, wie ich mir vorkam.

In der Schule taute ich langsam auf und lernte noch ein paar Mädchen kennen. Allerdings rauchten sie alle. Die Raucherpausen waren die beste Gelegenheit, Bekanntschaften zu machen. Man verabredete sich sogar für nach der Schule, oder dann, wenn mal wieder ein Kurs ausfiel, in die naheliegenden Cafés, um zu erzählen, Musik zu hören und zu rauchen, eben herumzuhängen. Nasrin distanzierte sich immer mehr von mir. Wir sprachen kaum noch miteinander. Ich fand es sehr schade, aber ändern konnte ich es nicht. Obwohl wir in der Schule noch sehr viele gemeinsame Fächer hatten, saß sie in der Klasse völlig wo anders. Sie war nur noch mit den sehr fleißigen Klassenbesten zusammen. Zumindest in der Schule. Sie verbrachte viel Zeit in der Bibliothek der Schule und tat so, als wollte sie ein Einser Abitur hinlegen, aber innen drin brodelte es in ihr. Ich wusste, wie einsam und stolz sie war. Mit Afsaneh wollte sie nichts zu tun haben. Das störte mich aber auch nicht. Merkwürdig war es trotzdem, denn zu diesem Zeitpunkt war es mir völlig egal, mit wem ich in der Schule verkehrte, Hauptsache ich war nicht alleine.

Die Freundschaft zu Afsaneh war nicht immer lupenrein, es war eher ein gesunder Wettbewerb. Wir halfen uns beim Lernen, erzählten uns Witze, konkurrierten um die besseren Noten, aber stellten uns nie die Frage, wer besser bei den Deutschen integriert war. Wir waren halt Schulfreundinnen. Einfache Schulfreundinnen. Und lästerten über die krampfhafte Art mancher Mitschülerinnen, die vergebens versuchten, sich bei den Deutschen einzumischen, um Anerkennung zu erhalten. Selbst auf die Anforderung, in der Klasse Deutsch zu reden, gingen wir nicht ein. Wir waren sogar froh, dass wir uns hatten und vertraten die Ansicht, dass man außer guter Leistung nichts von uns erwartete.

Schon bald waren Afsaneh und ich unzertrennlich, bis Ayse ins Spiel kam. In der Cafeteria der Schule, verbrachten wir unsere ausgefallenen Kurse, machten die Hausaufgaben und quatschten, bis der nächste Kurs anfing. Des Öfteren kam ein hübsches Mädchen in die Cafeteria hinein, die mir auffiel. Sie hatte ein sehr hübsches Gesicht und eine sehr süße Ausstrahlung. Sie lächelte mich bei unseren Begegnungen manchmal an. Eines Tages kamen wir endlich ins Gespräch. Sie kam aus der Türkei und lebte mit ihrer Familie samt den Geschwistern in Aachen. Uns verband nichts, aber wir fühlten uns von Anfang an sehr nah. Seit langer Zeit hatte ich nicht mehr so viel Warmherzlichkeit und Verständnis von einer Person empfangen.

Ayse war sehr an meine Geschichte interessiert. Wir hatten verschiedene Fächer und Leistungskurse, aber verabredeten uns von nun an immer in den Pausen und hatten uns sehr viel zu erzählen. Eine konkrete Erklärung haben wir nie dafür gefunden, aber plötzlich waren wir beste Freunde. Ayse verstand mehr als ihre Altersgenossen und war ein durchaus beliebtes Mädchen, das nicht nur ihren Schulkameradinnen mit Respekt begegnete, sondern auch viel Respekt einforderte. Umgarnt von vielen jüngeren Mädchen war sie immer beschäftigt, aber nie gestresst. Sie war immer motiviert und dachte positiv. Ihre Ausstrahlung war einzigartig und liebenswürdig.

Unsere einzige Gemeinsamkeit war unsere „nicht"-deutsche Herkunft und das Zigarettenrauchen in den Pausen. Nicht unser Leben, aber unsere inneren Werte waren es, die uns fest miteinander verbanden. Aus der flüchtigen Bekanntschaft wurde eine große Freundschaft.

Ayse und ich redeten lange und bei jeder Gelegenheit. Unsere Dialoge drehten sich meistens über unsere Herkunft und Kultur, über die gesellschaftliche Akzeptanz und Toleranz, über die Fremdenfeindlichkeit mancher Deutschen, und den ewigen Kampf sich in unserer multikulturellen Gesellschaft, einen sicheren Platz zu ergattern. Sie erinnerte mich stark an meine unvergessliche Neda. Unsere Konversationen waren über die Integration, Ideale, Lebensweisheiten und die kleinen Alltagsdiskriminierungen, die wir beide gleichermaßen als Migranten erlebten. Auch Ayse störte die Arroganz der Deutschen über die Dinge hinweg zu schauen und die Beschäftigung mit den eigenen Problemen.

Ayse wusste schon als sehr junges Mädchen, wie es war nur noch nach Leistung und Fleiß bewertet zu werden. Ihr Vater war vor vielen Jahren mit seiner jungen Familie nach Deutschland gekommen und hatte ein völlig neues Leben begonnen. Ein Leben zwischen Doppelmoral und Angst.

Ich merkte schon früh, dass die Freundschaft mit Ayse eine lange und nicht besiegbare Freundschaft werden würde. Und das tat sie auch.

NACHT, MEIN HEIMLICHER FREUND

Die ganze Nacht war ich wach. Die ersten Lichtstrahlen versuchten mit aller Gewalt durch den kleinen Spalt der zugezogenen Gardinen hindurch zu kommen. Und ich wünschte mir so sehr, dass sie es nicht schafften. Je heller es in meinem Schlafzimmer wurde, desto mehr drückte ich meinen Kopf in das Kissen. Das Bild des an den Galgen gehängten Mädchens war die ganze Zeit vor meinen Augen. Meinen Körper konnte ich nicht mehr fühlen. Die Schmerzen waren nicht mehr da, ich fühlte gar nichts mehr. Ich schaute zu dem schmalen Spalt, der immer breiter zu werden schien. Ich wusste nicht, wie spät es war.

Plötzlich erinnerte ich mich an die bevorstehende Tagung in Brehna, nahe Leipzig. 450 Kilometer Fahrt, für ein paar Stunden Meeting, dann 450 Kilometer zurück. Ein großer Aufwand für die Ausbietung eines neuen Medikamentes. Mühevoll raffte ich mich auf, um aus dem Bett zu kommen. Mein Kopf fühlte sich wie eine große Glocke an, die hin und her baumelte. Ich hatte das Gefühl, dass meine Augen so tief in ihren Höhlen waren als befänden sie sich an meinem Hinterkopf. Im Spiegel, am Ende des Flurs, bemusterte ich meine elendige Gestalt, der die Schlaflosigkeit der vergangenen Nacht ins Gesicht geschrieben war.

Den Schaltknopf von meiner Kaffeemaschine konnte ich gerade noch finden. Ich wusste immer noch nicht, wie spät es war. Unter der Dusche, machte ich zum ersten Mal nach mehreren Stunden die Augen zu. Ich ließ mir das eiskalte Wasser über meinen Kopf laufen. Noch immer gingen mir die Bilder von dem langen

Dokumentarfilm, den ich am Vorabend gesehen hatte, nicht aus dem Kopf. Im Anschluss an den Film hatte ich nach dem Namen Atefeh, gegoogelt, Videos gesehen und Nachrichten, die im Internet verfügbar waren, gelesen.

Ich zog meinen blauen Anzug aus dem Schrank heraus. Dazu passend ein weißes T-Shirt, das ich besonders mochte. Der Spiegel auf dem Schrank zeigte eine niedergeschlagene Dana. Augenränder und eine fahle Haut. Zugenommen hatte ich im Außendienst. Dies alles sah ich in einem nur flüchtigen Blick im Vorbeigehen, denn ich musste mich beeilen.

Die Kaffeetasse nahm ich mit ins Bad. Wieder schaute mich im nächsten Spiegel eine traurige Dana an. Vielleicht hilft eine Tablette Ibuprophen. Ich merkte zwischenzeitlich meinen Körper. Mit Korrekturstift strich ich meine Augenränder weg. Ein bisschen Puder auf mein blasses Gesicht. Die Wimperntusche sollte helfen, um die Spuren der schlaflosen Nacht zu verbergen.

Ich setzte mich an den Esstisch, um meinen Kaffee auszutrinken. Dann nahm ich eineinhalb Schmerztabletten. Atefeh, geisterte in meinem Kopf herum. Ich konnte mich nicht ablenken. Ihr Gesicht war die ganze Zeit da. Charlotte, meine Zimmerpflanze, schaute mich fröhlich an. Prachtvoll und üppig, ihre wunderschönen großen Blätter lächelten mich in ihrem satten Grün an. Schnell fiel mir ein, ich sollte sie gießen, bevor ich aus dem Haus ging, denn es könnte leicht Mitternacht werden bis zu meiner Rückkehr.

Ich merkte jeden einzelnen Wirbel. Meinen Nacken konnte ich kaum bewegen. Der Tag war wieder da, und die Schmerzen dazu. Schnell noch in mein Büro, um ein paar Analysen und die Arbeitsmappe einzupacken.

Habe ich jetzt die Kaffeemaschine ausgemacht? Zurück in die Küche.

Aus meinem Designer-Schuhschrank zog ich meine Lieblingsschuhe hervor. Ich schätzte sie, weil sie sehr bequem waren. Wer weiß, wie lange das Meeting dauern würde!

Die Treppen vermeidend, um nicht zu stürzen, so benommen wie ich mich trotz Kaffee noch fühlte, nahm ich den direkt vor der Tür befindlichen Aufzug, um in die Tiefgarage zu kommen.

Ich stieg in meinen dunkelblauen VW-Kombi. Im Navigationssystem war die Adresse bereits abgespeichert. Genau 453 Km zu fahren. Planmäßig sollte ich gegen 10.30 Uhr da sein, zeigte das System mir als Ankunftszeit an. Geringfügige Verspätungen wurden von den Vorgesetzten glücklicherweise toleriert. Auf der langen Strecke musste man mit allem rechnen. Gegen 11.00 Uhr sollt die Tagung dann losgehen. Doch ich war nicht bei der Sache. Ich war mit dem Kopf im Iran und bei Atefeh.

Die Vollstreckung der Todesstrafe für ein sechzehnjähriges Mädchen war für mich schockierend und nicht mit den Aussagen vieler Iraner übereinstimmend, die den heutigen Iran, insbesondere Teheran, als moderne und weit entwickelte Zivilisation bezeichneten.

In Zeiten des Internets und der sozialen Netzwerke waren die Praktiken der menschenfeindlichen Regierung im Iran nicht mehr verborgen zu halten. Ich konnte mir nicht vorstellen, dass die Iraner das zuließen. Ich musste an all diejenigen denken, die nach dem Krieg vom Iran so geschwärmt hatten. Iraner, wie Mina und Soraya, die gerne in Europa lebten, aber von einem unbeschwerten Leben im Iran erzählten. Schicke Autos, hübsche Mädchen, europäische Markenkleidung, wunderschöne Häuser im Norden Teherans, Partys und jede Menge Geld.

Insbesondere bejubelten sie die jungen Frauen, die sich mühelos nach dem 18. Lebensjahr die Nase operieren ließen. Die so gebildeten, studierten Mädchen aus gutem Hause, die das Leben in Europa ablehnten, denn in Europa waren alle Migranten nichts wert. Zum Arbeiten verurteilt, krähte kein Hahn nach ihnen. Doch all das, war bloß nur die Fassade eines Landes, das nur noch aus Lügen bestand.

Der Iran hatte sich nicht weiter entwickelt, er war inzwischen eine einzige Hölle. Gerade wie die iranische Schriftstellerin Shirin Ebadi so treffend in ihrer Biographie erläutert hatte. Der Iran war in einen tiefen Schlaf gefallen. Der Rest der Welt schaute weg, was man mit dem Land machte.

Also alles, was ich für hinterhältige Lügen über den Iran hielt, war Wirklichkeit. Damals konnte ich es nicht nachvollziehen, denn ich war weit entfernt vom Iran. Ich dachte, das sind Geschichten von Exil-Iranern, die sich das Exil-Leben in den USA und in Europa schön reden möchten. Aber so war das nicht.

Das Auspeitschen der Frauen in den Gefängnissen, der brutale Umgang mit den Jugendlichen, Dokumentarfilme und Interviews mit den Angehörigen der Opfer wurden per Internet in die Welt gesendet. Das Netz war jetzt das Mittel der ersten Wahl für Iraner, damit man sie hören und sehen konnte. Doch je mehr sie ihren Schmerz und ihr Leid zeigten, desto weniger konnte man für ihre Freiheit erreichen.

Durch die Propaganda im Internet stieg mein Interesse zu wissen, wie das Leben im Iran war. Außer meinem Nachnamen und einem sechzehnjährigen Aufenthalt in dem Land, erinnerte nichts mehr in meinem Leben an das einstige iranische Mädchen, das vor dem Krieg geflüchtet war.

Heute stand ich mit beiden Beinen Mitten im Leben, mit einer sicheren Arbeitsstelle als Gebietsmanagerin in einem pharmazeutischen Unternehmen. Eine Schicke 91 Quadratmeter-Wohnung im besten Stadtviertel in Koblenz, mit einem beachtlichen Gehalt, wovon selbst viele Deutsche träumten.

Jahre lang dachte ich, ich bin angekommen. In der Weltgeschichte herumgereist und voller Erfahrung. Eine moderne, emanzipierte Frau, die sich zu helfen wusste, und in einer leistungsfordernden Gesellschaft durchaus alleine klar kam. Als ich im Herbst 2007 endlich die deutsche Staatsangehörigkeit bekam, dachte ich „Jetzt bin ich eine Deutsche. Ich habe es endlich geschafft", doch es war bloß eine kleine Hoffnung, die in Wirklichkeit nicht über das Dasein meiner Person als Migrantin entschied, sondern eher nur eine formelle Bedeutung hatte.

Ich konnte von meiner Nationalität auf dem Papier alles sein, was ich wollte, aber in meinem Innern war ich nur Eines, eine Exil-Iranerin in Deutschland. Ich trauerte um meine verlorene Heimat. Ich trauerte um das Vertraute. Ich trauerte um meine Kindheit. Ich trauerte um meine Wurzeln, die nicht mehr vorhanden waren. Ich trauerte seit langem. Ein kleines rotes Heft konnte diese Trauer nicht von mir nehmen. Es war eher ein kleiner Trost. Die ganze Mühe war nicht umsonst. Jetzt konnte ich ohne Visum rumreisen, wählen gehen, die gleichen Rechte haben wie die Deutschen. Ich war eine Europäerin.

Die Tagung fing pünktlich an. Der Verkaufsleiter und der Marketingmanager begrüßten die Mitarbeiter persönlich per Handschlag. Kolleginnen und Kollegen freuten sich über die neue Ausbietung. Einige Kollegen fragten mich am Rande, warum ich wieder so fertig aussehen würde. Dass ich eine ganze Nacht nicht geschlafen hatte, verriet ich niemandem.

Nach der zeremoniellen Begrüßung kam eine lange Rede von dem Geschäftsführer, Herrn Müller, höchst persönlich, der die schwierige Aufgabe wie immer gerne übernahm, um mit brillanter Rhetorik seine Mitarbeiter, besser gesagt seine Soldaten, zu mehr Umsatz zu motivieren.

Ich machte diesen Job mittlerweile seit sieben Jahren. Es machte mir Spaß, Ärzte zu beraten, herum zu fahren, keine nervigen Kollegen um mich herum zu haben wie mancher Büroangestellte, keinen Chef, der mir bei der Arbeit über die Schulter schaute. Mein Gehalt selber zu bestimmen.

An jenem Tag trank ich in den Pausen jeweils zwei bis drei Tassen Kaffee, um wach zu bleiben. Mich auf dem Flipchart unter den Top Ten im Verkauf zu sehen, freute mich. Ich arbeitete selbständig, gründlich und mit einer unglaublichen Akribie. Ich gehörte nicht zu denen, die gerne schleimten, um weiter zu kommen. Ich arbeitete einfach und machte meine Arbeit zu einer unbezahlbaren Kunst. Daher war ich für jeden Vorgesetzten ein kleines Monstrum.

Meine Unzufriedenheit, Ehrgeiz und Kritik lies jede Führungskraft an mir verzweifeln. Intrigant? Nein, Perfektionist. Dass ich es so lange in diesem Unternehmen ausgehalten hatte, oder besser gesagt, man mich ausgehalten hatte, verdankte ich meinen sehr vorzeigbaren Umsatzzahlen und meinem Pioniergeist. Aber am meisten verdankte ich meinen Erfolg nur der inneren Einstellung als Frau den Männern im Beruf nicht nachstehen zu wollen. Ich legte mich gerne mit meinen Kollegen und Vorgesetzten an. Es hat mich im Laufe meiner Karriere viele berufliche Trennungen gekostet, aber das war es alles Wert, denn ich gewann an Stärke und noch mehr an Eigenständigkeit. Ich war als Mitarbeiterin anstrengend und unbequem.

Auch dieses Meeting war irgendwann zu Ende. Ich war erleichtert, nach Hause fahren zu können. Diese langwierigen Zusammenkünfte mit den Kolleginnen und Kollegen fand ich zwar sehr nett, aber wenn die Vorgesetzten dabei waren, kam ich mir ziemlich beobachtet vor. Das einzige, was zählte, war die Leistung. Hattest du gute Zahlen, warst du sympathisch, war dein Gebiet umsatzschwach, warst du ein ungern gesehener Gast, der nur Geld kostete und dessen Lebensdauer im Unternehmen begrenzt war.

Auf der Heimreise hatte ich zwar viele Themen aus der Tagung mitgenommen, um mich zu beschäftigen, aber die meiste Zeit dachte ich wieder an Atefeh.

Wie konnte es sein, dass eine islamische Regierung, die von Glaube und Religion redete, ein nur sechzehnjähriges Mädchen hinrichtete? Sie war nicht keuch und hatte gleichzeitig zu mehreren Männern sexuellen Kontakt, hätte man behauptet. Wie konnte ein so junges Mädchen zur Prostitution fähig sein? Warum wird von den Iranern all das Unrecht akzeptiert?

Im Iran werden die Hinrichtungen öffentlich durchgeführt. Frauen und Männer, Jugendliche und Kinder können zu den Hinrichtungsplätzen gehen und sich anschauen, wie einem Menschen das Leben genommen wird. Wenn diese Barbaren, die sich Muslime und Gläubige nannten, sich verweigern würden, zu solchen Schauplätzen zu gehen, würde man wahrscheinlich auch solche öffentlichen Spektakel lassen.

Als ich so gegen elf Uhr abends zu Hause ankam, machte ich mir wieder als erstes die Kaffeemaschine an. Schnell begab ich mich in mein Büro, schaltete mein Notebook an und googelte weiter. Atefeh war kein Einzelfall. Ich stieß auf Zahra Kazemi, eine Fotojournalistin, die in Kanada lebte. Sie verlor ihr Leben, nachdem sie in Teheran inhaftiert wurde, weil sie angeblich von einer Demonstration Bilder machte. Sie starb Infolge Folter, Prügel und Vergewaltigung. Eine Iranerin, die mit ihrem kanadischen Pass ihre Heimat besucht und auf brutalste Art und Weise umgebracht worden war.

Die Liste konnte man beliebig verlängern. Die Praktiken der Mullahs reichten von Mord, Verschleppung, Geiselnahmen bis zu Lösegeldforderungen. Meistens richteten sich die Greueltaten gegen Bürger aus den USA. Nicht nur die Iraner im Lande selbst, sondern auch die im Exil lebenden Iraner wurden zur Beute der Regierung der Mullahs. Immer, wenn ich im Internet auf solch gruselige Ereignisse stieß, musste ich an die Verwaltungsbeamtin denken, die mir bei der Einbürgerung einen Zettel zum Unterschreiben unter die Nase geschoben hatte. „Frau Imani, Sie werden auch Ihre iranische Nationalität behalten, denn die iranische Botschaft hat Sie als Staatsbürgerin nicht entlassen wollen. Sie werden im Besitz von den beiden Pässe sein. Aber sollten Sie in den Iran einreisen wollen, werden Sie wie alle anderen im Land befindlichen Bürgerinnen behandelt. Wenn man Sie nicht mehr aus dem Land raus lässt, werden wir für Sie nichts tun können. Im Iran sind Sie ein Iranerin und keine Deutsche mehr." Ich unterschrieb, und hatte verstanden, dass ich mein Leben lang mit dem Fluch der Doppelbödigkeit leben und handeln müsste. Und keinen Fuß in den Iran setzen wollte.

An jenem Abend weinte ich leise vor mich hin. Ich weinte über unterdrückte Frauen im Iran. Ich weinte über so viel Ungerechtigkeit und Gewalt, ich weinte über meine Identität, die ich nicht mehr hatte. Eine Heimatlose, die zwei Pässe besaß, und doch nirgends zu Hause war.

Ich hatte alles, was eine junge Frau von Mitte dreißig sich zu wünschen wagte, aber ich hatte kein Zuhause. Fremdgesteuert von Menschen, denen ich nichts wert war. Seit Jahren hatte ich außer meiner Familie zu keinem anderen Iraner Kontakt.

Meine beste Freundin Ayse lebte seit langem in Istanbul. Ihr Mann hatte es angeblich nicht in Deutschland ausgehalten. Ihr Haus haben sie in der Nähe von Köln behalten, aber leben taten sie nun in Istanbul. Unser Kontakt war mit vielen Unterbrechungen verbunden. Wir waren beide sehr beschäftigt. Sie mit ihrer Familie und ihrem Jurastudium, ich mit meiner Karriere. Mein Beruf nahm mich seit Jahren sehr in Anspruch. Berufsbedingt hatte ich unzählige Male umziehen müssen, was immer mit einem riesen Aufwand verbunden war. Ich arbeitete nicht wie viele andere Menschen 40 Stunden in der Woche. Ich arbeitete viel mehr. Meine Arbeit begann praktisch erst, wenn ich zu Hause war. Mein Gebiet auf Mitbewerber, Produkte, Potenzial analysieren. Hinzu kamen die Arbeitsmaterialien, die die Firma fast jeden Monat an die Mitarbeiter verschickte. Für Sport und Freizeit hatte ich bald keine Zeit mehr. Ich arbeitete wie verrückt und war froh, dass ich meine Arbeit gut tat und dabei gutes Geld verdiente. Doch am Ende des Tages war ich nur eine Maschine, die jeden Tag dasselbe machte wie die vergangenen Tage.

Neuerdings schlief ich fast nicht mehr. In der neuen Informationszeit googelte ich, um zu erfahren, zu sehen. Meine dunkle nächtliche Welt behielt ich für mich. Ich wollte die verpassten 21 Jahre im Iran nachholen. Der Iran war für mich noch fremder als jedes andere Land. Doch je mehr ich las, je mehr ich mich informierte, umso mehr wuchsen der Hass, die Wut und die Anzahl meiner schlaflosen Nächte.

Es war Anfang April 2009 als ich eines Tages beim Aufstehen heftige Schmerzen im Rücken und in meinen Beinen bemerkte. Ich hatte seit einiger Zeit Schmerzen, aber so starke wie heute, hatte ich sie noch nie zuvor. Als das morgendliche Aufstehen regelrecht zur Tortur wurde, suchte ich einen guten Orthopäden auf und ging zur Untersuchung. Dank meines Berufes kannte ich genug kompetente Ärzte. Er überwies mich zur Radiologischen Untersuchung.

Der Arzt entdeckte einen Bandscheibenvorfall bei mir. Nichts Wildes. Obwohl die Schmerzen Tag für Tag schlimmer wurden, ignorierte ich sie und arbeitete weiter. Bis ich eines Tages einem Neurologen, den ich seit Jahren betreute, von meinen Schmerzen erzählte. Er wollte sich die Ergebnisse der Radiologischen Untersuchung anschauen.

Bei dem darauf folgenden Besuch brachte ich ihm die Bilder mit. Er diagnostizierte mir Einiges. Immer noch keine wilden, ernst zu nehmenden Erkrankungen, aber im Zuge der Diagnosen empfahl er mir eine Rehabilitationsmaßnahme anzustreben. Mein Rücken sah im Allgemeinen nicht besonders gut aus.

Ich beantragte die Maßnahme und bekam unverzüglich eine Bestätigung. Es war mir wohl klar, dass die Gesundheit irgendwann unter meiner langjährigen Tätigkeit im Außendienst leiden würde. Doch wie immer hatte ich Vieles unterschätzt.

Als am 21. Juni 2009 die Bilder einer auf offener Straße verblutenden jungen Iranerin um die Welt gingen, starb das letzte Stück Hoffnung in mir. Sie wurde während einer Demonstration erschossen. Sie lag in einer großen Blutlache. Aus ihren Ohren, Augen und ihrer Nase lief Blut. Das Video, das am Abend des 20. Juni ins Netz hochgeladen worden war und sich wie ein Lauffeuer verbreitete, zeigte das Sterben einer jungen Iranerin in einer Form, die eine neue Dimension der Gewalt und Brutalität, erreicht hatte.

Grüne Revolution, so nannten sie die Aufstände im Juni des Jahres 2009, die so viele junge Leute das Leben kostete. Neda Soltani war eine von ihnen.

Die Bilder der sterbenden Studentin waren so herzzerreißend, dass sie zu einer Leitfigur der Unterdrückung und zu einem Symbol der Freiheit wurde.

Viele Menschen, überwiegend in Europa, gingen auf die Straßen und protestierten gegen das Regime im Iran. Doch am Ende nutzten alle Bemühungen nichts. Es gab nur noch mehr Tote, mehr Inhaftierte, junge Leute, die gefoltert wurden. Die Aufstände im Iran beschäftigten selbst die Politiker und hielten alle für Monate in Atem.

Während meiner Reha-Maßnahme verlor ich kein Wort über Neda und die neuen Ereignisse im Iran. Bis zu jenem Tag als ich bei meiner Schmerztherapeutin im Büro saß.

Wir sprachen über meine Schmerzen. Sie fragte mich immer wieder über mein Leben, über meinen Beruf aus. Ich sagte ihr, dass ich selbst für meinen kleinen Ein-Personen-Haushalt eine Putzfrau hatte. Irgendwann im Gespräch kam sie auf meine Herkunft zu sprechen und bohrte nach. Sie bohrte soweit, dass ich anfing zu weinen. In mir hatte sich viel aufgestaut. Die neuen Geschehnisse in Teheran hatten mit mir direkt nichts zu tun, aber ich litt unter Traumata. Ihre Diagnose war, dass ich unter einem „Posttraumatischen Syndrom" leiden würde.

Ich hatte nicht vergessen, ich hatte verdrängt. Ein Trauma, das tief in mir hauste, und meine Seele nie zur Ruhe kommen ließ.

FREIHEIT ERLANGT MAN ZUERST IM KOPF

Diese Phase meines Lebens nenne ich „meine persönliche Revolution". Als ich im Sommer 1993 meinen Schulabschluss mit dem Abitur machte, war ich unendlich froh, dass ich zumindest einen wichtigen Abschnitt meines Lebens hinter mich gebracht hatte. Auch die privaten Einschränkungen ließen langsam nach. Mamans Asyl wurde offiziell schon in der ersten Gerichtsinstanz anerkannt. Sie war unheimlich froh, dass sie schließlich etwas Neues anfangen konnte.

Letzten Endes zu arbeiten und ein halbwegs normales Leben zu führen, war Mamans erstes Ziel. Doch je mehr alles überstanden schien, umso heftiger und schneller kamen die neuen Sorgen. Jetzt mussten wir uns noch intensiver um Mamans Leben kümmern. Ich wünschte mir so sehr, mit ihr in eine größere Wohnung einziehen zu können. Aber ich wusste auch, dass Farhad maßlos enttäuscht wäre. Er wollte mich ungestört und alleine treffen, ein Umzug mit Maman hätte mich unsere Beziehung gekostet. Eine Beziehung, die unlängst schon keine mehr war.

Nach dem Abitur wurde ich selbständiger. Ich suchte danach meine eigenen Bedürfnisse zu befriedigen. Heiraten und Kinder kriegen war für mich keine Option. Ich sehnte mich nach einem Beruf, danach Geld zu verdienen und die Welt zu sehen. Um keinen Preis wollte ich die Iranerin bleiben, die mit zwanzig heiratet und Kinder kriegt. So wie Maman wollte ich nicht werden. Der Drang nach Eigenständigkeit und Unabhängigkeit wurde immer stärker.

Farhads Abhängigkeit und auf der anderen Seite seine autoritäre Art ließen mich von einer festeren Bindung mit ihm abschrecken. Er dachte seit langem über eine feste Bindung nach. Er fing langsam an, bei jedem Treffen über Hochzeit und Zusammenziehen zu reden. Für mich dagegen fing das ernste Leben erst an. Eine vernünftige Ausbildung, danach ein Studium und wer weiß, vielleicht die große Karriere. Ans Heiraten dachte ich selten. Aber Farhad wollte mehr, und das entwickelte sich zu einem Problem für mich.

So sehr ich mich nach einem Start ins Medizinstudium sehnte, so wenig hatte ich Lust, wieder lange Zeit an meinem Universitätsabschluss zu sitzen und Jahre lang weiter zu pauken. Hinzu kam die Wartezeit auf einen Studienplatz, denn mit meiner Durchschnittsnote von 2,6 war es unmöglich, direkt einen Studienplatz in Aachen zu bekommen. Ayse und ich wollten aber unbedingt Medizin studieren. Da wir sehr realistische Menschen waren, dachten wir, es wäre besser, mit einer Ausbildung anzufangen, um die Wartezeit für das Studium sinnvoll zu gestalten und einen Berufsabschluss in der Tasche zu haben. Wir waren mittlerweile unzertrennlich, und wollten auch gemeinsam eine medizinische Ausbildung machen.

Es war kurz vor den Abiturprüfungen als Ayse mit sämtlichen Unterlagen über eine Ausbildung zur Medizinisch-Technischen-Laborassistentin zu mir nach Hause kam. Sie schwärmte davon und steckte mich gleich mit ihrer Motivation an. Wir besprachen die Unterlagen und kurz darauf bewarben wir uns auf einen Platz bei der Uniklinik Aachen.

Es ging alles sehr schnell, denn kaum waren wir zu einer Schnupperrunde eingeladen, saßen wir im Vorstellungsgespräch. Es freute mich ungemein, als wir beide eine Zusage erhielten. Wir waren sehr glücklich und beschlossen, die Ausbildung im Oktober 1993 zu starten. Bis dahin war es noch eine Weile hin.

Es waren Semesterferien. Wie ein Kind freute ich mich über die gebuchte USA-Reise mit Farhad. Ich konnte es kaum abwarten nach New York zu fliegen und das Land der unbegrenzten Möglichkeiten kennenzulernen.

Nach dem Abitur jobbte ich noch bis in den September bei Frau Corsten, um die Reise finanzieren zu können. Die Trennung von Frau Corsten nach so vielen Jahren im Geschäft fiel mir sehr schwer. Aber ich wollte mich ganz der Ausbildung widmen. Ich versprach, den Kontakt zu halten und ab und an vorbei zu schauen.

Anfang September starteten Farhad und ich unserer Reise in die USA. Das erste Mal konnten wir entspannt und ohne Sorgen gemeinsam in den Urlaub reisen. Ich hatte einen Ausbildungsplatz und eine neue Wohnung direkt vor der Uniklinik. Maman hatte auch eine neue Wohnung gefunden.

Trotz vieler Diskrepanzen zwischen Farhad und mir ließ ich mir den Urlaub nicht verderben. Ich wollte sehen, wie Farhad sich in einem fernen Land verhält. Immerhin waren wir zwar ein Paar, aber zwei Wochen am Stück hatten wir noch nie unter einem Dach gelebt. Es war die beste Gelegenheit, ihn unter Alltagsbedingungen in entspannter Urlaubsstimmung zu erleben.

In New York angekommen, fuhren wir zu unserem Hotel, das wunderbar ausgestattet war. New York war herrlich. Und so voller Leben. Anders als Aachen oder sonst eine Stadt in Deutschland. Schon am Anfang unserer Reise machte sich bemerkbar, wie unterschiedlich Farhad und ich waren. Während er die Urlaubskasse, lieber ohne sie auszugeben nach Aachen zurück bringen wollte, sehnte ich mich danach, das Geld ausgeben und einmal in meinem Leben richtig Spaß zu haben.

Schon früh fingen unsere Diskussionen an. Egal, was ich machen oder besichtigen wollte, er hatte grundsächlich etwas dagegen einzuwenden. Schon früh merkte ich, dass er nicht an der Reise interessiert war. Er wollte zwei Wochen mit mir alleine sein. Alles schien für ihn zu teuer. Kaum in New York angekommen, dachte er schon an die Rückreise. Immer mehr glaubte ich daran, dass Farhad trotz der vielen Jahren Aufenthalts in Europa immer noch ein Iraner war. Er wollte eine Frau, die zwar berufstätig war, aber ihm das verdiente Geld mit beiden Händen zur Verfügung stellte, damit er es bunkern konnte. Er sehnte sich nach einer Frau, die zu ihm aufblickte und sich jeden Tag bei ihm bedankte, dass es ihn gab. Ihn abgöttisch liebte und stets bemüht war, ihm alles recht zu machen, ihre eigenen Interessen aufgab, um nur seinen Interessen zu folgen. Farhad suchte eine Frau, die Mann genug war, für sich zu sorgen, aber von ihm so abhängig war, dass sie ohne sein Einverständnis nicht wagte, etwas anderes zu sagen, oder gar zu tun als er wollte. Alles was er gut fand, war gut. Was die Anderen gut fanden, war schlecht.

Farhad konnte schlecht Spaß haben. Unterwegs in New York fragte ich mich ernsthaft, ob ich ihn wirklich heiraten wollte. Lustlos schlenderte er mit mir durch New York und bei jeder Bemerkung von mir, die vor Begeisterung und Freude über das Gesehene sprudelte, entgegnete er mit einem kalten, gelangweilten „Ach, ich kenne das schon alles", und „Als ich damals...".

Seine überheblich Art, alles zu wissen und alles getan zu haben mit seinen zarten sechsundzwanzig Jahren, nervte mich langsam. Am liebsten wollte ich ihn stehen lassen und selber weiterziehen. Schon kurz vor unserer Abreise von New York Richtung Orlando, hatten wir unseren ersten ernsthaften Streit. Es ging alles um unwichtige Dinge, aber er wollte die ganze Reise nach seinen eigenen Plänen durchführen. Ich begriff, dass ich ihn doch nicht so gut kannte, wie ich dachte.

Seine Kameradschaft hörte auf, wenn er seine eigenen Belange in Gefahr wähnte. Ein Einzelgänger auf eine spezielle Art. Ich bin mit dir zusammen, aber stehen tue ich eigentlich nur auf mich selbst. Und so fing ich in den fernen USA an, mich von ihm mental zu distanzieren. Ich merkte, dass das Leben mit ihm nur einseitige Hin- und Aufgabe bedeutete. Er brauchte seinen ganz persönlichen Bewunderer. Mit ihm zu leben, war für ihn eine Lebensaufgabe, eine Aufgabe, die ich nicht erfüllen wollte.

Angekommen in Orlando mieteten wir uns ein Chevrolet und fingen an, richtig Urlaub zu machen. Tags über hingen wir am Pool und ab nachmittags bis spät abends erkundeten wir die Stadt. Ich diskutierte mit ihm nicht mehr und nahm alles hin, wie es kam, zumindest für die kurze Zeit, die wir noch an der Ostküste verbrachten. Die letzten paar Tage fuhren wir los Richtung Miami mit Aufenthalt in Daytona, der der beste Teil unserer Reise war.

Ich weiß noch, am letzten Tag unserer Reise waren Farhad und ich so zerstritten, dass wir im Flugzeug

Richtung Frankfurt kaum ein Wort miteinander getauscht haben. Farhad gewährte mir keine Rechte mehr. Ich sollte am liebsten nichts mehr kaufen, den Freunden und der Familie nichts mitbringen, selbst ein kleiner Kaffee war zu teuer. Enttäuscht darüber, wie weit voneinander entfernt unsere Wertvorstellungen lagen, und insbesondere die Vorstellungen von einer gleichberechtigten Partnerschaft, fasste ich einen Entschluss. Eine Heirat kam für mich vorerst nicht in Frage. Unser kurzer Urlaub zeigte mir, dass nicht der Ort, wo man lebt oder der Lebensstil, den man führt, entscheidet, sondern die Einstellung und die Menschen, mit denen man jeden Tag zu tun hat. Die Warnungen meiner Mutter schienen sich im Nachhinein als richtig zu erweisen. Der Eindruck beschlich mich, dass Farhad nicht der Partner meines Lebens war.

Zu Hause angekommen nahm mich der Alltag direkt wieder in Beschlag. Ich musste mich auf den Antritt der Ausbildungsstelle vorbereiten und den Umzug in die neue Wohnung organisieren. Trotzdem merkte Maman, dass da etwas nicht stimmte, aber fragen tat sie auch nicht. Sie wusste schon längst, dass es im Urlaub wieder Unstimmigkeiten gegeben hatte. Ich hingegen wusste, dass wir für eine lange Zeit nicht mehr Richtig die Muße und Gelegenheit für ein längeres Gespräch finden würden.

Denn Maman und ich bewegten uns nun in unterschiedliche Richtungen. Ich zog in ein kleines Zimmer nahe der Universität, meine Mutter in eine kleine Wohnung, die wir uns so gerade für sie leisten konnten. Mein kleiner Umzug bestand daher aus ein paar Büchern und Anziehsachen, Der Rest diente als Erstausstattung für Maman.

Mit dem Beginn der Ausbildung, die mehr als anspruchsvoll war, kam ich nicht nur unter Druck, sondern ich war Farhad viel näher gekommen. Wir aßen jeden Tag in der Kantine der Uniklinik sogar in der Gesellschaft von Farhads Freunden zusammen. Farhad hatte das Glück immer von lieben Menschen umgeben zu sein. Auffällig war, dass alle seine Freunde Iraner waren und Medizin studierten. Das Lieblingsfach aller Iraner, wenn sie alle studieren könnten. Addierte man mich und Ayse zu der großen Mittagsrunde, bildeten wir eine kleine Gemeinde, die nur aus Studenten mit Migrationshintergrund bestand.

Migrationshintergrund. Was für ein Wort. Wenn ich daran denke, wie weit sich die deutsche Sprache seit den frühen Neunzigern entwickelt hat, hätte man damals mit den Augen rollen müssen, wenn jemand Begriffe wie „Ausländer" oder „ausländische Studenten" in den Mund nahm. Wörter wie „Parallelgesellschaft", „Deutsche mit Migrationshintergrund" gab es nicht. Es waren die Zeiten, in denen die türkisch- stämmigen Deutschen noch um ihre Anerkennung in der zweiten Generation kämpften. Junge hübsche Frauen, die sich ohne Kopftuch auf den Straßen zeigten, die anstatt, wie ihre Vorfahren mit achtzehn verheiratet zu werden, studierten. Ich kannte Ayse und ihre durchaus liberalen Eltern, die ihre Kinder liebevoll und mit westlichen Werten groß gezogen hatten und konnte mir nicht vorstellen, dass sie in Deutschland nicht willkommen waren.

Sie gehörten nach den Italienern zu der zweiten Generation von Ausländern, die als Gastarbeiter nach Deutschland gekommen waren, um zu arbeiten. Heute laufen die meisten rot im Gesicht an, wenn man das

Wort „Gastarbeiter" in den Mund nimmt. Damals war es noch Gang und Gebe, diese Bezeichnung zu benutzen. Auch mir kamen die Begriffe ziemlich feindlich und unpassend vor. Wenn Ayse und ich uns über die Rassenunterschiede in Deutschland unterhielten, merkte ich, wie sehr das Ganze sie belastete. Für mich persönlich gab es keinen Unterschied zwischen Ayse und anderen Mädchen, die ich aus der Uni, der Schule oder der Ausbildung kannte. Im Gegenteil, sie war integrierter als viele anderen. Überall beliebt und präsent mit einer unglaublichen Ausstrahlung und sozialen Kompetenz.

Doch langsam und insbesondere durch die Uni wurde mir bewusst, dass unsere sogenannte bunte Gesellschaft auf mehreren Ebenen verlief. Die armen Türken, die bis dato als die schlecht integrierten Migranten herhalten mussten, gerieten immer wieder in einen soziologischen Konflikt. Einerseits mussten sie sich behaupten, anderseits rangen sie um die langersehnte Anerkennung. Das Wort „Integrieren" war unlängst besonders für diese Volksgruppe besetzt worden und schien mir mehr lächerlich als eine Floskel daher zu kommen, die man einfach dahin warf, sobald man einen dunkelhaarigen südländischen Typen sah.

Auch Ayse beschäftigte dieses Thema. Seit dem Sommer war sie in einen gut aussehenden jungen Mann aus der Türkei, der in Köln ein Juweliergeschäft betrieb, verliebt. Trotz feiner Glaubensunterschiede lebten Ayse und Erkan in einer freien Beziehung, die von Ayses liberaler Familie toleriert wurde. Doch so, wie in vielen Lebenslagen, übersieht man die eher westlich orientierten Türken, um auf die sehr Religiösen zu zeigen, und die Frage der „nicht gelungenen Integration" in die Runde zu werfen.

Es waren die Zeiten, in denen Deutschland sich gerne hinter den türkischen Mitbürgern versteckte, und sie als Sündenbock darstellte. Sie können meistens kein Deutsch, im Bereich Bildung seien sie sehr schwach, alle Fließbandarbeiter, und so weiter. Mich schockierte, dass die Deutschen selbst die Migranten klassifizierten, indem sie sie in bestimmte Schubladen steckten. Die gebildeten Iraner, die temperamentvollen Eisdielen-Besitzer aus Italien, die religiösen Türken, die am besten leckeres Gyros machen konnten. Aber ich kannte nicht nur intelligente Iraner, es gaben durchaus Iraner, die nicht klug waren, oder eben Nichtstudierte, die um ihren Unterhalt zu bestreiten als Taxi-Fahrer arbeiteten. Italiener, die doch studierten und ihrem Ruf leckeres Eis machen zu können, nicht gerecht wurden, und Türken, die viel liberaler waren als manche Deutsche, und nicht nur leckeres Gyros machen konnten, sondern auch studierten.

Doch als mit dem Fall der Berliner Mauer, Deutschland seine Pforten für die Osteuropäer öffnete, wurde das Migrationsspektrum so vielfältig bedient, dass für die Messung der Beliebtheit der Migranten nach Herkunftsländern zahlreiche Vergleichsstudien erstellt wurden. Nicht nur der Wettbewerb unter den Deutschen selbst, sondern auch unter den ausländischen Mitbürgern wurde eröffnet. Fortan konkurrierten die unterschiedlichen Migrationsgruppen gegeneinander. Von Esskultur, über Wissenschaft, den Spezialitäten bis hin zum Verständnis für Witze - es gab nichts, woran die Migranten nicht gemessen wurden. Der intelligente Deutsche war derjenige der die Spezialitätenlandschaft im Griff hatte und mit Humor behandeln konnte. Es ging nicht mehr um Miteinander, sondern darum, wie geschickt voneinander profitiert wurde.

Doch das wertvollste Gut, die Leistungsfähigkeit, woran alle Mitbürger jeglicher Herkunft gemessen wurden, sollte nicht nur zeitlos als Parameter der Integration dienlich sein, sondern nachhaltig mehr an Bedeutung gewinnen. Es waren nicht die Religion, die Ansichten, die Gewohnheiten, die Tradition, Kultur, die Nationalität, es ging darum, dass der Migrant einen Nutzen für die Gesellschaft darstellen sollte.

Wenn die Deutschen ihren „Gastarbeitern", wie sie sie bis in die späten achtziger Jahre nannten, Moscheen bauten, was sicherlich nicht die Integration in eine christlich geprägte Gesellschaft förderte, diente dies dem Zweck „Respekt vor der Leistung" zu erzeugen. In der Zeit, in der die Migranten ihre eigene Gesellschaft in der Gesellschaft, heute Parallelgesellschaft genannt, entwickelten, machten die Deutschen selbst ihre eigene Entwicklung durch, indem die Emanzipation und die Gleichberechtigung der Geschlechter nicht nur ein bloßes Gedankengut war, sondern ein wichtiger Aspekt, um das selbst in Europa lange Zeit benachteiligte Geschlecht zu größerer Leistung anzuregen.

Der moderne Migrant war der Mann, der seiner Frau jegliche Freiheit einräumte, um halbwegs mit den Anforderungen des neuen Westens mithalten zu können. Doch wie passt es zusammen, dass einerseits die Politik alles tut, um es den Gästen so heimisch wie möglich zu machen und gleichzeitig das Einleben und Integrieren in eine Gemeinschaft zu fordern, die sich immer mehr emanzipiert und den konservativen Lebensstil und das Rollenbild, das die Migranten gewöhnt sind, abschafft.

Meine reflektierende Art, alles auf meine Person und meine Beziehung zu Farhad zu projizieren, hatte Konsequenzen. Abgesehen davon, dass Farhad und ich von Grund auf sehr unterschiedlich waren, wollte ich meine Unabhängigkeit als eine dieser neuen Emanzen behalten. Doch Farhad signalisierte, dass er mehr Einfluss und Nähe zu mir brauchte. Er gehörte genau zu der Spezies Männer, die dachten, dass der Mann das überlegene Geschlecht ist. Noch nie waren wir uns räumlich so nah, aber genau das schreckte mich ab. Mein ganzer Tagesplan lief nach seiner zeitlichen Verfügbarkeit.

Die Zeit während unseres Urlaubes in den USA, sein persönlicher Zukunftsplan, zu heiraten und selber als erfolgreicher Arzt zu praktizieren, und mich direkt nach der Ausbildung arbeiten zu schicken, schreckte mich von ihm ab. Ich war noch nicht bereit, den Bund der Ehe einzugehen. In meinem Innern war ich noch auf meiner Selbsterforschungsreise und auf der Suche nach meinem heimeligen Zuhause. Doch eingeschränkt von meiner noch sehr iranischen Umgebung, fehlte mir jede Gelassenheit und Ruhe, um zu mir zu finden. Was wollte ich wirklich von meinem Leben? Heiraten und Kinder kriegen? Auf eine bessere Zukunft hoffen, indem ich mich auf andere verlasse? Meine Probleme würden damit auch nicht gelöst.

Gleich in der Anfangsphase meiner Ausbildung lud ein guter Bekannter Darja über seine Firma nach Aachen ein, um uns eine Freude zu machen. Maman war nicht sehr zuversichtlich, dass Darja ein Einreisevisum für Deutschland erhalten würde. Sie war sehr aufgeregt und angespannt. Immerhin waren es jetzt über drei Jahre, dass sie ihre Tochter und ihren Mann nicht mehr gesehen hatte. Auch ich freute mich, meine Schwester endlich in Deutschland zu sehen. Selbst bis zur letzten Minute, als sie uns anrief, um die erfreuliche Nachricht zu überbringen, gingen wir von einem negativen Resultat aus. Sie war selbst erstaunt, dass es mit der ersten Einladung geklappt hatte.

Maman war vor lauter Freude außer sich. „Endlich werden wir eine schöne Weihnachtszeit erleben und fast die ganze Familie beisammen haben" sagte sie. „Langsam" fügte sie hinzu „kommen wir zur Ruhe". Der Krieg hatte uns insgesamt acht Jahre Trennung und Trauer gebracht. Wie lange waren wir nicht alle ausgelassen und unbesorgt zusammen gewesen? Darjas Besuch hießen wir alle willkommen und betrachteten es als ein gutes Omen und das Ende unserer familiären Scheidelinie.

An dem Tag ihrer Ankunft war Maman völlig außer Kontrolle. Nicht im Traum, sagte sie, hätte sie es gewagt zu denken, dass alle ihre Kinder den Weg zur Freiheit und einem Leben in einem zivilisierten Land finden würden.

Doch außerhalb ihrer Träume und Wünsche existierte eine andere Wahrheit, nämlich, dass der Neuanfang nicht jedem leicht fiel und das Leben in Europa keine Exklusivität darstellte. So sehr Darja sich auf Deutschland und das Wiedersehen mit uns freute, so schockiert war sie, als sie sah, wie schwer wir es alle im Leben hatten.

Der Versuch, ihren Aufenthalt so angenehm wie möglich zu gestalten gelang uns, jedoch stellten unsere Lebensumstände für sie keine Motivation dar, um einen dauerhaften Aufenthalt in Deutschland anzustreben. In ihren Augen hatten wir uns alle nicht zu unserem Besten entwickelt. Ein fortschrittliches Leben sähe in ihren Augen komplett anderes aus, erwiderte sie ständig. Sie kannte Europa und Amerika, die bevorzugten Exilorte der Iraner nur aus Erzählungen. Verglichen mit den Iranern in Schweden, Amerika und Kanada könnte man unser Leben als fatal und nicht wirklich als gelungen bezeichnen, meinte sie. Die Tatsache, dass wir erst am Anfang unseres neuen Lebens standen, und uns nach Jahren noch alle in der Ausbildungs- und Orientierungsphase befanden, war anscheinend nicht wichtig. Für Darja war immer das, was sie gerade sah von Bedeutung.

Direkt nach ihrer Ankunft berichtete Darja uns, dass sie frisch verliebt war. Ein netter Mann aus der Klinik. Es war von Hochzeit die Rede. Er wäre ein gut situierter Mann, der aus einem wohlhabenden Hause stammte und eine gute Ausbildung hätte. Sie hatten geschäftlich Großes vor. Es waren überraschende Nachrichten, die uns erreichten. Der junge Mann rief jeden Tag an und telefonierte mit Darja fast eine Stunde lang. Ich fragte mich, ob Farhad auch in meiner Abwesenheit mit mir eine Stunde telefonieren würde!

Meine Mutter beschäftigte eher die Frage, warum Darja damit so spät herauskam, wo wir alle davon ausgingen sie in Deutschland zu behalten. Und wozu waren die täglichen Trost-Telefonate gut gewesen, in denen sie manchmal fast eine Stunde am Telefon geweint, und die Lage in Teheran als so unerträglich beschrieben hatte?

Auch von den angeblich so strengen Sittenwächtern wusste Darja plötzlich anderes zu berichten. Man könne sich schminken und den Hijab tragen, wie man wolle. Die Aussagen von Darja über die Lockerheit der Regeln in der Öffentlichkeit insbesondere gegenüber Frauen, verblüfften uns. Doch sie deckten sich mit den Aussagen von Mina und anderen Bekannten, die Jährlich in den Iran reisten.

Zu diesem Zeitpunkt schienen die Exil-Iraner ganz große Verlierer zu sein. Seit dem Ende des Krieges hatte sich der Iran in jeder Hinsicht erholt. Frauen hatten einen lockeren Hijab und die Männer kümmerten sich tagsüber um die lukrativen Geschäfte. Noch bis zur letzten Minute von Darjas Besuch versuchte ich, sie vor dem Fehler ihres Lebens zu bewahren, denn irgendwie in meinem Innern wusste ich, dass die ganze Mühe in Deutschland sich lohnen würde. Das es nicht einfach sei, war uns klar, aber die herrschende Situation im Iran würde sich ändern, beteuerte ich.

- „Lass es dir gesagt sein. Ich habe es einmal erlebt, und du wirst es auch, wenn du Morgen den Düsseldorfer Flughafen Richtung Teheran verlässt, wird der Film von Bunt in Schwarz-Weiß übergehen und du wirst es bereuen, nicht hier geblieben und gekämpft zu haben".

Darja argumentierte, dass sie für einen Neuanfang viel zu alt sei. Ich konnte es nicht fassen, mit 26 Jahren fehlte ihr der Wille, etwas Neues anzufangen, die schwierige Sprache und einen neuen Beruf zu erlernen. Mit Verständnis und Respekt akzeptierten wir Darjas Entschluss. Besonders Maman holte sich telefonisch, obwohl sie noch nicht ihren zukünftigen Schwiegersohn zu Gesicht bekommen hatte, das Versprechen von ihm ein, dass Darja ein schönes Leben in Teheran führen würde, denn sie hatte für ihre Liebe viel aufgegeben.

Darja flog zurück und heiratete in einem kleinen Kreis, einfach und in familiärer Atmosphäre, ihren Verlobten. Maman hatte mit dem Schritt, Darja gehen zu lassen, den größten Ärger mit meinem Vater auf sich genommen, denn er wollte nicht, dass sie in den Iran zurück ging. „Sie wird es eines Tages bereuen" sagte er immer wieder. Seine Sorgen und Hartnäckigkeit kamen nicht von ungefähr, denn das, was er uns am Telefon in sehr erregtem Zustand in der Folge mitteilte, war genau das, wovor wir immer eine panische Angst gehabt hatten.

Baba war stets besorgt, dass Darja mit ihrer trotzigen Auflehnung gegen die islamischen Vorschriften eines Tages ihr Leben riskieren würde. Dann war es schließlich soweit. Jemand musste die ganze Belegschaft an ihrem Arbeitsplatz im Krankenhaus, der überwiegend aus jungen Frauen bestand, denunziert haben. Am Nachmittag stürmten ein paar Polizisten die Klinik und nahmen alle Frauen mit „schlechtem" Hijab mit. Darja war auch darunter.

Der Chef der Klinik, dessen Sekretärin Darja war, versuchte meinen Vater telefonisch zu erreichen, um ihn zu informieren. Doch er kam nicht durch. Erst als Baba, wie jeden Tag, Darja nach Dienstschluss von ihrer Arbeitsstelle abholen wollte, erfuhr er von dem Klinikleiter, dass man seine Tochter in die nahe gelegene Polizeiwache gebracht hätte.

Umgehend machte sich Baba auf, um nach seiner Tochter zu suchen. Auf der Polizeiwache angekommen, konnte er sie schließlich ausfindig machen. Allerdings weigerten sich die Polizisten standhaft, Darja herauszugeben. Man teilte ihm mit, dass die jungen Frauen auf grund ihrer ernsthaften Vergehen noch in der Nacht ins Evin-Gefängnis überführt werden sollten. Dies wollte

Baba nicht hinnehmen. Als es so weit war, und die Frauen in einen Wagen verladen wurden, stellte er sich vor das Polizeifahrzeug und blockierte die Weiterfahrt.

Nun war Improvisation gefragt. Er bluffte mit seinen einflussreichen ehemaligen Kollegen im Militär und drohte, sollten die Mädchen im Evin-Gefängnis landen und misshandelt werden, er dafür sorgen würde, dass die Polizisten ernsthafte Probleme bekämen. „Nur über meine Leiche" rief er und insistierte auf die Herausgabe der Frauen.

Schließlich gab der diensthabende Polizeioffizier nach, verlangte aber von Baba die Bürgschaft, dass die Frauen sich zukünftig an die Scharia-Vorschriften halten müssten. Er solle persönlich dafür haften, wenn es zu erneutem Fehlverhalten käme. Daraufhin konnte Baba, Darja und die anderen Frauen mitnehmen.

Bei dieser Geschichte stockte mir der Atem. Mir wurde klar, warum Baba so darauf gedrängt hatte, dass auch Darja das Land verlässt. Er hatte Angst um Darja, die in ihrer uneinsichtigen Art nicht nur sich selbst, sondern auch andere und nicht zuletzt auch ihn selbst gefährden würde.

Nach ihrer Hochzeit gab sie ihren Job in der Privatklinik auf und wurde Hausfrau. Während ihr Mann jetzt als Stewart seine Fluggäste um den Globus begleitete, saß sie alleine zu Hause. Das klassische Bild einer Iranerin, die mit sechsundzwanzig Jahren unter die Haube kam, im Gegensatz zu den Europäerinnen, die mit sechsundzwanzig meistens berufstätig sind. Die Rolle der Frauen im Iran schien allen Bemühungen um Fortschritt zum Trotz, in alter Tradition zu verhaften. Zu Hause auf den Mann zu warten, und Kinder groß zu ziehen. Es schien aber nicht so, dass die vielen jungen Menschen das gestört hätte.

Von Darjas Enttäuschung über Deutschland leitete ich ab, dass die Uhren im Iran völlig anders tickten, als in Europa. Die größte Anerkennung für eine Frau in Europa war die Anerkennung durch ihre Emanzipation und ihre Unabhängigkeit, die Gleichberechtigung, ihre Freiheit. Im Iran war dagegen das Beste, was einer Frau passieren konnte, einen Mann zu finden und zu heiraten, der ihr den nötigen Schutz gesellschaftlich, wie finanziell anbot. Frauen waren ohne Männer nichts wert. Sie genossen keine Anerkennung.

Obwohl ich Darja überzeugen wollte zu bleiben, konnte ich ihr nicht zutrauen, ihr Leben in Deutschland meistern zu können. Das Leben im Iran mochte für manche Frauen unerträglich sein, aber es ist in Deutschland genauso hart und mühsam etwas zu erreichen, wie im Iran als Frau zu existieren.

Die nächsten Ereignisse in meinem Leben, haben mir genügend Anlass geliefert, um darüber nachzudenken, was ich eigentlich von meiner eigenen Zukunft erwartete.

Während ich noch grübelte, was meine Schwester dazu veranlasst hatte, den größten Teil ihrer Familie für den Iran zu verlassen, informierte mich Ayse, dass sie die MTLA-Schule hinwerfen werde. In der kurzen Zeit unserer gemeinsamen Ausbildung sprach sie oft davon, wie trocken und schwierig der Stoff war. Mir kam es vor, als hätte sie wirklich keinen Spaß an der Sache, und sie tat sich schwer mit dem Labor. Es lag nun mal nicht in ihrem Interessenbereich. Sie würde sich jetzt mehr für Rechtswissenschaften interessieren. Jura wäre so ein

Fach, wo sie sich ihre berufliche Heimat vorstellen könnte.

Diese Nachricht haute mich um. Ayse und ich waren unzertrennlich. Die Schule war eher ihre Idee gewesen. Unsere Gespräche, die Pausen. Alles, was wir machten, machten wir zusammen. Was sollte ich nun ohne sie machen, dachte ich mir. Es wurde langsam wieder ruhig um mich herum. Ayse nicht jeden Tag zu sehen, schien mir ein großer Verlust zu sein. Doch ich musste ihre Entscheidung akzeptieren. Wir waren keine Teenager mehr. Es freute mich sogar, dass sie ihrem Wunsch nachgehen wollte, und zu allem, besonders zu sich selbst, so ehrlich war, dass sie mittendrin ihre Richtung ändern konnte.

Als sie mich und Farhad im Sommer 1994, ein paar Monate nach ihrer Entscheidung, völlig unerwartet zu ihrer Hochzeit einlud, konnte ich die rasante Entwicklung von Ayse kaum noch glauben. Die starke, intelligente Frau, die ich kannte, wollte zuerst einen Beruf erlernen, anfangen zu arbeiten, und sich dann um das Private kümmern. Sie wollte nie das übliche Bild einer altmodischen Türkin abgeben. Doch genau das, was ich niemals von Ayse zu erwarten wagte, trat ein. Mit nur einundzwanzig Jahren heiratete sie. Ungezwungen, frei und eigenständig. Ihren Schritt fand ich nicht nur mutig, sondern sehr bewundernswert. Denn verglichen mit mir, musste sie mit vielen Dingen in ihrem Leben abgeschlossen haben und mit sich wirklich ins Reine gekommen und glücklich sein. Aus Liebe zu Erkan war sie bereit, selbst gegen ihre eigenen Vorsätze zu heiraten.

Ich liebte Ayse und freute mich sehr für sie, aber ich fühlte auch, dass wir für lange Zeit vollkommen verschiedene Wege einschlagen würden, und das konnte uns eine lange Trennung bringen. Die Vorstellung machte mich sehr traurig.

Wie erwartet sah Ayse an ihrer Hochzeit, die im Kölner Maritim Hotel in prachtvoller Weise stattgefunden hat, wunderschön, aber auch ziemlich schwanger aus. Selbst bei einer geschickten Tarnung durch viel Stoff konnte man mühelos erkennen, dass sie in anderen Umständen war. Dass es aber die fast dreihundert Gäste nicht wirklich störte, konnte man auch mühelos erkennen. Bald kam ich aus dem Erstaunen nicht mehr heraus, nicht nur weil Ayse so eine rasante Veränderung gemacht hatte, sondern eher, weil sie so losgelöst und locker eine teure Hochzeit veranstaltet hatte und bei ihrer Entscheidung auch noch so selbstbewusst und sicher aussah.

Ayse verlieh dem Spruch „die Leichtigkeit des Seins" eine neue Bedeutung. Alles was sie machte, machte sie nicht nur mit Leidenschaft, sondern auch mit einer eisernen Überzeugung, die die anderen einfach mitzog. Alles sah bei ihr so leicht aus. Ebenso leicht sah es aus, als sie es in einer Rekordzeit schaffte, zu heiraten und ein Kind auf die Welt zu bringen und so eine Familie zu gründen.

Aber genau so wie ich von der Hochzeit überwältigt war, war ich erschrocken von Ayses Mut. Denn ich war der Meinung, dass es nicht gut gehen konnte. Ayse war keine Frau, die man an den Herd stellte. Sie war eine geborene Kämpferin. Ihr Metier war draußen in der Gesellschaft und nicht zu Hause in der Küche. Selbst ihr frühreifes alles-und-jeden-Bemuttern, verlieh ihr nicht einmal einen kleinen Hauch des Images einer Mutter, die bereit war, neben dem Studium die Windeln ihres Kindes zu wechseln.

Mein Misstrauen gegenüber Ayses neuem Leben wuchs von Tag zu Tag, als sie mir nach der Geburt ihres Sohnes mitteilte, dass sie im Studium nicht besonders voran kam. Ich fühlte mich nicht nur bestätigt, sondern machte der armen Ayse Vorwürfe mit ihrer Zukunft gespielt zu haben.

Die junge Familie wohnte in einem schicken Appartement am Kölner Rhein. An den Finanzen lag es nicht, aber wohl an den persönlichen Prioritäten und daran, dass Ayse die Erreichung vieler Ziele, die sie sich gesetzt hatte, in weite Ferne rücken sah. Den kleinen Sohn jeden Tag an die Tagesmutter abzugeben, um zur Uni zu gehen, brach ihr das Herz. Für mich war ihre Leistung, genauso wie ihr Wille, außergewöhnlich.

Ohne Ayse schlich sich die Einsamkeit klammheimlich in mein Leben ein. Selbst die täglichen Telefonate konnten die Einsamkeit nicht weg scheuchen. Farhad bereitete sich inzwischen auf den Abschluss seines Studiums vor. Wir sahen uns ab und an in der Uniklinik. Doch das Verhältnis war nicht ungetrübt. Jeder war mit seinen eigenen Dingen beschäftigt.

Eines Tages teilte mir Farhad mit, dass die Ausländerbehörde ihn angeschrieben hatte. Er war aufgefordert worden, Deutschland unmittelbar nach dem Studium zu verlassen. Die studentische Aufenthaltsgenehmigung berechtigte ihn nicht auf Dauer in Deutschland zu bleiben. Es gab für ihn in dieser Situation nur einen einzigen Weg eine dauerhafte Aufenthaltsgenehmigung zu bekommen.

Da es für ihn jetzt viel zu spät war, Asyl zu beantragen, was auch nach dem langem Studieren völlig Paradox gewesen wäre, teilte er mir seinen beabsichtigten Ausweg aus der Misere mit: Zu heiraten. Diese Regelung war mir bekannt. Er war nicht der erste, der das Problem hatte. Es kam nicht selten vor, dass Studenten, die zu Ende studiert hatten, plötzlich mit einer Deutschen verheiratet waren. Oder eben mit jemanden, der eine dauerhafte Aufenthaltsgenehmigung hatte.

Er drängte nun auf eine Heirat. Ein Schritt, für den ich mich immer noch nicht reif genug fühlte. Ich fragte mich, warum er solange damit abgewartet hatte, mich zu fragen? Als ich noch frisch in ihn verliebt gewesen war oder als ich Volljährig wurde, hätte ich ihn vom Fleck weg geheiratet, aber damals war es für ihn nicht das Thema gewesen. Erst Jahre später, Jetzt, wo es langsam für ihn eng wurde, kam er damit, völlig unromantisch, jeden Tag aufs Neue.

Die Vorstellung, mich mein ganzes Leben lang fragen zu müssen, ob mein Mann mich wirklich liebte, oder ob er mich wegen seines Aufenthaltes geheiratet hatte, war nicht besonders verlockend. Meine innere Stimme riet mir davon ab, zu heiraten. Unsere Beziehung, die Jahre lang einer sehr großen Belastung ausgesetzt war, hatte ihren anfänglichen Glanz längst verloren.

Das Auf und Ab in unserer Beziehung machte uns beide sehr unglücklich. In meinem Innern löste ich mich langsam von meiner iranischen Kultur und der altmodischen Erwartungshaltung, in jungen Jahren eine verheiratete Frau zu werden. Mein Leben glich schon längst nicht mehr einer persischen Frau, die mit zwanzig schon Ehefrau war. Maman war früh verheiratet worden. Sie musste auf so manch wertvolle Dinge verzichten. Hätte sie noch einmal die Wahl, würde sie heute erst einmal studieren und arbeiten, um ihre Unabhängigkeit zu erlangen.

Ich mochte Farhad, aber das reichte nicht aus, um ihn zu heiraten. Ich war mir mehr wert als eine Aufenthaltserlaubnis.

Das was danach passierte, bestätigte mir, dass selbst in dem Land, in dem man Ehrlichkeit, Echtheit und Originalität suggeriert, auch vieles relativ ist. Wie die Liebe.

So sehr Farhad versuchte, meine Meinung zu ändern, so fleißig suchte er anscheinend im privaten Kreise nach einer geeigneten Partnerin. Von vielen gemeinsamen Freunden wurde er in Begleitung verschiedener Frauen, darunter auch Frauen, die ich aus der Uni kannte, gesichtet.

Eines Abends, zum Abschluss meiner Prüfung als beschloss ich mit ein paar Freunden die bestandene Ausbildung zu feiern. Nach einem Kinobesuch und zum Feiern des Abends hatte Parivash vorgeschlagen bei dem Griechen, in dem Farhad und ich fast jedes Wochenende zu Gast waren, vorbei zu schauen. Gut gelaunt spazierten wir in das Restaurant hinein. Kaum schauten wir in die Runde, um einen geeigneten Tisch zu bekommen, sahen wir Farhad mit einer blonden Frau an einem Tisch sitzen. Ich traute meinen Augen nicht, Farhad mit einer fremden Frau an unserem Lieblingstisch. Sie aßen gemeinsam. Meine Freunde erkannten Farhad sofort. Wir waren alle sprachlos. Ist das der Farhad, der jeden Tag bei mir anrief und bettelte? Unfassbar sah ich mit an, wie er seine Begleiterin charmant anlächelte und weiter aß. Obwohl er uns schon längst bemerkt hatte. Obwohl es unmöglich war, vier Iraner im Eingang des kleinen Restaurants nicht zu bemerken, würdigte er uns keines Blickes.

„Oh Gott, Leute lass uns das Lokal wechseln" sagte Parivash, die Älteste in der Runde, spontan. „Dana, glaube mir, ich wusste es nicht, es muss sehr schwer für dich sein." Ergänzte sie noch ihre Mitleidsbekundung. Ich war verletzt. Aber diesmal war ich nicht gekränkt, weil ich ihn noch liebte, sondern weil sie an unserem Lieblingstisch saßen.

„Nein alles ist gut, ich möchte heute Abend hier essen" antwortete ich Parivash. Stolz suchte ich uns einen Tisch. Aus ihren Blicken konnte ich ablesen, wie verwundert sie alle waren. Niemand sollte jetzt darüber munkeln, ob ich noch mit Farhad zusammen war. Alle Spekulationen und Vermutungen wurden von mir beseitigt und ich stellte klar, wir sind kein Paar mehr. Und es war gut so. Irgendwie war ich erleichtert, dass ich nicht in seine Falle getappt war. Die Blondine tat mir aber ziemlich leid.

Zwei Tage später, es war an meinem Geburtstag, meldete sich Farhad und lud mich zum Essen ein. Liberal, so wie ich erzogen war, nahm ich seine Einladung an. Nicht um mich mit ihm zu versöhnen, sondern um ihm zu sagen, was er für ein hinterbriebener Kerl war. So saßen wir wieder bei dem Griechen. Diesmal allerdings nicht an unserem Stammtisch. Direkt am Fenster hatten wir einen Tisch für zwei gefunden.

- „Dana, es tut mir leid wegen dem Abend neulich." Er schaute mit gesenktem Kopf auf die Tischdecke, und ich wusste, dass er mich wie immer anlog.
- „Nun meine Situation ist momentan sehr kritisch, und ich muss heiraten. Das weißt du ja. Also, ich möchte dir mitteilen, dass ich sie nicht liebe. Ich liebe noch immer dich. Wenn du noch eine kleine Chance siehst,

dass wir wieder zueinander finden könnten, bitte ich dich, deine Entscheidung zu überdenken."

Seine Worte widerten mich an. Vor ein paar Tagen noch hatte er mich achtlos, mit einer anderen Frau im Schlepptau, links liegen lassen. Heute saß er vor mir und gaukelte mir etwas vor von Liebe und Zusammengehörigkeit. Bis zum heutigen Tag bereue ich es, dass ich ihn, anstatt ihn schon viel früher zum Teufel zu jagen, solange ertragen habe.

Als Farhad sie ein paar Monate später heiratete, war mir klar, dass der Mythos „Betty Mahmoody" noch lebte. Eine Lehrerin heiratet einen Arzt, den sie kaum kannte. Ein Iraner heiratet eine Deutsche, um weiter zu kommen. Ohne Liebe und Gefühle. Einfach so.

Und ferner wurde mir langsam klar, wie naiv ich doch noch war.

ARBEIT UND UNABHÄNGIGKEIT

Nachdem ich Farhad an meinem Geburtstag klar gemacht hatte, dass ich keine Beziehung, erst recht keine Heirat, mit ihm mehr wollte, bot ich ihm meine Freundschaft an. Aber er wollte sie nicht. Er sagte, das sei für ihn sehr schwer. Ganz oder gar nicht. Im Grunde war er nicht anders als die vielen anderen antifeministischen Männer, für die Frauen nur dann etwas wert waren, solange sie ihnen nutzten. Nach meinem Geburtstag habe ich Farhad nie wieder gesehen.

Endlich war ich frei. Mein neues partnerloses Leben bezeichnete ich als Luxus. Endlich nur Zeit für mich zu haben. Schon kurz vor den Examen war ich fleißig und bewarb mich als MTA, wo ich nur konnte. Anspruch zeigte ich nicht. Ein geregeltes, ruhiges, bürgerliches Leben wollte ich nun leben. Eine emanzipierte junge Frau, die ihr eigenes großes Geld verdient und für sich sorgen kann.

Selbstbewusst suchte ich die verschiedenen Labore der Uniklinik Aachen auf und fragte nach, ob sie eine freie Stelle hätten. Eine komplette Bewerbungsmappe trug ich immer bei mir und ließ sie zur Einsicht dort, wenn jemand meinte, es könnte Aussicht auf eine Anstellung geben. Damals schrieb man noch Dokumente mit der Schreibmaschine. Ich hatte mir eine durchschnittliche Maschine extra zu diesem Zwecke angeschafft.

Obwohl die Computer gerade rasanten Einzug in die deutschen Privathaushalte und die Büros hielten, konnte ich mir unmöglich einen Rechner und einen Drucker leisten. Abgesehen davon musste man Kurse belegt haben, um sich den Umgang mit dieser modernen Technik anzueignen. Jede Bewerbung mit so einer einfachen Schreibmaschine kostete mich viel Zeit, aber ich tat und bastelte an meinen Bewerbungen jeden Tag, um den richtigen Eindruck zu hinterlassen. Auf jede Ausschreibung reagierte ich und ließ keine Lücke frei.

Schließlich bekam ich von meiner Histologie-Lehrerin den entscheidenden Tipp. In einem separaten Gebäude, das der Fakultät Anatomie angehörte, meldete ich mich auf ihr Geheiß hin.

Als ich an die Tür des Sekretariats von dem Institut für Placentologie klopfte, hielt ich wie immer meine blaue Bewerbungsmappe in der Hand. Bereits in dem langen Flur war ich einigen wissenschaftlichen Mitarbeitern begegnet. Freundliche Gesichter, die mich sehr nett grüßten. Die lockere Atmosphäre gefiel mir. Das Institut suchte vorerst für die Dauer von zwei Jahren eine MTLA für eine wissenschaftliche Arbeit.

Eine kleine, schmale, aber sehr hübsche sympathische Frau, mit gelockten Haaren und schönen blauen Augen, schaute mich freundlich an, als ich den Raum betrat. Ein schmaler weißer Tresen trennte uns. Von ihrem Tisch aufstehend, kam sie zu mir. Sie lächelte mich noch immer an während ich sie mit guten Manieren begrüßte und ihr meine Mappe in die Hand drückte. Es war meine offizielle Bewerbung und ich war sehr aufgeregt. Sie suchten wohl zum nächst möglichen Termin eine Fachkraft. Mit einer Anstellung in demselben Jahr hatte ich gar nicht mehr gerechnet, denn es war bereits Ende Oktober, als ich gerade zur Einreichung meiner Unterlagen das Büro aufgesucht hatte. Umso überraschter war ich als ich nach ein paar Tagen von Frau

Schmitt telefonisch kontaktiert und zum Vorstellungsgespräch eingeladen wurde.

Verloren stand ich vor dem Sekretariat und wartete auf die Herrschaften, die mich interviewen sollten. Komischerweise war ich weder nervös noch aufgeregt. Ich war die Ruhe selbst. Zumal ich wusste, dass es um mein Lieblingsfach ging. Abgesehen davon hörte sich „wissenschaftliche Arbeit" ausgesprochen gut an - etwas Interessantes und Abwechslungsreiches. Eine stupide Laborarbeit wäre auf Dauer nichts für mich.

Der Vorstellungstermin fand in einem großen Labor statt. Ein Biologe und ein Humanmediziner führten das Gespräch. Der nette Biologe lächelte mich sehr freundlich an, während der Humanmediziner mich sehr trocken und sachlich bemusterte. Nach einer Stunde Interview war ich schließlich froh, dass ich das allererste Bewerbungsgespräch meines Lebens mit einem guten Gefühl hinter mich gebracht hatte.

Mit dem angenehmen Gefühl lag ich gar nicht so falsch. Schon am selben Nachmittag bekam ich die erfreuliche Nachricht. Die Stelle gehörte mir. Ich war vor Freude außer mir.

EPILOG

„Ach, ich bitte Sie, 38 ist doch kein Alter", sagte die Frau mit der warmen Stimme am anderen Ende der Leitung. Zunächst schmeichelte sie mir am Anfang des Telefonats, verlegte sich aber dann während des weiteren Gespräches auf Eleganz und Sachlichkeit. Ich war wieder in meinem beruflichen Werdegang auf der Suche nach einem geeigneten Job. Tägliche Telefonate waren zu diesem Zeitpunkt auf der Tagesordnung. Es handelte sich meistens um Außendiensttätigkeiten in der Pharmaindustrie, die ich nun endgültig umgehen wollte, um eine bessere Jobqualität zu erlangen.

Einige Monate zuvor musste ich aus gesundheitlichen Gründen meinen Beruf als Gebietsmanagerin in einem pharmazeutischen Unternehmen aufgeben und nun versuchte ich mein Glück als Produktmanagerin im Innendienst, eine gewiss nicht einfache Aufgabe. So musste ich jeden Tag mehrmals mit unterschiedlichen Leuten aus verschiedenen Firmen telefonieren.

Irgendwann im Verlauf der Gespräche kam immer die Frage nach der Herkunft. Eine Frage, die jedem mindestens einmal in seinem Leben gestellt wird. Und wenn der Gesprächspartner mit seiner Vermutung zur ausländischen Herkunft des Gesprächspartners richtig liegt - ansonsten hätte er nie die Frage gestellt - kommt auch gleich die Beurteilung.

Was ist besser? Die Frage: „Wo kommen Sie ursprünglich her?" oder das Kompliment: „Sie sprechen aber toll Deutsch."

Für mich keine von Beiden. Damals. nach 23 Jahren Aufenthalt in Deutschland, erwartete ich jede andere fachliche Frage als die Frage nach meiner Herkunft und jede andere Lobrede als die auf meine guten Deutschkenntnisse.

Ich frage mich nach 29 Jahren Exilleben in Deutschland noch immer: „Was hat die ganze Herkunftsfrage mit einer Anstellung oder dem beruflichen Werdegang zutun?" Ist fehlerfreies Deutsch eine handfeste Grundvoraussetzung dafür, dass man seine Sache als Mitarbeiter, der jahrelange Erfahrung mit in ein Unternehmen bringt, gut macht?

Ich habe in den letzten dreißig Jahren so viele kompetente Fachleute mit Migrationshintergrund in jedem Bereich kennengelernt. Ärzte, Ingenieure, Anwälte, Chirurgen, Handwerker, Manager, Außendienstmitarbeiter mit einer hohen Umsatzverantwortung, Schuster, Gastronomiebetreiber und so weiter. Mitbürger aus vielen verschiedenen Ländern, darunter auch aus europäischen Ländern. Sie bezahlen alle Steuer, sind denselben gesellschaftlichen Regeln untergestellt wie alle anderen. Keiner von denen hat ein perfektes Deutsch gesprochen, aber ein durchaus westliches, liberales und erfolgreiches Leben jenseits von seiner Heimat geführt.

Ist die Frage nach der Herkunft ein neuer Maßstab für die kulturelle Verständigung? Oder ist sie nur eine rhetorisch hingeworfene Floskel, eine überflüssige Verteilung von Komplimenten. Ich rede nicht perfekt Deutsch, ich habe noch einen Akzent. Doch auf Verständigungsprobleme bin ich nie gestoßen. Ich wurde verstanden, akzeptiert und toleriert, doch fühle ich mich nicht angekommen.

Denn die Fragen nach meiner Herkunft verstärken mich noch in meinem Verdacht, dass meine Mitmenschen mich an ihren Vorurteilen und ihren geringen Informationen bemessen möchten. Und sie reduzieren es auf einen gemeinsamen Nenner, die Integration.

Dieses Thema beschäftigt viele Menschen in Deutschland und in vielen anderen Ländern, denn noch nie hatte die Frage der Integration und Herkunft so eine große Bedeutung, wie heute. Obwohl man mich zugegebenermaßen nie wie einen Außenseiter behandelt hatte, fühle ich mich selbst nach 29 Jahren in Deutschland immer noch nicht zugehörig. Das ist aber auch kein Wunder, denn wenn ich mir mein Leben wie einen Film durch den Kopf gehen lasse, wird mir bewusst, dass mein Leben vielen abrupten Änderungen unterworfen war.

Revolution, Krieg, Heimatlosigkeit im eigenen Land, Unterdrückung, Religionszwang, Unsicherheit, Perspektivlosigkeit und Fremdbestimmung. Die Sache mit der Integration und Akzeptanz in Deutschland kam viele Jahre später. Trotz vielerlei Bemühungen, wie ein gleichberechtigter Mensch behandelt zu werden, wurde ich sehr oft in die Schlacht der Vorurteilsbekämpfung hineingezogen.

Viele Menschen, darunter auch Deutsche, glauben einige Erlebnisse aus meinem Leben nicht, denn einiges scheint im Rückblick viel zu abenteuerlich, um wahr zu sein. Fremdbestimmt und beeinflusst von den Geschehnissen in der Vergangenheit, haben wir, „Migranten" versucht, das Beste aus unserem Leben in einem modernen, selbstbestimmten aber immer noch fremden Land zu machen.

Denn die Geschichten aus unserer Vergangenheit passen nicht zu den mitteleuropäischen Verhältnissen, die von Menschenwürde und modernem Lebensstil geprägt sind.

Aber anerkennungswürdig sind nur diejenigen, die ernsthaft in der neuen Heimat ankommen wollen und nicht das demokratische System in Europa ausnutzen, um Intoleranz weiterzuleben, die in ihren Herkunftsländern so manchen ausgeschlossen hat.

Meinen 29 Jährigen Aufenthalt in Deutschland kann ich in wenigen Sätzen wiedergeben, aber für 16 Jahre in meinem Geburtsland brauche ich Tage, um das Erlebte dort zu beschreiben. Nicht, weil mein Leben hier inhaltslos und sehr einfach sei. Sondern, weil ich nun nach den Erlebnissen im eigenen Land erfahren durfte, dass es ein Leben jenseits von Krieg und Unterdrückung der Frauen und Jugend gab.

Meine üblen Erfahrungen hatten mich bewogen, mit 16 Jahren nach Deutschland auszuwandern und ein komplett neues Leben anzufangen. Und nach 29 Jahren bin ich immer noch froh, diese Entscheidung getroffen zu haben, denn es ist ein besseres als vorher. Die Jahre in Deutschland kann man nicht gerade als sorglos beschreiben. Denn es zeichnet sich eines der miserabelsten Schicksale überhaupt ab: Nie wirklich angekommen zu sein.

Das ständige Kämpfen um Anerkennung und die Suche nach innerer Ruhe war etwas, das meinem Leben in Deutschland einen bitteren Beigeschmack gab. Aber es ist auch ein schönes, reiches Leben, das mir bisher schon viele bemerkenswerte Momente beschert hat und meine Persönlichkeit und meinen Überlebenswillen in einer Gesellschaft, in der Macht, Geld und Ruhm immer mehr an Bedeutung gewinnen, gestärkt hat.

Ich glaube, es war gut, das ich das Beste aus der Situation gemacht habe, indem ich mich auf die guten Eigenschaften besann, die ich in meiner ersten Heimat erhalten hatte und die ich so gut es ging mit dem Neuen aus der deutschen Gesellschaft kombinierte. Erst wenn ich meine zweites Zuhause begreife, mich in ihr privat und beruflich zu Recht finde, habe ich eine Chance meine Vergangenheit zu verstehen, und gegenwärtig das Beste in meinem Leben zu erreichen, etwas, was man „Glück" nennt.

Jedoch habe ich trotz aller Glücksempfindungen und einer zweifellos vorhandenen inneren Ruhe nie eine Heimat gefunden. So habe ich letztendlich resigniert und mir vorgenommen, mich mit dem Status einer heimatlosen Deutschen abzufinden. Solche Worte klingen ungewöhnlich und sind wohl selten zu hören. Ich habe erkannt, dass jemand, der sein Recht, Deutsch zu sein einfordert, hier zu Lande nicht sehr erwünscht ist. Meine Feststellung mag verwundern, da sich doch Deutschland in den letzten Jahrzehnten stark geändert hat.

Viele Mitbürger islamischen Glaubens verrichten ihr Freitagsgebet in einer Moschee in der Stadt mitten unter uns, tief mit Kopftuch und Tschador und sogar Burka. Verschleierte Muslime, shoppen in Einkaufszentren, ihre Töchter können sie mit Kopftuch zu religiösen Privatschulen schicken. Meine Erfahrungen haben mich gelehrt, dass Kopftücher ein Zeichen für Selbsteinschränkung, oder schlimmer noch für Engstirnigkeit und Intoleranz sind, wurden sie doch zur Maßregelung der Frau als Zwangsmittel eingesetzt.

Viele meiner deutschen Altersgenossen hätten solch eine Wandlung nicht für möglich gehalten. Eine multikulturelle Lebensweise, die auf Toleranz basiert, wird von den meisten gut geheißen. Als Verursacher von zwei Weltkriegen hat Deutschland gut daran getan, sich der Religionsfreiheit und der Einhaltung der Menschenrechte zu verschreiben, sich vom Image des „bösen" fremdenhassenden Deutschen deutlich und konsequent abzusetzen.

Nach so vielen Jahren des Kampfes nach Anerkennung und Respekt und der Suche nach einer kleinen Beständigkeit in meinem Leben, ist es schmerzlich, hier mit manchen sozialen Bedingungen konfrontiert zu werden, denen ich mich vor 29 Jahren entzogen hatte, die mich zur Flucht nach Europa getrieben haben, um ein freies und unabhängiges Leben zu führen, ohne Einschränkungen durch Religionsvorschriften.

Es ist in der Tat sehr schade, dass ich miterleben muss, dass unkritische Toleranz keine Grenzen mehr zu kennen scheint. Alles, was geeignet erscheint, den Ruf der Deutschen als liberal und weltoffen aufpolieren zu können, scheint kritiklos toleriert zu werden, um ja nicht wieder in die alte Schublade gesteckt zu werden. In keinem anderen Land wird die Frage der Integration so hitzig diskutiert wie in Deutschland, stößt Demokratie und Toleranz anscheinend auf keine Grenzen. Warum liegt trotzdem noch so vieles im Argen? Wie ist es möglich, dass einige ausländische Mitbürger sich nicht integrieren können oder wollen, dies mit fundamentalistischer Kleidung zeigen und andere aus Ländern flüchten, in denen genau solche Fundamentalisten das sagen haben, um sich hier jenseits von Kopftuch, Tschador und Ehrenmorden eine neue Existenz aufzubauen?

Ich besitze einen deutschen Pass und habe einen durchaus deutschen Lebensstil, müsste als Einwanderin mehr als willkommen sein. Trotzdem stoße ich auch nach immerhin 29 Jahren Aufenthalt auf Identitätsprobleme und auf mangelnde Akzeptanz als Deutsche. Da könnte man fast neidisch werden auf die vielen Frauen in Berlin, Hamburg, München und fast überall hier im Land, die mit Kopftuch die Schulbänke drücken, deren Männer und Brüder Schwester oder Töchter aus einem obskuren Ehrbegriff heraus morden und dann noch zu allem Überfluss das sehr lockere deutsche Strafrecht genießen. Solch eine Weltauffassung ist nicht die Meine. Das war nicht immer so. Das Bild von Deutschland hat sich mit den Jahren geändert.

Ein Land, in dem nur zwanzig Prozent seiner Bevölkerung Migrationshintergrund haben, behauptet von sich eine „Willkommenskultur" zu haben. Ein Ruf, der eher ein Image mit falschen Vorstellungen ist als die wahre Kultur einer Nation, die sich nirgends außer in ihrem eigenen Land Zuhause fühlt. Erfunden von den Populisten, die latent ein Land regieren, wie kein Anderer sonst wo. In keinem anderen Land wird so oft durch mediales Quälen von Integration, Kultur und Parallelgesellschaften Stimmung gemacht wie in Deutschland.

Es gibt Begriffe, die in der realen Welt keinen Platz mehr haben. Angefangen mit der „Integration", deren Bedeutung immer mehr an Inhalt verliert. Reduziert nur auf eine sprachliche Hülle. Was bedeutet Integration? Wann dürfte ein Migrant von sich behaupten „integriert" zu sein? Mit einem akzentfreien, grammatikalisch perfekten Deutsch? Mit einer unbefristeten Anstellung in einem Unternehmen? Ab einer gewissen Dauer des Aufenthaltes? Mit einem Pass und dementsprechender Nationalität? Mit deutschen Freunden? Mit einem deutschen Namen? Was sind die Kriterien einer erfolgreichen Integration? In einem geordneten Land, in dem alles per Gesetz und Regeln definiert und vorgegeben ist.

Ein Volk, dass sich innerhalb von siebzig Jahren zu den leistungsstärksten, mächtigsten und reichsten Völkern der Welt entwickelt hat, in der Wirtschaft, Sport, Wissenschaft, Medizin seinen Namen unter den Besten findet, darf keine Flagge zeigen. So stark ist der Schatten der Vergangenheit, der den Deutschen nicht nur den Nationalstolz, sondern auch das Gesicht geraubt hat. Eine Nation, die den Mut verloren hat, ihren Werten nachzugehen und sich von den Links- und Rechts in jeder Hinsicht auseinanderreißen lässt, fragt und verlangt nach Authentizität.

Mit einer Hand einladend, mit der anderen Hand abstoßend. Integration fördern, aber keine Zulassen. Weil sie selbst schon längst ein Fremder im eigenen Land ist. Aus Angst vor internationaler Isolation, beladen mit dem schlechten Gewissen der Geschichte, sagt sie zu allem „Ja" und Amen. Um sich zumindest das zu bewahren, was ihr übrig geblieben ist. Das Vaterland, das Geburtsland. Doch so chauvinistisch es klingt, Deutschland bleibt Deutschland - organisiert, logisch, systematisch - eben ein Vorbild, ein Vorreiter, der von dem Rest der Welt nicht nur für sein Gutmenschentum belächelt, sondern oft auch beneidet wird.

Wer zu allem „ja" sagt, verlernt die Fähigkeit auch „nein" zu sagen. Wer einmal innerhalb kurzer Zeit 1,2 Millionen Flüchtlinge aufgenommen hat, wird kaum anfangen können, die Grenzen plötzlich zu zumachen. Wer sich zu Demokratie bekennt wird niemals zur Diktatur zurückkehren. Es sei denn, der Zweifel treibt uns dazu, umzukehren.

Aber heißt Demokratie, zu allem ja zu sagen? Kann man sich noch in einer Gesellschaft wohlfühlen, in der verheiratete Schwule neben Burka-Trägerinnen leben und miteinander den Bund des Lebens eingehen? Kann man sich in so einer Gemeinde integrieren, wo Swinger-Clubs, Moscheen und Kirchen wild nebeneinander existieren? Was sind die Werte, die uns verbinden?

Das sollte eine Frage sein an die Politik, die unter der Fahne der Demokratie alles zulässt und dabei die goldene Mitte nur noch wegscheucht oder eher gesagt abschafft. Unter diesen Bedingungen, dass nach rechts und nach links alles auseinanderdriftet, ist es schwierig, die sogenannten „Parallelgesellschaften", die bei so viel Farbe und Vielfalt unabdingbar sind, zu beherrschen.

Gerade diese Parallelgesellschaften ermöglichen es - solange es noch geht- unser miteinander mit einer gewissen Distanz aufrecht zu erhalten. Und das verdanken sie unserem leistungsfördernden Land und nicht der multikulturfreundlichen Nation. In einer Zeit, in der man schon als Säugling in den Wettbewerb hineingeboren wird, angefangen vom Status der Eltern bis hin zur Ausbildung, trägt das Leistungspotenzial einen großen Anteil zum Erfolg oder Misserfolg eines Menschen bei.

Vorbei die Zeiten, in denen die Tugenden unsere Weltanschauung geprägt haben. In unserer heutigen Welt muss man etwas leisten können. Die Bemühungen allen zu zeigen, dass wir seit dem dritten Reich so viel hinzu gelernt haben, ist völlig nutzlos, denn wir haben gar nicht so viel dazu gelernt, wie wir eigentlich glauben.

Alleine die deutsche Flüchtlingspolitik zeigt, dass wir aus der Vergangenheit anscheinend gar nichts gelernt haben. Ein Blick in das Integrationsgesetz belegt, wie kurzsichtig und eigennützig unsere Politik ist. Die Sprache lernen, eine Arbeit finden und sich und seine Familie selber ernähren. Auch hier gilt das Gesetz des Stärkeren.

Wer körperlich und psychisch in der Lage ist, über mehrere Monate in Nacht- und Nebel-Aktionen über eine wilde Bootsfahrt im Mittelmeer sich nach Europa durchzuschlagen, hat eine reelle Chance, es in Deutschland zu schaffen. Von einem kleinen Kind, einer schwachen Frau, ist dies unmöglich zu erwarten. Da erübrigt sich die Frage, warum siebzig Prozent der Flüchtlinge aus jungen, gut gebauten Männern bestehen. Die wirklich Bedürftigen, die armen dieser Welt haben gar nicht die Kraft und das Geld, sich nach Europa aufzumachen und sich die teuren Schlepper zu leisten. Das wir nicht einmal in der Lage waren eine Frauen- und Kinderquote in die Migration hineinzubringen, ist im nach hinein nicht verwunderlich.

Von einem kinderunfreundlichen Deutschland, das lieber arbeiten geht, um zu noch mehr persönlichem Wohlstand zu gelangen, anstatt Kinder zu kriegen, kann man auch nicht eine besondere Nachsicht und Verständnis für diese Schwächeren erwarten.

Neulich wurde über einen Syrer berichtet, der aus seiner Heimat geflüchtet ist. Dem jungen Ingenieur war es gelungen innerhalb kurzer Zeit eine unbefristete Anstellung in einer Firma zu finden. Stolz war er darüber, dass er nun seine Wohnung selber bezahlen kann. Die Reporterin, die mit einem breiten Lächeln neben ihm saß, schaute sich die Bilder seiner Familie an und nickte freundlich über ein Foto, worauf ein kleiner Junge mit einem Turban auf dem Kopf zu sehen war. Der Kleine wird wo möglich eines Tages standesgemäß in der ersten Klasse der Emirates nach Deutschland einreisen und das Leben in der Freiheit genießen.

Wo der Syrienkrieg und viele bettelarme Staaten in Afrika am laufenden Band Leichen unschuldiger Kinder produzieren, freut sich Deutschland wahrscheinlich über eine neue, qualifizierte Fachkraft aus den Flüchtlingsreihen. So sehr ich mich über die ausgestrahlte Reportage freute, umso schockierter war ich über die Aussage des jungen Mannes: „Jetzt bin ich ein Teil der Gesellschaft, ich bin angekommen." Heißt es, dass die Flüchtlinge, die noch nichts zu unserer Gesellschaft beitragen können, kein Teil von unserer Gesellschaft abbilden? Haben nur gebildete Flüchtlinge eine Chance, von der Kraft unserer Demokratie zu leben? So traurig wie es klingt: Der humanitäre Gutwillen von Frau Merkel war nichts wert, wenn den Flüchtlingen nicht gelingt, ihr tägliches Brot umgehend selber zu verdienen. Wer bis vor kurzem glaubte, dass wir in Deutschland im Gegensatz zu den restlichen europäischen Ländern eine Willkommenskultur pflegen, muss blind sein.

Unsere Kultur ist nach wie vor, eine Kultur der Leistungsstärksten und in unserer Gesellschaft ist kein Platz für die Leute, die nicht in unser Sozialsystem einzahlen, sondern davon etwas benötigen. Das Paradoxe daran, die liberalen und verständnisvollen sind die Mittelständler in unserem Land. Das sind diejenigen, die das Bankett bezahlen und am wenigsten Ansprüche stellen. Die die schmalste Schicht in Deutschland darstellen. Die, die bald langsam, aber sicher vom Bildschirm verschwinden, denn von links und rechts tönt es viel lauter. Unter diesen Intoleranten sind viele, die selbst auf der Strecke geblieben sind. Viele, die in ihrer eigenen Heimat schlechter als die Fremden behandelt werden.

All das erinnert mich an den Iran. Ein Land, das immer in die Hände derjenigen fiel, die es am wenigsten liebten. Ein Land, das die meiste Zeit nichts mit dem Islam zu tun hatte, und heute Islamische Republik Iran, heißt. Der letzte Schah des Iran, Reza Schah, sprach auch von Demokratie. Von Freiheiten, von Kontrast und Vielfalt in einer Gesellschaft, die den Druck der Divergenzen zu sehr zu spüren bekam, war die Rede. Eines der sichersten Länder, wurde einer der gewalttätigsten Gottesstaaten auf der ganzen Welt. Der Iran steht auf der Liste der Länder mit den meisten Flüchtlingen und zugleich den meisten Hinrichtungen auf Nummer eins, weltweit. Umso unzufriedener sind die Iraner selbst. Wer sich im Iran etwas leisten kann, kann die Unterdrückung und die Rolle des Verschwiegenen aushalten. Wer es sich nicht leisten kann, dem bleibt nur die Flucht. Wenn Reza Schah die Demokratie tatsächlich unterstützt hätte, wäre es nie so weit gekommen. Doch er war ebenso unfähig zu Reformen wie dazu, den aufkeimenden Fundamentalismus im Land zu bekämpfen.

Es sind wir Menschen, die aus gutem Willen Monster produzieren, in dem wir zu viel zulassen und tolerieren. Wir lassen zu, damit wir in Ruhe gelassen werden, wir akzeptieren, damit wir nicht als böse diffamiert werden. Wir räumen Freiheiten ein, weil wir selber frei sein möchten.

Der Amoklauf von München am 22. Juli 2016 ist ein handfester Beweis dafür, dass Fremdenfeindlichkeit keine Nationalität kennt. Der Sohn eines iranischen Migranten erschießt neun Menschen. Alle ausnahmslos mit Migrationshintergrund und jung. Was ist im Leben des jungen Iraners so schief gelaufen, dass er sich zu einem Extremisten entwickelt hat? Was berechtigte ihn, seine Rechte über die der anderen zu stellen? Da war die Rede von Mobbing und Hänseln. Von einer Jugend, die in Wirklichkeit, keine für ihn war. Eine Bestimmung, die von außen stattfand.

In Deutschland mögen viele den jungen Iraner als Täter betrachten, für mich ist er auch ein Opfer. Opfer einer Gesellschaft, die keine Mitte mehr hat. Eine Gesellschaft, die Chaos mit Demokratie verwechselt. Eine Gesellschaft die in wild gewordenem Pluralismus der Jugend keine verbindenden und verbindlichen Werte mehr bietet.

Wenn ich mir meine Kinder anschaue, wünsche ich ihnen nicht das, was ich erleben musste. Selbst wenn ich und viele Menschen aus meiner Generation Glück hatten. Das, was wir ertragen mussten, darf sich nicht durch unnötige Toleranz wiederholt werden.

Ich bin selbst vor der Unterdrückung und Gewalt weggerannt. Doch je länger ich in Deutschland lebe, je mehr ich mir anschauen muss, wie weit unsere Gesellschaft sich für die Intoleranz öffnet, desto banger wird mir ums Herz. Ich bin selbst vor überbordenden religiösen Vorschriften und Zwängen eines staatlichen Islamismus weg gelaufen. Warum soll ich akzeptieren, dass meine Kinder in einer Gesellschaft aufwachsen, die religiösen Extremisten Tür und Tor öffnet? Wer den Intoleranten gegenüber zu tolerant ist, wird eines Tages das Nachsehen haben.

Eine Demokratie darf daher nicht unter dem Deckmantel der Religionsfreiheit alles tolerieren. Eine Demokratie muss sich gegen all das wehren, was ein harmonisches, respektvolles Miteinander jenseits von Zwängen und Unterdrückungen, gefährdet. Ist sie dazu aus falsch verstandenem Gutmenschentum nicht in der Lage, geht sie unweigerlich unter.

Und ich möchte nicht erneut flüchten müssen.

Herstellung und Verlag:
BoD - Books on Demand, Norderstedt
ISBN 978-3-7412-9041-1